U0955476

KUWEI
酷威文化
图书 影视

# 风行舟

（下册）

团子来袭　著

天津出版传媒集团
百花文艺出版社

# 第十六章——谋士

那翘起的嘴角，
不客套逢迎，不暗藏心思，但很好看。
那才是她真正的笑。

昨晚后半夜下了一场急雨，翌日一早，附近的几个村落遭遇山体滑坡的急报就送到了楚承稷案前。

楚承稷匆匆用了两口早饭就要带人去建收容灾民的临时灾棚。

外边一直下着毛毛细雨，秦筝怕他受了寒，胸口的旧伤又作痛，道："你身上的旧伤阴雨天疼得厉害，我代你去也是一样的。"

楚承稷没料到自己昨夜随口的一句话竟叫她上心成这般，看着她轻皱的眉头，他抬手帮她抚平，心中软成一片："无妨的，我去会受寒，你去便不会了吗？一会儿陆家的人还要来，总不能让我去见她们？"

秦筝听他说这番话，倒是没再坚持。

陆家姐妹过来时，秦筝正在一笔笔地对青州府这些日子的开支，底下的官员做了账册，呈到楚承稷跟前来，他不得闲，便是由秦筝代看。

库房已经开不出官银了，但自武嘉帝诞辰他们前往云岗寺祭拜后，前来参军的人依旧在不断增多。

发不出军饷、军服都是次要的，武器总得配备上。

楚承稷这些日子早出晚归，就是在和属下商议如何攻打扈州和孟郡。

扈州好打，可若不拿下孟郡，那他们对阵李信和沈彦之的七万大军就明显处于劣势，楚承稷想要的，是一箭双雕。

战场上除了谋略，也讲究一个天时地利，秦筝冥冥之中有种预感，楚承稷在等的就是这场大雨。

她在前厅接待了陆家姐妹。

陆锦欣穿着一身鹅黄的挑线撒花裙，显出这个年纪该有的娇俏，秦筝觉着郢州送来的这姑娘，委实是稚嫩了些。

相比之下，秦筝看到陆锦颜的第一眼，就感到了惊艳。

陆锦颜有着一双很标准的丹凤眼，眼角内勾，眼尾上挑，这样的眼形在男子身上显得威严，在女子身上则显出几分凉薄来，但相同的是，都让人觉着贵气十足。

"来青州多时，今日才前来拜见太子妃，委实是失礼，还望太子妃娘娘勿怪。"陆锦颜带着陆锦欣，对着秦筝盈盈一拜。

秦筝的脸上带着几分恰到好处的笑意，既不热络也不疏离："快快免礼，前些日子殿下不在青州，城内事务繁多，一直没得闲找你们姐妹来陪本宫说话解解乏，别拘着，坐吧。"

陆家姐妹这才坐下了。

陆锦颜从前就不是个会逢迎的性子，她本是内定的太子妃，从来都只有别人迎合她的份儿，想起此行的目的，她委婉道："我婶娘去得早，我那堂叔平日里又鲜少管子女们，欣丫头胡闹，听说我在青州，要来寻我玩，堂叔便直接命人将她送来了，如今正值多事之秋，给娘娘和殿下添麻烦了，心中实在是过意不去。听闻昨夜暴雨，城郊有好几个村落滑坡了，陆家在江淮一带还有几个布庄和粮铺，我大伯今日便已前去调货，想为青州百姓尽些绵薄之力，也为娘娘和殿下分忧。"

她口中的布庄和粮铺，自然是京城陆家从前留下的暗处据点，毕竟陆家明面上的产业，早就被朝廷查封了。

秦筝有些意外，陆锦颜这话里有两层意思，一是陆锦欣并不是来联姻的，甚至连理由都帮忙找好了——陆锦欣就是来青州找她玩的。

这其二，便是京城陆家想有个门路去楚承稷身边做事。遇上这样的涝灾，灾民最缺的就是粮食和衣物，陆锦颜说她大伯前去调运粮食和布料，可不就是想上赶着帮楚承稷解决眼前的燃眉之急。

楚承稷对京城陆家人是何态度，秦筝还不甚清楚，但总归是他名义上的外祖家，只要京城陆家人不生事，楚承稷总不会薄待他们。

他现在起用郢州陆家的人，却不用京城陆家的人，想来自有他的用意在里边。

秦筝道："你们有心了，陆家百年世家，风骨不堕，陆太师忧国忧民，陆家继太师遗风，是楚室之幸。待殿下回来，我会同殿下说此事的。"言罢又命人赏了她们姐妹一人一对镯子。

陆锦颜不卑不亢地谢了恩，抬头时望向秦筝的那抹目光，却带了一丝探寻。

秦筝那番话可以说是滴水不漏，夸陆家又夸陆太师，宽了她们的心，若是换个城府低些的，只怕已经要感恩戴德了。可她话里，除了夸赞陆家，明明什么也没说，一句会转告给太子，便压根没给她们一个准确的回复。

陆锦颜同秦筝没什么私交，从前只在宴会上见过几次，那时她心里想什么，陆锦颜一眼就能看出来，如今倒是分毫都猜不透了。

离开的时候，外边的雨下得更大了些，秦筝本欲留她们，但陆锦欣怕遇上太子，吓得脸都白了，悄悄扯了好几下陆锦颜的衣摆，陆锦颜婉言谢绝后，秦筝便命人引着她们出府。

晶莹的雨线从府门前的沟瓦上垂落，在地上溅起一片细小的水花。

上马车前，陆锦颜回头看了一眼，冷风吹得她鬓边的碎发紧贴在她的脸上，她那一刻的神情，是伤感又带着些许羡慕的。

陆锦欣见她突然停下，侧头看她："怎么了，颜姐姐？"

陆锦颜收回目光："没什么，就是突然觉着，被困在原地的，不一定是当年的局中人。"

陆锦欣显然不懂她话里的意思，茫然道："颜姐姐在说什么啊？"

陆锦颜扯起唇角笑了笑："就是突然好生羡慕太子妃娘娘。"

从前她就羡慕秦筝，她是钦定的太子妃，什么都被逼着学到最好，但再好的名声也只是为了配得上准太子妃那个身份，从没有人问过她，愿不愿意走这条路。

最尊贵的世家女儿，却连喜欢一个人的权利都没有。那时候每每在宴会上遇到秦筝，总有好事者把她们放到一起比较，那些想讨她欢心的人，诋毁秦筝不过是空有一副好容貌罢了。

那些人却不知，她有多想成为她们诋毁的那个姑娘，父母疼爱，姐妹和睦，还有个青梅竹马的心上人。哪像她，亲缘淡薄，母亲把她当作争宠的工具，父亲把她当作炫耀的资本，家中姐妹一个个的恨不能将她取而代之，她在陆家所有人眼中，不过是一个能给他们再次带来十几年荣宠的物件……

哪怕后来太子另娶了太子妃，陆家所想的，也是再物色一个能让他们翻盘的人，把她嫁过去。

她以为，秦筝嫁入东宫后是不会幸福的，她那样的性子，就不该沾染一丝一毫的烟火气，又哪能玩转权术？

但秦筝分明过得很好，至少她展现在外人眼里的，很好。

她再不是记忆里不食人间烟火的模样，她也不需要谁护着她，就那几句话试探出来的城府，谁又敢小瞧了如今这位太子妃娘娘？

陆锦颜掀起车帘，进了马车，陆锦欣却是被她那句话吓得不轻，颜姐姐羡慕太子妃娘娘？

想到陆锦颜曾经差点成为太子妃，陆锦欣瞪圆了眼，唇却抿得紧紧的，爬上马车小心翼翼地看陆锦颜一眼，正想着怎么开解她。

陆锦颜掀开眼皮瞟她一眼，将小呆子的心思猜了个透，扶额道：“不是你想的那样，我只是羡慕太子妃娘娘活得通透罢了。”

陆锦欣这才把一颗心放回了肚子里。

马车很快抵达了别院，今日邻近村庄遭灾，林尧被派去抢了半日的险才回别院，正好碰上陆家姐妹回来。

下人放下脚凳，将一柄足以遮下三个人的油纸伞挡在车前。

林尧想到自己前两日刚说过那位陆大小姐的坏话，还叫人给听见了，这会儿杵在马车边上，多少还是有些不自在。

一只素白纤细的手拨开车帘，从里边弯腰出来的，却是个身着豆青色折枝裙的美艳女子，眉眼间的清冷和矜贵，叫人看了第一眼就不敢再抬头，当真是与生俱来的贵气。

林尧明显愣了一下。

下一刻，从马车里出来的才是陆锦欣。

姐妹二人只冲他淡淡点头，便在一众仆从的拥护下进府去了。

林尧在别院守了这么多日，还是头一回瞧见陆锦颜，疑惑道：“那是谁？”

瞧着也不像是丫鬟。

门口的小厮道：“是京城陆家的嫡出大小姐。”

林尧又看了一眼府门，但已经什么都瞧不见了。

楚承稷回来后，秦筝便同他说起了陆家要帮忙赈灾的事。

楚承稷道：“他们的消息倒是灵通，你兄长带着你母亲绕路去了白鹿书院一趟，这两日该到青州了。”

白鹿书院秦筝知道，书院的夫子们个个都是学富五车又不愿入朝为官的大儒，桃李遍天下，秦简和沈彦之都曾在白鹿书院求过学。

秦简绕路去白鹿书院做什么？

楚承稷看出她的不解，道：“景顺十六年的状元岑道溪，为官三载后毅然辞官，游历天下两载后落脚于白鹿书院当了夫子。据闻他游历天下的两载，南郡遭了旱灾，官府赈灾不力，南郡百姓揭竿要反，他凭着一副伶牙俐齿，劝降了领头人，又协助官府赈灾，才免了一场战祸。”

说起此人，楚承稷的言语间倒也有几分欣赏之意：“他在南郡成名后，不少王侯都想拉拢他去麾下当谋臣，但都被他拒了。汴京易主，淮阳王也曾向他抛出橄榄枝，一样被拒之门外。”

楚承稷看向秦筝：“你兄长能说动他出山，委实不易。”

听到此处，秦筝可算是明白了他先前说陆家消息灵通是何意。

秦简为楚承稷请来一位举足轻重的谋臣，等秦家人到了青州，楚承稷兴许会借此机会重用秦简。

京城陆家人从到青州就一直被楚承稷晾着，现在眼见秦家人拿着筹码前来，自然也坐不住了，才会放血捐出那些物资。

秦筝问：“京城陆家那边，你究竟是如何打算的？”

楚承稷道：“京城陆家的确也有几个可用之人，等你兄长到青州后，一起分配差事。”

秦筝听出了他话里的意思，这样安排，无非是显得两边都不薄待。

但陆家先到青州这么久，秦筝总觉得楚承稷不用京城陆家人还有别的原因在。

她想了想道：“你先前冷着京城陆家那边，是为了敲打他们？”

楚承稷扯了下唇角：“不全是，我用了郢州陆家这么久，郢州陆家现在开始顺杆子往上爬，你说我若是突然用起京城陆家的人来，郢州那边会作何想？”

秦筝的眸子倏地睁大了，他从一开始晾着京城陆家人，重用郢州陆家人，就已经算计好今日了。

郢州陆家下注的不仅是他，还有淮阳王，目前淮阳王势大，郢州那边虽暗中相助于他们，但更多的还是存着观望的心思，郢州那边能直接越过他送陆锦欣来青州，其实已经触碰到他的底线了。

现在他若起用京城陆家人，那就是给郢州陆家人一个警告，也是让他们有危机感。毕竟京城陆家明面上的产业虽被查封了，但瘦死的骆驼比马大，暗地里肯定也还有不少家当。

郢州陆家若是再一毛不拔，那他们先前做的那些，可当真是为京城陆家这边作嫁衣了。

而京城陆家在被晾了这么久后，锐气早就被磨光了，他们虽和郢州陆家是一家人，可暗中也较着高低，为了能彻底在楚承稷身边站住脚，必然会全力辅佐他。

想通这一切后，秦筝几乎是倒吸一口凉气。

他这一波靠着秦简，既能牵着京城陆家为他效力，而京城陆家那边，又能牵动郢州陆家，整个局面瞬间被他盘活了。

秦筝看着楚承稷道："这天底下还有什么是你算计不到的？"

"你。"楚承稷抬眸望着她，他只说了一个字，烛火照得他的眸色格外浓重。

秦筝微怔，风从未掩好的门缝里吹进来，桌上那一豆烛火颤动得厉害。

她嘴角慢慢牵起一抹笑来："那倒是奇怪了。"

"怎么？"

"你都没算计我，我怎就落入了你的圈套里？"

这次轮到楚承稷呼吸一窒，手上的公文是看不下去了，他直接挥开铺在案前的竹简、卷宗，拦腰一提就把人抱上了书案。

秦筝两手被迫撑着书案才能稳定身形，他靠得很近，手捏着她的下颌，脸几乎要贴上她面颊，呼吸时彼此温热的吐息都能感觉到："暴雨一停，我便要攻打孟郡了。"

秦筝垂眸轻轻"嗯"了一声。

楚承稷埋首在她怀里，呼出的热气灼人，他整个人都是滚烫的，秦筝用手推不开他，只得把脚也用上了，她沐浴后没穿绫袜，又是坐在书案上的姿势，一抬脚正好踩在他胸膛上。

她眼底不受控制地蒙上一层水雾："我以后不逗你了，咱们扯平了……"

在今天之前，秦筝从没想过自己会这么丢脸。

她哭都哭不利索。

楚承稷用帕子拭唇时，还问她："真有那么难受？"

秦筝不想搭理这个一本正经使坏的人，她脸上一片酡红，把弄皱的裙摆放下去，自己去了净室。

等她回房，楚承稷还坐在案前，一片狼藉的书案倒是已经被收拾好了，跟前摆着一份公文，瞧着一派清冷矜贵，秦筝几乎不敢看他正前方的那块桌面。

偏偏有人不愿如她意，楚承稷问她："好些了吗？"

这个问题要秦筝怎么回答？她只能瞪他。

楚承稷这一晚的心情似乎颇为不错，入睡前还揽过秦筝亲了两口，秦筝按着他的脸把人推开："你漱口了没？"

楚承稷在她柔软的腰肢上捏了两把，好笑道："我都不嫌，你倒是嫌你自己？"

秦筝跟个油焖大虾似的，又在被子里被蒸红了。

楚承稷拥着她，在她身后浅叹一声：“真这么难为情？”

秦筝不知怎么回他，索性用脑袋在他肩膀处拱了拱。

楚承稷吻她的鬓角：“以后你不喜欢，我就不对你做这些出格的事了。”

能不能保证就不确定了，她自己不知道她眼底聚起水雾的时候，有多让人想欺负她，他也确实这么对她了……

有些事不能想，一想妄念就生。

他细碎的吻落下：“雨停我就离开青州，拿不定主意的就问宋鹤卿，也可以来信问我，专门为你备了个信使，别让人一直闲着。”

秦筝在黑暗中睁开了眸子，想到他要走了，便主动伸手抱住了他。

接连几日暴雨，元江涨水，沿江村落被淹了不少，好在那些村落的村民提前被迁移到了灾棚，除了损失些田地庄稼，倒是没什么太大的伤亡。

这算不上大型水患，有宋鹤卿这样经验十足的老臣在，安抚灾民、重建村落的一切事宜都有条不紊地进行着。

秦筝最怕的就是瘟疫，灾民数量不多，靠着两堰山那边的赵大夫带着山寨众人采集的药草倒也足够医治了。以防万一，她还是命人把淹死的家禽牲畜都统一焚烧了。

暴雨停歇那日，楚承稷便亲率一万人马前往了孟郡。

林尧留守青州，王彪从徐州领兵攻打扈州，赵逵和陆则留守徐州。

李信七万大军即将会于江淮，粮草自是一早就从孟郡开始往外运送了。

押送粮草的军队受制于暴雨，停滞不前，军中感染风寒的将士越来越多，这正是军心溃散之时。

楚承稷计划围杀送粮的军队，劫粮事小，盗用他们的军服、旌旗伪装成被打散的运粮军队退回孟郡，一举攻下孟郡才是他的目的。

秦简和秦夫人也为暴雨所阻，晚了几天才抵达青州城，秦筝带着人亲自前去城门口迎接。

秦夫人年过三十，眼角却只有几丝细纹，她身上有一种特别的气质，远胜过她容貌带给秦筝的惊艳，温柔、宽容、颖慧，让人忍不住亲近她、信赖她。

“母亲。”秦筝亲去马车前搀扶秦夫人。

“娘的阿筝瘦了……”秦夫人心疼得瞬间红了眼眶，紧紧地攥着她的手，上下打量。

大抵母爱是最容易让人共情的一种情感，秦筝被秦夫人的情绪感染，也忍不住红了眼。

“阿筝。”身后又有人唤她。

秦筝听声音便猜到了是兄长秦简，可转头看去，瞧见两个身形清瘦、容貌俊雅的男子一同向她走来时，秦筝还是蒙了。

秦夫人好认，可这二人……哪个才是秦简？

先前听楚承稷说，岑道溪是景顺十六年的状元，那他得比秦简年长个五六岁才是。

秦筝飞快地打量那两个男子，其中一个气质儒雅温润、风度翩翩，另一个则瘦削得厉害，颧骨都有些凸出了。

那瘦削的男子看着分明比那儒雅男子老态几分，秦筝以为他才是岑道溪，正要对着边上那个温润公子唤兄长时，忽见那瘦削男子望着自己红了眼眶。

他才是秦简？秦筝赶紧换人喊："阿兄。"

经历了国破人祸，秦简再见到胞妹，心中百感交集，听到这声久违的"阿兄"，险些落下泪来，连连点头应好。

见他这般反应，秦筝心中触动，不过还是微不可闻地松了一口气。

楚承稷不在青州，眼下最有话语权的自然是秦筝。

秦简没忘自己去白鹿书院的目的，向秦筝引荐岑道溪："这位是道溪先生。"

岑道溪向着秦筝作揖一礼："见过太子妃娘娘。"

他身着一身天青色儒袍，骨相比皮相还出色几分，乍看之下温润清朗，可那微挑的嘴角，似乎带着几分文人特有的刻薄，隐隐又有股游戏人间的闲散之态。

秦筝点头致意："先生不必多礼，先生之名如雷贯耳，当年南郡之困，多亏先生化解才免了一场灾祸。今能得先生相助，也是殿下和天下百姓之幸。"

忽悠人的好听话，秦筝跟着宋鹤卿学习处理公文时，也学了一箩筐。

秦简原本还担心秦筝不知岑道溪是何许人物，听她夸人也能夸出个子丑寅卯来，一颗心才算是放回了肚子里。

欣慰的同时又有些不是滋味，这场国破家亡带给胞妹的一切都太沉重了，她从曾经那个只通诗词歌赋的小女子，被迫长成了如今在权力中周旋、游刃有余的模样。

他看秦筝的眼神，疼惜中又带着复杂，父亲去后，是他没能保护好两个妹妹。

岑道溪听秦筝说出这样一番话来，也有几分意外，看来这秦家女可不只空有个"楚国第一美人"的名头，几句话既道出了他最为人所称道的功绩，又尽显东道主之谊，话里话外还都往百姓和苍生上引，这位太子妃不简单！

他再次作揖时，身上那股闲散便收敛了几分："太子妃娘娘过誉。"

"先生远道而来，一路舟车劳顿想来已疲敝，宋大人，您先送先生回府衙安置。"秦筝对一旁的宋鹤卿道。

岑道溪来楚承稷麾下是要当谋臣，如今楚承稷不在青州，具体什么差事，由宋鹤卿安排就好。宋鹤卿遂引着岑道溪上了马车，二人早些年也同朝为过官，又前后都被贬去地方县衙过，话题颇多，加上此番暴雨造成青州沿江部分村落遭遇洪灾，岑道溪又有赈灾经验，二人相谈甚欢。

秦筝则送秦夫人和秦简去了提前布置好的一处别院。

下了马车，秦筝领着秦夫人参观这套二进的宅子："这里挨着青州府衙，您和兄长有事找我也方便……还有什么欠妥当的，您尽管遣人同我说。"

秦筝正说着，发现秦夫人一直没作声，回头一看，只见秦夫人眼中闪烁着泪光，忙上前安抚："母亲这是怎么了？"

秦夫人看着熟悉又陌生的女儿，心中感怀："阿筝长大了……"

她拉着秦筝坐下，伤感道："你出嫁好像还是昨日，谁能料到这一眨眼，天都变了……你父亲下狱前，最担心的就是你，如今知道你安好，他必然也能瞑目了。"

秦筝道："父亲一生鞠躬尽瘁，皆是为了大楚，殿下也时常感怀父亲，等夺回汴京，一定为父亲追封，重修坟冢。"

秦国公毕竟是上了刑台而亡的，葬礼办得简单，朝中官员为了避嫌，除了几位至交老友，没几个前去相送，下葬那日倒是满城百姓自发素衣相随，总算是全了一位国公的体面。

秦夫人用帕子揩了揩眼角的泪："好孩子，你有心了。你父亲活着时都不曾在乎过那些虚名，死后自也是不在意的。大楚后继有人，天下苍生免遭水火，你们三个孩子也好好的，他就知足了。"

秦筝两只手一齐握住秦夫人的手道："母亲也得好好的，父亲在九泉之下才得以安息。"

秦夫人有些感慨，道："从小你就是三个孩子里最让我和你爹省心的，你兄长小时候是个泼猴，没少闯祸，哪次不是让你爹拿着戒尺追着打。你妹妹非足月出生，先天体弱，我和你父亲对她不免上心些……"说到此处，秦夫人看秦筝的眼神带了些许愧疚，"你最懂事，却也得我们的照拂最少，你嫁入东宫后，你父亲脸上没一日有过笑颜，他怕殿下薄待你，汴京城破，他又怕你流亡途中受苦……"

秦筝不记得从前与家人相处的种种，但听秦夫人说起这些，心中本能地有些泛酸，她道："母亲不必伤怀，殿下非传言中那般荒诞，离宫的这一路，也一直是殿下照拂我。只是几经生死，女儿大病了一场，病好后从前许多事都不记得了。"

秦夫人的眼底满是疼惜，女儿和太子这一路的逃亡必定是吃尽了苦头，她痛心道："可寻大夫看过了？"

秦筝颔首："殿下寻名医给女儿看过了，大夫说是所受惊吓太多，大悲大痛之下缺失了一些记忆，无药可医，只能慢慢调养。"

秦夫人听完这些，不免又抱着秦筝哭了一场。

秦简安排下人把他们一路带着的东西都搬进府邸后前来寻她们，正好瞧见了这一幕，踏到门边的半只脚又缩了回去。他靠墙站着，仰起头看天，把眼中的涩意给逼了回去。

母亲和妹妹可以哭，但他作为秦家的顶梁柱，却万不可再落泪了。

被太子的人接应出城的时候，他得知是通过陆家暗地里的关系网他们才能安然出城，就已经开始盘算如何在太子身边站稳脚跟。

秦家应该作为妹妹的后盾，而不是妹妹的拖累。

所以他绕路去了白鹿书院，和岑道溪足足谈了半月，才说动他出山。

等母女二人止住哭声，收拾好了情绪，他才做出一副刚过来的样子："方才小厮们把东西都搬进房里了，明日再收整，阿筝你和笙儿从前作的那些画，我也带过来了，你看看是带回去，还是挂在这边。”

秦筝道：“就挂在这边吧。”

那些在闺阁里作的画卷，也算是她们留给秦夫人的唯一念想了。

一提起秦笙，秦夫人和秦简心中不免发沉，两个女儿都是被迫出嫁，这始终是秦夫人心底的一道疤，秦夫人叹息：“也不知笙儿在北庭如何了……”

秦筝接手青州政务这么久，的确还没收到过北庭的来信，她安抚秦夫人：“殿下已起势，连钦侯那边不会为难笙儿的，我回去再以殿下的名义修书一封递往北庭，等殿下与李信这一仗打完后，就接笙儿回来。”

李信八万大军压境，这一仗怎么看都是他们势弱，所以秦简才急着请岑道溪出山。

这一仗他们若是胜了，往后自可占据江淮一带同朝廷分庭抗礼。若是输了，只怕又得和汴京城破时一般，成为丧家之犬。

秦笙还是暂时留在北庭最为安全。

漠北，雷州。

谢驰懒洋洋地靠着太师椅，一双脚没规矩地搭在跟前的矮几上，他翻看手中的信件，精致的眉眼间藏了几分乖戾，看完后直接把信件扔到一旁，整个人没骨头似的瘫到椅子上，敲了敲桌子示意一旁的俊秀青年看信：“瞧瞧，权术这一套可算是让楚家夫妇给玩明白了，先前还同老头子说他们手中有李信那狗贼送凉州府与戎狄蛮子的证据。小爷费力不讨好地去救那位太子妃的妹妹，现在证据只字不提，又说他们拿下江淮后，愿南北合攻，一起扳倒李信，这大饼一张连着一张地画，也不怕噎着人。”

旁边的俊秀青年只是浅笑，谢驰斜他一眼：“笑什么？”

青年道：“太子能在青州起势，又在短时间内占据兵家要地徐州，想来非是传言中那等昏聩无能之辈，他若真能夺下江淮，往后和北庭一南一北夹攻李信，的确是良机。救太子妃妹妹一事，也算是替北庭解围，真要让她去北戎和亲了，李信那边大有文章可做，便是发兵北上讨伐我们也师出有名，借此机会解了北庭之围，又让太子夫妇欠咱们一个人情，有何不好？”说着，他看向谢驰，“二弟莫非还在耿耿于怀手上那个牙印？”

此人正是连钦侯庶长子，谢桓。

他不提这事还好，一提这事谢驰就黑脸：“小爷就不该亲自去救人，被咬一口算什么，人都全须全尾地带回来了，还被老头子罚了三十军棍！”

谢桓无奈摇头：“谁叫你让那姑娘去刷马的？逐云性烈，马厩的小厮平日里都不敢靠近它。还好只是吓得那姑娘跌了一跤擦破了手，若是被逐云踢伤，父亲那边可没法同太子妃交代。”

谢驰现在回想起来都还觉着憋屈：“她吐脏了逐云。”

整个北庭都知道，他们小侯爷，放在心尖尖上的是他那匹大宛骓马。

他恹恹地闭上眼："南都的女人就是麻烦。"

谢桓浅叹一声："秦姑娘是在深闺娇养长大的，如今流落这异乡，你又何必处处针对？"

谢驰突然爬起来，一脸不解地看着他这个平日里沉默寡言的兄长："哥，我怎么觉着你最近怪怪的？"

谢桓睨他一眼："你好意思欺负人家一个姑娘，难不成我还得跟你一起？"

谢驰心里憋屈："我好心救她，她咬我还吐脏了逐云，我只是让她把逐云洗干净而已，这算哪门子欺负？我还被老头子赏了军棍！怎么看都是我受气好不好？"他看着谢桓，"你到底是我哥还是她哥啊？"

谢桓把另一封完好的信推过去："这是太子妃给她妹妹的信，你送过去，顺道给她赔个不是，不然等人家将来回了南都，有这层隔阂在，太子夫妇那边指不定还以为我们薄待了秦姑娘。"

谢驰拿后脑勺对着谢桓："我不去！她回去了要是同她阿姊说我欺负她，那她不是蠢就是坏。这样的人，才不配小爷的赔礼道歉！"

谢桓直接给了他脑袋一巴掌："你还有理了？人家姑娘识大体，回去后不说被你逼着刷马受伤的事，那就是合该受你气了？"

谢驰号称"漠北小狼王"，但鲜有人知，能管住这位小狼王的，除了连钦侯，就只有他这个兄长了。谢驰捂着脑袋嘟囔："行行行！我去赔礼道歉，哥你就不能轻点？以后影响排兵布阵可咋办？"

谢桓都快被气笑了，小狼王在外边威风八面，在家里卖惨耍诨可有一套，他道："行了，母亲不在这里，你装得再惨都没人心疼你。"

谢驰臭着脸捡起了桌上另一封未拆开的信件，走出两步又倒了回去："哥，你还是跟我一起去吧。"

让他干巴巴地说些道歉的话多没面子，反正谢桓能言善辩，让谢桓说，他人过去了，杵那儿相当于也是亲自过去赔礼道歉了。

"你啊……"谢桓哪能不清楚自己弟弟打的什么算盘，抬手点了点他，担心他又闹出什么幺蛾子，还是一起去了。

秦笙自上次刷马受伤以来，就被安置到了侯府西厢的院落，虽蒙精细照料，但初来北庭有些水土不服，又忧心母亲兄长，整个人瘦了一大圈。

上次见到秦笙时，她还是个红衣盛装的美人，这会儿直接成了朵蔫梨花的样子，谢驰都吓了一跳。

谢驰生出几分心虚，她要是这副样子回去，就算她说自己没受委屈，只怕都没人信。

谢桓怕他太惹人嫌，让他先在外边候着。

院门只掩了一扇，谢驰站在外边，能清楚地瞧见二人谈话间，脸上都罕见地挂了笑容。

片刻后兄长招手示意他进去，谢驰酝酿着一会儿要说的话，不自在地进了小院。

秦笙脸上的笑在瞧见谢驰的那一刻就收了起来，只剩强装镇定却依然掩饰不住的忐忑。

谢驰瞬间黑脸，他就那么吓人？

谢桓道："二弟，还不快给秦姑娘赔罪？"

谢驰作了个揖，别扭得像是有人逼他似的："先前让秦姑娘刷马，是我无礼，今日特来赔罪，荆条已备好，秦姑娘大可命人抽我抽到出了气为止。"

立马就有下人抬了一捆荆条进来，眼见谢驰着手解开上衣，秦笙吓得捂眼转身："小侯爷言重了，救命之恩已感激不尽，侯府收容之恩更是没齿难忘，小侯爷负荆请罪，小女子是万万受不起的。"

谢驰领口的盘扣解了一半，用眼神询问谢桓他是继续脱还是就此作罢。

谢桓看了一眼脸都吓白了的秦笙，无奈挥手，示意谢驰退下。

谢驰扣好盘扣，再次别扭地冲着秦笙作揖："多谢秦姑娘大人不记小人过。"

等谢驰出了小院，谢桓才对秦笙道："本想带舍弟前来向秦姑娘赔礼道歉，不料反又让秦姑娘受了惊，谢某惭愧。"

秦笙连连摆手："是我笨手笨脚惹了小侯爷不快，哪能让小侯爷给我赔不是。"

谢桓叹道："我二弟的性子是骄纵了些，但本性不坏，秦姑娘别往心里去就好。"

秦笙摇头："怎会。"

看她怯生生的模样，谢桓下意识地怜惜了几分："秦姑娘住在这儿，只管把这儿当成自己家，有什么不满意的，同管家说便是。"

"劳大公子挂心，府上一切都周到。"秦笙答。

若说漠北的姑娘肆意张扬，像是地窖里最烈的酒，那么秦笙则让谢桓对南都女子有了新的认识。南都的姑娘看似温婉，身上却全是软刺，不扎人，只死死地裹着自己，轻易不会让人靠近分毫。

待谢桓取出那封从青州寄来的信递过去时，秦笙眼中才有了别样的神采。

她紧紧地攥着信封，像是又找到了新的支撑，眼底噙着泪意，嘴角却是含笑的，诚恳道："多谢大公子。"

那翘起的嘴角，不客套逢迎，不暗藏心思，但很好看。

那才是她真正的笑。

日光透过树影洒下来，谢桓微微眯起了眸子。

秦笙捧着信回房，信中秦简言他和母亲已经抵达青州，如今一切安好，只是母亲甚是挂念她，还提及了秦筝在逃亡路上受惊生病、缺失记忆的事。

秦笙没忍住哭了一场，知道家人如今的落脚地后，她当即也写信报平安。

与此同时，秦筝在青州也收到了楚承稷的来信。

他们突袭孟郡的运粮军队很顺利，如今已乔装成孟郡被打散的残兵往孟郡去，劫下的粮草留了少部分人看管，让秦筝这边派人把粮草运回青州。

林尧留守青州，万一别的州府趁此机会攻打青州，总得留个能打的在这里才行，秦筝同宋鹤卿、林尧二人商议派何人前去押回粮草，林尧便举荐了杨毅。

秦筝一时半会儿想不起此人，林尧解释道：“原是我祁云寨东寨的人，和王彪一样都是我过命的兄弟，他在东西寨还未合并时，就被殿下派去吴郡卖丝绸了。”

林尧这么一说，秦筝想起用丝绸向陆家换回来的那一船粮食，就是杨毅和陆则一同运送回来的。既是楚承稷用过的人，秦筝便不再质疑，当即召见杨毅，命他率一千人马前去把劫下的粮食运回青州。

“若是路上碰到朝廷官兵围堵，不敌便烧了粮草撤回，切忌恋战。”秦筝叮嘱。

杨毅抱拳：“末将领命！”

作为谋臣开始旁听政事的岑道溪突然开口：“我有一计，可令杨将军此行更保险，也利于殿下夺孟郡。”

秦筝当即道：“先生请说。”

岑道溪笑道：“殿下秘密行军前往孟郡，杨将军若大张旗鼓地押送粮草，对外号称是一万人马，既让朝廷那边不敢轻易与你交锋，也能替太子殿下掩饰行踪，让孟郡那边误以为殿下带去的那批人马正忙于运送粮草。”

宋鹤卿当即拊掌：“此计甚妙！”

秦筝也面露喜色：“先生果真才智过人！就依先生之计行事！”

她当晚就写信，告知了楚承稷此事。

接下来的两天，因他们刻意放出风声，青州劫了孟郡给朝廷大军押送粮草的军队一事传遍江淮一带。

王彪带领的徐州军也在此时抵达扈州，趁着士气正盛，开始大肆攻城。

外界都以为，他们劫朝廷的粮草，是为了供给扈州那边的军队。

扈州自先前围攻青州被打散后，只剩几千散兵游勇，一直没缓过来，被围了两天，就已经快守不住了，扈州知州四处求援，只可惜援兵一直没到。

孟郡自然也收到了扈州的求援信，先前的徐州守将董达在徐州被夺后，曾借居扈州，如今扈州有难，他屯兵于孟郡，一边是看守粮仓的重任，一边是岌岌可危的扈州，董达委实陷入了两难。

孟郡郡守心知前朝太子下一个要打的肯定是自己，万不敢让董达带兵前去扈州支援，苦口婆心地劝他：“扈州与孟郡相距甚远，你前脚带兵去了扈州，前朝太子转头就攻孟郡，这可如何是好？莫忘了当初失徐州之大意！”

一说起徐州失守，董达就气得肝疼，心知孟郡郡守所言在理，便也不提前往扈州支援一事，只是心中烦闷，觉得对不住扈州知州，毕竟扈州若是城破，扈州知州能不能有命在都不好说。

这天入夜，负责押送粮草的那数百名残兵举着旌旗逃回了孟郡。

城楼上的守将先前就收到过探子来报，知晓有一支残兵将在这两日抵达孟郡。

见城楼下的残兵们身着孟郡官兵穿的军服，又带着孟郡的旌旗和通行令牌，当即下令开城门放行。

两扇精铁打造的城门被百十来名官兵用力拉动铰链才缓缓打开，孟郡的城墙全是用坚石砌成，坚固无比，便是用投石车都未必能砸出个缺口来。

这是江淮一带地势最险要，进可攻、退可守的一座城，亦是城防最坚固的一座城，据闻当初修建这城墙足足耗时两年，死了无数石匠苦役。

城门口处两侧的三脚高架上架着一口大锅，里边扔了不少柴禾，火光燃得正旺，身着孟郡兵服的那支残兵零散地进了城门，眼见守城的官兵要放铰链关城门时，他们突然暴起，同时一支信号弹直直升向了夜空。

守城的将领这才反应过来中计了，歇斯底里地大喝："快关城门！"

这支残兵正是由楚承稷带人假扮的，他们一路截杀孟郡探子，隐藏大军踪迹，只放回去了先前探到残兵行踪的那几个探子，就是为了这一刻。

利刃所过之处，皆是死尸和鲜血，但从城楼夹道拥来的官兵却似蝗蚁一般杀不尽。楚承稷带着数百名精锐搏杀，往日的清雅温和褪得一干二净，只剩血戾："守住城门！"

孟郡易守难攻，假扮孟郡残军骗开城门，从城门处突破，是他同一众幕僚商议后的最佳方案。

只要守住城门，待大军兵临城下，拿下孟郡基本有如探囊取物。

这几百名精锐个个都是以一当十的好手，一时间，孟郡城门再难合上。

脚下的地面颤动，远处的夜幕里传来低沉的犀角声，喊杀声和呜呜的角声混在一起，似飓风席卷着海啸而来，听得人心头发颤。

"敌军开始攻城了！"城楼上的官兵被吓得六神无主，守将亦是心急如焚，指挥着毫无章法的官兵，"五百步外投石车准备！两百步内弓箭手准备！"

攻城来得太突然，他们没收到任何消息，前几天扈州还因徐州军的攻势来急报求援。

他们以为太子那边劫了粮草，总得先把粮草运回青州，怎料他们竟是一刻不停地朝着孟郡打来了！

眼见城门还关不上，守城的将领也顾不得那么多，直接对着箭楼的官兵下令："放箭！"

城门下方还有不少前去关城门的官兵，这道命令一下，无非是要无差别放箭了。

楚承稷武艺不凡，姑且能挡开漫天飞来的箭镞，可其他将士却不断倒下。

城外雷鸣般的马蹄声在逼近，只要再多守一刻，援军就能抵达城门口！

楚承稷沉着地指挥余下将士："砌尸墙！"

箭雨太过密集，把城门口处的尸体堆起来，既能阻挡一部分箭镞，也能在一定程度上阻止官兵关城门。

尸体很快被堆成一堵墙，借着这层掩护，楚承稷和余下的将士成功撑到了大军兵临城下。

黑夜为这场攻城提供了最好的掩护，城楼上灯火通明，无异于一个活靶子，让攻城的军队能准确调整投石车，不断有滚石投掷到城墙上，城墙被砸得颤动，沙石掉落。

攻城的将士连火把都没打，城楼上的官兵受限于可视范围太小，只能凭直觉在远射程里投掷滚石。

等城楼下的攻城军队进入了弓箭射程内，城楼上的弓箭手便分两拨轮换向下方放箭，箭镞铺天盖地。

可惜对方早有准备，走在最前排的将士竖着一人高的厚盾，连成一堵盾墙，后排将士则把厚盾高举过头顶，前后两人一起抬着盾牌，在上方也竖起一道盾墙，整支军队简直成了一个会移动的巨型铁皮怪物。弓箭奈何不了他们，偏偏他们还会从盾墙间隙里，用弓弩朝着城墙上的官兵放箭。

援军抵达城门后，孟郡城门是合不上了。

盾墙向前推进，将楚承稷一行人全护了进去。

先前在城门处拼杀的将士们得以缓息片刻，楚承稷下令：“众将士听令，每十五人一组，持盾者掩护弓弩手，从两翼和正前方逼近箭楼。”

抵达箭楼后，前一小队的将士便在箭楼的视线死角里往上攀爬，趁其不备，发起近距离突袭，让箭楼上的官兵防不胜防。拥进来的攻城将士借用这样的方式，很快同城外的将士里应外合，杀得守城的官兵节节败退。

看守城门的将领眼见大势已去，拉了个小将过来：“尔等先在此守住，我去通知郡守大人！”言罢就匆匆下了城楼。

城楼上的官兵见守城的将领仓皇骑马离去，战意大减，很快便败下阵来。

楚承稷得知守城的将领逃去郡守府报信，却并不带兵追去郡守府，而是直接抓了一名小将，逼问出粮仓的建仓地址，点了一队人马，直接往粮仓去。

孟郡的粮仓里，存放的是整个江淮一带的粮食，孟郡若是守不住，郡守十有八九会放火烧了粮仓。

去郡守府擒人极大概率会扑个空，去粮仓若是赶得及，说不定还能救下那些粮草。

守城的将领离开城门后，骑马一路狂奔，果然碰上匆匆赶来的孟郡郡守和董达。

那将领下马跪地悲哭道：“大人，末将万死难辞其咎！”

孟郡郡守与董达互望一眼，都从彼此的眼中看出了惊骇，孟郡郡守颤声问：“城门失守了？”

将领哽咽颔首：“前楚太子狡诈至极，装作咱们押送粮草的那支残军，入夜前来叫开城门，末将中了他的奸计！”

身经百战的董达狠狠地叹了口气，城门大开，对方只要来个里应外合，孟郡便是再固若金汤，那也是别人的盘中肉了，他痛骂道："那等小辈，先前夺我徐州也是愚弄老夫！这次老夫便是身死此地，也得叫他剥下一层皮来！"

孟郡郡守在听闻城门失守时，就已经吓得面如土色，此刻听得董达的话，才抓着救命稻草一般对他道："依我之见，前楚太子只敢偷袭，我去守着粮仓，若有意外，烧了粮仓，也算是叫那小儿费力不讨好了！"

孟郡本就是郡守的地盘，由他去守着粮仓，董达不觉得有什么不妥，当即一抱拳，允了。

二人分道扬镳，孟郡郡守带着守城的将领一同去守粮仓，董达则往城门口那边去围堵楚承稷。

楚承稷领着三千精骑经过一条街巷时，四周黑洞洞，静谧异常。

他勒住缰绳，抬手示意自己身后的将士们停下，副将得了他眼神暗示，让一个骑兵下马，一鞭子用力甩在马背上，没有驮人的战马当即向前跑去。

街巷两侧的屋舍里、门窗处突然下急雨似的射出一片箭雨，那匹战马直接被射成了个筛子淌血倒地。

这条街早有埋伏，但被发现了，那就是无用的埋伏了。

四周燃起火把，董达骑着一匹汗血宝马出现在前方，他身后的街巷里站满了官兵。

董达喝道："楚氏小儿，你愚弄老夫，诓走老夫的徐州，今日老夫必让你血债血偿！"

楚承稷虽只着了一身普通将士的甲胄，可那通身的气派，还是一眼就能让人认出他来。

"董老将军好歹为了二十余载的楚官，如今虽成为李家走狗，见了孤，还是须唤孤一声'殿下'妥当些。"

董达一生廉正，身上最大的污点大概就是晚年变节了，他面露恨色："你楚氏无道，可知天下人之苦？楚帝在位时，听信谗言，掏空国库大修道观，赈灾官银哪个是落到实处的？满朝光鲜者，皆是蝇营狗苟之辈，哪管天下百姓死活？"说到愤慨处，董达面色涨得通红，"我董达一介武夫，非是士大夫之族，做不来那些舍生取义之事，我只知晓我乃徐州父母官，只要能保徐州百姓安然无虞，那龙椅上坐的人，姓楚还是姓李与我何干？"

楚承稷身边的副将刚要骂回去，便被楚承稷抬手阻止了，他道："董将军为保徐州百姓，归顺李贼，那董将军可知李贼麾下大军又劫掠了多少州府？徐州百姓是人，天下其他州府的百姓便不是了？"

一句话说得董达面红耳赤。

李信从祁县打到汴京，一直都是打下一座城就抢掠一座城，所以他的军队攻势一直都如恶狼一般猛烈。

董达当初肯降，就是知道以徐州之力，压根挡不住李信的攻势，与其等到死守城破，还不如献降以保徐州百姓平安。可在徐州没能及时补给军需，李信的军队就只能去别的地方抢，徐州百姓是平安了，却又有其他州府的百姓遭殃。

统领这片河山的一前一后两个君主，不过是谁比谁更烂罢了。

见董达不说话，楚承稷继续道："孤拿下徐州后，秋毫未犯徐州百姓。"

这话让董达的面上有了些异样的情绪，楚承稷在马背上单手抡过长戟："孤知晓董将军爱兵如子，董将军手中这些人马，对上孤带来的这万余大军，便是分出了胜负，也得死伤过半。董将军不若同孤约法三章，你我二人马背上分高下，董将军若胜了，孤退兵。反之，董将军交还徐州兵符。"

董达手中的这支军队，也是前楚的军队，只不过跟着主人一起易主罢了，董达抿紧嘴角，应下："好！"

孟郡城门已被攻破，对方士气正高，反观他自失了徐州以来，连吃败仗，麾下士气低落，若当真是两军相杀，他这边不一定能讨着好。

两方人马都往后撤，两方主将高居于马背之上，空气里的战意，一触即发。

董达大喝一声，率先驾马冲杀过来，他一生戎马，手上那柄虎头錾金枪在战场上斩将无数。

楚承稷看着他逼近，却不为所动。

董达那边的副将瞧见了大喜过望，还以为是楚承稷在马背上被吓得不敢动弹了。

楚承稷这边的副将则是捏了一把冷汗，兵器讲究一寸长一寸强，借助战马疾驰的冲击力，刹那的力道能比平日里大数倍。董达驾马冲来，楚承稷却立于原地不动，这怎么看都是失了优势。

董达见楚承稷在马背上没动，暴喝一声，手中长枪朝着楚承稷的腰腹狠砸过去。

楚承稷抬起手中的长戟接下这一击，力道震得虎口阵阵发麻，坐下的战马都被逼得后退了两步，但楚承稷却将身形稳定了下来。

反观董达，因疾冲的力道在马背上仰过身，连人带马被逼退好几步。

一时间董达心中大骇，这前楚的草包太子，何时有这般能耐了？

围观的两方将士也惊呆了，楚承稷的副将赶紧高举手中兵刃，带领身后的将士们长枪拄地，一起给楚承稷助威。

夜幕里，董达身后的官兵在这片助威声里，士气愈发低下。

董达似乎也被楚军的助威声给刺激到，再次攻来时，势头虽猛，但屡出破绽。楚承稷同他过了几个回合，直接把他给挑下了马，长戟直指咽喉。

打到现在才败，董达心中反而没有惊讶和不服了，他爬起来半跪于地，掏出虎符高举过头顶："是董某技不如人。"

副将下马接过虎符呈给了楚承稷，楚承稷看着他道："董将军若肯继续为大楚效力，孤可把徐州交与董将军打理。"

徐州乃兵家要地，直接提出把徐州交给董达，可见对其的器重程度了。

董达却只是摇头，他看着楚承稷，脸上的神情很是复杂，似欣慰又有几分壮烈："董某侍奉二主，不配再为楚臣。”

他最后看了一眼身后那支自己一手带起来的军队，对楚承稷道：“只望殿下重整河山后，做个明君，莫要再让天下百姓置身水火。”

言罢直接拔出藏在靴筒里的匕首，竟是引颈自戮了。

“将军！”原先的徐州将士们个个神情悲恸，有的甚至悲哭不已。

楚承稷看着董达的尸体，勒着缰绳的手却紧了几分，他吩咐副将：“厚葬董老将军，抚恤其家眷。”

副将抱拳应是。

楚承稷留下副将在此编整董达的军队，自己则继续带人往粮仓去。

他本以为孟郡郡守那边得到董达身死的消息后，已经烧毁了部分粮仓，怎料抵达后，竟不见半点火光。

孟郡郡守带人候在粮仓大门口，见楚承稷率大军而至，直接跪地相迎，谄媚道：“殿下可算是来了！微臣一直带兵守在此处，等着亲自把粮草交与您！”

# 第十七章

# 吃味

秦筝望着他浅浅地笑了起来。
何其有幸，她遇到了这样一个人。

孟郡郡守说出那番话后，无一人应他，他伏跪在地，脑门上的冷汗珠子不停地往外冒。

沉默的气氛让孟郡郡守只觉得呼吸困难，跪在地上的身躯都不受控制地发起了颤。

楚承稷驭着战马走近，马背上传来一道裹着寒意的冷冽嗓音：“下跪者何人？”

孟郡郡守赶紧道：“下官孟郡郡守蔡翰池，景顺三年进士。”

因为楚承稷迟迟不说话，蔡翰池一颗心又提了起来，先前朝廷大军围困青州时，他派兵突袭过楚承稷的人马，这会儿最担心的就是楚承稷秋后算账。

怕粮仓不足以保住自己的性命，蔡翰池忙把这些年敛的财也全给抖了出来：“那反贼李信占据汴京以来，下官虽假意降他，主要还是为保孟郡粮仓，如今殿下亲临孟郡，取回粮仓，下官也算是幸不辱命！下官在孟郡经营多年，攒了些家私，愿尽数献给殿下，助殿下早日夺回大统！”

若是秦筝在此，必然得惊叹此人竟能厚颜无耻至这般。

楚承稷一句废话都没说，直接吩咐左右：“拿下。”

蔡翰池仓皇求饶：“殿下且留下官一命！下官必定为殿下效忠！”

楚承稷眼角眉梢俱是冷峭：“孤麾下一员猛将险些命丧你这奸佞之手，留你这趋炎附势之辈，回头再让你降李信一次吗？”

蔡翰池连道不敢，虎贲将士直接堵了他的嘴将人拖了下去。

楚承稷吩咐底下将士：“清点粮仓！”

江淮一带的州府年年收缴上来的粮食都贮藏于孟郡，但凡朝廷南方有战事或是需要拨粮赈灾，一向是从孟郡调粮，孟郡这粮仓，保守估计也得有五十万石粮。这些粮食，足够供养一支十万人的大军整整一年。

因为粮草数量庞大，清点起来颇费时间，楚承稷留下一名督军在此监察，自己则去了郡守府。

楚承稷进府后发现院子里站满了身着锦衣珠翠的美貌妇人，眉心下意识一蹙：“这些是何人？”

副将抹着汗解释道：“这些都是蔡翰池的家眷，不算养在府上的歌姬舞姬，单是有名分的妾室，都有二十六房……”

这小小一个孟郡郡守，后院的阵仗都堪比土皇帝了，楚承稷眸色渐寒，问：“郡守府粗略清点出了多少银子？”

郡丞答：“还未核算蔡家的田产地契，单是这府上搜出来的真金白银、古董字画，保守估计得有二十万两白银。”

孟郡郡守一职，一年的俸禄三百石，蔡翰池能攒下这样大的家业，无外乎靠贪腐搜刮，怪不得蔡翰池竟想用这些钱财来保他自己一命。等田产地契和各处铺子的账目清算出来，不知还有多大一笔数目。

楚承稷道："尽数查封充公，郡守府的姬妾，愿离去的给她们银钱离去，拖儿带女走不了的，一并看押起来。"

副将应是，又问："殿下，那姓蔡的如何处置？"

楚承稷敛眉思量片刻，道："先收押入狱，此人后边还有用处。"

副将连忙抱拳应是。

一直忙到后半夜，孟郡的一应事宜才算交接完毕，粮仓那边也清点出来了，一共囤积了五十五万石的粮食，先前给朝廷大军运送十万石，被楚承稷带人劫了下来，如今粮仓还剩四十五万石粮食。

楚承稷派了一支精锐部队严守粮仓，又三令五申进城的将士不得叨扰孟郡百姓。

第一道鸡鸣声响起，他总算写完了寄往青州的信件交与亲卫，让他天亮就命信使送去青州。

解衣睡下时，松开那条蹀躞带，不知怎的想起了秦筝，和那雪肤上他留下的惑人红痕……

楚承稷揉了揉眉心，折身去净房淋了两桶冷水才回来睡下。

秦筝收到楚承稷的来信已是在两日后，得知成功拿下孟郡，宋鹤卿险些喜极而泣。

王彪已顺利拿下扈州，楚承稷那边又直接抢了朝廷在江淮一带的粮仓，现在虽兵力不及，但胜算起码多了一半。

"没了孟郡供粮，朝廷那七万大军后边只能从太原调粮草过来，费时费力，只怕这会儿李贼正暴跳如雷！"宋鹤卿捧着捷报的手止不住地颤抖。

其余谋臣个个也都是喜形于色，只有岑道溪紧锁眉头，似还在顾虑什么。

秦筝瞧见了，道："此番殿下能顺利拿下孟郡，先生也有功，待殿下归来，本宫定会禀与殿下，重赏先生。"

岑道溪拱手道："为臣本分，理当如此。"

秦筝问："我观先生面露忧色，可是有何不妥？"

岑道溪道："叫娘娘笑话了，岑某只是想起先前暴雨造成的沿江水患，想亲去元江过境的地域瞧上一瞧。"

岑道溪虽名声在外，但看起来实在是年轻，脾性又古怪，不少谋臣都觉着他不过是沽名钓誉，对他颇有不服。

现在他又没头没尾地提出忧心青州水患一事，在一些人眼中自然就是装腔作势，当即就有人发出轻嗤声。

秦筝道："先生时刻记挂青州百姓，委实叫本宫动容，本宫的确也有意从元江引流挖沟渠，以便灌溉农田，先生便替本宫亲去实地勘察一番。”

秦筝都为岑道溪说话了，那些个公然对岑道溪抱有敌意的声音也就小了下去。

修沟渠的确是秦筝之前在暴雨引发水患时就想过的事，青州良田诸多，一入夏，庄稼渴水，往年虽有大渡堰那边的水库放水流入河道，让沿江百姓能去江边打水灌溉庄稼，可效率低下，离江远的村落，便只能眼睁睁地看着庄稼被晒死。

若是以元江为主干道呈蛛网般修建沟渠，既能在雨季起到很好的泄洪效果，又能在旱季引水灌溉农田。

她不知岑道溪为何突然在此时提出要查看元江周围地势，但总觉得应当是有他的原因在里边的，只是现在还不好直说。

最终这场议事以秦筝赏了岑道溪十金收尾。

所有幕僚都退下后，秦筝单独留下宋鹤卿问：“岑先生貌似与其他幕僚不和？”

宋鹤卿摇了摇头，叹道：“但凡怀才者多有傲气，旁人与他结交，不入他眼的，他便连客套都懒得客套，自然就有了龃龉。”

听到这样的回答，秦筝也没法子了，这些日子她也察觉到岑道溪的脾气有多难整。

瞧着是一副温文尔雅好说话的样子，刻薄起来却叫人头皮发麻。

她都想不通，以秦简那正直得跟秦国公一脉相承的性子，是怎么跟岑道溪处成好友的。

京城。

确如宋鹤卿所言，孟郡和扈州同时失守，消息传回汴京，李信气得直接在朝堂上掀了龙案，当日下朝后就召了几个跟着他从祁县发家的心腹前往御书房商议对策。

“北有连钦侯虎视眈眈，南有前朝余孽来势汹汹，诸位认为当下如何是好？”李信负手在龙案前来回踱步，眼神荫翳。

“连钦侯手中的十万兵马悍勇异常，非是前朝太子那帮乌合之众可比，臣以为，陛下还是不可松懈对连钦侯的防范。”一名老臣道。

李信阴冷的目光扫过去：“前朝余孽那边先取青州，后夺徐州，现在连孟郡也收入囊中了，就这么放任不管？”

“前朝太子取这三城，靠的都是些下三烂的伎俩，真正同朝廷大军对上不一定能取胜。此番屡有胜迹，无非是利用武嘉帝诞辰，前往云岗寺祭拜，借此涨了一波士气罢了。咱们若能乱其军心，朝廷大军与之对阵时无异于打一盘散沙。”老臣眼中精光闪现。

李信驻足问他：“如何能乱其军心？”

老臣道：“他前楚有个开国皇帝乃武神转世的传言收揽民心，咱们就放出个祸国妖姬乃亡国之象的言论出去，陛下您说天下百姓会信哪个呢？”

李信沉吟片刻：“你是说在秦家女身上做文章？”

老臣笑道：“陛下忘了，当初若不是放出他沈彦之是为夺妻之恨而反的风声，秦国公在朝堂上能受排挤？太子无道会传得尽人皆知？”

楚帝再不满太子，却也还要皇室的脸面，太子娶秦家女一事在朝臣跟前丢脸也就罢了，若是闹得全京城百姓都知，失的是皇家的颜面。所以一开始，连汴京百姓都没几个知晓太子妃曾和沈家有过婚约。

正是这风声放出去后，太子、太子妃、沈家世子才成了百姓们茶余饭后的谈资。

李信不以为然：“不过一妇人，前朝太子休了她便是！”

老臣摇头：“秦国公以死明志，前朝太子若休了秦家女，那位秦大公子口诛笔伐的只怕就是前朝太子了，且让他们狗咬狗一阵。”

李信想起秦简作的那些声讨他的诗词文章，心中就窝火，气得牙痒痒。

但偏偏秦家在天下读书人眼中颇有分量，那些文章被到处传抄，他杀得了一人，却杀不了天下千千万万的读书人。

等前朝太子休了秦家女，让那些穷酸书生去骂骂前朝太子也好。

李信当即就道：“就依你所言！”

楚承稷已起用京城陆家人，留在京城那边的暗桩自然也全被盘活了。

前朝太子夫妇和沈家世子之间的那点纠葛在京城基本上已经是三岁孩童都知晓的事了，只不过从前百姓议起此事，大多是声讨前朝太子昏庸，楚国皇室无道。

这次再被提及，却变了个味道，言语间大都是“若非太子妃生了副祸水容貌，也不会叫太子看上，更不会让沈家世子对她念念不忘，最终反了前朝”。

话里话外都成了秦筝的不是，刻薄些的直言莫不是秦筝使了什么狐媚子手段。

新一波的流言刚掀起，就从暗桩那边传到了楚承稷的耳朵里，楚承稷想起之前同秦筝看的那些话本子，扬了扬眉。

那些东西……倒也不全是一无是处。

他提笔写了一封信，命人送到了京城暗桩那边。

秦筝在青州，对这场远在千里之外的舆论风波半点不知情。

直到林昭捧着最时兴的话本出现在她跟前，一脸感动地问她：“阿筝姐姐，您为殿下做了这么多吗？”

秦筝一脸茫然。

林昭看出她的不解，赶紧指了指手上的话本：“这册话本虽没用您和殿下的名字，但据闻全是照着您和殿下的事迹写的！”

秦筝接过狐疑地瞅了两眼，话本人物的确是参照她和楚承稷写的，但内容就有些离谱。

话本里的太子不知上进，被太子妃耳提面命地逼着读书，太子不懂礼贤下士，太子妃就亲自接洽忠良之士，回去继续苦口婆心地教导太子……

话本里把太子能从一个废物变成才子，全都归功于太子妃。

秦筝看完的第一想法是：谁胡编乱造这些想谋害她?

她赶紧问林昭：“哪儿卖的话本？”

林昭挠挠头道：“城内各大书肆都有卖，都被抢光好几轮了。”

普通话本子哪有太子夫妇的发家史吸引人？这话本子一出来就被抢购一空，各大酒楼的说书先生们也很会紧跟时事。

秦筝派人把青州城内的这些话本全买光了，勒令书肆老板不许再卖，得知这话本在其他州府卖得也异常火热时，秦筝委实是慌了，赶紧写信告知楚承稷此事。

楚承稷回信让她不用管时，秦筝还很是费解，几天后她才找到了答案。

那日她维护岑道溪，落了一些幕僚的脸子。

大多数人虽不服，但被秦筝敲打一番，还是老实了。

但其中一个姓陈的幕僚，对于秦筝决策青州一事极为不满，觉着女人家哪懂政事?

只是宋鹤卿、林尧等文武重臣都对秦筝唯命是从，青州百姓对秦筝的呼声也极高，他那满腹抱怨无处发泄。

被秦筝落了脸子后，他一直怀恨在心，听京都友人说前楚灭亡乃太子妃之祸时，深觉有理，却又不敢说起此事，他深感怀才不遇，心中憋闷，索性买醉解愁。

酒意上头，他洋洋洒洒地写了一篇文章，讥讽秦筝前有婚约、后嫁太子，靠美色让太子放权与她，一个妇道人家掂弄权术，视三军性命为儿戏，再暗讽她屡屡维护岑道溪，莫不是暗通首尾?

可文章还没传出去，他单是在酒肆里嚷嚷，邻座的人听见他诋毁的是秦筝，直接拍桌而起，大喝一声：“这人骂太子妃！”

一时间，所有人的目光齐刷刷地射向了那个幕僚。

那幕僚醉得厉害，嘲讽道：“历来妇人当政都是亡国之象，汴京是如何易主暂且不提，身为女子不守妇德，也不怕贻笑大方——”

酒肆里不知谁暴喝一声：“打他！”

霎时间，整个酒肆的人都冲了过来，对着他就是一顿拳打脚踢。

“我呸！太子妃娘娘为青州做了这么多事，轮得到你来诋毁？”

“老子去修过城防！就是太子妃亲自指导工匠们的！”

“俺都听说了！太子殿下娶了太子妃娘娘才痛改前非，一心上进的！你是个什么东西，竟敢搬弄是非！”

街头路过的行人本是凑过去瞧瞧热闹，但一听说是有人辱骂太子妃，便立马挽起袖子加入了战局。

等官府赶过去时，那幕僚被打得只剩半条命。

官兵见幕僚鼻青脸肿，折胳膊断腿，实在惨不忍睹，把人给抬医馆去了。

事情一发酵，城内百姓只知是有名幕僚公然诋毁太子妃，哪能忍得下这口气，直接堵在幕僚们居住的别院门口，看到有幕僚出来就扔烂菜叶子和臭鸡蛋痛骂，吓得别院里的其他幕僚们一整天都不敢出门。

这下所有幕僚算是看明白了，在青州可以说太子的不是，但谁敢说一句太子妃的不是，那便是与所有青州百姓为敌。

秦简听说此事后，仍不解恨，写了一篇长文回敬那幕僚。

通篇虽不见一个脏字，但秦简直接把幕僚作的那篇讽刺秦筝的文章给秒成了渣。

据说那幕僚醒来，看到秦简命人送去的文章后，当场又给气晕了过去。

岑道溪本来也打算让那诋毁他的幕僚见识一番什么叫读书人骂人的水平，但看完秦简的文章后，直接笑眯眯地收起了笔。

这事在秦筝这里倒是没掀起什么风浪，每日公务繁忙，她哪有闲心去搭理一个嘴碎的幕僚。

后来知道是李信的计谋后，她只觉那边格外会恶心人。

不过楚承稷想出这么个接招的法子，委实是她没料到的。

他倒是大方，直接拿他自己的名声给她铺路，想起林昭给她看的那册话本，秦筝忍不住失笑，在回信时顺带提了一句那幕僚的事，夸他格外有先见之明。

秦筝写好信，走进内室时瞧见楚承稷放在架子上的那套戎甲，顿住了脚步。

那套甲衣挂在木架上，像是穿在它主人身上一样。秦筝走过去把臂甲摆正，心底莫名生出几分酸涩，抱了一抱那套甲衣，她觉得自己是有些想他的。

算算日子，楚承稷这次离开青州，又是一月有余。

他攻下孟郡后，又一口气拿下了周边不少小城，因孟郡还无人可担大任，怕有万一，他一时半会儿也抽不出空回青州。

如今青州、徐州、扈州、孟郡这四城都已落入他们之手，点连成面，四城围起来的那片版图，全插上了楚旗，原本天下的三分势力成了四分。

北有连钦侯和李信，南有他们和淮阳王。

正如李信和连钦侯一直相互撕咬一般，先前他们还不成气候，不足以被淮阳王放在眼里，现在他们跟李信交战时，也不得不防着淮阳王了。

青州的城防修整告一段落后，秦筝又一心想把青州的农业给提上去，为了更熟悉耕作，她还研究起了农书，想着若是效果不错，往后也可以在其他州府试着推行。

高筑墙、广积粮总归是没错的。

在那封信寄出去后的第三天，秦筝正要跟着宋鹤卿等人去实地勘察以确认开挖沟渠的路线时，楚承稷却突然回来了。

秦筝在心底估算了一下青州和孟郡的距离，惊觉他分明是在收到信的当天就动身了。

楚承稷凯旋的消息不胫而走，从城门口到府衙，一路上都有百姓夹道相迎。

“殿下归来了！”

“听说殿下此次出征，不仅拿下了孟郡，还一举打下了孟郡周边数座城池！”百姓们激动得挤在街道两侧热烈欢呼。

楚承稷坐在高头大马上，身后跟着百来个轻甲骑兵，威风凛凛。

军队抵达府衙时，秦筝早已带着众人候在大门处。

这是他攻下孟郡后首次回青州，城内这般热闹，也有几分庆功的意思。

为显庄重些，秦筝今日没穿那些素色的常服，而是一袭绛紫色的金丝白纹昙花曳地衣裙，只叫人觉着贵不可言。

楚承稷一眼就瞧见了秦筝，他翻身下马，大步流星地走至府门前，秦筝蹲身一礼：“恭贺殿下凯旋。”

秦简、宋鹤卿、陆家人，以及一同候在门外的谋臣们也纷纷揖拜：“恭贺殿下凯旋。”

自汴京易主后，秦简还是第一次见楚承稷，不得不说，眼前这人仿佛脱胎换骨一般，龙章凤姿、卓尔不凡，很难叫人把他和原先那个臭名昭著的太子联想到一起。先前秦简还当他得了能人猛将相助，此刻见了本尊，只觉得便是有朝一日他打回汴京，也不足为奇。

“免礼。”楚承稷开口，众人自发地让出一条道来，楚承稷从秦筝身旁走过时，再自然不过地牵起了她的手。

秦筝脸上微烫，大庭广众之下，还有那么多谋臣看着，他也不知收敛些。

她随着他的步伐往回走，手上不动声色地用了些力道想抽出来，却被他拽得更紧，秦筝把脸绷得更紧了些，生怕叫人瞧出异样来，手上也不敢再用力挣了。

始作俑者的脸上倒是一派严正，还问起宋鹤卿近日的政务来。

被问话后，宋鹤卿一板一眼地答道：“先前遭遇水患的灾民救治及时，并未造成伤亡。村落屋舍正在重建中，田地损失也不算重，庄稼补苗了，秋后应当有七成收成，只是死了不少家禽牲畜，太子妃娘娘怕引发疫病，下令全烧了。”

楚承稷道：“遭水患的几个村落，今年减免税收。”

重建村落都还得官府出面补贴，秋收时，等官府征走了粮，村民们几乎就没法过冬了。

宋鹤卿的声音明显比先前激动了几分：“老臣代那几个村落的百姓谢过殿下！”

前方就是通往后院和议事厅的岔道口，正值酷暑，楚承稷裹着铠甲实在是闷热，他对身后的一干臣子道：“尔等先去议事厅等候。”

宋鹤卿等人心知他是要回去换身常服再来议事，便纷纷揖手恭送。

进了后院，秦筝便命厨房送水去房间，下人很快便备好了沐浴的水。

楚承稷张开双臂，任秦筝帮他拆下那一身玄甲，秦筝忍不住道：“你回来穿这么一身重甲作甚？也不嫌沉得慌。”

她正低着头找他胸甲上的暗扣，因头发全盘了起来的缘故，一段光滑细腻的雪颈便暴露在空气中。

楚承稷的喉头微动，胸甲还没解开，他直接擒住了那双柔弱无骨的手，将人拥入怀中：

“收到你信的那天在军营练兵，突然想见你，就回来了。”

意思是他没来得及换那一身甲胄。

秦筝心口一阵酸胀，问：“你回来了，孟郡那边怎么办？”

楚承稷发笑：“你当我在那边月余，凡事都是亲力亲为吗？总得找些能用的人出来。”

秦筝脸上微红，推搡他：“是我多虑了，宋大人他们还在议事厅等着，殿下沐浴后快些过去吧。”

楚承稷直接把人抱起，让她坐到了梳妆台上，摩挲她娇嫩的面颊：“阿筝就不想我？”

秦筝看着他近在咫尺的俊颜，脸上晕开一片桃色，耳边只剩下自己的心跳声。

她瞄了楚承稷一眼，在他唇瓣上飞快地碰了一下就退开，跟只兔子似的望着他，仿佛在说“知道我想不想你了吗？”。

秦筝自己都觉得不可思议，她偷亲的这一下，让她浑身的血都好像在往脑袋上涌，整个人莫名地紧张。

唇上的那片温软只是一触即分，却让楚承稷怔了好一会儿，他唇边多了一抹笑意：“下次跟阿筝学。”

秦筝尚没反应过来他那话里的意思，就已经被他扣住后颈吻了下去，秦筝声线不稳地道：“你还去不去议事了？”

楚承稷紧紧地拥着她，闭上眼几乎是自暴自弃一般，道：“不去了。”

他若是不去，的确也没人敢说什么，可这青天白日的，他这一回来换衣服，就再也不见人影，秦筝想到自己往后还得同那些谋臣交涉，只觉得面上躁得慌。她从他的怀里挣了出去，跳下梳妆台，催促他：“去沐浴。”

楚承稷抬起手背盖在眼前，好一会儿才认命地起身往净室去了。

从净房出来，楚承稷换了一身清爽的袍子，瞧见桌上那碗冒着凉气的酸梅汤时，瞥了秦筝一眼。

秦筝奇迹般地看明白了他那个眼神，“此地无银三百两”似的解释了一句：“天气太热了，消暑的。”

楚承稷没说话，端起那碗酸梅汤喝了个干净才出门去了。

秦筝也不知怎的，竟生出几分心虚来。

时辰尚早，她估摸着楚承稷少说也得一个时辰才能回来，打算去厨房看看备了什么菜。

天气一热，没什么食欲，厨房老师傅特意煲了一锅酸萝卜老鸭汤开胃。

快到中午时，楚承稷才从前院回来，下人端着饭菜进屋布膳，秦筝亲自给他盛了一碗老鸭汤。

秦筝屏退了老仆，道：“见你回来后心事重重的，怎么了？”

他不在的这月余，青州没发生什么大事，秦筝猜不出他从前厅回来后兴致不高的缘由。

楚承稷给她夹了一箸菜，漫不经心地问了句："岑道溪此人，你以为如何？"

秦筝不知他为何突然这般问，如实道："岑先生与其他幕僚虽少有交好，但和宋大人谈及治水赈灾，宋大人还称他'言之有物'，想来是个有真才实干的，殿下劫了孟郡的运粮军队后，也是岑先生出奇计，让杨将军谎称是带了一万人马，将朝廷蒙骗了过去。"秦筝有些摸不清他的心思了，问，"有人同殿下说了岑先生的是非？"

楚承稷不答，吃完碗中最后一口饭后放下了木箸，道："听说你要去元江一带，我明日同你一起去。"

秦筝原计划是带宋鹤卿、岑道溪和几个懂得河道治水的官员一起去。

宋鹤卿在地方任职时协助过河运使治水患，对元江一带颇为了解。

岑道溪这些日子跑得勤，元江的分支流域流经的州府地势，他全亲自看过。说他是为了治水但又不像，毕竟那些没泛过洪灾的河流他也去看了。秦筝和宋鹤卿都旁敲侧击地问过他，但岑道溪嘴严，只说是为了防止青州再发水患。

夏季暴雨频发的阶段都过去了，大渡堰和鱼嘴堰的水库里都已经蓄满了水，哪还有什么大雨会造成水患？

其他幕僚嘴上不说，可心底都对岑道溪嗤之以鼻。

秦筝虽然也不太理解，但凭借他先前献计展露出来的才华，又总觉着岑道溪所做的事，有他自己的道理。

此刻楚承稷突然说要陪她去元江，秦筝颇为意外："此去元江少说三五天时间，不耽误你回孟郡？"

楚承稷突然说了句："我刚回来，阿筝就盼我走？"

秦筝总觉得楚承稷这话怪怪的，楚承稷避开她的视线："我下午去书房看些卷宗，在这边静不下心。"

听起来似乎冠冕堂皇，但秦筝还是察觉到了不对劲儿。

自从主屋这边置了书橱和书案后，楚承稷几乎就没去过书房办公。

以往他忙时就在书案那边处理公文，得闲时便不嫌热地跟她挤在竹榻上一起看书，那时他怎么就能静下心来？

楚承稷离去后，秦筝命人偷偷叫来宋鹤卿，问今日议事时都发生了何事。

宋鹤卿一五一十地全说了，秦筝只觉得更奇怪了，楚承稷过问的都是些公事，那他回来后反常是为何？

宋鹤卿似想起了什么，道："殿下听闻有个幕僚酒后闹事，找老臣要了那姓陈的诋毁您的文章，又问老臣，您是否器重岑大人。"

秦筝感觉自己找到了那么一点苗头，却又觉着不可思议，她问："宋大人如何回复殿下的？"

宋鹤卿道："岑大人乃栋梁之材，娘娘虽是女儿身，却有男儿志，一片惜才之心罢了。"

那幕僚诋毁秦筝的文章被及时截下，旁人只知他斥骂秦筝不该干政，嘲讽岑道溪沽名钓誉，却不知他还编造过二人有首尾。秦筝的心中顿时明了，对宋鹤卿道：“我知晓了，多谢宋大人。”

宋鹤卿连道不敢，又说：“殿下是爱重娘娘的，赏了岑大人，又亲去大狱审了那姓陈的幕僚。”

送走宋鹤卿后，秦筝拿了些解暑的瓜果给楚承稷送去。

她敲了两声门，里边没人应声，稍作犹豫，便直接推门而入。

楚承稷坐在案前，跟前摆着一份卷宗，可一旁笔枕上的毛笔尖儿上，连墨迹都是干的，显然是出神好一会儿了，听见声响，他才抬眸往门口看去：“你怎过来了？”

秦筝把果盘放到他案前：“给你送些消暑的瓜果。”

瓜果送到了，她却并不走，认真地看着他一双温凉的眸子：“殿下是在生我的气？”

楚承稷垂下眼皮，神色有些淡：“没有。”

秦筝抿紧了唇：“殿下若实在介意旁人一句诋毁，今后青州大小事宜，我不再过问便是。”

她转身要走，却被楚承稷钳制住了手臂：“我说了，没生你气。”握住她手臂的那只手在一寸寸收紧，他叹息，“……且当我是在气我自己吧。”

楚承稷拉着她坐到了自己腿上，将她完全拥在怀里，心底的躁郁才平复了下去：“大概是有些不可理喻，但看到那篇文章，又听说你屡屡维护岑道溪，我心底……确实不太舒服。”

秦筝正想解释，楚承稷却先她一步道：“我自然知晓你们除了议事，其他时候面都不曾见过。”他在她唇上亲了一下，“可介意就是介意，你没错，岑道溪也没错，问题出在我身上。我自己钻了死胡同，等我想清楚就好了。”

秦筝的神色顿时古怪起来，这人吃醋了，竟是这样一副德行的吗？她打断他的话：“岑先生长我兄长五岁，今年二十有六了。”

言外之意就是不年轻了。

秦筝不觉得年龄有什么，但大楚女子基本十几岁就谈婚论嫁，岑道溪二十有六，的确已算不得青年才俊。

她本以为这样能把人给哄好，毕竟楚承稷和秦简同岁，怎料楚承稷听完，脸色直接僵了。

不懂自己说错了什么的秦筝一脸蒙。

晚间，楚承稷总算回了房。

秦筝想着楚承稷既决定明天陪自己去元江一带巡视勘测，那有必要把自己对于青州农业的规划同他说说。

楚承稷在矮几旁翻看他下午带回来的卷宗，秦筝便捧着农书过去，把书翻开搁在他膝头，撑着脸看他。

"怎么了？"楚承稷半垂下眸子。

"跟你说说我的计划。"秦筝笑盈盈地道。

她鲜少有这般笑得两只眼睛都眯起来的时候，显然是极高兴的，楚承稷看得微微一愣。

他比秦筝高出许多，从他的视角看过去，秦筝的手肘撑着矮榻，掌心托着下巴，嘴角翘起，像极了一只在自己的领地里分外惬意的猫。

他突然就很想揉揉她的发顶，他也确实伸手揉了，五指穿插在她柔软的乌发里，迟迟不肯拿开："你说。"

秦筝指着书页上水车的插图道："我想在离河远的村落挖几条沟渠，再用脚踏水车把沟渠里的水引进梯田里。"

秦筝口中的脚踏水车，则是她在前些日子青州沿江地区发生水患后，亲去田间地头查看时，瞧见村民们所用的抽水工具。虽是木质的，但很是方便。

秦筝说完便眨巴眨巴眼看他，想他给出点意见。

楚承稷道："听起来不错，拿不准的地方，和宋鹤卿他们商量。"

这话倒不全是敷衍，他如今忙于战事，农书这些他的确抽不出时间细看。

得了他这句话，秦筝就放心了。

当初在两堰山时他问她想不想颠弄这乾坤，她说想，而今起势后，他便当真一直让她执政，甚至在旁人诋毁她时，他还不惜以自己的名声为她铺路。

秦筝看着楚承稷极为认真地道："怀舟，谢谢。"

楚承稷笑问："谢我什么？"

秦筝道："若不是你鼎力支持，我怕是没法这么快在青州执政的。"

楚承稷同她视线对上："那也是你有能力稳住大局，我才放心把后背交与你。"

秦筝觉着自己好像变得爱哭了，听他这般说，眼眶又有些涩涩的。楚承稷抬手帮她拭泪，眉心皱了起来："哭什么？"

秦筝只是摇头，自己用袖子胡乱地擦了一把眼，望着他浅浅地笑了起来。

何其有幸，她遇到了这样一个人。

第二日，楚承稷同秦筝一道去勘测河道，宋鹤卿、岑道溪等擅长水利的官员也一道前往。

要想得到一套完整的河道测量数据，岸上部分的平面测量和地形测量，水下地形测量，河流横断面的地表线、水位线这些统统少不了。

为免意外，每次测出一组数据后，都得和前人留下的关于元江的历史水位数据核对一遍，如果相差不大，就测量下一项，若是相差甚远，并重复多次测量依然如此，就得从元江近几年发生的潮汛来推算原因。

秦筝带着懂河道治水的官员们在泥浆里打滚了一上午，才完成一小段河道的数据勘测。秦筝因为陆陆续续做的那些梦，对河道水利都有很超前的见解。宋鹤卿和一众官员同秦筝围在一起，拿笔的拿笔，研墨的研墨，翻卷宗图纸找历史数据的找数据，一群人忙得不可开交。

楚承稷远远看着站在人群中的秦筝，她今早才换的干净衣裙早已沾满泥垢，脸上也还沾着泥印，但似乎从没有哪个瞬间，有她此刻耀眼。

像是鹰隼，终于找到了适合自己翱翔的阔宇。

楚承稷的唇角不自觉地轻提了几分，他心底是有一股为她骄傲的情绪在的。

忽而他唇角的那抹笑收了起来，往侧后方看去，岑道溪正往楚承稷这边走来，不卑不亢地拱手作揖："殿下，可否借一步说话？"

"岑先生要同孤说的话，不能在此地说？"楚承稷语调平淡，里边的威严却不容忽视。

他们现在站的地方，离其他人颇远，便是有人靠近，楚承稷也能及时察觉。

但岑道溪却一再坚持："岑某不才，心中始终有一大虑，殿下亲眼看到了，想来就明白了。"

楚承稷的眉心微蹙，对岑道溪道："带路。"

今日勘测的河道在元江上游，再往上走两里地就是大渡堰。

楚承稷同岑道溪驾马从小道往山上走，至一方高崖处方停下。

元江过境之地，两岸青山都仿如刀削斧劈过一般，山壁岩层裸露、陡直峭立，底下江水湍急奔涌、水声隆隆。只不过其他山脉都还能从岸上找法子上山，但两堰山则是四面环江，压根没有上山的路。

两堰山似一座江中巨岛，硬生生地将元江的水分为了两股，两股江水各呈马蹄形绕过两堰山后，又在下游的主河道汇集。

左边的江水分支挨着株洲，建了鱼嘴堰蓄水，以便灌溉株洲境内的农田；右边的江水分支则属青州，因青州地界横跨南北，且延伸至下游的元江主干道常年雨季发涝灾，旱季又缺水，故在青州境内的元江主干道修建了大渡堰蓄水。

中间的两堰山地处青州和株洲交界处，不属青州管辖，也不属株洲管辖，这也是祁云寨能短时间内在两堰山起势的原因，毕竟两边州府都不愿吃力不讨好，去州外剿匪。

岑道溪带着楚承稷所来的这个山崖口，往下看正好能看到大渡堰和元江这一片流域的走势，他下了马，指着大渡堰道："下官查过青州历代关于大渡堰的卷宗，十万亩水域的蓄水库，便是在大旱时节，也足以供给整个青州的农田用水，建于株洲的鱼嘴堰蓄水能力不亚于大渡堰。"

山崖之下，是烟波浩荡的一片青碧色水域，正因为有大渡堰水库在，青州以南的地域夏季才从不惧干旱，孟郡靠着江淮一带的粮食收成，才有了南方粮仓之称。

楚承稷凝望着这片水域没说话。

岑道溪一时也摸不清这位年轻储君的心思，想到自己接下来要说的事，他看了一眼楚承稷冷峻的侧脸，按下心头莫名升起的惧意，沉静道来："但元江下游的河床里这些年积了不少泥沙，以致河床底部升高，这才导致了每逢暴雨，江水就漫过江岸，淹毁良田屋舍。”

“如今孟郡已落入殿下之手，朝廷失了江淮粮仓，以李信的手段，与其让这块肥肉被殿下吃下，想来更愿意毁掉。”说到此处，岑道溪语气微顿，观察楚承稷的反应。

楚承稷只道：“说下去。”

他虽还未表态，但岑道溪只觉得他似乎已经察觉到自己想说的话了，心中除了惊讶，还有几分得遇伯乐的激动：“若是朝廷那边下令鱼嘴堰放水，株洲江域蓄了满满一水库的水和着泥沙齐齐涌入元江下游，被大渡堰一挡，泥沙沉积在了大渡堰水库，大渡堰河床升高，江水则越过大渡堰进入江流主干道，届时只怕整个青州和下游的孟郡，都难遭此劫。”

堰和坝的区别在于，堰是在一定水位线的范围内能挡水，超过了水位线则越过堤岸泄出去，不会毁坏堤岸；大坝则只能蓄水，洪水要想越过大坝去，除非是冲毁堤岸。

今年雨季已过，大渡堰水库已经蓄满了水，再涌入整个鱼嘴堰水库的水，大渡堰万万是蓄不下的，多余的水只能漫过江水两岸，淹没临近州府。

这个推测实在是太过骇人听闻了些，毕竟朝廷若当真做出此等荒唐之举，必将受天下人唾骂，遗臭千古，所以岑道溪才一再三缄其口，没有挑明了说。

但他的担忧也并非全无道理，朝廷连一个女子的名声都能大做文章，真到了山穷水尽之时，谁也不能保证他们看着楚承稷手中的势力日渐壮大后，会不会采取这等极端的手段。

水淹几大州府，李氏背负千古骂名，那也得有人记下这段史实才会有后人知晓。

若是最终李信胜了，届时史册里怎么写，全凭李氏王朝操控，这段史实还能不能存在都不好说。

他不过一小小谋臣，前来投奔后尚无多少拿得出手的功绩，说出这等妄言，换作别的雄主听到此处，便是不觉得他是乱说一气勃然大怒，只怕也被他口中的危机吓得方寸大乱。

但楚承稷却出乎意料的平静，他转头看向岑道溪，周身有股让人莫名信服于他的力量：“孤想听听先生的破局之法。”

岑道溪反问：“下官只是忧虑有此大患，殿下怎料定下官能有破局之法？”

“先生引孤至此，若是只想告诉孤这一隐患，未免太大费周章了些。”这话一出来，岑道溪看楚承稷的眼神立马不一样了。

若说先前还有几分试探的意思，那么在此刻，岑道溪看到了楚承稷的城府和眼界，才算是放下了心中的最后一丝顾虑。

当下谋臣多以兵法、政论见长，少有会相人的，擅观天象的更是凤毛麟角。

岑道溪当年游学四方时，同一位老者学过观相，他之所以能被秦简说动前来效力，除了亡楚太子集流民之力拿下青州叫他意外，也是看到南方的星象分野出了变数。

只是不巧，他抵达青州时，楚承稷已前往孟郡。不过接待他的太子妃虽是一介女流，但唯贤是用，让他对这位传言中声名狼藉的储君不由得也产生了几分好奇。

能得一干贤臣效忠，又有太子妃这样的贤内助，在他看来，太子应当是与传言中不一样的。

那日太子凯旋，他随宋鹤卿等一众谋臣共同前去迎接，远远看着就觉得这位储君气度不凡，风姿过人，听他同臣子们商议青州诸多事宜，亦是心中有数，句句说到要点。所以他才当机立断，决定在巡查河道时向太子说出自己一直忧虑的事。

太子果然没让他失望，他只说了个头，太子就猜到了尾。

伯乐相马，莫过于此。

他拱手道："不敢欺瞒殿下，下官这些日子巡视了元江在青州境内的各处分支，今年雨季洪涝泛滥的河段在大砍村一带，成因在于此段河流河道扩宽，水流减缓，沉积的泥沙致使河床升高。下官所想到的法子，与太子妃娘娘当下决定修沟渠之举，不谋而合。"

楚承稷问："岑先生的意思是在大砍村的江流上游修挖沟渠？"

岑道溪的眼中放出了光彩："正是，不过并非修挖沟渠，而是借挖沟渠、利农田之名，拓宽分支河道，将元江之水再次分流。"

楚承稷道："如何再次分流？说来听听。"

岑道溪快步走至马前，取下挂在马背上的青州舆图，展开与楚承稷看："太子妃娘娘为修沟渠曾提出过一个方案，清挖大砍村一带元江流域河床的泥沙，使这段河流的河床低下去，形成一段天然的蓄水池，再从旁边地势低洼的宝树村开挖沟渠，元江水流被下游河床高的地方挡回来，便能涌入沟渠，若将沟渠修得宽深些，连通赤水，沟渠便成了一条分支河道，大渡堰蓄不住的水，一半能从此处流向赤水河域。"

想到这个设想若能成功，岑道溪就难掩激动之色："古有'明修栈道，暗度陈仓'，而今有太子妃娘娘修挖水渠灌溉农田在明，暗扩河流想来也不会引得朝廷那边生疑。"

还有一点岑道溪没说，株洲若是开闸放水，便是舍弃了这一年的庄稼收成，李信能不能压下这惊天丑闻且不说，单是株洲大旱闹了饥荒，灾民动乱就够朝廷头疼的。

楚承稷对着岑道溪郑重一揖："孤得先生相助，已是得这天下一半。"

这话的分量不可谓不重，岑道溪连忙还礼，揖拜时比楚承稷更低三分："得遇殿下这样的明主，亦是岑某之幸。"

楚承稷虚扶他一把，道："听闻先生二十有六还无家室，先生若是中意哪家贵女，孤可做主为先生牵一回线。"

岑道溪虽素有才名，但寒门出身，外界对他的评价也是褒贬不一，他在朝为官时都没有哪个世家愿多看他一眼，更别提如今只不过是一介谋臣。

楚承稷这话里大有替他谋一桩亲事的意思，而且开口问的就是贵女，任谁听了，都只会觉着是楚承稷对岑道溪器重有加。

岑道溪也觉着眼前的太子面冷心热，瞧着不近人情，可连部下的终身大事都是留意着的，一时间心中感怀，对他更为敬重："多谢殿下好意，但岑某闲散惯了，一无官名，二无家财，娶妻了也无非是委屈人家姑娘，还是等功成名就后再想成家之事。"

他都把原因说出来了，楚承稷自然也不能再强迫人家娶亲。

回去的这一路，岑道溪见楚承稷兴致不高，以为他是在忧思暗中开拓连通元江与赤水的河道一事，主动挑起话头谈及当下时局，几轮谈话下来惊觉楚承稷的眼界见识都不俗，愈发认定自己当初同意跟秦简一道来青州是来对了。

秦筝忙完发现楚承稷不见了，问了底下的人，听说是和岑道溪单独驾马往山上去了，想起昨日楚承稷的话，她心中还“咯噔”了一下，忙安排将士去寻人，又安慰自己，楚承稷素来公私分明，应当不会刻意为难岑道溪才是。

底下的将士一直没传回来消息，秦筝正忧心不已，见二人谈笑风生地回来，一派君臣和睦的样子，又有些疑惑。

火头营早已备好饭菜，就等楚承稷回来开动。

秦筝便和楚承稷一道在马车里用饭，夹菜时，她狐疑地瞅了楚承稷好几眼，正想问他和岑道溪干什么去了，楚承稷却率先开口：“明日我动身去扈州一趟。”

秦筝夹菜的手一顿：“去扈州作甚？”

楚承稷帮她把菜夹进碗里：“青州府的库房已经开不出官银了，你开挖灌溉沟渠不是需要银子吗？”

秦筝更加不解了，扈州那地儿比青州还穷，扈州府能挪动的官银有多少？他说去孟郡周转些银两回来秦筝还信。

不过孟郡的官银，还得留着发军饷。

一想到银子，秦筝已经记不清林尧跟自己哭了多少次穷了，她叹了口气：“也行，去扈州周转些银子过来，好歹也能多挖几条沟渠了。”

若不是知晓打仗时粮食比银子更重要，她甚至都想卖些陈粮换银子。

楚承稷听她说完，眉梢蹙起：“挖河修渠要多少银钱？”

秦筝差点哽住，她无奈道：“扈州那边能带回来多少银子，你全带回来吧。”

见楚承稷的眉头皱得紧了些，她心说知道为难了吧。

殊不知楚承稷正沉思着，扈州有三处皇陵，他原本只打算先挖一处应应急，既然秦筝让他把银子全带回来，那就都挖了吧，麻烦点就麻烦点。

一轮凉月挂在院角的桂树梢头，几点疏星散布在深沉的天幕，沈彦之负手站在廊下，望着那轮冷月出神。

“沈世子，大皇子有请。”身后紧闭的房门终于打开，侍者恭敬道。

沈彦之转过身，神情平静地由侍者引着进了那间他从下午等到入夜才打开的房门。

大皇子坐在书卷堆积的长案后面，方脸阔嘴，眉眼间戾气深沉。

大皇子乃李信为农时的原配夫人所生，后来农妇病逝，李信凭着容貌胆识入赘了祁县一员外，他是农家出身，所以帮着员外打理田地的产业时，经常减免收租，在祁县声誉颇高。也正是因为这些缘故，后来他揭竿起义时，祁县农人才都拥护他。

大皇子的地位尴尬，他虽是原配所出，可李信所有的威望和声誉，都是后来入赘帮着员外打理田产时攒下的。所以大家普遍都认为，员外女儿同李信生的二皇子，才是继承大统的不二人选。

再后来，李信的势力一天大过一天，女人越来越多，他的儿子女儿也多了起来。

但二皇子母族那边跟追随李信从祁县一同打出去的那些功臣死死抱团，李信坐在那张龙椅上，眼下真正能完全信任的，还是只有最初跟着他打天下的人。所以哪怕不少官家女子替李信生了儿子，却仍不能动摇二皇子在朝中的地位。

大皇子一心想做出一番成就来，让满朝文武看看谁才是真正有资格继承大统的人选，这才自荐带兵前来讨伐前朝余孽。只可惜出师不利，大军还没展开过一次正面交锋，就又让前朝余孽夺了两城，淮南粮仓也落入敌手。

李信震怒，二皇子一党又在朝堂上煽风点火，大皇子处境便更加艰难。

沈彦之便是在此时找上门，提出愿和大皇子合作的。

沈家是最早一批给李信送女人的世家，送的还是自家的嫡女，大皇子对沈家这样的趋炎附势之辈没什么好脸色——他母亲就是败给了这样有钱有权的大家闺秀。

外界都说他母亲是病逝的，只有大皇子自己清楚，李信要权势，他母亲又是个白占着李信发妻名分的糟糠妻，李信为了好名声不能把他母亲降为妾，员外家那边要李信入赘，也不可能允许平妻，所以他母亲必须得死。

放在从前，大皇子连和沈彦之多说一句话都不愿，可眼下的局势，容不得他倨傲了。

不过沈彦之当下也同丧家之犬无异，闵州失守，李信对沈彦之早有不满，直接将沈彦之官降三级，沈家在京城的日子亦不好过。

他手中剿匪后剩余的这两万兵马，的确是大皇子所需的。

大皇子手中有五万兵马，但青州、徐州各自已屯兵两万，前朝太子攻下孟郡后，又收编了前徐州守将董达的那一万人马，保守估计前朝太子手中也有五万人马了。

大皇子不敢大意，他们的兵力表面上是持平了，可朝廷大军没了粮仓供给，现在所有的粮食都得耗费大量人力物力从太原运过来，真要耗，他们耗不过那帮前朝余孽。

眼下同沈彦之合作，的确是最佳选择。

他晾了沈彦之一下午后，才勉为其难地接见了他。

# 第十八章——皇陵

是他的终究会是他的。
哪怕去拼、去抢，
他也要把那颗本属于他的明珠夺回来。

沈彦之进了军帐，恭恭敬敬地揖拜，半点不见被晾了一下午的羞恼。

大皇子冷着张脸道:“军务繁忙，让沈世子久等了。”

沈彦之揖身一拜:“下官愿为殿下分忧。”

大皇子冷笑着问:“那沈世子倒是说说，接下来这场仗，得如何打？”

沈彦之看着大皇子，一双含笑的凤眼却只叫人觉着危险:“以其人之道还治其人之身。前楚太子不是伪装成孟郡残军，骗开城门吗？咱们也派人过去假意投诚。”

大皇子的眼中顿时乍现精光，笑道:“沈世子果真才智过人！此计妙哉！”

沈彦之颔首，浅笑不语。

比起先前，他更消瘦了些，不仅是身形，光看面色都能看出他的羸弱，脸上青白，唇上也没多少血色，只是他表现得越温和，倒越让人觉着他可怕。

大皇子看他一眼，问:“那……沈世子以为派何人前去当这个内应好？”

沈彦之半垂下眸子，道:“董达将军身死孟郡，前朝余孽那边放出消息说董达是自戮而亡，但谁信呢？至少董达之子是不信的。”

大皇子拍案叫好:“便让董达之子前去假意投诚！”

沈彦之又道:“为免万一，殿下可派与董家交好的长者前去游说，切不可太过明显，叫董达之子生疑。”

大皇子全盘应下，他们正愁没粮，若是能用此计夺回孟郡，那就能压着前朝余孽打了。

沈彦之离去时，大皇子一改之前的冷淡，亲自将他送至府门口。

坐上沈家的马车后，沈彦之眼里露出几分讥讽，用帕子掩着唇咳嗽起来。

他之前被楚承稷那一箭射伤，跳水逃走时寒气入了肺腑，咳病一直不见好。

“陈青，回驿馆。”习惯性地叫出那个名字后，应“是”的是道粗嘎的嗓音，沈彦之才恍惚想起，陈青已经死了。因为他一直改不过来口，现在贴身保护他的这名侍卫，便被赐名“陈钦”。

他安全后第一时间就派人去寻陈青的尸首，只可惜已经找不到了，他命人给了陈青妻儿一大笔银子，足够他们后半辈子衣食无忧，也算是了却这个跟了自己多年的忠心下属的心愿。

马车不急不缓地往回走，车帘挑起一条缝，一封信件被递了进来:“主子，京城的信。”

沈彦之接过，拆开看完，道:“让婵儿好生在沈家养胎，李信又死了一个儿子，他应当不会再对婵儿肚子里的孩子下手了。”

陈钦迟疑道:“死的是安嫔的儿子，如今龙椅上那位正倚仗安家，只怕得彻查此事。”

马车里许久才传出沈彦之的声音："二皇子一党动的手，与沈家何干？且看李信是会为自己的新贵宠臣出头，还是给跟随他的老臣们一个脸面，压下此事。"

陈钦没敢接话，心底却再清楚不过，随着李信坐上龙椅，但凡生了皇子的妃嫔，家族中又有点势力的，都明争暗斗得厉害。

李信目前成年的皇子只有大皇子和二皇子，大皇子没有母族庇佑，压根没多少人拥护。

二皇子是呼声最高的，但拥护他的都是从祁县跟过来的一些老臣，后来归顺李信的势力可不服，这才有了二皇子和其他未成年皇子之间的斗争。

突然死了个没成年的皇子，沈家在此事上煽风点火，肯定是出了不少力的。

二皇子能起来，倚仗的就是外家势力。沈彦之的计划便是利用二皇子斗倒其他有皇子的宫妃，再辅佐大皇子起势，让大皇子和二皇子继续狗咬狗，内耗李家的势力。

沈婵有孕在身，不管她这一胎生的是男是女，届时出现在众人视线里的，只会是一位小皇子。

等李家那边内耗得差不多了，就是他们坐收渔翁之利的时候。

李信一病不起，沈家扶持幼帝登基，一切都水到渠成。

董达之子名唤董成，刚过弱冠之年，习得一身好武艺。

董达死后，大楚和大陈两边，先后都派人带了丰厚的财物前来抚恤其家人。

大楚那边称董达是自戮而死的，大陈这边却是董成世叔亲自前来的，称董达是死于前朝太子的战马之下，前朝太子命人厚待董家，是怕被人戳脊梁骨才出此下策的。

董成满心愤懑，恨不能找前朝太子决一死战，为父报仇。

董成世叔这才趁机说大皇子那边念及董达的功劳，愿给他一个为董达报仇的机会，让董成带领一千精兵前去假意投诚，等摸清大楚那边的兵力布防后，届时里应外合，杀前朝余孽一个措手不及。

只是但凡前去投靠，为了取得对方信任，多少也得要个投名状。

大皇子那边帮董成安排的投名状，便是另派一支军队假意夜攻扈州。

董成把消息透露给大楚那边，大楚核实后发现确有此事，自然就对董成的投诚深信不疑了，而他们这边攻打扈州的军队做做样子再撤走，也损失不了什么。

翌日一大早，大皇子这边就兵分两路，一路是董成带着的一千人马前去青州假意投奔楚承稷，另一路则前往扈州佯装攻城。

之所以选择扈州，主要还是因为青、徐、扈三州和孟郡，眼下就扈州的防守最为薄弱。

与此同时，楚承稷这边也带着林尧和人马准备前往扈州。

出发前，楚承稷特地让林尧把随行的将士都换成从祁云寨跟过来的草莽，并未带收编的官兵。

随行的其余小将也是这些日子提拔起来的，无一人是原本就效命于朝廷的。

林尧出发的时候就发现了，不过他不知楚承稷用意，也没作声。等到了扈州，发现楚承稷没带着他们去扈州府衙，而是往荒郊野外去了，途经村落还找农人借了农具，林尧愈发觉着不对劲儿。

已是夜幕时分，他们途经的这一带是皇陵所在地，周围荒无人烟，汴京易主后，原本驻军于此看守皇陵的官兵也大都撤走了，只留下年老体弱的。

林尧驭马在路边督看军队时，瞧着将士们人手一把锄头或是铲子，还是怎么看怎么怪异。

他驾马追上楚承稷，斟酌着问了句："殿下，咱们是要去扈州荒郊开垦耕地吗？"

楚承稷瞥了林尧一眼，只说："到前边就知道了。"

走近些，林尧才发现是看守皇陵的官兵以前修的屋舍，一个头发花白的守陵官吏见大军前来，忙带着几个小吏打着灯笼出来相迎。

楚承稷一行人并未带旌旗，但扈州易主的消息早就传遍了，守陵官吏知道前来的是大楚军队，瞧见为首那人发束紫金冠，心知是太子无疑，激动得语无伦次，忙在楚承稷战马前跪地相迎："老臣参见太子殿下！"

楚承稷微微颔首："免礼。"

林尧跟着楚承稷下马，他看了一眼自己手上的大锄头，心说太子殿下深夜带他们来此，难不成是要修葺皇陵？

守陵的官吏也是这般认为的，殷切道："殿下连夜赶路至此，小人这就为殿下备屋舍暂歇片刻。"

怎料楚承稷说了句"不必"后，直接问："皇陵入口在何处？"

守陵的官吏看着楚承稷身后那些人手一把锄头或是铲子的将士，心底突然升起一股不祥的预感："在……在扈州的龙脉边上。"

扈州有一座山名曰龙骨山，大楚开国皇帝武嘉帝葬于此地，后来方士们都说龙骨山便是大楚龙脉，武嘉帝皇陵，就是龙脉的龙头。

楚氏皇族的历代帝王，死后的皇陵便都依着龙脉走向而建。

上千名将士扛着锄头、铲子抵达皇陵入口时，楚承稷轻飘飘地下达了命令："挖。"

林尧拄着锄头，严重怀疑自己是不是耳背听错了。

守陵的官员则双膝一软，直接跪倒在地，悲恸到仿佛是天塌了一般："殿下！不能挖啊！大楚的国运全在这里了，一铲子下去，坏了风水，大楚必然多灾多难啊！"

楚承稷紧锁着眉心，道："现下大楚正是多难之时，以昔日大楚之资，救今朝万民于水火，便是先祖在天有灵，也不会怪罪。"

守陵的官员还是哭："悯帝的陵墓紧挨武嘉帝陛下的皇陵，切莫扰了武嘉帝陛下安宁！挖不得！万万挖不得！"

一听说这皇陵挨着武嘉帝的陵墓，林尧心中也多了几分敬畏，斟酌着开口："殿下，三军将士都崇敬武嘉帝陛下，先前您前往云岗寺祭拜才涨了将士们的士气，若是此时挖陵，只怕难挡流言……"

正在此时，一名斥候匆匆回来报信："报——十五里地外发现朝廷大军行军踪迹！"

林尧瞬间变了脸色，有一瞬间甚至怀疑楚承稷是不是早料到了朝廷大军会突袭扈州，所以才故意前来守株待兔，他忙问那斥候："有多少人马？"

斥候答："已入夜，探得不甚真切，保守估计有五千！"

"派人把消息传回扈州，让王彪带人设伏，只要他们把那支军队赶鸭子一样赶进埋伏圈里，轻易就能取胜。"楚承稷说完，又若有所思地说了句，"李信的人挖了楚氏皇陵会如何？"

林尧一愣，随即反应过来，楚承稷的意思是，把挖皇陵的锅甩到这支军队上？

他当即倒吸一口凉气，结结巴巴地道："必……必然会被天下百姓唾骂。"

大皇子这支前去突袭的军队，为了掩盖行踪鬼鬼祟祟地从荒郊野岭绕路。

怕出万一，他们此行人数仅有五千，借着密林掩护，做出声势浩大的样子来，又故意露出一点马脚让扈州的探子察觉到。

扈州城防不够坚固，扈州守将得知有人意欲攻城，必然会派人前往青州送去急报。

而董成所带去假意投诚的那一千人马，应当已经抵达青州，扈州急报送去后，佐证了董成的话，不出意外，前朝太子一党便会对董成卸下防备。

大皇子这边的算盘都打得好好的，只是没想到发现他们行踪的探子不是扈州军的，而是楚承稷带去的那拨人，楚承稷命人夜入扈州，通知王彪带着城内将士从正面朝着这支军队包抄过来。

彼时朝廷兵马正在龙骨山密林里扎寨休整，毕竟林子里，斥候兵视线受阻，扈州那边无法准确估计他们的人马。

怕有埋伏，扈州守军便是发现了他们的踪迹，也不敢贸然进攻，只要拉锯下去，拖延时间让扈州这边把有朝廷军队攻打扈州的消息传去青州，他们此行的目的就达到了。

这个计划本万无一失，怎料军队扎营扎到一半，忽有斥候兵来报："将军！大事不好！扈州那边派出一支骑兵朝咱们围过来了！"

率领这支军队的主将当即变了脸色："当真是往这边来的？"

斥候重重点头："千真万确！"

主将急得来回踱步，又问："对方有多少人马？"

他就是怕暴露兵马人数，才绕路来扈州郊外这最大的龙骨山里扎营。

毕竟龙骨山山脉绵亘百里，他扎营在外围，斥候从外边看，根本不可能估出他所带兵马的具体人数，再者，龙骨山的地势也利于防守，便是做最坏的打算，扈州军打过来了，他们也能从山上撤。

斥候听见他问话，忙道："一千骑兵打头阵，身后还跟着四五千步兵！"

主将一听这人数，顿觉不妙，大骂："这扈州守城的是谁，竟莽撞至此，都没摸清我兵马人数，就敢发兵来围！"

他哪里知晓，他们驻军在龙骨山外围，楚承稷带去挖皇陵的那拨人，正好就在龙骨山上，山上的斥候早就把他们的大概人数给估出来了，楚承稷决定直接拿了这支官兵开涮。

主将看着龙骨山的舆图，很快给出了决策："一千人马在龙骨山外围设伏，其余人往山上走，多点些火把！伪造咱们驻军于此有上万兵马的架势，吓退扈州那群草莽！"

此计的确是眼下的上上之策，然而底下几个参将还没来得及说话，又有一名斥候飞奔进了军帐:"报——"

他跑得太急，瞧着很是狼狈:"将军，龙骨山上也有一支打着楚旗的军队杀过来了！"

主将方才落座，一听到这话几乎要惊得跳起来。

他不傻，龙骨山上也有一支楚军，那说明他们的兵力早就被摸清楚了，难怪扈州守军敢直接围攻过来。

原本还能从龙骨山上撤，现在这条退路也被堵死了，主将赶紧调整战略："传我令，大军即刻往大溪沟撤！"

龙骨山往下有两条撤离的路线，扈州守军从另一条路攻来了，还剩大溪沟没被堵死。

一行人连营寨都来不及拔，如同丧家之犬一般逃离龙骨山。

从山上追下来的那支楚军如饿狼一般紧咬他们不放，歇斯底里地大骂："狗贼！尔等夜入扈州，盗我先祖皇陵，扰我先祖安宁，此仇不共戴天！"

陈军官兵们一边逃一边面面相觑，他们虽在龙骨山外围扎营，但没去盗皇陵啊。

可普通百姓和将士哪里晓得这是楚承稷的计谋。

大皇子那边佯攻扈州的计划，只有军中一些头目才知情，底下小卒并不知情，此刻被楚军这边中气十足地骂着，不少陈军官兵都有些怀疑上边是不是真要派他们去挖楚氏皇陵了。

附近村落的村民们就更不用说了，听见楚军的骂声，又见陈军官兵被楚军从龙骨山上撵了下来，以为他们当真是去盗皇陵的，以讹传讹，有些话喊着就颇有出入了。

一开始楚军围追官兵骂的是他们挖了先祖皇陵，后边直接变成了"狗贼掘了武嘉帝的陵墓"。

这句话瞬间在周边百姓嘴里传开了，一传十,十传百，越传越离谱。

武嘉帝皇陵就在扈州，百姓们都对武嘉帝尊崇有加，此刻得知是武嘉帝的陵墓被掘了，震惊之余，直接全村出动跟着去打那群官兵。

官兵们有苦说不出，前后都有楚军夹击，途经村落还得被埋伏在村子周边的村民们打个措手不及。

驴粪蛋、牛粪团下冰雹一样被一股脑儿地往官道上扔，官兵们躲也不好躲，他们所过之处，整条路都臭气熏天。

但后边楚军已经咬了上来，主将不敢在此拖延时间，心中再恨，却也只得下令："加速行军！"

几千人带着一身粪臭狼狈溃逃向大溪沟，大溪沟官道狭窄，几千官兵艰难前行，待走到狭道中间地段时，还被山上楚承稷布下的滚石阵砸得人仰马翻。五千人马，最终成功从羊肠小道里逃出去的只有寥寥数百人。

楚承稷和林尧勒马于山巅看着仓皇逃离的官兵，这一仗打得不可谓不过瘾，他眸色平静如一口古井：“让他们回去报信，杀一杀陈军的锐气。”

让陈军那边自乱阵脚，才能找到突破口。

这支官兵鬼鬼祟祟地前来扈州，绝对有什么不可告人的目的。

林尧觉得有道理，同楚承稷驾马往回走时，忍不住咧嘴乐道：“陈军这回被整得够呛！”

楚承稷顺着他的话说了句：“让底下的人口风都紧些，把武帝陵一起掘了。”

他语气平淡得仿佛只是在说今晚月色不错，林尧却险些从马背上一头栽下去，说话时舌头都捋不直了：“还……还真要掘武帝陛下的陵墓？”

楚承稷看向林尧：“话头都在百姓口中传开了，总得坐实。”

林尧狠狠地搓了几把脸：“殿下，还是别动武帝陛下的皇陵了吧……”

夜风里，楚承稷的嗓音格外幽凉：“挖了楚氏历代皇帝的皇陵，都不如掘武嘉帝一人的陵墓能让天下百姓愤慨。”

这是实话，毕竟武嘉帝在大楚百姓的心目中，早就被神化了。

林尧苦着一张脸，还想再说什么，楚承稷道：“令是孤下的，楚氏先祖若怪罪，那也是怪孤，与林将军并无干系。”

林尧心说这不是怕怪罪，实在是下不去手啊！

楚承稷离开青州的当日，董成夜里就带着人马抵达青州了。

秦筝听说他是前来投诚，想为楚承稷效力，心中虽为楚承稷高兴，却也没敢直接把人迎进城来，召了宋鹤卿、岑道溪一干谋臣商议如何处理此事。

宋鹤卿与董达同朝为官，知晓董达秉性，对于董达之死甚是惋惜，听闻董达之子愿来楚承稷麾下，自是大力支持。

岑道溪却有些迟疑：“董老将军在殿下攻下孟郡后自刎，董家小儿在此时前来投奔……不妥。”

宋鹤卿跟岑道溪政见大多数时候都是合的，此番听闻自己老友之子被猜忌，不免维护道：“董将军当初献降徐州，是为了保徐州百姓，非是趋炎附势做了李家走狗，他董家家风廉正，董小将军更是少年英才，有何不可用？”

岑道溪辩驳：“董老将军身死，其子并未在场，若是有心人以杀父之仇引导，我怕将来会对殿下不利。”

宋鹤卿吹胡子瞪眼：“董将军麾下的亲兵副将当时都看着的，这么多人做证，董小将军还能不信？”

岑道溪反问：“董老将军留下的那些人，如今是为谁效力？”

这话一出来，宋鹤卿的确没法再反驳了。

董达手底下的人马，都被楚承稷收编了，现在都为楚承稷所用。

秦筝听他们二人争辩，也有些头疼，她当然知道岑道溪的顾虑不无道理，但忠臣之子前来投奔，她若是拒之门外，也是寒了那些想前来投奔楚承稷的旧臣的心。思量再三，她道："董小将军既说扈州有难，且先派人前去打探虚实，若所言非虚，想来董小将军的确是来投诚的。"

如果董成说的是真的，那送来的情报算得上是大功一件。

秦筝之所以没觉着慌乱，主要还是楚承稷突然去了扈州，有楚承稷在那边，应当是出不了什么大乱子的。

最终董成一人被允许进了青州城，他所带的一千人马，在青州城外扎营待命。

董成一直表现得很从容，只等扈州那边的急报送过来。

怎料一夜过后，他等来的不是朝廷大军围攻扈州的消息，而是陈军丧尽天良，偷偷摸摸前去扈州挖了皇陵！挖的还是大楚开国皇帝武嘉帝的皇陵！

所有人都震惊不已，但震惊过后，竟没人怀疑这是假的。

主要还是李信手上那支军队，干的坏事实在太多了。

秦筝看着从扈州送回来的战报，皱起的眉头就没松开过。

宋鹤卿得知武帝陵被掘了，险些当场气昏过去，厉声斥骂："这李家狗贼，必遭天谴！"

消息长了翅膀似的传遍了整个青州，城内军民战意高涨，个个都成了火药桶，恨不能即刻与陈国开战，为武嘉帝讨回公道。

就连云岗寺自亡楚以来就惨淡的香火，都在一夕之间旺盛了起来，前去祭拜武嘉帝的百姓络绎不绝。秦简亦是怒不可遏，当即作了文章大骂李信。

林昭怒气冲冲地前来找秦筝，想下次同陈军开战时，她也跟着上阵杀敌，在书案旁瞧见秦简那篇被一众书生传抄的文章，火气瞬间消下去不少。

林昭把那张薄纸重重地拍在桌上："阿筝姐姐，这是哪位谋士作的文章，我得拜师学艺去！"

秦筝见林昭义愤填膺成这样，好笑道："这位先生才学的确高，不过收不收弟子还得问他本人去……"

林昭叉腰："我就学怎么骂人！每次被那帮狗贼气得牙痒痒，我都只恨自己的词不够！"

秦筝哭笑不得，正要说那人是自己兄长，正好宋鹤卿又前来同她议事："太子妃娘娘，自董小将军前来投诚，陈军又荒唐掘了武帝陛下的陵墓后，李信失尽人心，不少大楚旧臣都想前来投奔殿下，老臣收到的密信都有五六封，请太子妃娘娘过目！"

林昭见状忙道："阿筝姐姐你先忙，我自己去问。"

她行事素来风风火火，说完就跑出了议事厅，秦筝思及府上随便拉个人问问，都知道那文章是秦简写的，便也没把此事再放心上。目前宋鹤卿带来的这些密信，才是让秦筝最头疼的。

有人前来投诚自是好事，但经过先前岑道溪的那番话一点，秦筝也意识到了问题所在——并不是前来投诚的每个人都是能被信任的。

万一李信那边玩阴的，派人前来假意投诚，套取他们这边的机密，或是潜伏在他们内部获取信任，届时和陈军里应外合，打他们一个措手不及，那就糟了。

对于如何安置董成这样前来投诚的大楚旧臣，委实得费些心思。

不能薄待他们，叫他们感觉自己被防着，也不能让他们接触到军中机密，那就只能安排去一些看似重要、实则没什么实权的职位。

秦筝一封封看完那些投诚的密信，因为不熟悉这些人，只得吩咐宋鹤卿："劳烦宋大人把几大家族从本家到旁系的姻亲和人际往来都查清楚，从前为官的政绩，为人秉性，也统统彻查一番。"

宋鹤卿听秦筝这么安排，连忙应是。

宋鹤卿一走，秦筝又命人去请岑道溪来，想问问他的意见，看把董成安排到什么地方去。

董成带着情报前来投诚，结果情报有误，谈不上有功，但也称不上有过。

而且照宋鹤卿所言，董成是名将才，此人若当真能为楚承稷所用，秦筝自然是乐见其成的。

但派去请岑道溪的人迟迟未归，秦筝不由得有些奇怪，正想再派人去问问怎么回事时，就见她先前派去请岑道溪的下人神色匆匆地赶了回来。

"不好了！太子妃娘娘！林姑娘一脚把岑先生踹进荷塘里了！"

这两人怎么打起来了？秦筝顿时坐不住了，连忙往荷塘去。

她到时，岑道溪已经被捞了起来，整个人正瘫在地上吐水，好不狼狈。

林昭抱臂站在一旁，一袭红裙艳烈，看着岑道溪的神色却极冷。

秦筝鲜少见林昭露出这样的神情来，见了林昭便问："阿昭，这是怎么了？"

林昭只道："给阿筝姐姐添麻烦了，这人是被我扔下荷塘去的，该罚该骂我认，但给他赔罪是不可能的。"

一番话说得秦筝云里雾里，也不知这二人是发生了什么龃龉，眼见其他幕僚也在探头探脑地看，怕传出些不利于林昭的声音，便先命丫鬟带林昭回了主院，其他幕僚也被秦筝三言两语给支开了去。

岑道溪被下人扶起，从头到脚都还滴着水，向秦筝作了个揖："太子妃娘娘，今日之事，过错全在岑某，岑某改日亲向那位姑娘赔罪致歉。"

林昭的性子秦筝是清楚的，她问岑道溪："先生同林姑娘究竟是有什么误会？"

岑道溪只是摇头："是岑某误会了林姑娘，恶语相向，这才惹得林姑娘动怒。"

能让林昭把人给扔进水里，可见不是一般的恶语。秦筝不知他说了什么，但岑道溪这人嘴巴不讨喜，从那些幕僚暗地里说过他多少坏话就能窥见一斑。

她蹙眉道："林姑娘是林将军胞妹，从小在江湖长大，行事不拘小节，若有失礼于先生的地方，我代她向先生赔罪。但就算是江湖长大的，那也是个女儿家，有些话先生若是说得过了，的确该向她赔罪。"

她虽倚重岑道溪，可这番话看似客气，也带了些敲打的意味。

岑道溪苦笑："太子妃娘娘说的是。"

他是谋臣，浑身都湿透了，一直站在这里被盘问也不像话，他口风又紧，问不出什么话来，秦筝只得吩咐下人先带他回房换身衣物。

岑道溪离去后，秦筝又叫来当时在荷塘这边当值的下人："你且说说，林姑娘和岑先生究竟是怎么回事？"

林昭去找秦简，怎么和岑道溪闹起来了？

下人道："小人不知，只是林姑娘过来问，这边哪个谋士骂人最厉害，有人提了岑先生的名讳。岑先生在凉亭里，林姑娘找了过去，小人离得远，没听见他们说什么，只是一转头就见岑先生被林姑娘拎着掼水里去了。"

答了一堆，还是一句都没秦筝想听的。

秦筝回院子后旁敲侧击地问林昭，林昭还是闭口不提此事，秦筝也不好再追着问，只得同她说，不管发生了什么，自己都会给她做主。

陈国挖了楚氏皇陵的名声实在不好听，一经散播，不仅是天下百姓，就连归顺了陈国的大楚旧臣都开始自危。

自古明君仁德，这陈国皇室连掘陵墓这等荒唐事都干得出，谁又能指望他有多贤明。

陈国坐稳汴京后，就把他们军队曾经烧杀抢掠的声音给压了下去，此番借着挖皇陵一事，再次被放到了天下人眼前。

扈州之危已解除，但楚承稷迟迟未归，秦筝还以为他在修缮皇陵，便也没催，只写信问楚承稷如何安置前来投奔的大楚旧臣。

说到底，还是怕其中有陈国内应。

楚承稷给秦筝回信一封，言此事他已有解决之法，让她不要担心。

又过了几日，楚承稷还是没回青州，反而是转道去了孟郡。

孟郡郡守先前一直被收押于大牢，放他出来后，楚承稷给他加官晋爵，言是孟郡郡守献粮有功。后又让孟郡郡守带着金银财宝，去找了最先归顺陈国的那批墙头草臣子，劝说他们回来为大楚效力。

孟郡郡守知晓自己若是办不好这些事，能不能有命在都不好说。

他带着粮仓投靠了前楚太子，李信那边绝对是容不下他的，他只能牢牢抓住楚承稷给的机会，再为自己挣个前程。

那些个墙头草被孟郡郡守找上，还没给出个确切答复，就被得了风声的李信给下令处死。

与其让他们带着城池归顺楚承稷，李信更愿意继续担个骂名，把这些地盘守住。但这也让朝中前楚旧臣愈发自危，表面还在为陈国效忠，背地里却有了二心。

与此同时，秦筝总算是收到了楚承稷命人运回去的第一车金银器具。

她尚来不及高兴，看到上面用于陪葬品的特有印记时，想到近日传得沸沸扬扬的陈军挖了楚国皇室的历代皇陵一事，突然陷入了沉思。

楚承稷回青州是几天后的事了，这期间又接二连三地从扈州运回了好几车金银器具、奇珍异宝。

林尧奉命带着那一千将士开挖皇陵，清点陵墓里值钱的陪葬器具。

同楚承稷会合时，林尧就开始倒苦水：“殿下，末将这几天一闭眼就做噩梦，梦里武帝陛下手持一柄方天戟，杀气腾腾地盯着末将……”

武嘉帝生前擅使一杆方天戟，后人为他塑像作画时，也常会把方天戟加上去。

好一会儿，楚承稷才道：“孤这几日也做梦了。”

在林尧期许又忐忑的目光里，他面无表情地道：“武帝陛下知晓大楚眼下国运艰难，让孤若有所需，尽管挖皇陵。”

这次轮到林尧傻眼了，楚承稷拍了拍他的肩：“孤是楚氏后人，孤的梦更准一些。”

林尧想了想，觉得有道理，他缓缓地吐出一口浊气：“不愧是武帝陛下，心中果然时刻都记挂着大楚。”

楚承稷翻开了林尧清点登记的几大皇陵的陪葬品册子，然后嘴角慢慢拉平。

对比起前几个陵墓，武嘉帝的皇陵因为是刚建国不久后修建的，百废待兴、国库紧张，陪葬的器物少得可怜，只是刚够帝王墓的规格，但其他帝陵，主墓室的地砖都直接铺了金砖。

楚承稷道：“回头让人把主墓室的金砖也全给撬了。”

林尧：“……”

回到青州，楚承稷稍一打听，就得知秦筝把这些日子从扈州那边运回来的东西全锁进了库房里，还命人严加看守，没有她的密令，便是宋鹤卿这样的老臣都不得擅自打开库房。

秦筝去元江一带亲自监工开挖沟渠，一直到晚间才回来。

楚承稷已找出秦筝拟定的沟渠工程报价册子看过，见册子上各项花销都卡得很紧，在秦筝回来后便同她说起此事：“挖渠的花销上，不必如此束手束脚。”

秦筝捧着一盏热茶慢吞吞地喝完，看着楚承稷欲言又止。

楚承稷道：“有什么想问的，直接问便是。”

秦筝心说我怀疑挖皇陵的不是李信，是你自己，但这话能直接问吗？她放下茶盏，斟酌道：“你命人运回来的这些陪葬品，都是从陈军手中抢回来的？”

楚承稷望着她明澈的一双眼，坦言道：“我挖的。”

哪怕已经有心理准备，但秦筝还是险些被惊掉下巴，哪有挖了自己家祖坟还理直气壮的？

她吞了吞口水，问：“那前往扈州的陈军……”

楚承稷答：“他们的确潜伏于龙骨山，只是不知意欲何为。”

后面的他没再说，但秦筝已能明了，他将计就计把挖皇陵的锅甩了出去。

她突然有点同情陈军，根据董达提供的情报，那支陈军应当是为了攻打扈州，只是没想到扈州没打成，反倒被人扣上这样一顶大帽子。

她眼神怪异地盯着楚承稷：“你那日同我说去扈州拿些军饷回来……本就是打算去挖皇陵？”

楚承稷点头，算是默认。

秦筝勉强憋出一句：“毕竟是你祖辈的皇陵，这……会不会不太好？”

楚承稷嗤了一声道：“那些黄白之物留在陵墓里，便是死物，拿出来用在天下万民身上，才是活物。”

秦筝先前的那点顾虑，在听完这番话后消散了大半。

她点头道：“怀舟说的是，取之于民，本也该用之于民。只是武帝陛下功德无量，要不还是把武帝陵的陪葬品都还回去？”

楚承稷的神色变得有些微妙，只道：“他不会在乎这些俗物的，民生才是大计。”

秦筝说那番话只本着对武嘉帝的敬重，此刻听楚承稷这般说，觉着也不无道理，便思索起陪葬品转换成真金白银的法子：“这些陪葬器皿都有徽印，普通金银器物姑且能熔了重铸，一些贵重的器物，卖的就是工艺和年份，还是转卖换银子划算些。只是这么多旧物流向民间，必会叫李信那边察觉到端倪，被他们抓住把柄反咬一口可不妙，稳妥起见，还是将珐琅玉器等运去关外，从关外换银子回来。”

楚承稷点头表示赞许：“就依阿筝所言。”

他话锋一转道：“李信此番吃了个大亏，必不会善罢甘休。之前岑道溪巡视元江河道，观元江途经之地的地形走势，担心李信一党若是狗急跳墙，只怕会炸掉鱼嘴堰，水淹青州以南的地区。若能从大砍村修一条泄洪的河渠，把水引到赤水河，方能保全元江两岸平原。为免李信那边察觉，修泄洪渠一事须得暗中进行，正好你要修渠给远离元江的村落引水，可以此做掩护。”

秦筝这才明白为何他同自己去勘测了一天河道，就突然提出要去扈州一趟。

仅凭人力挖出一条泄洪渠的工作量和修建灌溉水渠不可同日而语，既损人力也耗财力。

可若不未雨绸缪，真到了李信炸堤淹青州时，一切就都来不及了。

秦筝在脑子里思索着人力修泄洪渠的可行性，又从书橱里翻出了这些日子常看的关于元江流域水文数据的卷宗：“从大砍村人工挖一条河连通赤水可不是易事，得算出这条河需要承担的泄洪量。”

如果工期内完不成，就只能把青州境内大渡堰水库的水放掉一半。

但大渡堰一开闸，压根就瞒不住，李信那边得知他们水库缺水了，肯定不会再放鱼嘴堰的水来淹他们。

今年青州大面积农耕，再过两月正是庄稼渴水的季节，大渡堰没了水，庄稼只能旱死，届时指望着田地里收成的百姓，对他们开闸放大渡堰的水必然是有怨言的。李信再借机煽风点火大做文章，扰乱他们这边的军心，他们更是得不偿失。

相当于李信不费一兵一卒，就可重创青州。他们只为了这个隐患，就不能把自己置于险地，所以目前最为稳妥的办法，还是暗中修泄洪的河道。

楚承稷说：“银钱上若不够，你只管说。”

秦筝心说莫非他又要去挖皇陵，忙道：“非是银钱上的难处，不过事到如今，我们也只有修泄洪渠一条路可选了。”

话到了这里，秦筝倒是想起另一件事来：“董达将军之子董成前来投诚，带来的投名状便是陈军夜袭扈州的消息，想来正是你在龙骨山遇到的那支陈军。”

楚承稷想起那位自刎的老将军，道：“明日我亲自去见见他。”

李信被人扣了一口挖皇陵的大锅，自是怒不可遏。

天下文人对他口诛笔伐，他知晓朝中不少大楚旧臣肯定会对他心生不满，前朝太子那边又格外会恶心人，在此时提拔了献粮仓给楚军的孟郡郡守，又让孟郡郡守带着厚礼前去游说一些大楚旧臣。

被孟郡郡守找上的那些个身居地方要职的大楚旧臣，都是和孟郡郡守一样惯会见风使舵的货色，李信怕他们当真带着城池降了前楚太子，这才下令杀了被送礼的几个官员，派自己信得过的臣子前去顶上。

地盘是保住了，只是他的名声也更臭了。

跟随他从祁县一路打上汴京的心腹老臣们赶紧劝诫他：“前朝余孽污蔑陛下您，陛下您又何必上赶着前去认？”

李信冷喝：“那你说如何是好？”

老臣道：“驻军于扈州皇陵的是大皇子麾下的人，您不忍将大皇子推出去，不还有沈彦之吗？”

李信眼中精光乍现：“你的意思是，把挖皇陵一事全推到沈彦之身上？”

老臣道：“正是，正好他沈家和楚氏皇族有夺妻之恨，传出去也不怕天下百姓不信。”

李信大笑：“好！就让他沈家和前朝余孽狗咬狗！”

在一旁奉茶的小太监垂首不语，却不动声色地扫了一眼献计的老臣。

当天夜里，就有密信送到了沈彦之手上。

他看完信，苍白的脸上浮起一丝冷笑："想让本世子当替罪羊，也得瞧瞧他那两个好儿子愿不愿意。"

他将信在烛火上一燎，冷眼看着信燃为灰烬后，才吩咐道："去见大皇子。"

自从派去扈州假意攻城的那支军队被盖上了挖皇陵的帽子，二皇子一党没少在朝堂上打压大皇子。

大皇子对沈彦之心中有怨，但更恼的还是那带兵的主将，怎就好死不死地跑去了龙骨山扎营？给人送把柄到手上。

此刻听闻沈彦之求见，足足晾了他两盏茶的时间，才将人引了进去。

见了沈彦之第一句话便是："沈世子好计谋啊，本王落得如此境地，沈世子可满意了？"

沈彦之拱手道："殿下息怒，下官同您是一条船上的，又岂会害殿下？前朝余孽会自掘皇陵污蔑殿下，下官也是始料未及。但下官以为，金将军带去的人马，正好在龙骨山遇到了楚军，想来是那楚军早在山上了。"

大皇子眉头紧锁："你是说，前朝余孽一早就想挖他们自己的皇陵？"

沈彦之颔首："正是。前朝余孽一举夺下四城，手中军队也不断壮大，听闻他们从不叨扰百姓，那这养兵的银钱从哪里来？依臣之见，前朝余孽本是暗中开挖皇陵，以皇陵中的宝藏养兵，只是不巧被金将军碰上，这才顺势扣了个黑锅。"

大皇子听完狠狠一捶几案："混账！那前朝余孽竟敢害我至此！"

沈彦之顺势劝慰："殿下息怒，皇室陪葬的金银都有徽印，等带有皇室徽印的金银大肆出现在市面上，再顺藤摸瓜，便能把背后的前朝余孽给揪出来，叫天下人看看，自掘祖陵的是个什么东西。"

大皇子心头的火果然被压了下去，对沈彦之也缓和了脸色："幸有彦之助我！"

沈彦之垂下眼，遮住了眸底一闪而过的讥讽之色，道："眼下最棘手的，还是二皇子那边。"

一说起二皇子，大皇子就恨得牙痒痒："他这些日子没少在父皇跟前弹劾本王！"

沈彦之道："此番因皇陵一事，陛下震怒，二皇子必定会尽全力打压殿下，殿下不如断臂求生。"

大皇子看向沈彦之："彦之的意思是？"

"殿下舍了金将军，再拿几箱皇室陪葬品栽赃到二皇子外室所居的别院处。"沈彦之语调温和，嘴角还带着笑意，说出的话却叫人不寒而栗，"二皇子不是诬陷殿下屯养私兵，挖皇陵是为了盗取墓中财宝养兵吗？待墓中财宝到了二皇子手中，再让金将军在罪状上供认是奉二皇子之命挖的皇陵，人赃并获，届时失圣心的，便是二皇子了。"

大皇子被说得有些心动，却还是有些犹豫："金将军待本王忠心耿耿……"

"殿下，成大事者不拘小节，且厚待金将军家人。"

大皇子闭了闭眼，终究是允了。

他们一开始出此计谋是为了让董成做内应，但董成始终是个变数，万一被他知晓其父的死亡真相，极有可能反水，沈彦之道：“如今前去投奔前朝余孽的旧臣不在少数，殿下若是敢赌，不妨赌把大的。”

大皇子问：“何意？”

沈彦之在舆图上指出永州之地：“孟郡郡守前去游说的几位官员，都叫陛下斩了首，效果适得其反，不少州府暗中都有了反心，秘密和前朝余孽接洽。殿下不妨扣押永州安将军的妻儿老母，让他假意带着永州献降。”

带着一座州府前去献降，又有李信怒杀大楚旧臣在先，绝对不会让前朝太子那边生疑，一旦两军交战，永州反水，前朝余孽那边不亚于腹背受敌。

“为了家眷，安将军必不敢有二心，且瞒着董成，让他不知晓安将军也是我们的内应，董成传回来的消息若和安将军一致，便说明董成还可用，若是不一致，就放出风声去，言董成是我们的内应，让前朝余孽那边杀了他便是。”

大皇子大笑：“本王还以为那董成要成为一颗废子了，彦之此计，倒是让这盘棋又活了过来。”

当夜就有人送了一杯鸩酒去了金将军帐中，据闻金将军狂笑几声后，割破手指在状纸上画了押，饮鸩酒而去。

沈彦之在营帐外吹了一夜的冷风，他知道，明日还会有一队人马前往永州，便“请”安将军家眷来这边做客。

夜风寒凉，肺里像是有万蚁噬咬，他一声连着一声地咳，咳得见了血，被陈钦扶回营帐时，他看着烛火下自己那双瘦长白皙的手，神情似笑非笑，带着些许讥诮和自嘲。

这双手干净又白皙，但已经沾染了不知多少人的血。

可他总得活着，想活着，就只能踩着别人的尸骨往上走。

李信想让他去顶罪，二皇子想除去他这股拥护大皇子的势力，他便利用二皇子和大皇子的储君之争，将二皇子也拖下水，且看有了金将军这张状纸的指认，李信还如何让他去顶罪。

这世道，忠厚的人活不长久，活得好的，永远是恶人。

他且就彻头彻尾地做个恶人吧，反正……他早就不觉得自己活得有人样了。

前朝太子那边，他终究是查到了那段秘辛，前朝太子的确不是个荒唐之人，只是为了在楚帝手底下讨活路，才把自己弄得声名狼藉。

经历了歇斯底里的恨和怒之后，如今他倒是慢慢学会了冷静。

他承认他对手的强大，也接纳他心爱的姑娘可能喜欢上了这个不再伪装的前朝太子的事实，但这并不代表他会放手。

夺妻之恨抹不去，是他的终究会是他的。

哪怕去拼、去抢，他也要把那颗本属于他的明珠夺回来。

# 第十九章

# 取戟

"若有轮回，真想看看未来的大楚。"

"这万古江山，我都想同你一起看。"

为了把修挖泄洪渠的事提上日程，秦筝连夜找相关卷宗，先对各类水文数据做了初步筛选处理后，第二天便带着官员们算了整整一天，总算得出了泄洪渠需要承受的水量。

鱼嘴堰水域占地十万亩，最深处的水位达三十丈，蓄水量足以淹了整个青州府，甚至可波及临近州府。

元江主干道的泄洪能力，在几十年前尚可，但近几十年来，下游地处平原，河道拓宽，流速减缓使泥沙沉积，以致河床升高，泄洪能力大打折扣。

水库的水若是一下子全涌入元江，元江主干道只能泄掉一半的洪水，另一半必须从泄洪渠走。相当于他们得在短短两月内，要挖一条泄洪能力不亚于元江主干道的分支河道，这显然是不可能完成的。

秦筝和懂水利工程的官员们一番合计，都觉得相比于挖一条五成泄洪能力的泄洪渠，不如趁着眼下的枯水季节，打捞元江下游沉积的泥沙，将元江的泄洪能力提到七成，他们再开挖一条三成泄洪能力的泄洪渠，更为省事。

在两军开战前，耗费大量人力、物力前去打捞江底泥沙，开挖泄洪渠，自然也有人觉得秦筝这是分不清轻重，公然反对。

“三军将士的军饷都发不出了，太子妃娘娘还想着劳民伤财挖渠开河？便是要治国，也得先有国才能治，如今大战在即，不把银钱用在刀刃上，反用在这些地方，这分明是本末倒置！”说话的官员狠狠一甩袖袍，面皮绷得死紧。

他生得一张方正脸孔，高鼻细眼，身形魁梧，整个人严峻得像是一块石头。

秦筝识得此人，此人名唤齐光赫，他父亲曾任河道使一职，说起来他们家也算是世代为工部效力，齐光赫本人的确有几分才学，但颇有些刚愎自用。

和岑道溪的傲气不同，岑道溪狂归狂，却也承认别人的才能。

齐光赫但凡同人议事，三句不离他父亲生前所撰的那册治水录，对于旁的治水书籍，除了前人所著的，一概被他贬得一文不值，似乎这世间，唯有他齐家的治水要术才该被奉为圭臬。

秦筝知道他方才说的那些也的确是其他官员所担忧的，道：“军饷和开挖河渠的银子，自有我与殿下去想法子周转。鱼嘴堰位于青州上游，若是反贼开闸，让鱼嘴堰水库的水尽数涌入元江下游，大渡堰水库无法再蓄水，整个青州都将被淹，才是真正的灾祸。如今打捞元江下游泥沙，挖泄洪河渠，都是防患于未然。”

齐光赫冷哼：“分明是杞人忧天！鱼嘴堰一开闸，且不说株洲一带农田再无水源灌溉，今年必将颗粒无收，便是株洲沿江村落也得被水淹！如今李贼大军就扎营于江淮对岸，李贼开闸放水，无异于自掘坟墓！”

他这番话，处处都在咄咄逼人，秦筝没抬高声调，但目光沉了几分，无形之中，愣是把他那一身气焰给压了下去：“两军尚未分出胜负，李贼自是不会采取此等狗急跳墙之举，但孟郡郡守蔡大人归降于殿下后，前去游说其他几位朝中大臣，那几位大臣都还没表态，就被李信诛了全族，本宫且问齐大人，此战殿下若胜了，李贼安能坐得住？”

齐光赫反驳道：“那也不可能视万民生死于不顾！李信若当真如此，必将受天下人唾骂！”

这次没用秦筝亲自撵，宋鹤卿还沉浸在武帝陵被掘的滔天怒意中，听到齐光赫替李信说话，当即开嗓：“齐大人此言差矣！李贼做的那些丧尽天良的事还少了？当年他养兵靠的是什么？无非是打下一城，抢掠一城！子承父业，他那次子为了屯养私兵，连武帝陛下的陵墓都敢挖，那日带兵前往龙骨山的那支叛军头子的认罪状书都已昭告天下了，还有什么事是他李家人做不出来的？”

齐光赫被撵得哑口无言，秦筝知道挖皇陵那口锅是楚承稷甩给李信的，听宋鹤卿说起那口锅最后落到了二皇子头上，还愣了一下。

李信这是为了自保，把他最器重的儿子都给推出去抵罪了？

但转念一想，带兵的是大皇子，那日去龙骨山的将领也是大皇子的人，此时突然指认二皇子，很难不叫人怀疑是大皇子授意的。

李信的两个儿子狗咬狗，倒是让他们李家把挖皇陵这口锅背得越发稳了。

秦筝适时开口：“诸位若无异议，此事就这么定下了。”

齐光赫继续喝问：“下官斗胆问太子妃娘娘一句，若是鱼嘴堰水库最终没开闸放水，耗费大量人力物力修挖的河渠，岂不是白费功夫了？”

秦筝道：“水路连通元江与赤水后，江淮同蜀地贸易来往更加密切，商贾们前往蜀地运货也方便，往后青州兴许能发展成一个不亚于吴郡的贸易口。再者，河渠过境的村庄，都能自挖沟渠引水灌溉农田，既打开了商路，又惠及农业，怎是白费功夫？”

原本还有些犹豫的其他官员，听秦筝分析完利弊，纷纷也觉着修挖一条泄洪河道，利大于弊。既能防洪又能灌溉农田，顺便带动贸易发展，在当下是有些艰难，可一旦建成，那便是利在千秋啊！

齐光赫听见周围同僚赞许的议论声，只觉得自己像是被人打了两个耳光，面皮涨得通红。

再无人有异议，开挖泄洪渠的事算是就这么敲定了。

官员们三三两两离开议事厅时，齐光赫大抵是觉着先前丢脸，同两个交好的同僚一同离去时，忍不住道：“咱们这位太子妃，可真是无时无刻不给自己揽一身贤名，凡事都打着为了百姓的旗号，谁敢说她一句不是？”

说到气愤处，齐光赫冷笑连连：“一介妇人，读过几本书，识得几个字？就敢妄称自己懂河道治理！若非是底下一群人给她收拾烂摊子，且看她闹出多少笑话来！身为太子妃，不相夫教子，为殿下繁衍子嗣，反倒是屡屡插手政务，这也是殿下身边没人罢了，若是有几个温柔解意的妾室为殿下诞下子嗣，她秦氏在后院都站不稳脚跟了，哪还能在政事上指手画脚……”

齐光赫一肚子牢骚，几乎是口不择言，跟他同行的两名官员远远地落在了他后边，再不敢与他同行。

齐光赫说了一堆不满，总算是把心底的那股郁气给发泄出来了，再看左右时发现早已没了同伴，只前方回廊处有一身着玄色麒麟袍的高大男子，身姿颀长，面容冷峻。

“殿……殿下……”齐光赫额前的冷汗瞬间冒了出来。

“太子妃心系万民，便是叫你等这般非议的？”楚承稷嗓音冷沉。

齐光赫膝头一软，跪了下去：“太子殿下息怒，下官该死！”

楚承稷冷冷瞥了他一眼：“孤能有今日，少不得太子妃的辅佐，你诋毁太子妃，便是诋毁孤，掌嘴一百，收押大牢。”

楚承稷一直都知道秦筝处理政事不易，他先前以为，有宋鹤卿帮衬着，底下的人总不敢太过为难她。今日无意间听得齐光赫背地里这般说秦筝，忽而惊觉他所看到的，大抵只是秦筝平日里所经历的冰山一角。

进书房时，就瞧见秦筝还在伏案写着什么，楚承稷抱臂倚门望着她，出了一会儿神。

秦筝一抬头瞧见门边杵了个人，笑道：“你怎么过来了？”

按理说，他今日该去青州大营练兵的。

楚承稷答非所问：“挖泄洪渠一事商讨得如何了？”

秦筝道：“已经定下来了，我在做预算开支，得花不少银子。从关外周转银钱怕是来不及，听闻林将军在黑市有相熟的人，不若先拿一箱珠宝从黑市周转出去。”

楚承稷看着她铺满整张书案的纸张和卷宗，眼底闪过几许复杂情绪：“苦了阿筝了。”

秦筝总觉得他突然同自己说起这些，有点怪怪的，好笑道：“你今天这是怎么了？”

楚承稷踱步过来，拉了张太师椅在她的旁边坐下：“以前也有人这般为难于你吗？”

秦筝反应过来，他说的怕是今日齐光赫一直同她唱反调之事，她道：“算不得为难，政见不同罢了。今日齐大人觉得大兴土木开挖河渠不妥，我陈以利弊，他不一样无话可说？”说完还冲楚承稷挤眉弄眼地笑了笑，“这叫唇枪舌剑。”

见她丝毫没被齐光赫那些话影响，他面色才缓和了些，看到书房里那几沓笔算用的纸张还没收起来，心知她定是没停过笔，拉过她右手帮忙揉捏手腕：“觉不觉得苦？”

秦筝本来想说不苦，但一看他垂眸帮自己按摩的样子，赶紧用力点了点头，耷拉着眉眼，故意道：“苦啊，比吃了黄连还苦……”

楚承稷给她揉捏手腕的动作一顿，抬眸看她：“那我帮你分担些？”

秦筝心说你怎么分担，楚承稷探过身，在她唇上一触即分。

秦筝眼睫一颤，不小心碰掉了搁置在笔枕上的毛笔，她刚写了半页的预算单子瞬间沾了一团墨迹，她不由幽幽地看向了楚承稷：“这就是你说的分担？”

楚承稷用帕子擦去纸张上多余的墨迹，重抽了一张白纸，提笔帮她誊抄：“那是提前讨要的酬劳。还有什么要算进账目里的，一并说与我，我帮你算。”

秦筝狐疑地瞅他一眼：“你珠算如何？”

楚承稷眸子半抬：“怕我给你算错了？”

秦筝倒没敢直说：“我算完一项都得重算一遍核对的，这样也好，你算一遍，我也算一遍，咱们算出来的要是对得上，那就不用再重算核对了。”

楚承稷没作声，秦筝报出数字，他修长好看的五指拨动一旁的算盘珠子，须臾便得出了结果。

秦筝这几日见过不少臣子拨弄算盘算账，却无一人动作有楚承稷这般好看。

她托腮盯着他看了好一会儿，楚承稷侧首望来时，她也没移开目光，道：“你干脆给我当账房先生好了。”

楚承稷的笔锋未停，唇角却提了提：“这不正当着？”

秦筝被他撩了个猝不及防，佯装镇定捧着本书看。

楚承稷挑起眼皮扫她一眼，眼底带了一抹淡淡的笑意。

做好工程预算后，接下来数日，秦筝奔波于青州各处，动员附近村民去开挖沟渠。

对外只说是挖灌溉农田的河渠，村民们得知是为了自己田地里的庄稼，去上工一天还能赚铜板，大为振奋，带着全家去挖河渠的都常见。

秦筝既要盯泄洪渠的挖掘进度又要管各处灌溉沟渠的开挖，还得防着走漏风声，一个人的精力难免有限，因此元江下游的泥沙打捞便实在是顾不上了，只得交给宋鹤卿。

宋鹤卿一把老骨头，天天往江上跑，身体不免也有些吃不消。秦筝想让岑道溪顶上去，可岑道溪资历尚浅，又怕其他人不服。

她无意间和楚承稷提了一嘴，楚承稷道：“让陆则去。”

秦筝不免疑惑：“陆则不是在徐州吗？”

楚承稷将手中的书卷翻了一页：“大战在即，以防万一，把他调回来了。”

陆则突然被从徐州调了回来，秦筝敏锐地察觉到了局势的变化。

徐州是兵家要地，又接壤淮阳王的地盘，郢州陆家那边迟迟不表态，陆则虽表明愿追随楚承稷，但也不得不防，万一陆则反水，将徐州拱手送与淮阳王，那可真是得不偿失。

现下徐州缺了名军师，只有赵逵看守，不是长久之计。

秦筝问：“那徐州军师一职，你打算给谁？”

楚承稷合上书册问她：“岑道溪，你认为如何？”

秦筝沉思片刻后道：“应该是出不了什么问题。只是这样会不会让陆大人那边多想？”

楚承稷道：“若只是调任便能让陆则生出二心，那此人也用不得了，让他去负责治理元江下游泥沙淤积的江道，也不算是降职。”

而且把陆则放在旁的位子上也不放心，让他去清挖河道以防水患再合适不过。

一来这并非闲差，相反在当下算是一项重任，不会让陆则觉得自己被边缘化。二来青州往下是淮阳王的地盘，淮阳王也不愿自己的地盘被水淹，让陆则去负责打捞元江下游的泥沙，不管他最终会不会受郢州陆家指使，倒戈淮阳王，都不会影响打捞泥沙的进度。

解决了这二人的人事变动，还有一人让秦筝十分伤脑筋："先前来投奔的董达将军之子，你想好把他安排到何处去没？"

按理说，董成乃董达之子，让他管理他父亲的旧部们未尝不可，但董达旧部们都被收编于孟郡，董成若是受奸人挑拨，认定他父亲是死于楚承稷之手，让董成接手他父亲的旧部，无异于是将孟郡拱手送人，可别的地方也没地儿给董成待。

楚承稷道："先不给他安排差事，我亲自带着便是。"

跟在楚承稷身边，那就是未来的天子近臣，没人会觉着官职低。

这些事姑且商定，但让岑道溪去徐州还得问问他自己的意愿，次日，楚承稷便召来岑道溪询问他的意向。

以徐州地理位置的重要，此次变动绝对是升迁，岑道溪没有推拒之理："岑某谢殿下抬爱，定不辱命。"

楚承稷道："徐州之地，就托付给先生了。"

岑道溪深深一揖："但凡岑某还有一息，便不会叫徐州城破。"

当天下午，岑道溪便收拾行囊动身前往徐州。

只是临走前，他塞给了林尧一个信封，让林尧转交给林昭。

林尧捏着那个薄薄的信封，瞪着岑道溪远去的背影，一下午整张脸都阴沉得能滴水，揪着不少人问那姓岑的是怎么和他妹妹勾搭上的，只可惜都没问出个所以然来，听闻秦筝或许知晓些什么，几番犹豫，还是问到秦筝跟前来了。

这些日子，秦筝手上的事情多如牛毛，林尧不说，她都快忘了这事儿了。

"阿昭和岑先生起了什么争执，本宫委实也不清楚，只是岑先生说他误会了阿昭，几番登门赔罪，阿昭都没见。"秦筝简要地把那日的事说了一遍。

得知不是自己想的那样，林尧松了一口气，随即又愤愤道："阿昭今年才十五，他岑道溪二十有六，一大把年纪了，还同一个小姑娘起争执，也不怕被人笑话！"

刚刚走进厅房只听见后半句的楚承稷："……"

林尧见楚承稷回来了，倒是麻溜地起身见礼："殿下。"

楚承稷轻点了下头，问："林将军怎在此处？"

林尧当即就道："向太子妃娘娘询问了舍妹的一些事，已经问完了，末将告退。"

眼看林尧走远，秦筝才好笑道："今儿是怎的了？板着个脸作甚？"

二十有六，就一大把年纪了？

楚承稷走过去在秦筝身旁坐下，再自然不过地拥住了她，眼帘却低垂了下来："没什么，下午见董家那小子时，同他过了几招，折断了兵器，打算寻把称手的。"

秦筝半点没察觉到他的异样："可有受伤？演武点到即止，怎么打得兵器都断了？"

楚承稷回想起演武场上的情形，只摇了摇头："未曾受伤，董家那小子，是个初生牛犊不怕虎的。"

楚承稷心中却明了，这董成要么是心中对他有恨，要么就是骨子里带着戾气。

但不管哪种情况，把人放在眼皮子底下，总归是翻不出花来的。

秦筝以为他当真为没把好兵器不快，还帮忙出谋划策："好兵刃的确难寻，要不命人再打一把？"

楚承稷摇头："世间的好兵刃，都可遇不可求。"

秦筝想想也是，宽慰道："慢慢寻，指不定以后就得到柄称手的兵器了。"

心里想着其他事的楚承稷看着秦筝，微不可闻地叹了口气。

楚军战意一天比一天高涨，盘踞于江淮对岸的陈军也加快了运粮进度，从汴京而来的五万兵马加上沈彦之手中的两万兵马，像是蛰伏于对岸的两头野兽，时刻准备杀过江来。

楚承稷和李信之间，早晚有一场大战，此战过后，中原腹地尽归谁手，便已明了。

李信那边为了给自己造势，什么鱼肚藏书、雷劈山间降帝王石碑各类离奇见闻都传出来了，铆足了劲儿在民间宣扬自己才是天命所归。

他次子掘了武帝陵一事已在天下百姓口中传得沸沸扬扬，面对天下人的口诛笔伐，李信深知这个污名是摘不去了，重罚了自己次子，给天下人一个交代后，干脆一不做二不休，命一些方士在民间散布谣言，说武帝陵毁，大楚是当真气数已尽。

不少百姓被唬得一愣一愣的，楚军的军心明显也被影响到了。

这口锅甩给李信，虽说把李信的名声搞得更臭了些，还让李信两个儿子窝里斗，但对方来这么一出，也算是反击得漂亮。

得知此事后，气得最厉害的莫过于宋鹤卿等一干老臣。

"李贼简直欺人太甚！"宋鹤卿气得心窝子疼，秦简更是出口成章，骂人的功力，让一众谋臣不禁赞叹。

秦筝思索片刻道："李信散播谣言乱我们军心，又厚颜无耻伪造鱼肚藏书、帝王石碑，咱们要不也采用这样的法子为自己造势？"

宋鹤卿一番思量后，眼中陡然升起亮光："老臣有一计！"

秦筝忙道："宋大人快快请讲。"

宋鹤卿道："殿下自出生起就被钦天监批出同武帝陛下一样的命格，咱们不妨在殿下的命格上大做文章。

"武帝陛下生前擅使的兵刃乃一柄玄铁所铸的方天戟，后随武嘉帝一道葬入了皇陵。

"我们不如在皇陵外大摆祭台，就说武帝陛下托梦于殿下，让殿下入陵取方天戟，诛杀反贼，荡平四海，以安天下，诸位觉着此计如何？"

谋臣们个个面露喜色，一番交头接耳后，纷纷拱手道："此计妙哉！"

秦筝也觉得此计甚好，但一名老臣却有些犹豫："据闻那方天戟重达一百八十余斤……”

言外之意很明显，若是太子殿下拿不动岂不贻笑大方？

秦筝听到那个重量，也迟疑了一下，宋鹤卿献计道：“这有何难，暗中叫人再打造一柄跟武帝陛下那柄样式一样的方天戟，届时让殿下取用假的那把便是，此举只是为了稳定军心。”

众人再无异议，此事也就这么定下了。

此事传入董成耳中，他当即大笑：“好啊，等到当日，我非得在三军阵前向太子殿下讨要那柄方天戟演练上几招不可！待三军将士皆知他们取出的方天戟不过一块假冒的破铜烂铁，我倒要看看他楚氏还有何颜面面对天下人！”

宋鹤卿等一干老臣选了个黄道吉日进皇陵取兵器。

楚承稷得知他们怕自己抡不动玄铁方天戟，还想打造一把赝品给他，冷着脸回绝了。

当天晚上他归家，就发现院子里多了两个石墩。

楚承稷问老仆：“院中放置此物作甚？”

老仆道：“太子妃娘娘说，殿下您练武兴许会用到。”

楚承稷进屋后，委婉道：“我臂力尚可。”

秦筝忧心忡忡地道：“以防万一，还是练练？”

楚承稷盯了她半晌，忽而说了句：“你陪我练？”

秦筝看了好一会儿图纸，眼睛的确有些疼，点头道：“好啊。”

她本以为是楚承稷演练，她坐在一旁观赏，怎料自己刚站起来，就被楚承稷拎小鸡仔似的拎到了他的臂弯里。

楚承稷说练臂力就是真的练臂力，秦筝被当成个人形石墩，在他左臂上挂了半个时辰，又被放到右臂上挂了半个时辰。

楚承稷没觉着手酸，她倒是被硌得疼，死活不肯再当人形石墩给他练臂力了。

转眼就到了进皇陵的日子，为了鼓舞士气，上万将士一同前往武帝陵围观。

宋鹤卿怕出什么意外，在楚承稷回绝后，还是暗地里打造了一柄方天戟。

董成领了个中郎将的虚衔跟在楚承稷身边，出发前他就注意到宋鹤卿命人暗中运了一口长匣子到马车上，半路休整时，他支开看守马车的将士，打开匣子瞧了一眼，顿时冷笑连连。

里边果然是一柄假的玄铁方天戟，他还伸手掂了掂，不过三十斤出头。

他同楚承稷交过手，知道对方不是个花架子，但太子想以这种方式给自己脸上贴金，董成心中不耻，愈发坚定了决心。

抵达武帝陵后，在祭台前少不得由宋鹤卿朗诵一波武嘉帝生前的功绩，再陈以当下时局的艰难，最后才说武嘉帝托梦于太子，让太子入皇陵取神兵平天下。

武嘉帝一生战功赫赫，因此三军将士一听说武嘉帝托梦于太子，让太子来皇陵取他生前所用兵刃，一个个都激动无比，觉得是武嘉帝显灵了。

眼见楚承稷和一众臣子入了皇陵，围在祭台外的将士们议论纷纷，自然是夸赞居多。

唯有董成面露讥诮之色，道："听闻那柄方天戟乃玄铁所造，寻常将士两人合力方可抬动。太子殿下若取武帝陛下的方天戟征战天下，倒真是袭了武帝陛下那一身神力。"

他故意这么说，就是为了让将士们对太子抱有极大期待，一会儿他拆穿太子真面目时，将士们才会更加愤慨。

一旁的将士们当即道："太子殿下自出生，就被批有着和武帝陛下一样的命格，要我说啊，咱们殿下，指不定就是武帝陛下转世！"

董成嘴角的笑容愈发冷了些，他也是习武之人，自幼苦读兵书，对武嘉帝存着本能的敬意。

他前来青州假意投诚，大皇子那边却没按照事先说好的攻打扈州，而是挖皇陵去了。武帝陵被掘，他心中也气愤得紧，后来得知是二皇子的人从中作梗，心想大皇子的确也不会蠢到给自己揽这么个骂名，这才又对大皇子一党放下了成见。

此刻听到旁人说太子楚承稷乃武嘉帝转世，心中第一想法就是：这亡楚太子也配？

武帝陵作为帝王墓，比起旁边那几座不肖子孙墓中成箱的金银珠宝实在寒酸，陪葬的杯盏器具都是青铜的，还是卖不上价那种，墓中委实是没什么可看的。

宋鹤卿和其他臣子没敢进主墓室，在门口一面叩头一面痛哭陈述，言不是故意要扰武嘉帝清静，只是现下局势艰难，迫不得已才出此下策。

楚承稷从耳室找出了那把玄铁方天戟，拿在手中沉甸甸的，对于一个武将来说，有了这样的沉感，心中才踏实。

拿到了兵器，他的目光落到了挂在高脚台上的那串菩提珠上。

非是出家人，没有在人死后将佛珠一同封棺合葬的说法，所以这串菩提珠，在武嘉帝故去后，只作为陪葬品摆在了主墓室里。

经历了三百年的光阴，珠子依然莹润有光泽。

那串菩提珠用的是金刚菩提子，驱邪避祸，可遇不可求。

楚承稷再自然不过地把菩提珠收进了衣襟里，走出主墓室时对跪在外边的宋鹤卿一干人道："出陵吧。"

宋鹤卿见他轻松地拎着方天戟往外走，还以为他拿的是把赝品。

宋鹤卿此前已命底下的人偷偷摸摸地把假的方天戟放到了皇陵耳室里，就是怕楚承稷拿不动那柄真的。

他跟着楚承稷往外走，想着等鼓舞完三军士气，大军撤下龙骨山，再暗中命人把真玄铁方天戟运到别处藏起来，此事就算天衣无缝了。

一行人出现在皇陵入口处，楚承稷走在最前方，一身玄甲威仪不凡，剑眉下的一双眸子幽凉而黑沉。

楚承稷站定，高举起手中的方天戟，沉喝："诛反贼、驱鞑虏、平四海！"

正午的太阳毒辣，他立于高台之上，身上的鳞甲反射出刺目的日光，恍若武神临世。

底下的将士们沸腾了，齐齐举起手中的兵刃也跟着喊："诛反贼、驱鞑虏、平四海！"

董成远远看着楚承稷，听着四周海潮一般的呼声，心道这位前朝太子的确有一套玩弄人心的手段。

待欢呼的声潮平静下去后，他才大声道："殿下，末将听闻武帝陛下所用的方天戟乃玄铁所铸，重达一百八十余斤，末将斗胆，想见识一番。"

一旁的宋鹤卿和几位谋臣对视一眼，都从彼此眼中看出了不妙，宋鹤卿立马站出来喝道："哪来的黄口小儿！今日设祭台请出武帝陛下生前所用神兵，岂容儿戏？"

董成心中冷笑，面上却乖巧："末将只是一时手痒，想见识一番传闻中的玄铁方天戟有多沉罢了！"他这番话，就差直说楚承稷拿的定然不是武嘉帝的方天戟了。

宋鹤卿气得吹胡子瞪眼，正要叫人把董成拉走，楚承稷却道："董小将军胆识过人，勇气可嘉，且上台来拿方天戟便是。"

宋鹤卿急得冷汗都从脑门冒出来了，可楚承稷都发话了，他也不能违抗楚承稷的命令。

想起先前岑道溪的话，他心中不由一阵后怕，莫非董成当真是要对殿下不利？

楚承稷这般淡然地让自己去拿方天戟，董成的心中也是有些疑虑的，不过先前在马车上已经看过他们铸的赝品，董成越想越觉得，楚承稷就是在同他玩心理战术。

他就是想吓退自己，让自己错失在三军阵前揭露他真面目的机会！

见楚承稷单手递过方天戟，董成没当回事，也单手去接，落到手上的那股重力，却带得他一个踉跄，险些栽倒在地。

董成不可置信地瞪大了眼，怎会这般沉？

楚承稷见他没拿稳，倒是好心帮忙扶住了戟杆："董小将军？"

董成慌忙扎稳脚步，蓄起十二分力气，总算是单手抡起了方天戟，勉强挽了半个戟花就交还与楚承稷："这方天戟委实沉得厉害，是末将自大了。"

下高台时，拿戟的那只手都还止不住地有些发颤。

底下的将士们发出一片哄笑声，董成垂着脑袋任他们笑。

宋鹤卿一干谋臣也看得大为不解，怎料楚承稷紧接着就说了一句："还有何人想来试这方天戟有多沉的，大可上台来。"

宋鹤卿骇得唇边的胡子都抖了三抖，心说难不成殿下不仅找了董成一个配合演戏的？

"殿下，俺也想来掂掂！"一个彪形大汉走上高台，众人又被他吸引了目光。

原本董成提出想试耍方天戟，颇有几分咄咄逼人的意味，现在楚承稷主动说其他人也可上台去试，倒是没人再笑话董成了。

董成知晓楚承稷此举是替自己解围，让他不至于过分难堪，面上不由得浮起几丝羞愧。

心中却更加茫然，他分明见到了一柄假的方天戟，怎么太子取出来的又是真的？

思及此处，董成忽而吓出一身冷汗来。

太子会不会已经知道他是大皇子那边派来假意投诚的，今日之举，就是为了试探他？眼下替他解围，是要给他一次机会，让他改过自新的意思？

董成心中一凛，紧紧捏着腰间的佩刀，看楚承稷的眼神格外复杂。

宋鹤卿看着接二连三上高台去掂方天戟的将士，见他们个个面皮涨得通红，脑门青筋都凸起来了，心说殿下找的这些将士，演技可真不赖！

好不容易等到大典结束，宋鹤卿忙带着人去运那柄真的方天戟，打算藏到别处，却发现是他一开始命人打造的赝品方天戟时，终于意识到了不对——

莫非太子殿下一开始拿的就是真家伙？

武帝托梦、太子取戟的消息一经传散出去，先前那些说大楚气数已尽的声音，瞬间小了下去。

武嘉帝是由百姓和朝廷造了几百年造出来的神，他对大楚百姓的影响，绝非那些方士三言两语说出的流言便可泯灭的。

百姓们把那柄方天戟吹得神乎其神，更有甚者，说太子前往武帝陵并非取方天戟，而是焚香以告先祖，请出了楚氏皇陵里的阴兵，想借阴兵复国。

还有流言说太子从武帝陵墓里取出的那柄方天戟是假的，但当日在场的将士有上万名，其中不少人还亲自去掂过方天戟，自然知晓那有多沉，哪听得一群闲人这般污蔑他们太子殿下？

一时间，坊间以讹传讹的、为楚承稷正名的，常能在酒肆里看见，多数时候两方甚至还大打出手。

流言的事，本就是真真假假、假假真真，此计重振了军心，就算是达到了目的，秦筝和楚承稷都未再将外界的争论放在心上。

秦筝最近监工河道，倒是遇上了点麻烦，河道要拐进一个山坳，附近的村民却怎么也不肯去那边开挖了。

她问了当地几个村民才知，那片山以前是乱葬岗，村民都说山上闹鬼。

秦筝白日里命人去山上看过，回来的官兵说山上确实随处可见白骨，但无其他异常。

秦筝想起民间谣传楚承稷从皇陵里召出一支阴兵，心中顿时有了主意。

一旦“阴兵”的传闻都成真的了，百姓哪里还会关心楚承稷用的究竟是不是真的方天戟？

陈军隔江扎营，碍于元江水急，才不敢轻易渡江，两军隔江观望，彼此都在寻找契机。

此战楚承稷以守为主，沿江一带都密布哨岗，日夜盯着陈国军队那边的动向，深挖战壕做掩体，只要陈国反贼敢渡江，必会被射成个筛子。

为了让三军将士保存体力应战，练兵也从之前的每日一练，变成了三日一练。

董成虽有个中郎将的虚衔，但更像是楚承稷的亲兵。

楚承稷在点将台上练兵，他便抱着干净的巾帕和水壶在台下等着。

董成不傻，自己那日咄咄逼人要掂方天戟，露出的破绽够多了，只是还没有铁证让他们给自己定罪而已。眼下这前楚太子不仅让他捧汗巾子，连水壶也交给他，分明是故意给机会让他下毒，好借此拿他下狱。

董成才不上当，让他干什么就干什么。

楚承稷见董成如此顺从略感诡异，外界传闻这董家小儿乃将门虎子，皇陵一事后，他愈发认定董成必定是对他心怀怨恨，否则让他做这些端茶送水的活计，只怕没几个傲气的将门之子能忍得下这口气。

他放心把水交给董成，也是经过了先前的接触，看出此子心性刚毅，骨子里有着武将的傲气，不屑做那些投毒的下作之举。

本是想看他能忍耐到何时，以此来推测他心中对自己的怨恨有多重。

但见他露出这样一副沾沾自喜又殷勤的神色来，楚承稷第一次对自己的判断产生了点怀疑。

他这是何意？

董成见楚承稷敢直接喝这水，半点不怕自己动手脚，心道这前楚太子果然是安排了人在暗处盯着他的。

想到自己识破了对方的计划，对方面上不显，心底肯定正恼着，不免生出几分快意，哪怕做的都是些伺候人的活儿，却一点都不觉得憋屈，甚至想更殷勤点，气一气楚承稷。

林尧在一旁看得目瞪口呆，楚承稷扫他一眼，只道："安将军前来献降永州，尔等随我同去接待。"

永州可不是个小城，光是城中兵马就两万有余，硬实力不亚于青、徐两州。

相当于他们不费一兵一卒就多了五分之一的地盘，这简直是天上掉馅饼的事。

林尧忍不住道："那前孟郡郡守见风使舵虽恶心，但也得多亏他前去游说其他州府的官员，李信二话不说就砍了那些官员的头，可不就逼来了安将军这样的人马？"

他说完去看楚承稷，却见楚承稷面上平静，无半点喜色。

都叫人分不清他究竟是太过喜怒不形于色，还是当真不觉得安元青在此时献降是什么值得高兴的事。

董成倒是蹙了蹙眉。

三人回了中军帐，楚承稷和林尧还有一众谋臣坐定，董成黑着脸被另一名亲兵叫去学煮茶。

不多时，帐外的将士便通报安元青来了。

当年朝中有五虎将，董达和安元青都在其中。

帐布被外边的虎贲将士掀起，阔步走进的将领膀大腰圆，穿着甲胄的缘故，几乎看不到脖子，四方脸，面皮偏红，蓄着短须，不怒自威。

他进帐后扫视一眼，只觉得复楚的这股势力虽是刚起势没多久，可这麾下，看起来也不缺能人猛将，想来实力比他们猜测的还要强上几分。

坐于主位上的男子身着玄甲，面容清隽肃冷，自有一股帝王气。

安元青不是第一次见太子，他半跪下："末将安元青，参见太子殿下。"

楚承稷抬手示意："安将军快快请起。"又吩咐左右，"看座。"

一个亲兵搬了把椅子给安元青，倒茶的活儿自然就落到了董成身上。

董成脸都绿了，他从前也是管安元青唤一声世叔的，以后他这脸面还要不要了？

想到楚承稷那边还盯着他，他也只得硬着头皮上前去倒茶。

安元青受胁做了大皇子的眼线，自然也知晓董成原是大皇子安排过来的内应。

他见董成倒完茶，就回前楚太子身后站着了，心中不由一凛，难道这董成竟成了前楚太子的亲信？

先前董成写信告知大皇子，前楚太子一党欲造一柄假兵器，对外宣称是从武帝陵中取出的方天戟，借此壮士气，他会当着三军将士的面拆穿前楚太子。

大皇子一党大喜，散布流言的人都找好了，就等着董成这边来个当众拆穿，怎料董成非但没当众拆穿，还帮忙做证前楚太子拿的就是武嘉帝的兵刃。

大皇子那边已经怀疑董成投靠了前楚太子，安元青此番前来献降，其中一个目的便是探明董成还可不可用，今日一见，董成显然已投了前楚太子的麾下！

安元青暗松一口气，好在董成还不知道他也是来假意投诚的，否则此行危矣！

江淮两岸的战事一触即发，安元青的到来让楚承稷麾下的不少谋臣虎将都涨了一波士气。

谈及眼下的战局，安元青主动请缨："殿下，末将手中的两万兵马，任凭殿下调遣！"

谋臣们喜不自禁，楚承稷的神色却淡淡的，夸赞道："安将军一片赤诚，大战前携两万将士前来助孤，此战若旗开得胜，安将军功不可没。"

安元青忙道："不敢，都是臣子本分。"

一番寒暄下来，楚承稷语调虽温和，安元青却只觉得他深不可测。

"青州较之其余四城，位于元江上游，陈国反贼南下，率先与之交锋的便是此地，徐州、孟郡乃要地，不可过多调遣兵马前来。如今屯于青州的大军，在人数上终究是不敌陈国，安将军手上的两万人马，从永州绕道含谷，于后方攻打陈军，倒是更出奇制胜些。"楚承稷看着他道。

安元青捧着手上那盏半凉的茶盏，应也不是，不应也不是。

大皇子让他前来假意投诚，是希望大战时他能临场反水杀楚军一个措手不及，可前楚太子却直接把他的兵马剔出去，让他绕道去攻打陈国大军。

这样一来，他便是反水，对楚军内部也毫无影响。

偏偏这样的战略布局，又没有哪里不合理。

“安将军若有异议，大可提出来。”楚承稷道。

帐内的谋臣虎将目光都齐刷刷地看向了安元青，他只得放下手中茶盏，抱拳道：“末将领命。”

一直到走出中军帐，安元青才猛然反应过来，这场战略布局，前楚太子除了让他带着永州兵马绕道从后方去攻打陈国军队，其余有关驻守青州的到底有多少人马，具体的兵力布防，一概未提。

想到要寄给大皇子那边的密信，安元青的脸色不免有些难看。

他若不定期递情报回去，只怕他妻儿老母在那边的日子不好过。

正好董成从帐内出来，二人点头打了个照面，董成便拎着个大水壶准备去打水了。

安元青看着董成的背影，同一旁站岗的小卒打听：“这位董小将军似乎颇得殿下器重？”

小卒道：“那是自然，殿下初次见董小将军，便与其切磋，指点武艺，此后更是把董小将军带在身边，亲自教导。”

安元青思及自己进入楚营见到的种种，心知这小卒所言不假，面色变得有些复杂。

罢了，就将董成叛变之事告知大皇子吧。

远处正排队打水的董成，忽而打了个响亮的喷嚏。

他揉揉鼻头，心说定是那位前楚太子又在想法子让他自投罗网了，他可得机灵着点。

帐内。

楚承稷嘱咐林尧：“安元青那边，让人盯着些。”

林尧不解：“殿下这是疑心安将军？”

楚承稷反问林尧：“你手中若拥兵两万余，所驻州府也无战事殃及，你会突然带着手下将士投奔大战在即的一方势力？”

林尧还是有几分迟疑：“这不是殿下您一开始的计划吗？让蔡翰池前去游说那些墙头草，再利用李信多疑的性子杀了那些墙头草，叫其余各州府官员心寒。这些日子前来投奔的官员也不少……”

楚承稷语调平缓：“拥兵两万，在如今这时局，足以自立为王。”

一句话，让林尧瞬间想通了其中关键。

若说安元青此时前来投奔是对大楚忠诚，可楚承稷刚打下青州被围那会儿，也没见他带兵来援，忠诚这点便说不通了，顶多是还在观望时局。但眼下他们和陈军胜负未分，安元青却突然不观望了，直接来投诚，这很难不叫人觉着这里边有什么阴谋。

林尧几乎是倒吸一口凉气，冲楚承稷抱拳道：“还是殿下想得周到。”

楚承稷说：“先盯着就是了，别露出什么马脚。”

林尧赶紧应是。

忙完军务回府，门房说秦筝有事寻他，楚承稷便径直去了主院。

楚承稷进房后唤了她一声，没听见回应，去内室看也不见人，正好净房传来了水声。

秦筝今日去看完挖泄洪渠的进程后，又转而去规划的几条引水沟渠处看开挖的进度，闷出一身汗。她舒舒服服地泡了个澡，正在洗头发，不料楚承稷突然掀帘进来，她本能地一下子缩回水里："我还没洗完。"

美人沐浴大抵都是唯美的，只是眼下秦筝为了洗头，把头发抓得乱七八糟，很难说有什么美感。

楚承稷默了一息才问她："你这是作甚？"

秦筝干巴巴道："洗头。"

秦筝试图挽救一下自己的形象，抬手胡乱地把长发往后捋了两把。

楚承稷本是想问她有什么事要同自己说，见她这般，倒是没忍住发笑："哪有你这么洗头的？"

他走过去，拿起水瓢舀了半瓢水，道："闭眼。"

秦筝狐疑地瞅他一眼："你帮我洗？"

楚承稷没说话，但拿着水瓢的神情说明了一切。

秦筝抿着笑闭上眼，一开始她还有点紧张，慢慢地，整个人都放松下来，本就奔波了一天，甚至有些昏昏欲睡："你这手法可真好。"

楚承稷说："头顶全是穴位，照着穴位按的。"

最后用清水帮她洗了一遍头发，楚承稷放下水瓢时，俯首在她一侧的肩头轻浅地落下一吻，问："你给门房留话说寻我？"

肩头传来的温热触感有些痒，秦筝本能地战栗了一下，平静后才说："你前些日子不是同宋大人商议，打算突袭陈军嘛，我有个'阴兵助阵'的法子！"

楚承稷收起唇角那丝不太明显的笑意："你是想让突袭的将士们扮鬼兵？"

秦筝点头，道："我今日去巡视泄洪渠的开挖进度，听村民说附近有座山，夜里漫山都是鬼火，当地村民都惧怕得紧。我想着咱们可以利用鬼火扰乱陈军的视线，完成突袭，让陈军以为伤他们的是阴兵。"

楚承稷问道："你不怕？"

秦筝道："我在一本游记上看过，那鬼火虽是一种异火，但和清风明月一般，都是这天地间的一部分。只是因那鬼火常出现于坟地，才被世人传得这般玄乎。现在虽还不清楚鬼火的成因，但千百年后，总有人去解这些谜题的。"

楚承稷用帕子帮她擦头发，听她说起这些，轻轻"嗯"了一声。

秦筝想起自己时常做的那些异梦，忽而道："不知百年千年后这世间是什么样子的，我想跟怀舟一起看看那时候的大楚。"

楚承稷看了一眼她紧抓着自己小臂的双手，眼神柔软了下来，在她半干的鬓角落下一吻，说了一个极轻的"好"字。

这万古江山，我都想同你一起看。

# 第二十章——阴兵

若真是如此，想来是上苍降大任于阿筝，
让阿筝救这乱世万民于水火。

天刚破晓，一封密信就被速速送往了陈军主将的帐中。

大皇子看完信后勃然大怒，吩咐亲随：“速寻沈彦之来！”

半盏茶的时间后，沈彦之步入帐内，他揖身问：“不知王爷召沈某前来，所谓何事？”

大皇子将那封密信递与他：“董成果真叛变了！”

沈彦之看完安元青送回来的密信，一双凤目泛起冷光：“既是一步废棋了，弃掉之前不妨让前楚太子那边也掉一块肉。”

大皇子心中窝火，催促道：“有何良计，世子快说！”

沈彦之道：“董成既已归顺前楚太子，他曾为殿下做事，想来是被那边压下了。咱们放出风声，说董成是我们的人，真真假假，旁人也难以猜测，等楚营人心浮动之际，再用计取他性命，王爷以为，楚营上下，会不会觉得是前楚太子杀了他？”

此计的用意，就和前楚太子命人备以重金去游说各州府官员，叫李信得知后为防万一直接杀了那些官员一样。

那些官员会不会归降于前楚太子还不好说，但李信直接杀了他们，寒的是所有朝臣的心，也叫天下人唾骂。

董成是细作的风声一放出去，随即董成就死了，楚营麾下所有的谋臣虎将也会自危，毕竟他们也不清楚，若是改日再传出他们是细作的风声，下一个死的，会不会就是他们。

而且董达的一万旧部在前楚太子手中，董成一死，董达的旧部们只怕也会对前楚太子有怨。

大皇子听得心动，却有些迟疑：“这其中利弊你我都知晓，前楚太子会蠢到杀董成？无非是寻个由头把他关起来。”

沈彦之唇角往上挑起：“只要在旁人眼里，是前楚太子杀了董成便可。”

大皇子若有所思：“沈世子的意思是……由我们动手？”

天光大绽，帐内的烛光似乎一下子微弱了下去，沈彦之眸色深沉得望不见底：“王爷可修书一封与董成，大军三日后从葫芦口、妄乌渡兵分两路攻过去，葫芦口为虚攻，分散楚军兵力，大军主力在妄乌渡。让董成向前楚太子请缨守葫芦口，就说您借此机会有密令要差人亲口转述与他。

“董成叛向前楚太子，必会将我们的计划如实奉告，前楚太子要想知晓您给董成的是何密令，定是将计就计让董成去守葫芦口。等楚军在妄乌渡设下重伏，我们大军却从葫芦口攻过去，既能打楚军一个措手不及，也能让守葫芦口的董成身首异处。

“届时我们大可帮前楚太子将此事宣扬出去，前楚太子让董家小郎君率千余人马迎战数万人，天下人如何评说，就不干我们事了。”

大皇子哈哈大笑：“沈世子真乃智囊也！来人，取酒来！我要与沈世子痛饮几杯！”

陈国兵卒屡屡在葫芦口与妄乌渡两地出没，显然他们是在筹备渡江了。

楚承稷原本准备的那场突袭，索性改为了诱敌，他拨给秦筝一队人马，让秦筝带着人去鬼火山附近设置陷阱，打算引过江的陈军到设伏地围杀。

秦筝虽不通机关陷阱，但林昭在这方面是行家，祁云寨的人对设置陷阱也十分熟稔。

董成是陈国细作的声音便是在此时传入楚承稷耳中的。

宋鹤卿最担心的事还是发生了，他忧心忡忡地前来同楚承稷商讨应对之法，一众谋臣亦是吵得不可开交。

有的认为该防微杜渐，斩了董成永绝后患。有的则认为该查清后再做决定，以免伤了忠良，叫将士们寒心。

楚承稷坐在主位上，垂眼看着吵得面红耳赤的一众谋臣：“够了，董成是细作一事，最先是从何处传出来的？”

他一出声，谋臣们面面相觑，他们只顾着争吵如何处置董成，还没去查过这些。

宋鹤卿站出来道：“禀殿下，老臣查出，最先是从一名叫钟为的校尉口中传出的。”

楚承稷道：“传钟为。”

很快一个络腮胡大汉便被召至中军帐，见了楚承稷后，单膝跪地行将礼：“末将见过太子殿下！”

楚承稷淡淡点头：“起来说话，是你说董小将军是陈国细作的？”

钟为重重点头：“是末将说的。”还不等楚承稷继续问话，他便邀功一般地全盘交代了，“我前些日子在城内碰到逃难来的同乡，一同去酒肆吃酒，怎料我那位同乡听说董成那厮也在军中为殿下效力，心下大骇，这才与末将说了一件旧事，董达的叔叔任职黎郡县丞，一直为陈国反贼做事，董成前来投靠殿下前，他叔叔曾带着重金登过他董家大门。”

楚承稷却问：“你那同乡现在何处？”

钟为当即有些为难：“这……末将当日同他分开后，便回了军中，不知他如今到了哪里。”

说来说去，还是没个证人。

楚承稷静默不语，钟为察觉帐中气氛有异，心底莫名开始发慌。

正在此时，帐外却有人通报：“殿下，董成将军求见！”

正说他是细作，他却自己过来了，帐内一众谋臣神色各异，楚承稷道：“让他进来。”

帐帘撩开，董成大步走进，神情激愤，嘴角抿得死紧，恍若蒙受了什么不白之冤一般。

见了楚承稷，直接双膝跪地：“殿下，末将冤枉！”

说罢视线愤怒地转向钟为：“此人曾在我父亲麾下为将，因屡屡无视军规，于军中狎妓，最后叫我父亲剥去军职，杖责八十后赶出军营，一直对我董家怀恨在心罢了！”

陈年旧事被翻出，钟为的面上不免有些挂不住，喝道：“你敢说你前来投奔殿下前，你叔叔没带重金登过你董家大门？”

“登过。”董成掷地有声的一句，叫帐内的所有人都有些摸不着头脑了。

钟为见他都亲口承认了，自是狂喜不止：“那你还有何可狡辩的？”

董成悲怆大笑：“我叔叔离去时，是原封不动地带着那份厚礼走的，你为何不提？”他转向楚承稷重重一叩首，“殿下大可命人去查，看末将所言是否有假。”

董成假意投来楚承稷麾下，只为报父仇，的确未收大皇子那头毫厘之财。

他便是身死，也不会污董家家风分毫。

楚承稷的目光扫向钟为：“尚不知原委，便非议军中将领，你可知罪？”

钟为这下是彻底慌了，他“扑通”一声跪下，叩头求饶道：“小的知罪，小的知罪！”

又转向给董成磕头：“董将军您大人不记小人过，饶了小人这一回吧！”

董成却并不理他，而是向楚承稷请缨：“殿下，如今军中上下都传末将乃陈国细作，末将恳请殿下准许末将上阵杀敌，末将便是战死，也不愿受这不白之冤！”

楚承稷意味深长地看了他一眼，道：“准了。”

董成当即装作狂喜的样子叩首谢恩：“末将谢殿下！”

楚承稷瞥了一眼钟为，吩咐左右：“拉出去，罚五十军棍。”

立马有虎贲将士进帐拖走了钟为。

商议御敌之策时，因董成主动请战，楚承稷本欲让他和林尧一同守妄乌渡，自己带兵守葫芦口。

妄乌渡顾名思义，鸦雀都难以飞渡，那段江域元江之水湍急，两岸又是石壁，只能搭索桥引渡，不利于行军，方便防守。

葫芦口则是一个渡口，水面开阔，更适合水战。

董成却道自己精于水战，一定要守葫芦口，最终楚承稷准许他同自己一同守葫芦口。

接下来几日的兵力布防，董成见葫芦口驻扎了不少人马，想着大皇子在信中反正说了只是从葫芦口佯攻，真正的大军是从妄乌渡过江，眼瞧着楚承稷把兵力都部署在这边，他闷着不吱声，只等两军开战，看楚承稷吃败仗。

殊不知，楚承稷早派人去妄乌渡对岸查探过，陈军在那边弄得声势浩大，远远看着到处都是旌旗，似乎大军会从那边渡江，但那些旌旗都是插在对岸山林里虚张声势的，真正的兵马反而没多少。

他便将计就计，让林尧也在妄乌渡这边岸上的山林里遍插旌旗，迷惑陈国军队，让他们以为自己这边中计了，当真屯重兵于妄乌渡。

陈国大军于一天深夜乘船从葫芦口大批渡江。

怕官舰太引人注目，陈国这边先派人划小船开道，快靠近对面江岸时，弃船潜水上岸，射杀楚军哨楼里的哨兵。

楚军失了“耳目”，陈国这边的官舰便开始大规模靠近。

不等官舰靠岸，对岸忽而灯火通明，投石车投掷的火药弹下冰雹一般，密集地砸向了水面上的十余艘官舰。

岸上几十架床弩齐放弩箭，弩箭靠着巨大的冲击力扎透官舰船壁，弩箭箭尾绑着绳索，几十个楚军拉着绳索用力一拽，被弩箭扎中的船壁被扯飞一大片木板，船上箭槽处的官兵暴露出来。

“这是怎么回事？”领军的主将暴跳如雷。

与此同时，董成随楚承稷在搭起的哨楼上看着前方的战局，心中亦是大骇。

大皇子在信中明明说攻打葫芦口的没多少人，可眼前压境的大军，怕是三万有余！

一阵凉意从董成脚底蹿起——大皇子给他的是假消息！

董成忍不住去看楚承稷此刻的神情，他带重兵设伏于此，莫非一早就知道了什么？

眼前之人，对战局能掌控到如此地步，只怕他从前就是一直在韬光养晦，董成突然从心底生出一股惧意来。

他心中正惊骇万分时，楚承稷忽而转过头来问他：“董小将军擅水战，眼下战局，董小将军以为如何？”

董成如实分析道：“陈国眼下虽是被打了个措手不及，但他们人数上占了优势，等反应过来，也用炮火压制住岸上的火力，官舰就能顺利靠岸。一旦大军靠岸，以盾墙推进，咱们就占不了优势。”

他继续问董成：“董小将军可有破解之法？”

董成掌心全是黏腻的冷汗，他像是学堂里被夫子抽问到的学生，竭尽所能地去想：“敌众我寡，硬守此地守不住，不如烧毁他们的船只，退守青州城，以青州城防为垒，待对方疲敝时再反守为攻。”

他说出这番话来，楚承稷的眼底终于露出几分赞赏之意：“董小将军才智过人。”

董成已分辨不出楚承稷这是真在夸赞他，还是在讽刺他。

平心而论，他是佩服这位前楚太子的，只是杀父之仇不共戴天，他已做好准备在楚承稷揭穿他时质问父亲的死。

便是不能报父仇，死在这样一位雄主手上，他董成也是没什么不甘的。

但楚承稷却转身下了哨楼，嗓音被夜风吹得有些缥缈：“孤还有一破敌之法，董将军可随孤观战。”

董成不愿再虚与委蛇，站在原地没动：“末将有一事不明，恳请殿下解惑。”他豁出去一般地质问，“我父亲，当真是自刎的？”

楚承稷微侧过头：“蔡翰池那等趋炎附势之辈孤都只是收押大狱，董老将军那样不可多得的将才，孤会不留？”

董成心里其实已经不太确定自己之前的想法了，却仍是咬牙道：“我父亲手中有一万兵马，我父亲一死，那一万兵马尽归你手！”

楚承稷看着董成，目光是一种不可名状的厚重感：“万军可征，一将难求。”

一句话说得董成眼眶泛红：“殿下早料到我前来投奔是别有用心？”

“董老将军一生鞠躬尽瘁，当年献徐州降李信也是为保徐州百姓，孤不怪董老将军献降之举，一切皆是时局所迫。

“山河凌乱，是我楚氏无能。但夺这江山的不是明君，楚氏受天下百姓拥戴数百年，也该重整河山，还天下百姓一个河清海晏。

“董老将军傲骨铮铮，孤招揽于他，老将军忠烈，言不配再为楚臣，刎颈于万军阵前，托付旧部与万民于孤……”

楚承稷鲜少同秦筝以外的人说这般多的话，但董成乃董达之子，骨子里又有着武将的气节和傲骨，方才问话，他在兵法上的确也颇有造诣，这样的将帅之才，他不愿其为奸人所用，道：“董老将军的衣钵，孤还是望董小将军传承下去。”

董成一双眼已被泪意熏得通红，他郑重地跪在了楚承稷跟前：“董成愿誓死为殿下效忠！”

他信楚承稷，不仅是因为他那番话，更因为这些日子他所看到的是一个明君。

大皇子那边突然变卦，摆明了是想利用他来布局，若他父亲当真是死于前楚太子之手，有着杀父之仇在，大皇子那边又何必突然变脸？

陈国大军上了岸，他们竖起盾墙后，凭借着人数上的优势，果真逆转了战局。

好在那一道道壕沟阻碍了陈军的盾墙，以致陈军没法再列阵推进，但倒在箭雨下的兵卒却愈渐增多。

最终陈国主将下令以巨盾铺在壕沟上方，陈军才得以渡过战壕，两军嘶吼着在江淮平原上拼杀至一起。

董成主动请缨出战，他在军中资历虽浅，一身功夫却极为出彩，手中的虎头枪耍得大开大合，很快就取了对面陈军两名将领的首级。

董成越战越勇，正要深入敌腹，鸣金声却在此时响起，身边的楚军如潮水般往后撤，竟连旌旗都来不及带，落在地上被踩了不少灰。

董成怒不可遏，顾不得鸣金声，冲入敌腹捡起掉落的旌旗。

战场上，旌旗就是士气和军魂，有旌旗在，将士们才知道从哪里冲，从哪里撤，但凡两军交战，旌旗绝不能倒，便是跑也得扛着旗跑。

但也是他举着旌旗的缘故，陈国兵将都把他当成了活靶子，一路追着他跑。

楚承稷远远看到他扛着旌旗驾马回来，按了按额角。

宋鹤卿也是急得跺脚：“他捡旗作甚！”

楚承稷道：“拿弓来。”

楚承稷挽弓搭箭，一箭射断了董成扛着的那杆旌旗。

董成驾马狂奔，扛在肩头的旗杆突然被击断，他回头看着断掉的旌旗远远落在了身后，还蒙了一下。

追上大部队后，宋鹤卿没忍住数落他："都鸣金收兵了你还往敌营冲个什么劲儿！"

董成抱着半截旗杆："我去捡旗了！"

宋鹤卿想着他还不知后面诈退的计划，听他闷闷地说出这句话，心中不免百感交集，道："丢旌旗溃逃，是诱敌之计！"

董成这才想起楚承稷先前同他说的，还有一破敌之策。

陈国主将见楚军节节溃败，心下大喜，喝道："追上去，凡砍下前朝太子首级者，赏五百金！活捉前朝太子者，赏千金！"

军师有些迟疑："将军！穷寇莫追！"

主将指着不成阵型逃窜的楚军大笑："你且瞧瞧，这帮前朝余孽，逃得毫无章法，不似有诈。"

方才的情形，军师也的确看见了，遂没再反对。

陈军一路穷追不舍，被引入了秦筝事先带人设伏的有鬼火的那座山，才惊觉不对。

"将……将军，前方是一片鬼林，咱们还是绕道吧！"底下的将士明显很是惧怕。

主将原本也有几分犹豫，却在林子边缘的一片荆棘丛里发现了一块明黄的布料，布料上绣有龙纹，显然是前朝太子逃跑时被刮到的。

主将冷喝："装神弄鬼！点火把，随我上山搜寻！"

陈军将士们人手一个火把，壮着胆子走进了那座处处是鬼火的山头。

鬼焰阴森，空气里还有细小的蓝色光焰随着人走动而飘动。

突然小卒尖叫起来，众人回头去看，借着火把的光，只瞧见那个小卒似被一串树藤给飞快地拖拽到了林子深处。

一时间，所有人都有些毛骨悚然。

没过多久，又有一个小卒尖叫着被树藤拖走，林中的鬼火都追着往那边去，所有的小卒脸都吓白了。

林子上空响起尖锐刺耳的怪笑，主将沉喝："何人在装神弄鬼？"

紧跟着，四面似乎响起排盾声和歌声，是《楚风》，三军将士一起吟唱，像是古战场上的狂风卷起的沙石，低哑又悠远。

"放箭！"主将下令，瞬间无数箭镞朝着歌声传来的方向射去。

歌声非但没停，头顶的树林还簌簌直响，陈军抬头一看，在树杈上瞧见一个骷髅头，顿时尖叫声四起。

树上似乎藏了许多楚军，隐约能看到他们身着残甲，主将下令放箭，那些楚军却半点不怕，反而身形诡异又僵硬地在林间飞蹿，中箭了也丝毫不影响他们的灵敏度，地上那些幽蓝色的鬼火都被引着飞向了他们，这场景实在是诡异。

"嗖嗖嗖！"

一片箭雨忽而射向陈军，有人细辨箭尾的标记，竟是他们刚才射向楚军的那些箭，仿佛他们刚才射出去的那些箭，都以这种方式被还回来了一般，四周吟唱《楚风》的歌声也越来越大，但细听又仿佛是哭着在唱。

陈军兵卒们终于被眼前的异象吓到，惊恐大喝："是前楚太子从皇陵里请出来的阴兵！"

民间之前就有过楚承稷请了阴兵助阵的传言，再加上此刻眼前的种种诡异现象，陈军兵卒们的魂儿都快吓没了，扭头没命地往回跑。

"后退者杀无赦！"主将怒急，沉声道，"十人一组竖盾墙，莫要走丢！不过是些装神弄鬼的把戏！"

他一手拿佩刀，一手举着火把亲自带路，林间落了不少枯叶，盖住了原本的地面。

主将警惕留意着林子上方，想观察那些箭镞是从何处射出来的，小卒们则举着厚盾战战兢兢跟在他身后。

主将一脚踩在枯叶上，突然整个人往下一坠，掉入一个深坑里，林中也再次射起了乱箭。

小卒们吓得尖叫连连，直接掉头逃窜，有几个在后边不知情况的小卒问起："大将军呢？！"

逃命的小卒答："大将军走着走着就不见了！"

这话也越传越离谱，再有人问起陈军主将时，就变成"大将军死了！"。

最后陈军主将死了的消息不胫而走。

林子里时不时有兵卒在慌乱中触发了机关，被树藤吊着倒挂起来，或是一脚踩空落入陷阱，撞上迎面飞来的树锤……四周黑黢黢的一片，传出的惨叫声吓得陈军兵卒们面如土色，尿裤子的都有。

进了林子的兵卒好不容易逃出去几个，个个魂不附体，对等在外边还没来得及进林子的陈军歇斯底里地大吼："快逃！前楚太子请了阴兵助阵！"

守在外边的小将喝问："大将军呢？"

小卒们哭天抢地道："死了！都死了！咱们放了好多箭，都伤不了他们分毫！"

身后的密林里又有尖锐的惨叫声传出，随后跑出来的兵卒们哪里敢停，继续没命地往回跑，被小将问话的兵卒顿时也不敢多停留，赶紧逃命去了。

一群人仓皇逃窜，后边还没进林子里的陈军兵卒们不知发生了何事，但见逃回来的兵卒都没了个人样，便也跟着逃。

数万人的军队，彻底成了一盘散沙。

不等他们原路撤回，两边山翼又响起了震天的吼杀声，军心溃散的陈军哪里是对手，被恐惧萦绕着，很快便败下阵来。

等主将顶着一头枯叶从深坑里爬出来，还没来得及喘口气，脖子就被一柄利剑抵住了。

几个楚军打着火把，陈军主将瞧见拿剑指着他的是一名红衣女子，他狠狠地啐了一口：“老子就猜到是你们这些宵小装神弄鬼！”

林昭直接用剑在他的脸上拍了拍：“老家伙，给姑奶奶老实点！”

陈军主将何时被人这般羞辱过，当即就面露愠色。

林昭大手一挥，命人将他给五花大绑，道：“这是牛筋绳，用的捆猪扣，专绑野猪的，路上可别浪费力气挣了。”

听林昭说这绳扣是绑野猪用的，陈军主将的一张脸都快气歪了，挖苦道：“尔等前朝余孽是没个能光明正大打仗的人了吗？女流之辈也只会使这些阴招！”

林昭可听不得这些，用剑鞘在陈军主将的肚子上狠戳了几下：“女流怎么了？你这几万人马，可不就栽在了女流手里？还光明正大地打仗，兵法玩的不就是阴招吗？你们夜袭渡口就光明正大了？”

陈军主将痛得龇牙咧嘴，又被林昭撑得哑口无言。

林昭牵着绑在陈军主将身上的一截绳索，去同秦筝会合。

远远瞧见秦筝，林昭就喊上了：“阿筝姐姐，我抓住了个当官的！”

陈军主将顺着林昭的视线看去，也在前方打着火把的人群里看到了她喊的那个女子。

月光从稀疏的树影间洒下，她立于这天地间，似不染尘埃的仙人。

陈军主将一时竟看得呆了，林昭举着剑鞘就往他头顶敲了下去：“瞎看什么！我阿筝姐姐也是你能看的！”

秦筝听到林昭的声音便回过了头，她对军中不同军职的将领所穿的盔甲也有所了解，此刻瞧见陈军主将那一身甲胄，笑着对林昭道：“阿昭抓住的这人官职可不小。”

林昭狐疑地瞅了陈军主将一眼：“这蠢货直接掉进陷阱里了，瞧着脑袋不太灵光，能有多大官？要是此番领兵的陈军主将也是这样的货色，那他们可完蛋了！”

秦筝道：“他若没跟底下将士换过军服，八成就是了。”

林昭又狐疑地瞅了被自己五花大绑的人两眼，踹了陈军主将一脚：“喂，你姓甚名谁，所任何职，速速报来！”

陈军主将从牙缝里挤出几个字：“士可杀不可辱！”

林昭大为不解：“姑奶奶就问你个名字官职，怎么就辱你了？”

陈军主将一张脸成功被气成了猪肝色。

秦筝道：“罢了，一会儿将他交与殿下，让殿下命人审问。”

她转头看向一旁从稻草人上拔箭镞的将士们：“大家手脚快些。”

那些稻草人套着残破的楚军军服，身上扎满了箭镞，后背还拴着一条绳，显然就是之前在林子上吓唬陈军用的。

陈军主将看着这些稻草人，也回过味来，套了军服的稻草人、放在树杈上的骷髅头，以及唱的《楚风》……显然是为了装神弄鬼吓唬人。

弄清其中原委后，陈军主将气得险些没将一口牙给咬碎。

林昭见他面目狰狞，牙齿也咬得咯咯作响，大叫道：“他别是想不开要咬舌自尽吧？”

秦筝看过去，正好瞧见林昭两手扒拉着陈军主将的下颌用力一扳，只听“咔嚓”一声，陈军主将的下巴就这么脱臼了，嘴巴半张着，再也闭不上。

前来复命的杨毅光是听声儿就觉得自己的下巴也隐隐作痛，他们大小姐，果然一如既往地凶悍。

陈军主将都快被气得吐血了，下颌一片剧痛，嘴巴又合不上，并且还止不住地流涎水，这简直是奇耻大辱！

偏偏林昭还分外得意地拍了拍手，叉腰道：“这下看你怎么咬舌自尽！”

秦筝仿佛打开了新世界的大门，点头表示赞许：“这法子不错，都省了塞嘴的布巾。”

杨毅听着这两位姑奶奶兴致勃勃讨论的话题，都没忍住抹了一把额前的虚汗，轻咳一声道：“娘娘，林中的机关陷阱末将都带人检查过了，共俘虏陈国兵卒三千余人，收缴兵器四千余把。”

楚承稷拨给秦筝的这支军队，杨毅是领头人，在吓得陈军四处逃窜后，他便带着人去捉拿落入陷阱和逃窜的陈军兵卒，一路捡拾陈国兵卒在惊慌失措之下丢弃的兵器。

这个数目让秦筝有些意外，他们同陈军的这场初战，可以说是大获全胜，她道：“有劳杨将军了，传令下去，下山同殿下的人马会合。”

陈军主将并不识得秦筝，此刻听他们这番对话，才确定了秦筝的身份。

前楚太子能奋起上进全是前楚太子妃督促引导的传言，他之前也听过，只不过那时都是一笑置之，现在却觉着，没准儿传言都是真的……

虽然才在前楚太子手中吃了败仗，可眼下，他又莫名地有些同情前楚太子。

还有军中那位对前楚太子妃念念不忘的沈世子，难怪他对世家贵女们看都不多看一眼，原来是喜欢这一挂的。

这些世家清贵公子的品位，果真是他这等俗人无法理解的……

怕破坏林中的机关陷阱，楚承稷先前并未带人入林，只一路故意留下痕迹，甚至撕下袍角引陈军上钩，随后才埋伏在了附近的山上。

这场埋伏，他早做好了两手准备，不管陈军入不入林，他带着兵马从两侧山翼冲下夹攻，都能打陈军一个措手不及。

怎料那陈军主将求胜心切，为了捉拿他，当真入林去寻人，陈军兵卒们被吓得屁滚尿流，后面的收尾战自是打得更加容易。

陈军数万人马，最后逃回去的只有千余人，他们留在葫芦口看守船只的人马，也被楚军突袭了，十余艘官舰不见了踪影，几千陈军立在江边，望着滚滚江水，心理承受能力差些的，没忍住放声大哭。

最后还是一名小将引着他们往上游走，抢了一艘渔船，渡江后才派大船过来把剩下的将士都接回去了。

秦筝带着人马下山，楚承稷那边正好也清点完了山下战场所缴获的兵器以及俘获的俘虏。

见到秦筝，他大步走来，解下肩头的披风便裹在了秦筝身上："山林中夜里寒凉，别冻着。"

当着众人的面，秦筝没好推拒，她看向被林昭用绳索牵着的那名陈军主将，对楚承稷道："阿昭抓了一个陈军将领，只是不知是不是本人。"

谋臣里不乏宋鹤卿这样曾与陈军主将同朝为官过的，见陈军主将此刻这番狼狈模样，一干旧识脸上可谓是精彩纷呈。

陈军主将努力控制面部表情，一头撞死的心都有了。

偏偏林昭还在大肆宣扬他的丢人事迹："这傻大个儿掉进陷阱里，叫我给捉住了，瞧着是个当官的，不知道是不是跟人换的一身军甲。"

被活捉后还被质疑身份，识得陈军主将的人脸上表情愈发精彩。

楚承稷也认出了这名陈军主将，问："他这嘴怎么回事？"

林昭道："我怕他咬舌自尽，把他下巴给卸了。"

这话一出来，在场的一众武将不免都有几分汗颜，他们抓到个俘虏，都是绑起来塞住嘴。

这位姑奶奶倒好，直接把人下巴给卸了！

谋臣们想起先前岑道溪被人丢进荷花池，眼下见识过这位姑奶奶的性子后，便一点不觉得奇怪了，有句话叫什么来着，果然是"巾帼不让须眉"。

宋鹤卿毕竟是老臣，经历了贬谪和亡国之祸后，为人处世上愈发周到，也知晓这位陈国主将性情也算得上刚烈，今日之耻，只怕已经是他这一辈子都过不去的坎儿了，遂对林昭道："把他的下巴接回去吧。"

林昭看向楚承稷，楚承稷也轻点了下头，她才"哦"了一声。

一手按着陈军主将头顶，一手托住他的下巴，往上一抬一送，又是"咔嚓"一声，陈军主将的下巴总算是复原了。

他顾不得酸痛的下颌，吼出的第一句便是："韩某人今日落到尔等手中，要杀要剐悉听尊便，这般折辱我韩某人，非是大丈夫所为！"

林昭很及时地补了把刀："我又不是大丈夫。"

秦筝有些忍俊不禁，边上围观的谋臣虎将们也没忍住笑出了声。

宋鹤卿见这陈军主将气得都快吐血了，赶紧打断这场斗嘴，对陈军主将道："韩将军，别来无恙。"

陈军主将愤然道："韩某曾与宋大人同朝为官，且盼宋大人看在昔日的情分上，给韩某一个痛快。"

夜风吹乱了楚承稷散落在额前的碎发，他嗓音听起来也清越得发凉：“韩将军多虑了，陈国如此器重韩将军，孤还指望着拿韩将军换座城池下来，自不会苛待韩将军。”

这陈军主将名唤韩修，乃大皇子岳丈，自不可能劝降，留着当人质向大皇子那边讨些好处也不错。

楚承稷说完，便有虎贲将士上前押着韩修退下，韩修怒急刚想大骂出声，就被虎贲将士用布巾堵了嘴，总算是没再被卸下巴。

林昭眼看着韩修被人押走，才想起来问一句：“这人真是个大官？”

林昭时常去府衙找秦筝和林尧，宋鹤卿对她也算是熟悉，听她问话，忍不住笑道：“此人乃四平将军中的平东将军，现是大皇子岳丈，林姑娘此番可算是立下大功了。”

林昭有些傻眼，她挠挠头，不好意思地道：“都是阿……太子妃娘娘的计策好。”

秦筝浅笑道：“人是你抓住的，不必自谦，殿下素来赏罚分明，这一功是你的，跑不了。”

她说着看向楚承稷，楚承稷得了秦筝的眼神示意，遂点了头。

林昭一双眼升起亮光，她踌躇片刻后道：“殿下，我不要奖赏，我想以后也跟着上阵杀敌成吗？”

大楚没有女子为将的前例，林昭之前就同林尧说过想从军一事，林尧知道自己妹妹的武艺不差，可她从军，一个女子，终究是不方便。

她自己训练的那支娘子军，都是些半道习武的女子，武艺不可能像她这般精湛，必要时自保还成，真上战场拼杀冷兵器，在男女先天身体素质悬殊的情况下，多半是白送性命。

林昭教她们武艺，初衷也只是想她们遇到危险时能有自保能力，不会明知战场凶险还带她们一起去。

仅她一人去从军，终是有太多不便，如今军队刚建，最重要的就是把规矩立起来，若是一开始就没立好规矩，后面队伍壮大了，只会愈发难以管治。

林尧在祁云寨时，什么都能满足这个妹妹，但面对几万人的大军，却也不得不按规矩办事。他若是准许林昭从军，在她没有军功时给她优待，底下人难免不服，觉得她只是沾了林尧的光。

这绝不是林昭想从军的初衷。

林尧把一切利弊说与她后，林昭便也暂时歇了从军的心思，但她自己怀揣着这些心事，连秦筝都没敢告诉，此番跟着秦筝一起设伏，活捉了敌军一个大官，她才想着旧事重提。

林昭问出那话后，在场的谋臣和武将们都神色各异，看向楚承稷，等着他决断。

楚承稷道：“活捉敌军主将乃头功，军中虽未有女子从军的先例，但林姑娘有千夫之勇，开这个先河在后世也未尝不是一桩美谈，孤封你校尉一职。”

秦筝含笑对林昭道：“往后阿昭便是林校尉了。”

不少武将都与林尧相熟，有的甚至还和林昭交过手，便也纷纷跟着道贺：“恭喜林校尉。”

林昭抑制不住激动之色，双手都不禁紧握成拳，当即对着楚承稷和秦筝半跪下：“林昭誓死效忠殿下和娘娘。”

秦筝亲自上前去扶林昭：“快起来。”

林昭能得偿所愿，从此征战沙场扬名立万，秦筝也是由衷地为她高兴。

一行人打道回府，路上跟防守妄鸦渡大获全胜的林尧碰上，林尧听说林昭生擒了陈军主将，被楚承稷赏了军职，从此也能跟着大军征战，忧喜参半。

这陈军主将的事迹他听过些许，是名猛将，林昭能生擒他，委实叫林尧意外，去寻林昭想问她些细节，一句“阿昭”刚叫出口，就被林昭抬着下巴打断：“这是在军中呢，叫我林校尉！”

看着胞妹坐在高头大马上挺直肩背的模样，林尧哭笑不得。

楚承稷和秦筝一个驾马一个乘马车走在前方，秦筝听见后边林家兄妹的说话声，忍不住撩起车帘往后看。

楚承稷回头时瞧见了，勒住缰绳刻意放缓了几步，待与秦筝所乘坐的马车平齐。秦筝以为他是有什么事要交代，抬眸看向他，视线里带着几分询问之意。

楚承稷倾身靠近她几分，音色低沉：“阿筝献计有功，也有赏。”

他说完就催马往前边去了，秦筝看着他的背影，想的却是，挖河修渠的银子可以借此机会找他快些拨下来，她还有几个关于城池规划的方案，要不也一并让他同意？

回到青州府时天刚破晓，秦筝下了马车正欲进府，却见秦简候在府门前，显然是等了一宿的模样。

见到秦筝和楚承稷，秦简作揖行礼：“见过殿下，见过娘娘。”

“免礼。”楚承稷微微颔首。

秦筝上前道：“兄长候在此处作甚？便是有急事也该去府上等着，这夜寒露重的，你身体尚未养好……”

秦简打量着一身胡服的秦筝，随即垂下眼掩住了那一抹探究：“母亲听说陈军来犯，你也跟着去了前线，心中实在是担忧得紧，本要在此等你归来，我让母亲回去了，这才代她在此候着。”

秦家母子到青州后，秦筝虽是将他们的衣食住行安排得周到细致，却因政务繁忙，没和他们有过多接触，只隔三岔五地送东西过去，表示自己一直是念着他们的。

秦简在此等了一夜，秦夫人只怕也担忧着，她道：“战事紧急，没告诉兄长和母亲，本也是怕你们担心。没想到还是让兄长和母亲忧心了一夜，是我之过，我更衣后便去府上看望母亲。”

秦简见他们一身风尘，必是苦战归来，连忙推拒：“阿筝你和殿下为战事奔波疲敝，先好生歇息才是，我回去告诉母亲你们得胜归来，她便安心了。”

他说着就作揖告辞，但秦筝哪能就这么让他回去："我也想母亲的，只是一直抽不开身，兄长且等我片刻。"

她转头同楚承稷视线相接，楚承稷问："我陪你去？"

秦筝怕他去了反倒让秦家母子拘谨，笑道："你还有要事要交代宋大人他们呢，我去同母亲说几句体己话。"

楚承稷点了头，终究是没再多言。

秦筝换了身衣裳去别院，秦夫人果然还没歇下，门房刚通报一声，秦夫人就亲自出来接她了。

"太子妃娘娘怎过来了？当先歇着才是。"她上下打量秦筝，眼底是为人母的疼惜，"你看你瘦的……"

秦筝笑着握住秦夫人的手："没外人在，母亲唤我小名就是。我哪里瘦了，不过是这些日子忙，累了些。"

秦夫人看着秦筝眼下的青黑，没忍住数落起一旁的秦简："为娘怎么嘱咐你的，让你探个消息就是了，你倒好，让你妹妹回来了还奔波一趟……"

秦简立在一旁，闻言只是含笑应着，并未为自己辩解，还是秦筝道："不怪兄长，兄长也是劝我晚些时候再过来的，是我怕母亲担忧，这才前来问安。"

几人进了屋。立马有丫鬟送上茶点，能这么快捧上来一盒点心，显然是平日里常备着这些的。

秦筝心下又多了几分愧疚，她拣了块脆饼尝着，道："好吃，在母亲这里吃东西都比别处香些。"

秦简踌躇了许久才开口："听说城内修挖沟渠是阿筝的主意？"

秦筝早就想过秦家人怀疑她懂建筑工程的应对之策，梦境之说太过荒诞，她把岑道溪给搬了出来："本是岑先生忧患青州地势，想修一条泄洪的河渠，要掩人耳目，才对外说是修灌溉农田的沟渠。"

自己频频去监工，行程自然也是瞒不住的，秦筝又道："殿下忙于战事，无暇顾及这些琐事，将青州事宜尽数托付于我，我自得尽心尽力些，幸好有宋大人等一干老臣相助，才不至于毫无头绪。"

秦筝给出的答案无懈可击，秦简心中最大的疑团散去，念及胞妹辛苦成这般，很大一部分原因也是如今的秦家不得势。他作为长兄，心下愈发愧疚，他垂下头去，放在膝前的手捏成了拳："是兄长无能……"

秦筝忙道："兄长这是哪里的话，岑先生是被你游说来的，兄长的那些声讨李氏的檄文，也为天下读书人传颂。"

秦简苦笑着摇头："我如今能做的，也只是写写文书罢了。"

"简儿。"秦夫人蹙着眉打断他，"阿筝好不容易回来一次，莫要一直念叨这些。"

秦简应是，但整个人还是有些黯然，坐了一会儿，便退了出去，让她们母女说些体己话。

秦夫人在秦简离去后，才叹息一声：“简儿的性子，过刚易折，你父亲在时，就说他这辈子要成大事，得经不少磨砺。”

秦筝道：“父亲去得突然，兄长也是想撑起这个家。”

秦国公尚在时，秦简是没受过多少疾苦的天之骄子，秦家一朝塌了顶梁柱，秦笙也被逼远嫁，秦简接二连三地经受这样的打击，他太想成长起来，护住母亲和两个妹妹。

但一口气吃不成个胖子，他如今急于求成，必须得磨一磨，才稳得下来。

秦夫人看着秦筝，目光里有着淡淡的欣慰：“为娘知道你如今和殿下走的这条路，比当初嫁入东宫面临的还要艰难百倍，你们二人自这微末中扶持着一路走来，情谊是旁人比不了的。阿筝，和殿下好好过。”

秦筝看着秦夫人慈爱的眼神，心中触动，半蹲下去，脸贴在秦夫人膝头，轻轻应了一声“好”。

等秦筝回府，已是天光大绽，她本以为楚承稷在房里，怎料却压根不见人影，问了下人才知，自己去秦府后，他便又同一众谋臣去了书房。

秦筝不由得幽幽地叹了口气，她同楚承稷，只有谁比谁更忙，就没有闲的时候。

楚承稷回来时，秦筝已经困得睡着了。

她脑袋枕在自己手臂上，臂下压着一册翻开的书卷，她脚边还趴着一只灰扑扑的兔子，悠闲地嚼着青草。

想来是秦筝特意给他留了门，楚承稷走过去，兔子有些惧人，一蹦一跳地跑向了门口。

楚承稷没管兔子，他在矮几旁蹲下，用手背碰了碰秦筝的侧脸：“阿筝，当心着凉，去床上睡。”

秦筝含糊不清地嘀咕了一句什么，又睡熟了。

楚承稷失笑，心中却疼惜了几分，一手揽住她的肩背，一手托起她的膝弯，动作极轻地将人抱起。

这番动静这么大，秦筝总算是醒了。

她迷迷糊糊地把眼睛睁开一条缝，闻到了熟悉的雪松香，就把脸往他的颈窝里拱：“回来了？”

楚承稷“嗯”了一声，把人放到了床上，秦筝环着他脖子没松手，他便顺势陪她半躺下：“困了就睡，等我作甚？”

秦筝打了个哈欠，半点不觉煞风景地道：“你说了，要给我赏赐的，若是最近银钱不吃紧，把修沟渠的那笔工程尾款拨给我？”

见她困成这样还不忘同自己谈公事，楚承稷颇有几分忍俊不禁：“就为了这事？”

秦筝不太好意思地看他一眼：“还有个修堤的工程，管账的张大人如今见了我就绕道走……”

言外之意，批了这个工程，再帮忙要个工程款。

楚承稷这次是当真没忍住笑出声来：“你我之间，如今只剩谈这些公事了？”

秦筝想了想，虽然是他自己承诺给她赏赐的，但她直接讨好像是有点不太好，于是极其敷衍地在他脸上亲了一下，退开后用一双清亮的眼盯着他，似在说可以了吗？

楚承稷本不是这个意思，见她这般，倒是垂下了眸子，意味不明地看着她。

秦筝从他的眼神里明晃晃地读出了两个字：不够。

她忍不住道：“这又不是为了我自己讨的。”

秦筝心说大不了回头自己锲而不舍地去找张大人要工款，但看着眼前的男色，终究是没经受住蛊惑，颤颤巍巍地靠近他，在他唇上亲了一下。

楚承稷没出声，秦筝一手正好撑在他胸膛上，莫名竟有几分脸红心跳。

她佯装镇定地抬起一双水洗过似的眸子看他：“够诚意了吗？”

被吻得心跳加速的时候，秦筝才知道自己方才那个吻，实在是只能算作清粥小菜。

结束这个吻时，楚承稷的眼神带着不见底的暗沉，呼出的气息都是灼人的，他抵着秦筝的额头哑声道：“我给你准备了一支军队。”

“什么？”

秦筝有些没反应过来。

楚承稷又在她唇角亲了亲，这次是浅尝辄止，接着说：“给你的奖赏。”

秦筝脑子一下子炸了，眼神也清明了几分，他的意思是，他给她准备了一支专属于她的军队？

楚承稷接下来的话果然也验证了她的猜测：“不管是现在还是以后，这支军队都只会听命于你。”

她如今在青州虽是说一不二，但底下官员敬重她，大多还是因为太子妃这个身份。

她若有一支属于自己的军队了，跟他就不光是政治上有羁绊，在军事上也是盟友，便是那些古板的官员，也万不敢再轻视她。

“为什么……突然给我一支军队？”秦筝好半天才回过神来。

楚承稷眼底有淡淡的疼惜：“本就是你应得的。”

秦筝瞬间觉得眼眶酸胀得厉害，他若贸然给自己一支军队，少不得引起麾下谋臣武将们的非议，但经过了之前那荒谬的话本事件后，她在民间的声望并不亚于他。

一切都是有蛛丝马迹可寻的。

他很早之前就打算给她一支军队了，所以才处处都为她造势，给她铺路，让她名正言顺地揽下青州政权。

只怕今夜同意林昭为将，除了的确欣赏林昭武艺这一点，也是希望往后她在军中能有个帮衬。

秦筝努力忍着眼中的泪意，直直地望向他：“楚承稷，你怎么对我这么好？”

这是她头一回直呼他的本名。

楚承稷不记得有多久没听见旁人唤他这个名字了，他唇角带着一丝淡淡的笑意：“我说过，你曾有的，比那更好的，我都会补给你。”

秦筝眼中的涩意更重，他确实说过这样的话，不过那时她没当真，原来他承诺她的每一件事，都是放到了心上的吗？

楚承稷看她眼角溢出泪来，眉头蹙了蹙：“怎还哭了？”

秦筝狼狈摇头，眼底溢出的泪却更多，她又唤他：“楚承稷。”

“我在。”他应得很有耐心，“喜欢叫我这个名字？以后没有旁人的时候，便这般叫吧。”

秦筝果真又叫了一声：“楚承稷。”

“嗯。”他轻抬眉梢看着她，眼底全是纵容。

秦筝心中的防线早已彻底塌陷，她缓缓道：“关于我懂工程一事，并非我故意隐瞒，而是我自己也不知该如何同你说，毕竟……那太荒诞了些。”

楚承稷道：“只要是你说的，我都信。”

秦筝好不容易忍住的泪，又因为他这句话直往眼眶涌。

从前是害怕他知道，现在她是全然信任他的，她缓缓道：“我在东宫大病一场醒来后就什么都不记得了，并且频繁地做一些噩梦，巧合的是，那些梦都是不久后会发生的事。因着那些梦，我才逃过一劫，同怀舟一起离开了东宫。”

楚承稷眸色微动，问：“梦里，也是我带着你逃的？”

秦筝想起梦中自己的结局，至今心有余悸，摇头道：“梦里……我和你都死在了国破之时。或许当真是上苍垂怜，才让你正好在禁军围了东宫时醒来的。”

她后来都还屡屡因那些噩梦惊醒，楚承稷自是知晓那些梦带给她的阴影有多大，半拥住她，拍着她后背道：“既与现实不同，梦便是假的，莫怕。”

秦筝道：“逃亡的路上，我也断断续续地做过一些梦，梦中自己在一个光怪陆离的地方，跟着夫子们习得关于工程建造的本事，甚至还在海上建了座大桥……正是因为这些梦，我才无师自通地懂那么多水利方面的东西。”

楚承稷听她说起这些，面上却并未露出异色，道：“若真是如此，想来是上苍降大任于阿筝，让阿筝救这乱世万民于水火。”

哪怕知晓他不会伤害自己，此刻听他把自己这些梦说成是福瑞，秦筝心中满满的只余感动。她道：“那夜我问你可曾看过《侯门贵妇》这册话本子，也是我梦见自己在那个光怪陆离的世界里，看的一册讲述大楚的话本子，就叫那个名字。”

得知了真相，楚承稷想起自己先前熬夜看话本，神色便有些微妙，他道：“这或许是你日有所思，才夜有所梦罢了。不管梦中是如何，现世的我们都是好好的。若这梦搅得你心神不宁，我倒不希望你再梦见那些了。往后再梦见这些，莫怕，你记住，没有我的地方都是梦就好了。”

秦筝红着眼眶点头，抬手抚上楚承稷的脸颊，噙着清泪的眸子似一片海：“我欲与君相知，长命无绝衰。”

眼角的泪终究是溢了出来，滑入鬓发中，面上却是一直笑着的。

楚承稷握住她在自己脸上摩挲的那只手，细碎的吻落在她眼皮上，空气里的热意蔓延。

初阳耀眼，楚承稷扯落了挂在金钩上的床帐，层层叠叠的床幔散落下来，四周瞬间成了一个封闭的空间。

楚承稷握着秦筝的手引向自己时，秦筝挣脱了出去，楚承稷以为她不愿：“累了吗？睡吧。”

他起身要去净房，却又被身后的人抱住。

面对楚承稷投来的目光，秦筝汗湿的头发还粘在脸上，她抿了抿唇，红着脸道：“我可以的。”

楚承稷差点被她那句话冲毁了所有的理智，他不敢看她，只是拉过她紧紧拥着，努力平复自己心底翻涌的妄念：“傻姑娘。”

秦筝听出了他话里的意思，问：“为什么……每次都是这样？”

他们很亲密，但始终没做真正的夫妻。

楚承稷缓缓道：“江淮的战事还没个结果，你若这个时候有孕，我没法陪在你身边，也没个安全的城池给你养胎。我想要你，但我更怕你有闪失。”

秦筝没料到竟是这个原因，她说不清心底是什么感觉，只是酸涩得有些发疼，他爱护她，远比她想象中还多些。

她埋首在他宽阔的肩膀处，努力逼退自己眼中的泪意，片刻后抬起头望着他：“你对我做的事情，我也可以为你做。”

看着她被吻得微肿的红唇一张一合地说出这样的话，楚承稷只觉脑子都快炸了，脸上的温柔和疼惜险些绷不住，他艰难出声：“不行。”

“为什么不行？”

“阿筝不一样。”

他抵着她额头，再次牵起了她的手，眼中带了几分恳切的意味，眼底的爱和欲都藏不住，引着人沉沦：“阿筝要是真心疼我，就……”

秦筝咬了咬唇，忍着羞意道：“其实……还有其他办法的……”

清洗完躺回床上的时候，秦筝浑身都酸，她望着帐顶幽幽地叹了口气。

身旁的人呼吸已经沉稳，一只手却还牢牢扣着她的腰肢。

楚承稷不知从什么时候养成的习惯，一旦和秦筝睡在一张床上，秦筝一定是在他臂弯里的。

秦筝一开始不太习惯被人抱着睡，腰酸背痛了几天，后边习惯了，倒是把她多年都改不过来的睡姿给挽救了一下。

此刻听着身侧的人绵长的呼吸声，她忍不住转过头去看。

楚承稷的睡相一向很好，但在半个时辰前，秦筝也见过他凌乱疯狂的神色。

哪一个都是他，哪一个都叫她喜欢。

指尖若即若离地描绘着他的轮廓，落到他唇上时，忍不住探身轻轻落下一吻，才把头枕在他臂弯里心满意足地睡去。

她不知道的是，那个睡着了的人，在她闭上眼后，就睁开了眸子，指尖微微蜷缩了一下。

# 第二十一章

# 沈婵

恨意似一把淬了剧毒的野火，烧得他生疼。
他们之间，早晚有一场较量。

醒来正是日薄西山之时，秦筝轻手轻脚地起身，披了件外袍推开窗叶，望向夕阳下的庭院，心底有一股自己也说不清的平和与安宁。

内室的珠帘晃动发出轻响，秦筝没有回头，身后的人轻轻拥住她，下颌搁在了她颈窝，声线里带着几分刚起床的喑哑："什么时候醒的？"

"刚醒。"秦筝身体重心后移，放任自己靠在了他身上，望着天边火烧一样的云层道，"真美。"

楚承稷看着她夕阳下柔美的侧脸线条，轻轻"嗯"了一声。

"饿不饿？"楚承稷俯首问。

秦筝想了想道："让厨房送些清淡的吃食来吧。"

踱步回内室，秦筝已经换了一身衣裙，楚承稷注意到他先前从皇陵带回来的那串菩提珠被她单独收纳在了一个木匣子里，这菩提珠交与她后，从未见她戴过。

他拿起那串菩提珠，看了看她纤细皓白的手腕："祈福避祸用的，可以戴在身上。"

秦筝却是摇头："我非信佛之人，既不信佛，又戴这菩提珠，不妥。"

楚承稷听到她的解释，笑了笑，将菩提珠又放回了木匣子里："阿筝慧颖，说得在理。"

秦筝想起他们一开始达成的那笔"交易"，微微偏过头望着楚承稷道："记得帮我讨工程款。"

楚承稷半垂下眸子："修堤的折子拿与我看看。"

秦筝去书案旁捧了折子过来，楚承稷看完，把她拟的那封折子搁在了桌前，指尖在上边轻点了几下："重拟，多陈以修堤之利，所需的钱款暂且不提。"

秦筝提笔重写时，后知后觉反应过来，楚承稷让她这么写，是想先让大臣们都同意修堤一事，同意了，后边才好讨钱。

拿着她原来那封折子去同大臣们商讨，只怕大臣们看到修堤要花的那笔银子，心底就已经不太乐意了。

想通这一切，秦筝忍不住抬头去看楚承稷，他坐在一旁的梨花木椅上，手上捧了本兵书看着，等她重写折子。

发现她偷瞄的目光后，淡淡一撩眼皮朝这边看了过来。

秦筝觉得自己笑得有点狗腿："怀舟处理这样的事情，挺有经验的？"

楚承稷将手中的兵书翻了一页，不置可否。

比起楚军的士气高涨，陈军这边铩羽而归，逃回去的将士把阴兵的谣言也带了回去。

一时间，楚军有阴兵助阵的言论在民间传得沸沸扬扬。

李氏夺了楚家江山，毁楚氏皇陵，惹得楚氏历代帝王震怒，武嘉帝亲自派出阴兵向李信讨回江山，这样的传言在茶楼酒肆更是被说得有鼻子有眼。

这股惶恐，不仅蔓延至驻扎在元江对岸的陈军，就连远在汴京的陈军，心中都开始惶惶。

百姓都说这是李信二儿子挖了武帝陵的报应，李信费尽心思伪造各种神迹为自己造势，到头来全被这阴兵的谣言给弄得功亏一篑。

李信震怒，得知是沈彦之给大皇子出谋划策的，气得险些咬碎一口牙。

“他当朕不知他沈家的算盘？老二被安上了挖武帝陵的罪名，这满朝前楚旧臣，哪个还敢拥护他？将来若是老二继承大统，这不是明摆着给连钦侯、淮阳王声讨的把柄？

“老大急功近利，沈彦之明着是要帮老大，实则是让他在和前朝余孽对阵时损兵折将，等老大也没了争储之力，他沈家好扶持沈嫔肚子里的东西上位！”

闵州失守后，沈彦之官降三级，他胞妹也从贵妃降为了嫔。

李信怒不可遏：“他沈彦之好计谋啊！让朕的两个儿子内斗，他沈家渔翁得利，他既不知晓如何当一条好狗，朕便给他些教训！”他怒喝，“传禁军统领，命他亲去了结沈嫔腹中那个孽种！”

沈婵自有孕以来，就一直努力隐瞒，借口回家探亲，可算是暂时离开了皇宫，沈家又以沈老夫人身体抱恙为由，称她留在家中侍奉沈老夫人尽孝，怎料却还是叫李信听到了风声。

沈家人也算是看清了李信的嘴脸，知晓与其在李信跟前当一条狗，不如把全部赌注都放到沈婵肚子里的孩子身上，一直都在配合沈彦之保全沈婵。

不管沈婵最终生下的是皇子还是公主，最后昭告天下的，必须是她生了一位小皇子。

沈家在沈婵归家后，就清理出一处别院，让不少贫苦人家有孕在身的妇人都去别院里养胎，别院里不仅有下人照料，那些妇人生下婴孩后，还能拿银子。

沈家出此下策，就是以防沈婵生的是位公主，那么就从这些农妇生下的男婴里挑选一名冒充皇子。

禁军统领带兵围了沈府时，沈婵正在后院的佛堂里念经。

佛堂门窗紧闭，沈婵着一身素色的宽大袍子，头上除了一根木簪，再无别的发饰。

她很瘦，面上带着久病的苍白，身姿单薄得像是一阵风就能吹倒，神情却很平和：“菩萨，信女生下这个孩子后，自甘入阿鼻地狱，只求菩萨能佑我兄长此生长乐无忧。秦乡关五万将士，他是为了我才叛的，这五万杀孽，是信女的孽，与我兄长无关……”

她知道兄长的噩梦是什么，秦乡关一役后，兄长在陈营见到她，脸上全是血，她吓坏了，以为是兄长受了伤，扑过去要检查他的伤势，兄长却只是用前所未有的晦暗神色望着她，说：“婵儿，走到这一步，阿兄就再也回不去了。”

她那时还不太懂他话里的意思，那一晚，沈彦之一夜未眠，她从未见他那般痛苦过。

第二日，秦乡关五万楚军被坑杀的消息传回来，她才知晓兄长那句话意味着什么。

五万冤魂，都成了兄长的债，但这一切，不过是他们的好父亲为了给他的小儿子铺路而已，兄长臭名昭著，他们的好父亲则向李信投诚成功。

等时局稳定后，再夺了兄长的世子之位，传给他冰清玉洁的小儿子，多好的计谋。

知道一切真相后的沈婵想过自绝，是兄长乞求她："婵儿，好好活着，阿兄在这世间，只有你一个亲人了。"

在荣王伙同继母将她嫁给李信时，她便已没有了父亲。她迄今始终忘不了兄长那锥心的目光，是啊，母亲去了，他们兄妹便是彼此唯一的亲人了。

沈婵知道死亡是解脱，但是为了兄长，她得活着。

秦乡关那五万冤魂，总得有人同兄长一起分担着，兄长走的是一条绝路，她必须撑着，让兄长在这条绝路上也能走下去。她若死了，那兄长所做的那一切，都再无意义。

她如今为了兄长而活，兄长又何尝不是为了她和秦姐姐而活着的？但秦国公一死，兄长和秦姐姐之间再无可能了……

这世间若真有神佛，她只求神佛垂怜，能渡她兄长……

婢子推开佛堂的门，风吹得一地的佛经翻飞："娘娘，宫里来人了。"

沈婵跪在蒲团上，宽大的衣袍遮住了她隆起的小腹，她苍白的脸上浮起几许悲意："菩萨，求您帮我保住这个孩子。"

她知晓兄长需要这个孩子，有了这个孩子，他们就能扳回一局。

沈家如今声名狼藉，只有拥立这个孩子上位，才能挟天子以令诸侯。

后院的门被人破开，禁军统领带着一众铁甲卫兵大步闯进佛堂："末将参见沈嫔娘娘。"

沈婵跪在蒲团上没有起身，闭目似在祈祷什么，对佛堂外的声音充耳不闻。

禁军统领喝道："沈嫔娘娘，陛下有旨……"

"素环，佛堂清静之地不可喧哗，把人请出去。"沈婵身姿孱弱，却自有一股从容。

禁军统领看着那道背对着自己的单薄背影，拔高了声调："沈嫔娘娘是要抗旨？"

"将军且退出佛堂稍等片刻，本宫礼完佛，再接这道旨。"沈婵声线一直都是柔柔弱弱的，这番话却说得异常强势。

沈家的府兵也在此时赶了过来，围在佛堂外，跟禁军对峙。

禁军统领想起李信的旨意，心中冷笑，回头再给这沈家女扣一个藐视皇权的帽子不迟，他转身朝外走去："末将便等娘娘礼完佛接旨。"

可一盏茶的工夫都过去了，沈婵还没从佛堂出来，禁军统领终于察觉到了不对劲儿，带着人强势破门，搜遍了佛堂，却都没发现沈婵的影子。

禁军统领一时间心头大震，怒喝："搜！便是掘地三尺，也要把沈嫔给我找出来！"

沈嫔有孕，皇家那边却无太医诊脉的记录，若在此时说沈婵是在沈家与人私通，珠胎暗结，那沈氏一族都得被抄斩！

偏偏沈嫔跑了！

天阴阴的，似要下雨了。

“废物！全都是一群废物！”

大皇子一脚踹在那个逃回来的小将胸口，直踹得小将跪不住，往后跌去。

案上能摔的东西全摔了，大皇子心底那股气却还是没出完，他指着小将怒骂：“滚去领罚，再叫沈彦之滚进来！”

小将跌跌撞撞地走出大帐，根本不用他传话，沈彦之就在帐外，将大皇子那句话听得清清楚楚。

小将从他身前走过时，微微停顿了一下，沈彦之拍了拍小将的肩：“先去军医那儿看看。”

小将因这句话红了眼眶，对着沈彦之抱拳后才离去。

看着小将远去的背影，沈彦之嘴角扬起一个似嘲非嘲的弧度。

身居高位者收揽人心，有时候就是一句话的事。

沈彦之神情平静，步入帐内后，依礼拜见大皇子。

大皇子见了他脸色更加阴沉，大马金刀地坐在主位上，眼神似淬了毒的刀子：“这就是你给本王出的好主意！”

“殿下息怒，胜败乃兵家常事，前朝余孽伪造一出‘阴兵’乱我军心，当务之急，还是须弄清是怎么回事，才能有所防备。”

沈彦之说得不急不缓，此番大皇子手中的兵马折损过半，他手里却还有当初剿匪的那两万兵马，大皇子便是再怒，也不可能这时候同他彻底撕破脸。

但他愈是淡然，大皇子的心中就愈发窝火，喝道：“这一战本王折损兵马三万有余，父皇的责令数日后就会抵达，届时这剿灭前朝余孽的大军军权还在不在我之手都不好说！”

沈彦之倒是还有雅致为自己斟一杯茶：“陛下膝下成年的皇子，只有您与二殿下，二殿下不通武艺，如今又被罚闭门思过，满朝文武，除了您，无人可担此大任。”

倒戈李信的，不说趋炎附势，多少也是庸碌无为之辈。连钦侯、淮阳王这样手握重兵的王侯，都冷眼旁观这一场王朝的倾覆，大楚的确是到了改朝换代的时候了。

只是前楚太子这个异端，重新挑起了变数。

李信原本北惧连钦侯，南畏淮阳王，如今有了前朝余孽这股势力挡在江淮，阻隔了淮阳王，倒是让李信暂时不用腹背受敌。

连钦侯手中的十万铁骑能和以悍野出名的北戎人拼杀，所以自打李信坐上皇位那天起，就在谋划连钦侯手中的那十万铁骑，这一点沈彦之比谁都清楚。

老狼死了，小狼才能被驯成一条狗，李信要取北庭，连钦侯必须死。

北戎攻下河西走廊，李信封秦家幺女为和亲公主前往北戎和亲时，沈彦之就已经嗅到李信和北庭的战意，却不知何故一直拖延。

但从他们丢了孟郡粮仓，朝廷从太原调粮艰难来看，太原的粮草只怕不只供给他们这边，李信和北庭的战事想来也不远了。所以纵使李信再恼大皇子，也不会撤大皇子的职，他还需要大皇子在这边拖住前朝太子的势力。

沈彦之的奉承，让大皇子心底那股火稍微降了些，只要军权不会落到二皇子手中，便是挨李信一顿责骂，倒也没什么。

他在帐内来回踱步："韩修被前朝余孽活捉了去，前朝余孽那边来信，要本王以坞城换韩修，若不是他乃王妃生父，光是此战大败，他以死谢罪都不为过！"

沈彦之对此不置一词，大皇子自说自话，原本还恼怒不已，却似一下子想到了什么，喜不自禁，见沈彦之还在帐内，忙收敛了神色道："沈世子先下去吧！"

沈彦之察觉到了大皇子的神色变化，面色如常，作揖退下。

走出大帐前，他递给大帐前的守卫一个眼神，守卫不动声色地点了点头。

沈彦之前脚一走，大皇子后脚就命人传了自己的心腹谋臣前来，他写了一封休书递给那个谋臣："你即刻命人送信回王府！告知韩氏，她父亲好大喜功，非要追敌，中了敌方的圈套，折损我大陈三万将士，其罪可诛！本王已休了她，让她回韩家去！"

谋臣瞬间明白了大皇子所想，首战大败，李信必定会降罪，大皇子这是要把所有的过错都推到韩修身上。

韩修乃大皇子岳丈，如今楚军要他们拿坞城去换人，大皇子不得不救，可若没了这层姻亲关系，韩修便是死在楚营，都是死有余辜。

此计于大皇子而言是百利而无一害，既能对李信有个交代，又能不再受楚军胁迫。

谋臣却还是有几分疑虑："王爷……王妃好歹为您育了一子一女……"

大皇子的眼神一下子变得可怖起来："她替本王育了一子一女，本王就要为她韩家赔上所有？"

可他半点没意识到，他如今这副模样，和李信当初为了娶员外家的女儿，逼死他母亲没有丝毫不同。

谋臣忙道不敢，再不敢多说一词，大皇子这才缓缓走回主位坐下，阴鸷道："还不快去送信！"

谋臣连忙退下。

帐内空无一人，大皇子却魔怔了一般自言自语道："父皇当年就是这样做的，男子汉大丈夫，何患无妻！父皇能坐上皇位，本王也可以！"

想到父皇是怎么套牢沈彦之这条疯狗的，他露出一个古怪的笑容："来人，送聘礼去安家！"

安元青还在楚营，要想这颗棋子永远为自己所用，他不可能一直扣押安家人，但收了安家女，一切就都迎刃而解，就像他父皇迄今还拿着沈嫔的命逼沈彦之就范一样。

沈彦之得知大皇子的计划后只是冷冷地扯了扯唇角，李家这对父子，可算是把薄情寡义这一套给玩明白了。

“随他去吧。”沈彦之眉眼低垂，嗓音平静得过分，面不改色地喝下陈钦送来的药。

药喝得多了，慢慢就习惯苦了。

同样的，肮脏见得多了，心肠也就硬了。

比起当年把他拖进地狱的那场局，这又算得了什么？

入夜后下了一场暴雨，冲去了连日的暑气。

沈彦之在这样的阴雨天却不太好受，楚承稷那一箭留下的伤隐隐作痛，让他辗转难眠。

为了在老皇帝跟前苟活，就夺娶他的未婚妻；他的阿筝失忆了，那道貌岸然的伪君子又乘虚而入！

恨意似一把淬了剧毒的野火，烧得他五脏六腑生疼。

这副清隽俊雅的皮囊下，早已只剩一个游走于人间的恶鬼。

他和前楚太子之间，早晚有一场较量。

大皇子要纳贵妾了，安元青还在楚营，为免他身份太早暴露，纳他长女为妾一事，只有大皇子身边的几个亲信知晓。

被扣押在陈营的安家人整天以泪洗面，到了纳妾这天，一顶小轿就把人抬进了王府，小门小户嫁女，都没有仓促寒酸成这般的。

大皇子没放出风声来，但沈彦之作为“亲信”之一，还是得去捧个场，他在席间只喝了两杯薄酒便以身子不适、不胜酒力告退。

陈钦看出沈彦之回来时整个人很阴沉，却不敢多问，只专心赶马车。

沈彦之按着一阵阵抽疼的额角，疲惫地闭上了眼。

大皇子在恶心人这块，跟他老子也是学了个十成十，那故意在席间提起李信当年纳沈婵为贵妾的情形，是为了给谁难堪不言而喻。

沈婵当初被荣王和继母偷偷送与李信为妾，为避人耳目，连一顶像样的花轿都没有，比今日安家女的境遇还不如。

沈彦之清瘦的五指死死地握成拳，他李家给的，他终究会十倍百倍地奉还！

马车平稳地向前行驶着，陈钦却猛拉缰绳，长“吁”一声，喝问：“拦路者何人？”

马车里紧闭双目的沈彦之随着这声喝问睁开了眼皮，车外有女子啜泣着哀求：“大人，您行行好，救救小女子吧！”

能知晓他们的行踪，还准确拦下他们的马车，这女子显然来路不一般，沈彦之嘲讽地勾了勾唇，缓慢出声：“让她上车。”

安若妍局促地上了马车，不敢看车中的男子。

沈彦之笑意温和又危险：“安小姐此刻不该在王府吗？”

安若妍白着脸道：“上花轿的是……是我贴身丫鬟。”

沈彦之继续温和询问，眼底却全是冷光："何人让安小姐拦我马车的？"

安若妍神色一慌，连忙否认："无人指使我……"

沈彦之脸上还挂着那温和的笑，他整个人往后一靠，按了按额角，显而易见的耐心告罄："沈某喜欢和聪明人打交道。"

安若妍就这么噤了声，片刻后才嗫嚅道："家母的确有一笔交易想同沈世子做。"

说到此处，她才抬起头正视沈彦之："沈世子若保我安家人安然无虞，那么我安家人也可保沈嫔娘娘无虞。"

沈彦之眼底瞬间闪过阴霾，面上却是不动声色："安姑娘可真会说笑。"

下一秒，他面上的泰然却装不下去了，安若妍将一根裹在帕子里的木簪交与沈彦之："这是沈嫔娘娘交与我安家人的信物，沈世子大可查验。"

哪还用得着查验，沈彦之一眼就能看出那是沈婵的发簪。

沈婵及笄那年，他亲手雕了一根檀木簪子赠她做及笄礼，簪子在安家人手上，说明沈婵也在他们手上。

沈婵会逃出京城，显然是京城沈家那边发生了什么变故，一瞬间，沈彦之的脸色难看到了极点。

安若妍见状，露出一个笑容，乖巧中又藏了几分乖戾在里边，同之前乖巧唯唯诺诺的模样判若两人："沈世子放心，只要你暗中助我安家人离开坞城，沈嫔——呃——"后面的话她没来得及说完，就被扼住了咽喉。

沈彦之眼底恨意狰狞："我妹妹现在何处？"

安若妍眼底闪过几许慌乱，面上倒是依旧含笑，吃力道："沈嫔娘娘现在……很安全……我舅舅经商，路上遇到一怀胎六甲的女子叫官兵追杀，于心不忍救下了那女子，这才得知是沈嫔娘娘……"

听到是安家人救了沈婵，沈彦之终于收回了手，他收敛了自己身上所有的暴戾，又变回了一开始安若妍见到的那个清雅公子，只道："说起来，沈家曾经祖上和陈家也有过交情，沈某改日当亲去拜访安夫人才对。"

安元青作为五虎将之一，手握重兵，当年也成了各世家拉拢的对象，他发妻便出身黎郡陈家。

这么些年，安、陈两家一直不声不响，直到此时，沈彦之倒是又瞧见了陈家的手段。

在安若妍说出是经商的陈家舅舅误打误撞救下沈婵后，他依旧没放下杀心，怕的就是安、陈两家已经知晓当初提议以安家人为质，让安元青去楚营假意献降的是自己。

细思后又觉出不对，其一是安家若不想嫁女儿，大可早些拿着沈婵的簪子前来找自己，自己为了胞妹的安全，肯定会阻止大皇子强行纳妾的荒唐之举。

但安家等到大婚这日才来拦自己的马车，沈彦之唯一能想到的，就是安夫人也是今日才得知了沈婵被陈家人救下的消息，根本来不及部署。

其二，安、陈两家若知晓安家如今的困境本就是拜他所赐，那安夫人绝不会让安若妍亲自来拦马车给他送信物，不然就是白送一个人质给他，他完全可以绑了安若妍去向安夫人讨要沈婵。

安若妍方才还提了沈婵有孕的事，沈彦之思量过后，明白了安夫人的用意。

陈家和安家如今都知晓沈婵有孕，李信上位后本性毕露，大皇子更是把安家人逼迫至此，安、陈两家猜到了沈家的谋划，也想上这条船。

可以说是无心插柳，当初向大皇子献的以安家人为质的计谋，变相地离间了安家和朝廷那边，成功给自己的阵营拉拢了两大家族，沈彦之自是乐见其成。

安若妍一听这事成了，低眉敛目道："大皇子那边若是东窗事发，还望沈世子周旋一二。"

"好说，安姑娘且回府静候佳音。"沈彦之话音刚落，马车就停下了，安若妍心中一紧，掀开车帘见外边正是安府的临时住宅，不管伪装得多好，眼中到底还是露了几分怯意，"我安家上下，性命全都交付在沈世子手上了。"

沈彦之凤目半抬："我不会让我胞妹有半分闪失。"

安家平安无事，沈婵在安夫人娘家人那里才能安稳。

明白他话中的意思后，安若妍这才安心下了马车。

陈钦掉头往回赶车，沈彦之在车中一下一下地转动着手上的白玉扳指："通知天字号的人，今夜就在王府动手。"

他蛰伏已久，在各处都安排了自己的眼线。

原本安排在李信身边的暗钉，自上次栽赃二皇子一事后，被李信察觉，李信把身边的内侍全换了，这次京城沈家遭遇变故，他才半点风声未曾听到。

陈钦有几分犹豫："世子爷，再过几日，朝廷派来责问大皇子的人就到了。"

沈彦之冷笑："我只是软禁大皇子而已，又不是杀了他，且留着这废物，经他之手向李信要兵要粮。"

陈钦应是。

沈彦之又道："查，京城那边究竟出了什么事。"

怕有万一，沈婵被接回沈家时，沈彦之就命人秘密在佛堂底下挖了条暗道，只有他的亲信和沈婵知晓，沈婵八成就是从那条暗道逃出去的。

李信终究还是忍不住对他妹妹动手了吗？沈彦之五指攥拳，有了安、陈这两大家族加入，他的复仇只会更快！

大皇子在席上喝了个烂醉，摇摇晃晃地走回新房，见新娘子不是安家女，只是安家女的丫鬟，他怒不可遏，拔剑走出新房，想去找安家算账。

府上却无人听命，甚至还有府兵直接夺了他的兵器架着他往屋里带，将他绑在椅子上，大皇子总算是反应过来，自己府上的府兵早已叫人给换了！

大皇子破口大骂，不多时，同在他府上吃喜酒的几个亲信也被人五花大绑地扔进房来。

沈彦之一袭青色长袍出现在房门口，眼神里较之从前多了一股疯劲儿：“沈某祝王爷新婚大喜。”

大皇子怒喝：“姓沈的，你好大的狗胆！”

沈彦之的凤目里淬着冰冷的笑意：“王爷说的话没一句中听，不如割舌？”

大皇子瞪圆了双目：“你敢！”

沈彦之好看的唇角挑起：“那王爷便亲眼看着，沈某究竟敢不敢。”

两个孔武有力的将士钳制住大皇子，拽出了他的舌头，沈彦之用匕首在他脸上轻轻拍了拍：“我沈彦之纵是千般该死、万般该死，也轮不到你李家人来讥嘲我妹妹。”

房中传出一声惨叫，沈彦之走出房门时，衣襟上多了一片溅上去的血珠子，衬着他雪色的面容，妖冶异常。

青州。

陈军自从被“阴兵”击溃后，接连半月都再无动作。

楚承稷调整了沿江的布防，一边盯着陈军那边的动静，一边开始着手准备他们的第一次大型进攻。

上一仗他们收获颇丰，不仅缴获兵器上万，还劫了陈军的官舰十余艘，凭着这些官舰，他们已能和陈军打一场正面水战。

陆则却在此时送来了一则郢州陆家那边秘密传来的消息：淮阳王世子北上，似要亲自与盘踞在江淮对岸的陈军谈判，达成什么协议。

淮阳王和李信谈判，商讨的无非是李信那边怎么让利，淮阳王才会和他一起出兵对付楚承稷。

这个消息让刚打了一场胜仗的青州瞬间又紧绷起来，徐州毗邻淮阳王的地盘，连日的戒备都森严了许多。

楚承稷欲写信寄往北庭，秦筝还当他是想让连钦侯那边出兵拖住李信，好让他们得以分出精力对付淮阳王，她皱起眉心：“不知连钦侯会不会出兵。”

楚承稷却道：“李信是要取北庭，他没法置身事外。”

秦筝面露诧异，不太明白他话里的意思。

楚承稷指着舆图道：“以李信手中的兵马，只对付咱们，还没到要求助于淮阳王的地步。显然是吃了先前的那场败仗后，大皇子又找李信那边要兵马，李信手中剩下的人马得用于攻打北庭，拨不出军队给大皇子，又怕大皇子守不住，才主动寻了淮阳王，让淮阳王出兵。”

他那封信早到一日，连钦侯那边就能早做一日的准备。

江淮两岸都快尽归于他手，李信却仍没放弃攻打北庭，这绝对是谋划已久。

连钦侯手中的十万铁骑，能阻挡关外蛮夷，若是南下亦势如破竹。

明知要面对的是这样一支铁骑，李信还敢向连钦侯开战，很难不叫人觉着其中有什么阴谋，楚承稷想着河西四郡的失守，愈觉蹊跷。

青州树梢开始泛黄之时，淮阳王发兵北上，攻打徐州。

与此同时，休整了月余的陈军又开始在江淮一带活跃，几番骚扰青州的沿江布防，却不从正面攻打，让楚军心中的那根弦一直绷着。

陈军和淮阳王大军前后夹击，楚军上下人心浮躁。

楚承稷很快调整了战略布局，让徐、扈两州互为掎角，牵制攻打徐州的淮阳王大军。

郢州陆家此番冒着极大的风险让陆则送来了消息，让他们能提前着手准备，郢州陆家大房这边的态度是拿出来了的。

陆则卸下了打捞河道泥沙的差事，被派往扈州为军师，配合徐州打这场守城战。

剩下的青州和孟郡，楚承稷亲自守青州，林尧则前往孟郡看守粮仓待命。

孟郡作为粮仓，必须单拎出来，不能和青州互呈掎角之势，谋臣们都提议以青州和安元青所在的永州为掎角，牵制陈军。但楚承稷却并未表态，而是绕过这个话题，让谋臣们举荐运粮官。

孟郡本身是粮仓，青州两堰山也存了不少粮食，徐州和扈州却得靠着孟郡供粮，粮草督运这些，看似是小事，实则关系重大。

先前若不是楚承稷拿下了孟郡，断了陈军的粮道，陈军对他们发动攻势只会更快。

宋鹤卿首先站出来举荐杨毅："老臣认为杨将军可担此重任，先前殿下截获孟郡运送给陈军的粮草，便是杨将军带人去把那批粮草运回青州的，杨将军又有督送粮草的经验，比其他将军更合适些。"

杨毅在军营里算有资历的，先前运粮，帮着秦筝布局"阴兵"，又干过两件漂亮差事，其他人都无异议。再加上杨毅本身也在楚承稷的考虑范围之内，他点了头，看向杨毅："扈州的粮草押运一事，便交与杨将军了。"

杨毅当即铿锵半跪谢恩。

徐州的运粮官，底下人举荐了好几个，但楚承稷却都不太满意。

比起扈州，徐州之地更为重要，与粮道交错的道路也更多，很容易叫人伏击，必须得由一名经验丰富的老将来运粮。

若不是不放心孟郡，楚承稷都想让林尧去当徐州的运粮官，林尧绿林出身，旁的不说，本就是干的劫道行当，对周围路况的敏锐度极高，人也机灵，遇到个什么事，鬼点子也多。

徐州的运粮官迟迟没定下，晚间秦筝同楚承稷说起此事时，便问："我听说阿昭和董小将军都自荐愿前去运粮，阿昭在军中资历尚浅，这差事交与她怕底下将士不服，我能理解。但董小将军文武双全，徐州从前又是他父亲守着的，他对徐州总比其他人熟悉些，你为何也回绝了董小将军？"

楚承稷看着铺在案上的舆图："军中擅水战的将领少，董成曾在鸿海水师从军，先前陈军夜袭，我探过他的底，是棵好苗子，组建起来的这支水军，后边得交与他打理。”

他拉起来的那支水军，如今已初具雏形，陈军想采用他一开始攻下青州城的法子，反过来对付他们，屡屡派兵叨扰沿江防线，殊不知楚承稷直接用突袭的陈军来训练网梭船、鹰船，顺带部署在江上的作战方案，有了陪练，水军将士们实战技能可以说是突飞猛进。

董成的去处也敲定了，这徐州运粮官的人选委实麻烦了起来。

秦筝帮着楚承稷把底下谋臣们举荐的册子看了个遍，仍没有特别中意的。

楚承稷见她的眉心也跟着锁了起来，倒是宽慰了几句：“实在没有人选，我把林尧调回来就是了。”

秦筝点点头，翻开一个日常琐碎政务的折子，是关于如何处置韩修的，她颇有几分感慨地道：“大皇子那边做得也够绝，直接休了韩家女儿，用韩修找他换坞城是不可能了。”

楚承稷听到“韩修”二字，落在舆图上的视线倒是一顿：“韩修……”

秦筝把折子递过去：“你瞧瞧，怎么处置。”

楚承稷瞥了那折子一眼，道：“徐州的运粮使，有人选了。”

秦筝微微一怔，随即反应过来：“你想起用韩修？”

楚承稷指尖在那折子上轻点着：“让人把韩修的家眷都接过来。”

他都说得这般明显了，秦筝也瞬间心领神会。

大皇子眼见韩修兵败，翻脸不认人地休了韩家女，将兵败之责全推给韩修，他们若在此时帮韩家一把，韩修倒戈就是必然的事。而游说韩修这样的臣子，需宋鹤卿这等老臣去，才能把话说透。

韩修早料到兵败后难得善终，在狱中被关押月余，楚军没给他什么难堪，倒是大皇子那边传来的休妻一事，让韩修痛心疾首，一连数日食不下咽。

当初眼见大楚气数已尽，大皇子又抛出橄榄枝，他才把女儿嫁了过去，本以为是谋一个更好的前程，哪料到竟是把女儿嫁给了豺狼。

韩修悔不当初，甚至觉着这一切都是自己的报应，若不是还心系着家中老小，他都想一头碰死在狱中。

在此时提出归顺大楚是唯一的出路，但韩修光是想想，自己都觉得面上臊得慌，他此举和那些趋炎附势之辈又有何区别？

就在这样的纠结中，大牢的门总算是打开了一次。

韩修见前来的是宋鹤卿，心知自己的机会来了。

他本是要主动表忠心，在宋鹤卿说出楚承稷有用他之意，又让人把他的家眷都接来青州后，韩修堂堂七尺男儿，竟是怆然涕下：“我韩修……对不住殿下，对不住大楚。”

他在大牢内长跪不起，宋鹤卿叹息一声：“殿下有惜才之心，韩将军此时回头，不晚。”

韩修红着眼道：“从此我韩修这条命就是殿下的，刀山火海、肝脑涂地，韩修在所不辞！”

韩修的归顺，不仅解决了徐州运粮官空缺一事，还打压了一波陈军的士气。

南边的局势一切都在掌控之中，让秦筝和楚承稷意外的，却是北边的战事。

往年北戎都是入冬后才开始攻打大楚边境，但今年才入秋，北戎就已发动了攻势。

北戎先前拿下了河西走廊，此番从河西走廊、羌柳关同时夹击北庭，纵使连钦侯手中的十万铁骑以骁勇著称，却也难以招架。

李信便是在此时发兵北上，打的旗号是帮连钦侯一同抵御外敌。

民间先前对李信全是骂声，毕竟都谣传他次子挖了武帝陵墓。但现在，民间对李信的言论却全是往好了说。

甚至已经有一批文人开始声讨楚承稷他们，言外敌当前，李信支援北庭去了，他却还在南方拖住李信的兵力，让李信分身乏术，前楚皇室比起李信，就是上不得台面。

楚氏皇族从前那些荒唐事又被拿出来说道，那些大楚晚期对百姓造成的灾难和伤害是没法辩解的。大楚曾辉煌过是真，后来从根基开始腐败，民生艰难也是真。

李信这回采用的手法确实高超了不少，秦简想以其人之道还治其人之身，只是这次他的声音，很快又被那些吹捧李信心怀大义的言论给盖了下去，甚至还有人说，李信的军队进入北庭，发现那里的百姓食不果腹，直接搭棚施粥，救济当地百姓。

秦筝瞧见李信的这波反击，也不得不赞叹一声高。

北戎攻打连钦侯，李信发兵援助，且不说他究竟出了多少力气，只要他底下养的那批文人，将这事大肆宣扬出去，李信就同时把连钦侯和楚承稷他们都踩在了脚下。

可能连钦侯拼死拼活地抵御外敌，李信带着他的人马作壁上观，最后传到世人耳朵里的，还是他不计前嫌带兵帮连钦侯，才让连钦侯赢得了这场仗。而驻守在江淮的陈军攻打他们，他们防守也会被说成是窝里斗，不顾大局。

秦简这些天大动肝火，秦筝让人送了几盒下火的茶叶过去。

她不信李信筹备这么久，当真只是为了在北戎攻打北庭时，发兵前去帮忙。

更大的可能是，李信想让北戎打垮了连钦侯的势力，再出兵相助，顺带收复北庭。如果再顺势击退北戎人，套在李信身上的光环可不就更耀眼了，以他的手段，把自己鼓吹成第二个武嘉帝都有可能。

但一个人被捧得越高，摔下来时也会摔得越狠。

这波舆论战，他们不需要做其他的来打压李信，只要把李信北上的真正目的捅出来就行。

而这唯一的突破口，还得回到凉州失守，为何连钦侯没收到凉州府的求援一事上。

只要有证据指认是李信故意失凉州，让北庭陷入眼下被北戎夹击的局面，他给自己鼓吹的那些帝王胸怀什么的，就一个都维持不了。

秦筝想到自己之前的梦，连钦侯之子是从凉州都护的副将那里找到突破口，通过一封书信才查出故意让凉州失守的，是李信麾下一名唤李忠的大将。

秦筝觉得里边肯定还有隐情，找到楚承稷，想让他从这些线索去查。

楚承稷却皱起眉头："凉州失守，凉州都护满门都被北戎人屠了，无一活口，你说的那副将，也死了。倒是李忠乃此次援助北庭的陈军主将。"

梦里是凉州失守，凉州都护和带兵前去相援的连钦侯都死在了北戎人手中。

现在却变成了凉州都护府全府被屠，凉州都护的副将也死了。

秦筝蹙着眉心道："凉州遇袭时连钦侯没收到都护府的求援信，紧跟着凉州都护府就被灭门，凉州副将也死了……这也太蹊跷了些。"

她手上捏着书卷的力道不由得加大了几分："要不派人去凉州副将家中搜寻一番，若真有那封信，就拿到了李信故意丢凉州的证据。"

楚承稷点头道："我修书一封往北庭，让连钦侯那边去调查信件一事。"

江淮与凉州相隔甚远，一去一来都能耽误不少时间，北庭边界紧挨着凉州府，此番李信是他们和连钦侯共同的敌人，让连钦侯的人自己去找信，比他们这边派人过去方便得多。

秦筝想起前些日子秦夫人同自己说的事，同楚承稷商量："北庭战事一起，母亲很是担心笙儿，我也怕连钦侯那边如今忙于应对北戎，无暇顾及笙儿，打算遣人把笙儿接回来。"

楚承稷思索片刻，道："好，顺带派一万人马前去支援北庭。"

连钦侯现在不仅得应对北戎的强攻，还得防着李信背后捅刀子，他们在此时前去，绝对是给连钦侯添了一大助力。

青州这些日子一直在招兵买马，但城内现今也才三万兵马，秦筝却有些担心青州眼下的局面："调走一万人马，驻守在江淮对岸的陈军又攻打青州可如何是好？"

徐州被淮阳王咬住，青州若有难，徐州分不出兵力相援，孟郡的兵马得看守粮仓，又调不得，唯一能指望的只有安元青的永州军。

之前董成投靠时，岑道溪就同秦筝说过怕是诈降，秦筝此时才多留了个心眼，不敢把永州军满打满算地当成自己人。

楚承稷姿态从容："李信发兵北上，为自己揽了个顾全大局的贤名，我们一样发兵北上，青州再同陈军交战时，且看李信手底下的那些文人还能怎么说。"

秦筝当即道："悠悠众口难堵，若只为了挽回名声就发兵前往北庭，让陈军有了可乘之机，得不偿失。"

楚承稷望着她扯了下唇角："阿筝都觉得我会意气用事，陈军那边会不会也被蒙骗过去？"

秦筝一愣，随即反应过来，他这是想"示弱"，让陈军觉得他们派出了这么多人，留守青州的人马定然不多，轻敌之下对他们发动袭击，他们再来个满血回击。她问："一万人马不是个小数目，如何瞒过陈军耳目？"

楚承稷道："你和林昭不是养了一支娘子军吗？"

说起这个，秦筝还有点心虚，她私下给娘子军拨了钱款，林昭的娘子军才能从最初的几百人，拉扯到现在的几千人。男丁都要去打仗，后勤这些，秦筝就想着由娘子军负责，也算是开创大量使用女吏的先河。

老古董官员们不认为女子可以从军为将，林昭武艺超群是特例，其他武艺不如林昭的没法上战场拼杀，在用人之际，秦筝把她们安排到一些看似无关紧要的位子上，让原本负责这些琐事的将士们回归前线，倒是没有官员大肆反对她此举。

林昭为了给娘子军攒军需，还让娘子军们闲暇时也可受雇去达官贵人府上当女护卫。也算是无心插柳，本来只是想为娘子军谋个出路，派出去的娘子军偶尔却也能从那些达官贵眷口中探听些消息回来。

秦筝发现娘子军兴许能成为一张情报网后，便让林昭也培养出不少专门刺探情报的娘子军。

此刻楚承稷提起娘子军，秦筝意识到娘子军或许可以有个自己正式的番号了，她不太确定地道："你是想让娘子军冒充楚军前去北庭，让陈军以为青州防守变弱，有可乘之机？"

楚承稷点头："我还打算另派三千精兵和娘子军一同北上，顺便将皇陵那些有徽印的器具运去西域转卖，挖渠修堤的银钱就也能周转过来了。"

秦筝在心底估算了一下，如今娘子军有五千余人，加上楚承稷的那三千精兵，八千人马冒充一万兵马倒也难辨虚实。

北戎人的蛮悍她是听说过的，秦筝有些怕娘子军对上北戎人吃亏："男女力量悬殊，此计虽可让驻守江淮的陈军大意，但让娘子军去帮连钦侯对付北戎人……我怕这些姑娘……"

楚承稷道："我们北上的人马不参战，只是帮着连钦侯震慑李信的人马，让李信不敢在背后捅刀子。江淮如今也是苦战，我会在信中同连钦侯说清缘由。"

秦筝转忧为喜，忍不住夸赞道："你这一计，可以说是一箭三雕。"

一是"示弱"诱敌，可以引驻扎在江淮对岸的陈军前来攻打他们。便是对方沉得住气，没上当，他们也在舆论上同陈军势均力敌了。

二是借此机会将皇陵的陪葬品神不知鬼不觉地运去西域转卖，解决了他们银钱上的周转问题。

三是卖了连钦侯一个人情，掣肘李信，回头还能顺势接回秦笙。

楚承稷抬手轻抚秦筝长发："也多亏了你养的这支娘子军，我才有计可施。"

秦筝道："娘子军北上回来后，得给她们一个正式番号。"

楚承稷点头："自然。"

秦筝扬起的嘴角再怎么也压不下去了，起身就要往外走："我去寻阿昭，告诉她这个好消息。"

楚承稷捏着她肩把人扳回来："这都亥时了，此次北上领军的就是她，你明日同她说也不迟。"

秦筝只得按捺着满腔欢喜上榻入睡，只可惜太激动了，翻来覆去地睡不着，自己傻乐一会儿，又抱着楚承稷的脸亲两口。

数日后，雷州。

谢驰一身便衣，风尘仆仆地进了雷州府，闯进连钦侯书房开口就是一句：“老头子，你莫不是又被那前楚太子给耍了？我得了你的令前往凉州，把副将家中的墙砖、地砖都敲过一遍，压根没找到什么信件！”

连钦侯问：“暗阁也没有？”

谢驰道：“暗阁倒是发现了一个，不过里边是空的。”

话一出口，谢驰也想到了一种可能，莫不是信件提前被人拿走了？

毕竟前楚太子那边都知晓这封信的存在，指不定还有其他人也知道这封信。

若是被李信的人拿走了，销毁证据，那可不太妙！

# 第二十二章 谢家

"楚军中，女子也可以从军吗？"
"女人怎就不能从军？"

南方才刚入秋，北地却是树梢上一片黄叶都不剩了。

连钦侯负手望着庭院里光秃秃的树枝叹了口气："今年天寒得早，等到入冬，北戎人的攻势只会更猛。"

谢驰看着父亲尚还挺拔的背影，想到如今北庭的困境，心头也掠过几丝阴霾，嘴上却道："谢家铁骑镇守北庭多少年了？哪一次让北戎人打入关了的？就算拿不到那封信揭露李信的阴谋，前朝太子那一万人马过来，多少也能牵制住他些，不怕李信背后捅刀子，只跟北戎人打，将士们对北戎的战术早就烂熟于心了。"

连钦侯看着少年意气的小儿子，眉宇间那抹愁绪却没消退，叹了声："我同北戎单于鞘格尔打了二十余年，他老了，我也老了。鞘格尔已有让位之心，此番领兵攻打北庭的就是他长子喀丹，那是草原上新的头狼，手段比起鞘格尔年轻时有过之而无不及，此战只怕会更难缠些……"

谢驰身上那股散漫收敛了些许，道："毗邻凉州的缺口我去守，老头子你守羌柳关就是。"

北戎人此番从凉州和羌柳关夹攻过来，北庭两面受敌，又怕李信北上的大军捅刀子，处境才格外被动。他将手上的护腕扣得更紧几分："我们虽没拿到信件，但若真如前朝太子所言，凉州失守同李忠脱不了干系，且放出消息去，说我们拿到了凉州副将的信，知道了凉州失守的消息，诈李忠一诈。李忠心中有鬼，定会自乱阵脚。"

连钦侯拍了拍谢驰的肩，眼中露出几分欣慰之色："此事你同你兄长商议，他为人处世素来周到，同陈、楚两方人马周旋，我就交给他了。"

谢驰点了头："成，我去找大哥。"

他转身要走出书房时，连钦侯似想起什么来，又问了句："听闻桓儿近日同秦家那女儿走得颇近？"

谢驰不耐烦道："我这才从凉州回来，都没在府上，哪知道兄长同哪位娘子走得近？"

连钦侯细想也是，而且就小儿子这眼神，能瞧出点什么来就怪了，摆摆手示意他快走。

兄弟俩的院落是挨着的，谢驰回去时拐个弯儿就到了谢桓院中，谢桓正在房内练字，他落笔时大开大合，儒雅随和的一个性子，却擅写一笔狂野又锋芒毕露的草书。

谢驰自顾自地坐到了一旁的圈椅上，捣鼓案上的名贵毫笔："你也该议亲了，娘那边有同你说什么没？"

谢桓觉着他这话有些奇怪："大敌当前，母亲怎会在这时候替我议亲。"他倒了一杯茶递给谢驰，"怎突然说起了这个？"

谢驰接过茶盏一饮而尽："也没什么，就是老头子突然问我，你是不是跟秦家那女儿走得近，我估摸着八成是母亲同他说了什么。"

谢桓倒是说了句："母亲是挺喜欢秦姑娘的。"

谢驰忽而眉毛一抖，这不拒绝也不否认的话，是不是说明他这个兄长真对那小妮子有几分意思？他仔细想了想其中缘由，突然拍了拍谢桓肩膀："老头子就算想和前朝太子那边联手，你也不必为了北庭，就把自己终身大事搭进去。"

谢桓从一旁的糕点盘子里拣了好几块点心一齐塞进谢驰嘴里："休要胡言。"

谢驰被噎得直翻白眼，猛灌了一盏茶才把自己的小命给挽救回来。

谢桓在谢驰开口之前，率先问："你过来寻我，就只为了同我说这事？"

谢驰只得将一肚子的抱怨暂且压了下去，说起正事："你同陈营的人接洽时，提那封信诈一诈他们。"

李信妄想在北庭同他们打舆论战，但连钦侯在北庭经营二十余载，为官廉正，这么多年积攒下来的威望和声誉，哪里是他几句话、几碗粥水就能策反的？

如今觉得连钦侯冷眼旁观凉州失守，责连钦侯不是的，也只有北庭以外的百姓。

连钦侯自己虽不在乎那些流言蜚语，可他兢兢业业地守着北庭这么多年，谢驰和谢桓两兄弟却听不得世人这般非议他们的父亲。

只等扒下李信的面具，叫世人看看这打着胸怀大义、为民无私旗号的小人是怎样一张嘴脸。

谢桓唇边浮起一丝冷笑："好。"

李忠率领的五万大军抵达北庭已有数日，明着是前去帮北庭抵御外敌，所扎营地却离前线远远的。

李忠记着李信的吩咐，专去北庭粮食最匮乏的村落，让大军拿出军粮就地煮了施粥，当地百姓来领了几次粥，对他们也感恩戴德。

李忠瞧着是时候了，故意让负责施粥的官兵挑唆，想让北庭的百姓埋怨连钦侯的管辖，转而拥护他们。

怎料施粥的官兵刚说了一句："你们饭都吃不上了，官府都不开仓放粮救济你们吗？"

前去领粥的老汉连粥都顾不上盛了，赶紧给当地官府辩护："官府也没粮了，仅剩的那点粮食得留着给将士们吃啊，不然叫北戎蛮子打进来，哪还有活路……"

施粥的官兵一噎，继续上眼药："粮仓里没陈粮吗？"

老汉指着关外荒凉贫瘠的土地："军爷且看看，这样的地，一年里大半都是寒秋凛冬，能种出个什么庄稼来？往些年，都是朝廷从江南一带运送粮食给北庭救急，如今南边已乱成一团糟，哪里还顾得上北庭哟……侯爷为了咱们这些百姓，已拨过好几次军粮了，侯爷夫人也变卖了嫁妆买粮食……"

原本还打算策反百姓的官兵，在老汉的哭诉里也觉出连钦侯治理北庭实在是不容易。

大楚尚未亡国前，楚帝昏聩，朝中虽有贪官污吏，但也有正派的官员，有个旱灾、洪灾、雪灾什么的，调钱调粮是有地方可调的。不像现在，各方势力割据，北庭明明是抵御外敌的重要关口，可南边打起来了却直接断了北庭的粮道。

小将去向李忠汇报成果时，一脸叹惋："将军，北庭乃阻挡北戎蛮子的第一道防线，北地不适宜耕种，连钦侯手中十万兵马，粮草供应艰难，咱们要不要上奏陛下，给北庭拨些粮草？"

李忠眼珠子都差点瞪出来："混账！"他抬手就给小将脑袋上几巴掌，"本将军让你去施粥收揽人心，不是让你施完粥来替连钦侯讨要粮草的！"

小将被打蒙了，好在此时有小卒来报连钦侯的大公子求见，李忠没工夫教训这小将了，才扬手示意他退下。

谢桓进帐时，李忠正大马金刀地坐在虎皮大椅上，想给这后生一个下马威："早听闻谢大公子才学斐然，同汴京秦国公长子有着'南秦北谢'的雅称，今日一见，果真是人中龙凤。"

谢桓皮笑肉不笑地道："将军谬赞，谢某虽未见过秦公子本人，但有幸观摩过秦公子的文章，秦公子的诗文字字珠玑，谢某自愧不如。"

秦简最出名的几篇诗文，便是声讨李信的。

李信跟前楚太子那边势同水火，秦简又是太子妃兄长，旁人听到自己的名讳同秦简放一块儿，肯定得赶紧择干净。但谢桓非但不撇清，还夸赞秦简，这就耐人寻味了。

李忠目光不善道："谢公子自谦了，秦大公子若知晓谢公子这般赏识他的文采，想来你们二人得成至交啊……"

这话有几分敲打的成分在，李忠大笑几声："我是个粗人，你们文人的胸怀，想来是不讲究各为其主这些。"

谢桓似笑非笑道："以李将军的胸怀，各为其主的确算不得什么，毕竟……凉州之地，说丢就丢了。"

成功看到李忠变脸，谢桓的心中也是一沉，凉州失守果然是李信的手笔。

李忠反应也够快，瞬间换了一副怒容："谢大公子不愧为读书人，这颠倒黑白的本事，不亚于那秦简！凉州失守，分明是你北庭拒不相援！"

闻言，谢桓轻笑出声，目光却一寸寸地沉了下来："颠倒黑白？李将军是觉着凉州副将死了，凉州失守的真相就无人再知了吗？"

看着李忠的脸色由青转白，谢桓心中已有了答案，起身道："告辞。"

他走到门口时，李忠突然暴喝一声："给我把人拦下！"

门口的铁甲侍卫拔刀拦住谢桓的去路，谢桓轻哂："李将军，你是想先与我谢家十万铁骑一战？"

李忠心思一转，谢家现在只是来提醒他，他们知道凉州失守的真相，他若是直接把人扣下，无异于是直接同北庭开战。

压根不需要其他证据，他带兵北上抵御外敌的谎言也就不戳而破了。

李信费了这么大力气为自己挽回名声，若是毁在这里，回头他没法交代。

李忠看着谢桓唇边那抹讥诮的笑意，几乎咬碎了一口腥牙，再三权衡，却也只能下令："放他走。"

谢桓一离开大帐，李忠就气得踢翻了几案，唤来心腹喝问："你不是说凉州都护府的人都死绝了吗？究竟是从哪儿走漏的风声？"

心腹额角的冷汗一下子冒了出来，磕磕绊绊地道："当夜都护府的家眷乘马车出逃，卑职带人一路追杀，亲眼瞧见马车掉下了悬崖……"

李忠勃然大怒："尸骨呢？"

心腹颤声道："卑职以为尸骨叫狼群叼走了……"

李忠一脚踹在他心窝："蠢货！"

被谢桓这般警告一番，李忠终究是心中没底，派人盯着谢府，探听府上这段时间有没有住进什么人。

底下人费了一番功夫，可算是打听到谢府客居一位姑娘，不知其身份，乃前些日子小侯爷带回府的，在府上很受礼待。

李忠大呼不妙，凉州都护裴仲卿膝下有三子一女，两个年长的儿子已随裴仲卿战死凉州，裴夫人在城破后自缢于都护府，只有裴家三女儿和幼弟乘马车逃了。

如今住在谢家的，莫不就是裴家三姑娘？

李忠派人盯着侯府的小动作，自然没逃过谢家兄弟的眼线。

谢桓当日那番话，本就是故意去探虚实的，想看李忠那边自乱阵脚，再抽丝剥茧找出那封信。

但李忠反过来盯着侯府，让谢驰很是不解。

他问兄长："李贼派人盯着咱们作甚？难不成那封信藏在了咱们府上不成？"

本是一句玩笑话，却让谢桓神色一变，薄唇挑起一抹笑来："还真被你说中了。"

谢驰不解："什么被我说中了？"

谢桓把手中的棋子扔回棋篓里："那封信若在李忠手里，他肯定早早地毁了，不会再给自己留什么把柄。但我那日诈他时，他神色慌张，明显那封信还没被销毁。如今又盯着侯府，必是以为信件在咱们手上。"

谢驰叹了口气："折腾一圈，那封信还是连影子都没找到。"

谢桓笑道："也不算一无所获，至少证明，前楚太子那边的消息是可信的，的确有那封信，并且现在那封信也不在李忠手中。让李忠误以为信在咱们手上，多少能震慑他一二。"

谢驰眉毛抽了抽："大哥，我怎么觉着，你老是明里暗里地帮着前楚太子说好话。"

谢桓摇头失笑："谢家也曾是楚臣，不过短短数月，前楚太子就收复了江淮，又大败李信讨伐的军队，要知道，在这之前帮着前楚太子起势的只有几千山贼流寇。谢家在北地经营几十年，才有如今的声望，前楚太子却只花了数月，便拉起一支数万人的军队，又引得江淮百姓拥护。”

他顿了顿，神色认真地望着谢驰：“哪怕不能与之结盟，谢家也绝不能和前楚太子结仇。”

谢驰自然不傻，他皱眉道：“有一事我想不通，前楚太子对李信来说是大患，为何李信不集中兵力对付前楚太子，反而盯着北庭？”

不管南都乱成什么样，他们谢家十万铁骑，都未曾踏出北庭一步，只守着这道北戎攻了几十年都没攻下过的防线。

谢驰原先以为的是李信、前楚太子、淮阳王这三方势力分出个高下后，再割地招安他们，怎料李信却先盯上了他们手中的兵权。

谢桓的笑容里多了几分凉薄：“他若和前楚太子打得两败俱伤，你说最后渔翁得利的是谁？”

谢驰瞬间明了：“淮阳王！”

谢桓叹息一声：“父亲手握重兵，只想守这羌柳关，没有争这天下的心思，旁人却不这般想。”

被谢桓这么一点，谢驰瞬间想通了所有局势，一开始前楚太子势弱，李信还没把前楚太子放在眼里时，估计就已经打上了谢家十万铁骑的主意了，不然凉州也不会突然失守。

李信从始至终就没想过直接和淮阳王开战，他谋划的是夺得北庭十万铁骑，稳操胜券后再和淮阳王打，不然就算李信和淮阳王分出个高下后，李信也担心北庭这边捡漏。

现在前朝太子异军突起，直接将前楚的版图割裂成四股势力，李信和前楚太子战事胶着，却又不敢拿出全部兵力去攻打，毕竟站在李信的角度，怕他们北庭和淮阳王趁他们两股势力都被打散，直接瓜分了他们。

所以李信一边许以淮阳王好处，让淮阳王那边帮着攻打前楚太子，一边又按照原计划，开始蚕食北庭。

等前楚太子的势力被李信和淮阳王吞没，北庭也落入李信之手后，那时李信就有压倒性的实力赢过淮阳王。

委实是好计谋！

谢驰设身处地地想了想前楚太子那边的局面，几乎是倒吸一口凉气：“哥，前楚太子被李信和淮阳王围攻，还派了一万人马来支援咱们？他该不会转头就被打死了吧？”

谢桓：“这也算是前楚太子的诱敌之计，他们派来北庭的那支军队里，多是女子，届时切记不可让前楚太子那边的人一起参战。”

他们谢家铁骑对付起北戎蛮子都是九死一生，更何况这些南都女子。

“女子从军？”谢驰觉着有些不可思议，震惊之余，倒是很快想通了其中关键，“虽有些荒谬，但此举既能在民间的舆论上扳回一局，又能做出江淮弱防的假象，还能牵制李忠的人马一二。这位前楚太子……委实不简单。”

谢驰从提得动刀枪就开始跟着连钦侯出入沙场，在兵法上的造诣更是得天独厚，他那张嘴，就没听他夸过谁，此次算是破了例。

李忠盯着侯府的人一直没撤走，谢桓想着反正是让李忠吃力不讨好，便随李忠去了。

只是这天暗卫来报，李忠花了大力气买通的侯府下人，不是连钦侯书房的，也不是主院的，而是秦笙院子里的人，此举让谢桓很是困惑。

以防万一，他暗中给秦笙所在的院落加派了人手。

很快被买通的丫鬟就开始了行动，她按吩咐把接头人给的点心拿给了秦笙。

谢桓命人把那点心给换了出来，找了郎中检查，赫然发现点心里被下了鹤顶红。

李忠竟是想杀秦笙！

秦笙在谢府借住多日，府上一直把她的身份瞒得严严实实的，李忠若是想杀了秦笙，挑起他们和前朝太子那边的争端，他是如何得知秦笙身份的？

谢桓顺藤摸瓜，把那被收买的婢子、府外盯梢的探子一并拿下，用了极刑却什么也没问出来。

婢子是见钱眼开，那探子虽打听了不少秦笙的事，却连上面的人为何让他们盯着秦笙都不知。

只说是上边的人，让找机会对秦笙下死手。

谢驰得知此事后，倒是脑中灵光一闪：“哥，这些人是在你前去试探李忠后便盯着侯府的，他们一开始盯的就是秦姑娘，是不是把秦姑娘错当成了什么人？”

谢桓瞬间皱紧了眉心：“未料到此事将秦姑娘也牵扯了进来。”

谢驰抱着双臂，知晓兄长是担心秦笙，却还是点破了眼下的局面：“不管秦姑娘身份暴不暴露，都已叫李忠的人盯上了，为今之计，不如冒险一试，看能不能用秦姑娘钓出一尾大鱼，审出李忠他们究竟想杀谁，到时知道了那名女子的身份，想来也就知晓了那封信的下落！”

谢桓下意识回绝：“不成，这太冒险了些……”

谢驰道：“一旦跟北戎打起来，我们哪还顾得上侯府这边？万一叫李忠钻了空子，才是将秦姑娘置于险地。”

谢桓想了想道：“此事当让秦姑娘知情，我去同她谈谈，且看她自己的意愿。”

谢驰看着兄长离去的背影，很是困惑。

谈什么？引蛇出洞时多派些人把人保护好不就行了？

秦笙到了北庭，虽深居简出，却还是从丫鬟们口中听说了南边的战事，知道秦筝他们被李信和淮阳王夹攻，局势艰难。她忧心远在青州的母亲兄姊，没少暗自垂泪。

谢桓同她说了凉州失守的密信一事，得知那封信件就能揭穿李信的阴谋，还能变相地帮到兄姊，她想也没想就答应了。

谢桓深深一揖道："此计凶险，李家人都是疯狗，谢某……不敢确保能让秦姑娘安然无恙。"

秦笙微微垂首："秦笙本是要被送去蛮夷之地和亲的，是我阿姊在危难中想方设法救我出火坑，也幸得侯府收容，如今阿姊、侯府有难，秦笙只恨不是男儿身，没法上阵杀敌相助。如今有用得到秦笙的地方，秦笙欢喜还来不及。"

她都这么说了，谢桓便也不再说劝退的话，心底升起几丝怜惜："谢某定护秦姑娘周全。"

这话有点过了，秦笙没敢抬头，只福身道了句谢便退下。

行至垂花门时，忍不住借着蜡梅丛回头偷瞄一眼，发现谢桓还站在原地，比起她这小贼似的行径，他面上神色倒是从容，对着她远远一揖。

秦笙脸上一烫，心跳倏地加快，松开捏在梅花枝上的手，逃一般地进了垂花门。

谢桓望着女子远去的身影，唇边多了一抹笑。

两日后，秦笙破天荒地出了一趟侯府。

跟着她上马车的，只有一名伪装成普通丫鬟的武婢。

秦笙也是到了车内，才发现谢桓也在，顿时有些局促。

马车徐徐向着闹市驶去，谢桓似看出她的紧张，沏了一杯茶给她："为引李忠上钩，不好明着布防太多兵力，谢某在车中，若有万一，总能帮衬秦姑娘一二。"

秦笙接过茶道了声谢，从前的汴京城有"双姝"，自然也有最出名的"两大公子"。

这两大公子，其一是她兄长秦简，其二嘛，自然是荣王世子沈彦之。

秦笙自幼身体不太好，见过的外男也少，仅熟悉的两人，还是汴京男儿中的翘楚。

她用指腹摩挲着杯壁，偷偷看了谢桓一眼。眼前之人，骨子里透着一股儒雅随和，莫名让秦笙想起了母亲，他们都是从容的，让人觉着心安。

谢桓似有所感，刚抬眸朝她望过来，马车便狠狠一震。

秦笙没捧稳茶盏，茶盏瞬间被甩飞，滚烫的茶水也泼了出去，武婢怕秦笙磕碰到，忙扶住了她。

"秦姑娘当心。"谢桓抬袖便替秦笙挡下了溅起的滚烫茶水。

茶盏摔了个粉碎，谢桓被溅到的手背已是通红一片，与此同时，马车壁响起箭镞扎进的"笃笃"声，好在车壁的隔板里都浇筑了铁水，才没叫利箭射穿。

外边已经响起了兵戈声和沿街百姓逃散的尖叫声，饶是早有心理准备，秦笙还是被这场刺杀吓白了脸。

谢桓出声安抚："别怕，暗处一直有乔装的护卫跟着马车。"

李忠的人在府上找不到机会下手，出去转这一圈，引来的杀手瞬间多得跟捅了马蜂窝一样。

这些刺客都是死士，招式狠辣且不要命，侍卫们渐渐招架困难。

随行的武婢守在了车厢门口，局势正陷入被动，忽而前方马蹄声雷动，是谢驰带着谢府的亲兵们赶了过来。

刺客们见势不妙，赶紧撤离，但后方的街道也有铁骑围了过来，退无可退的刺客们很快落网。

谢桓下车后，看了一眼马车，车壁和车轮上都插满了箭镞，活像个刺猬，谢桓对车中的秦笙道："秦姑娘，这辆马车不能再用了，须得换乘一辆。"

侯府亲兵让开一条道，一名车夫驾着一辆毡篷马车过来。

武婢扶着秦笙下马车，正好谢驰也翻身下马，他瞥见谢桓被茶水烫红的手背，问了句："哥，你手怎么了？"

秦笙听到谢驰的问话，顿觉心中愧疚，她刚想出声，就听谢桓道："没什么，刺客突袭，打翻了马车上的茶水，被溅到了。"

谢驰扫了一眼，没再多问，命底下将士绑了刺客打道回府。

秦笙咬了一下唇，不自觉地将手中的帕子绞紧了些。

谢桓都将话题揭过去了，她也不好再说是自己不小心打翻的茶盏，但他这有意无意的维护，让秦笙的心中有些乱。

回去的路上，谢桓没再跟她同乘一车，和谢驰二人并骑而行。

秦笙透过被风卷起的毡帘缝隙看去，兄弟二人一人戎甲，一人儒袍，皆是风姿不凡。

秦笙叹了句："侯夫人好福气，大公子和小侯爷兄友弟恭，又都是人中龙凤，一文一武，有他们在，北庭无忧。"

武婢是府上的老人了，瞧见了谢桓对秦笙的维护，倒不见外，道："可惜了大公子，若不是幼时落水受寒，坏了身子，如今也是能和世子一样习武杀敌的。"

秦筝听武婢这么一说，不免诧异："落水？"

武婢道出一桩侯府的陈年往事："大公子幼时，生母为了争宠，把大公子推进了池塘，陷害是夫人干的。冬日湖水刺骨，这一泡险些要了大公子的命，被救回来后常年以药作食，养了十几年，身子骨才好了些。"

秦笙惊得半晌不知言语，她从未听过这些秘辛，好一会儿才道："自己的亲生骨肉怎下得去手？"

武婢提起那位早死的姨娘，也有几分感慨，谢家原本也是汴京内臣，到连钦侯这一辈才驻疆的："不甘心吧。大公子的生母赵姨娘，是当年侯爷临危受命来北庭抵御北戎蛮子时，老夫人以死相逼让侯爷纳的妾室，侯爷是谢家的独苗，老夫人怕侯爷在战场上有个万一，求他给谢家留个后。

"赵姨娘就是那时有了大公子，她本就是老夫人身边最得宠的丫鬟，又给侯爷生下长子，府上的下人都拿她当女主子看待。后来侯爷凯旋，加官晋爵，老夫人张罗着给侯爷娶了个门当户对的正妻回来，侯爷同夫人琴瑟和鸣，再没去过赵姨娘房里。

"府上的下人也都敬重夫人，赵姨娘心生怨恨，时常磋磨大公子，把大公子弄病了，再哭着求侯爷去看大公子……最过的一次，便是那次推大公子落水。”

秦笙听得一颗心都快揪起来，她先天不足，体弱多病，知道那是个什么滋味，没想到谢桓的身体，竟是被他生母给磋磨成这样的，她忍不住问：“后来是如何查清真相的？”

武婢道：“赵姨娘哭诉到老夫人那儿，让老夫人给做主，老夫人罚夫人跪祠堂，怎料大公子醒来后，却指认是赵姨娘推的他。侯爷震怒，打了赵姨娘板子要发卖她，赵姨娘言死也要做谢家的鬼，直接一头撞死了。

“夫人怜惜大公子，就把大公子放到自己身边养着，悉心照料，遇上大公子发病，夫人便整夜熬着照顾大公子，不是亲子却胜似亲子。

“后来有了小侯爷，两兄弟的感情也很好，小侯爷幼时顽皮，不肯念书，捉弄走了好几个夫子，侯爷不在家中，也就大公子带着他读书认字，他才肯乖乖就范。”

武婢说起这些，脸上总算有了一丝笑容，秦笙静静地听着，不免又想起自家三兄妹，心中有些伤感。

她且盼着今日抓到的这批刺客，能审出些有用的信息。

一回到侯府，谢家兄弟二人，就把押回去的刺客带去地牢审讯。

一开始几个刺客嘴硬，死活不肯招供，谢桓提出分开审讯，酷刑和攻心双管齐下，总算是撬开了这群刺客的嘴。

可审讯出的结果，却让谢家兄弟俩大为震惊，他们竟是把秦笙认成了凉州都护的三女儿。

谢驰喝问：“凉州究竟是怎么失守的？”

受了刑的刺客一个劲儿地摇头：“小的当真不知，小的只是奉命追杀裴家逃出去的那一子一女。”

他身上伤势很重，再用刑只怕熬不过来了，谢桓观他神色不似有假，示意谢驰让人把刺客带回牢房。

谢驰把蘸了盐水的鞭子丢到一边，揉了揉手腕：“裴家竟还有活口，看来凉州失守的真相，只有裴家人清楚了。”

一旦找到裴家人，届时由裴家人亲自指认李忠，效果远胜于那封书信，难怪李忠会狗急跳墙，这么急着对秦笙下手。可凉州落入北戎之手，城内楚人皆被北戎蛮子俘为奴隶，姿色上乘的女子都叫人挑选出来送去伺候北戎将领了。

裴家三姑娘能不能活下来都不好说，更遑论能逃出凉州。

谢驰沉默了一息，转头看向自己兄长：“凉州刚失守那会儿，前楚太子那边还没起势，裴家遭受灭门之祸，裴三姑娘想为家族洗刷冤屈，只会去找同李信敌对的势力。她若还活着，要么是去吴郡投靠淮阳王，要么就是来北庭。但北庭比起吴郡离凉州更近些，我觉着她大概率会来北庭。”

谢桓点头：“你带人在北庭一带仔细盘查，我去见父亲，让父亲修书一封与前楚太子，让他们那边也留意着些。前楚太子起势，裴家尚未向李信表忠心就被灭门，裴三姑娘也有可能去江淮投奔前楚。”

兄弟二人分头行动，等谢桓忙完回院子时，就见秦笙身边的丫鬟候在院门口。

见了他，丫鬟福身一礼后递上一个药瓶：“秦姑娘让我送药过来，这药大公子早晚各敷一次，烫伤处好得快，不会留疤的。”

谢桓这才想起来自己的手背叫滚茶给溅红了一片，过了这么久，早不疼了。但谢桓却还是收下了药瓶，对丫鬟道：“替我转告秦姑娘，多谢送药。”

丫鬟点头退下后，谢桓拿起手上的药瓶看了看：“留疤？”

不知想到了什么，谢桓的眉心皱了起来，他步入房内，把药膏放入书案下方的一个抽屉里，又从锦盒里取出另一个药瓶，抬脚往谢驰院子里去。

谢驰正整个人靠着院墙倒立练臂力，瞧见谢桓，利落的一个翻身站了起来：“大哥怎么过来了？”

谢桓把从自己抽屉里取出的那瓶药膏递给他：“我记得你手上有道疤，这是去疤的，拿去涂。”

谢驰满不在乎地摆摆手：“我身上的疤多了去了，哪在意这个。”

谢桓直接把人拖到一旁的石桌前，挖了一大块药膏抹在谢驰手上的牙印处，像是巴不得他手上那牙印下一秒就消失：“你将来是要娶妻的，叫弟妹看到了作何想？”

谢驰看他挖药膏的架势有点心痛：“哥，我知道你心疼我，不过这生肌膏千金难买，咱们还是省着点用。”

谢桓给谢驰抹完药后撂下一句：“以后自己每天擦。”

谢驰看着兄长离去的背影，又看看自己那只敷满了药膏的手，感动之余，还有点不好意思。

他哥好久都没对他这么好了！

且说李忠带着五万大军屯于北庭边境，因着上边三令五申，让底下将士不得抢掠当地百姓，烧杀抢掠惯了的一群军匪，也不得不装起了大尾巴狼。

但不能抢当地百姓的，没说胡商的也不能抢！

李忠手底下一个好色成性的小将，直接越过陈军的地盘，去北庭管辖的城池抢掠胡商。

他们不敢同北庭硬碰硬，便专程埋伏在胡商入城的必经之路上，杀人放火，抢了东西就跑，城内的北庭官兵压根拿他们没辙。

也是赶巧，林昭带着娘子军和三千精骑也在这日抵达了北庭，因为还想把皇陵的陪葬品运去西域转卖，她记着临行前秦筝交代的，打算找胡商了解下行情，以免被压价。

但北地的胡商，一看到他们南边来的军队就跟耗子见了猫似的，躲都来不及，压根不给她套近乎的机会。林昭不明所以，还当是这战乱年头，经商的都怕官兵。

还有半日的路程就能进城，前方的探子驾马来报："将军，前边五里地有一支陈军在抢一队胡商。"

林昭本不愿节外生枝，可一听是陈军，就恨得牙痒痒，问："对方有多少人？"

探子答："不足五百人。"

林昭哪还坐得住："我就说胡商怎的见了咱们就跑，原来又是陈贼干的好事！点一千人马，随我过去看看！"

北风凛冽，卷起关外尘沙，沙丘下方被捅死的马匹、镖师横七竖八地躺在地上，一名戴着面纱的胡姬躲进装丝绸的马车里，怀中死死地护着一个五六岁的孩童。

马车门被粗暴地打开，看到里边的女子和孩童时，军汉狞笑道："这里还藏了一个女人！"

军汉扯着女子将她带出马车，留在车上的孩童崩溃大哭，爬着要追出来："三姐……"

军汉抬手扯下女子的面纱，却是一张中原女子的脸，蛾眉如黛、清瞳若水，看得军汉直了眼。

地面却开始轻微颤动，所有军汉都朝着远处看去，只见两面沙丘上，冲下一队骑兵来，"楚"字旗在风中猎猎作响。

领兵的小将大骇："此地怎会有楚军？"

陈军小将见对方人马明显比自己多，不敢与之硬碰，赶紧大喝一声："撤！"

但楚军很快就咬上陈军，陈军眼见甩不掉，赶紧向着身后的楚军放箭。

林昭一双眼里放出豹子似的神采，一道长鞭甩出去，被打到的陈军就是没被扫下马，战甲上也得裂道口子。

那名中原女子被陈军带上马背，她倒也是个性烈的，眼见有救兵前来，自己从马背上翻了下去，落在地上滚了好几圈才险险避开身后的马蹄。

眼见越来越多的楚军追上来，马上驮了胡姬的陈军速度受限，不少陈军直接把马背上的胡姬扔下去，林昭迫不得已，只能下令楚军将士停止追击。

前来的这一千精骑里，有几十名都是擅骑射的娘子军，林昭让她们去扶从马背上摔下去的胡姬。

胡姬们受了惊，原本有些畏惧，见这些将士竟是女子，不由也放下了防备。

胡商里随行的大夫方才也被陈军砍死了，受了伤的胡姬和一些没断气的胡商无人医治，也是那几十名娘子军帮忙包扎的伤口。

娘子军一开始就是从两堰山创立的，之前秦筝需要大量止血的草药，山寨里的大夫教她们辨识一些常见的止血草药，又教她们简单的伤口处理。

后来娘子军的队伍日渐壮大，林昭让懂辨识草药和包扎伤口的老人教新来的，这个传统就这么一直保持了下来，一来是为了让娘子军习得更多的本事，二来是想让青州有需要时，娘子军协助后勤，能更有效地帮助伤兵，不需要再从头教起。

得救的胡商对林昭感恩戴德，林昭自然是想通过这队胡商探听进西域的路子。

她不忘为楚军正名，心中油然而生一股豪情，终有一日，这北地会重新插回楚旗，四海列国，也会像三百年前的宣楚盛世一样，年年来朝！她指着自己身后猎猎翻飞的旌旗道："袭击商队的是李氏反贼的人马，咱们大楚的军队才不会欺压百姓！"

裴闻雁从马背上跳下来时崴了脚，娘子军中一个胖大娘正在帮她推拿揉按，裴闻雁看着不远处的林昭，问那胖大娘："楚军中，女子也可从军吗？"

那胖大娘正是王大娘，林昭是她看着长大的姑娘，林昭一心想要建功立业，王大娘得知她要北上，便跟着一道来了。

不知怎的，打第一眼看到眼前这一身胡裙的中原姑娘，她就想起了秦筝来。

明明二人的容貌并不相似，但她总觉着这姑娘身上有几分秦筝的影子，看似弱不禁风，骨子里却透着一股倔强和韧劲儿。

王大娘道："女人怎就不能从军？咱们军中的女将，可掌兵一万！"

裴闻雁抠在车辕上的手，瞬间力道大得指尖泛白："大娘，我也从军，你们能收容我吗？"

王大娘瞥了一眼缩在她身后的孩子，又看了看她单薄的身子骨，板着脸道："女人从军可不是闹着玩的！闹不好有生命危险！"

她身后的孩子一听说她会死，吓得赶紧抱住她："三姐你不要去！"

裴闻雁被拒脸色有些灰败，王大娘见他们姐弟俩孤苦无依，不免多问了句："你们姐弟这是投奔亲戚？"

裴闻雁苦涩地摇头。

"家里没有别的人了？"

"都死了。"裴闻雁只说了这一句。

王大娘见她神色悲恸，也不好再多问，给她包扎好后，便去别处帮忙。

林昭也和胡商那边谈妥了，胡商愿意帮他们引荐西域那边的路子，林昭是个实在性子，怕他们路上再遇上什么事，索性让他们跟着大军一起进城。

裴闻雁看着林昭翻身骑上了高头大马，犹豫好久，才抱着胞弟又坐回了车内。

那一日凉州都护府的惨状浮现在脑海里，她痛苦地闭上眼。

青州。

秦筝坐在案前看林昭寄回来的书信。

林昭自北上以来，每经一处城池，写公文报备行程之余，也会给秦筝捎一封信回来，给她讲讲沿途看到的风景以及当地的风土人情。

秦筝看得忍俊不禁："阿昭说信纸不够，入城后得多买些信纸备着。"

楚承稷见秦筝捧着厚厚一沓信纸，心想林昭怕不是行军时在马背上都没停笔？

幸得送信的是军中的信使，换作寻常信使，这信能不能寄出去都难说。

正好秦筝看完了信，把信纸放到桌上，他无意中瞥了一眼，瞧见信纸上歪歪扭扭地排着斗大的几个字时，微微一哂。

这么个写法，难怪一封信能写这般厚。

楚承稷转移话题："谢家那边说裴家三女或许还活着，你手底下的人查得可有眉目了？"

大部分娘子军都随林昭北上了，只剩刺探情报的那部分娘子军还留在青州继续帮秦筝做事。谈起公事，秦筝叹了口气："暂时还没消息传来，不过近日有个豪绅突然大批买进武婢，娘子军里有人冒充武婢去探消息，却再无音讯，很是可疑，我打算让人去查查。"

楚承稷怕秦筝累着，道："就以人口失踪为由，让官府这边立案查那豪绅便是。"

秦筝确实有些疲惫，但如今正是整个青州的弦绷得最紧的时候，她不敢松懈，泄洪渠一旦竣工，就免除了陈国炸毁水库引起的水患之忧。而最后的收尾阶段，万万马虎不得，她几乎是全天都在施工现场盯着的。

秦筝道："我也是这般打算的，徐州那边，你打算如何应对？"

楚承稷说："我亲自去徐州看看。"

林昭领兵北上后，他们本以为驻扎在江淮对岸的陈军很快就会有所动作，可那边丝毫没有开战的意思，反倒是徐州已经跟淮阳王的兵马短兵相接了好几次。

赵逵勇猛，又有岑道溪出谋划策，淮阳王几番骚扰，都没讨到什么好处。

僵持之下，淮阳王派了麾下一个谋士前去徐州谈判，据闻那个谋士曾与岑道溪是同窗，有几分交情在里边。

两军交战不斩来使，那个谋士回去后，徐州小败了一仗，不知从何处传出的流言，言岑道溪已被那个谋士说动，转投淮阳王麾下，一时间徐州军心动荡。

胜败本是兵家常事，可偏偏在这样的节骨眼上，岑道溪一下子成了众矢之的。

要是坐视不理，谣言只会越传越烈，但若在这关头撤下岑道溪徐州军师一职，就是变相地承认了岑道溪有二心，且不说短时间内找不到人顶上去，单是军心溃散，就已是大敌当前最致命的打击。

他过去，才能稳住军心。

岑道溪身上这道污名，也只有用一场漂亮的胜仗才能洗去。

楚承稷怀疑过这是陈军和淮阳王的调虎离山之计，他一旦动身前往徐州，兴许陈军就会对青州发动进攻。

为了此次的徐州之行，他和底下的谋臣虎将们商讨了几天，才制定了一套攻守皆宜的战术，元江是青州的第一道防线，陈军若要渡江，董成带领的那支水师就能先让陈军折损半数人马。

秦筝听到楚承稷要去徐州后并未说什么，她顺着矮榻仰躺了下去，枕在楚承稷腿上，眼睫半垂。

楚承稷察觉到她有心事，问："怎么了？"

秦筝想到近日让自己烦心的几道折子和秦夫人的话，有些烦闷地闭上眼："何时动身去徐州？”

“就这两日。”她今夜太反常了些，烛火下，楚承稷扳正她的脸问，“有心事？”

秦筝继续躺在他的膝头，道：“母亲同我说了子嗣的事，大臣们也上奏说你子嗣单薄，让我替你纳几房良妾。”

如今割据大楚的四股势力，李信和淮阳王是子嗣最多的，北庭的连钦侯膝下也有两个儿子，只有楚承稷尚无子嗣，对追随他们的这些臣子而言，楚承稷膝下有子，才能避免战场上的万一。

秦筝现在掌管了青州的一切大小事务，手上又有自己的军队，大臣们不把她只当成一个内宅妇人看待，想给楚承稷塞女人，也不敢直接越过她同楚承稷说，所以那些谏言的折子都送到了秦筝这儿来，多多少少有几分施压的意思在里边。

从前楚承稷势微，他们还不敢下定决心塞人到楚承稷身边服侍，如今天下四分的局势已经明了，谁都想打着这冠冕堂皇的旗号为自家谋一把前程。

手段高明些的官眷，则直接去秦夫人那边走动，说想送几个乖巧听话的孩子到楚承稷身边帮她固宠，生了孩子，也愿意抱到秦筝膝下养着。

楚承稷听得眉头皱起，他这些日子一直忙着布置战局，压根不知底下的臣子竟暗中给秦筝施了压，他抚着秦筝的长发道：“别气了，那些折子交与我来处理。”

秦筝恼道：“我迄今没有身孕，又不是我一个人的事。我就是不明白，为何世人都觉着，子嗣不旺，就是女子的问题？还是说打着个子嗣的幌子，只是为了给好色本性盖上层遮羞布？”

楚承稷鲜少见她这么大火气，好笑道：“何必为了愚人大动肝火？”

秦筝却罕见地犟脾气，道：“我就是觉着那些说辞没道理。”

楚承稷哄道：“回头我罚他们。”

秦筝看着楚承稷，突然觉着有些难过，他没懂自己真正气的是什么。

楚承稷看她红了眼眶，眉头皱起：“怎的哭了？”

秦筝狼狈地抹了一把眼泪：“我不是因他们逼我为你纳妾难过，我是因所有人对让你纳妾一事的态度难过。就连最疼爱我的母亲，都同我说你是太子，我万不可善妒。世人都苛求女子忠贞，女人死了丈夫改嫁会被说三道四，男人死了妻子再娶何时被人指责过？那些紧箍着女子的条条框框，到了男子身上，就全都没有了！”

所有人都把这些当作理所当然，面对现实她生出一股无力之感，她的观念在所有人眼中，只是善妒而已。

楚承稷望着秦筝浅叹一声：“世道如此，你要我如何是好？”

秦筝走到书案前，从抽屉里拿出一封自己苦恼这事时就写好的契书：“你自己说过，以后只有我一人的，这封契书，你签一下？”

她相信楚承稷对她的感情，但她同时还被这世道束缚着，很多东西都只有她一人遵守。秦筝想让楚承稷跟自己一样，除了感情上有羁绊，还被旁的东西束缚在这段感情里，这样才公平。

楚承稷接过她递来的契书，对于她这样的做法，心里其实是满意的，但看清契书上的内容后，脸色瞬间沉了下去："你让我给你写和离书？"

秦筝抿唇道："只要你遵守契书上的内容，那这和离书就永远也不会生效。"

秦筝拟的这封契书里，除了约束彼此的条款，还写明一旦哪一方不守约，这份契书亦可当作和离书。

不过与寻常和离书不同，里面还明确写了和离后，双方各得的资产明细。

楚承稷目光扫过契书上的条款，嘴角的笑多了几许凉薄和自嘲："你列出来的这些我都会遵守，但这份契书我不会签。"

他抬手放到一旁的烛台上一燎就点燃了，望着她笑了笑："是我的疏忽，先前没想起来解决了这些事。"

他转身在案上的折子里翻找："上奏让你给我纳妾的那几封折子在哪儿？"

平和的语调却像是一把尖刀，即将要从头顶劈下来。

秦筝莫名觉着心惊肉跳，还没来得及出声，就听楚承稷凉薄道："找到了。"

语气要多森然有多森然，秦筝的脖子都有点发凉。

## 第二十三章

# 冷战

阿筝，我没你想的那么宽宏大度，
我也会有执拗的时候。

楚承稷拿起那几封折子，再没看秦筝一眼，径直出了房门。

秦筝被施了定身术一般，在梨花木椅上呆坐了好一会儿。

楚承稷是真的生气了，不仅是气写折子的那几个官员，也生她的气。

那些官员把折子送到自己这里来，打的什么心思，秦筝自然知道。

她是太子妃，是未来的一国之母，肯定不能由她出面来拒绝这样的事，否则就是善妒。

宋鹤卿等一干偏向她的大臣，之所以也不将纳妾一事当作什么大事，其一是觉着如今四分天下，战乱不断，楚承稷有了子嗣，才能让追随他的臣子们安心。楚承稷若在战场上有个什么万一，他有后人，这支好不容易聚起来的势力才不会一下子垮掉，否则就会陷入群龙无首的局面。

其二是秦筝在政治上已经完全站稳了脚跟，谁都不能动摇她的地位。楚承稷的长子是不是她所出已不重要，只要有子嗣能让一众臣子安心就行，甚至只要她想，“去母留子”都不是难事，但这绝不是秦筝愿意走的一条路。

说她天真也好，说她愚蠢也罢，至少现在，她相信楚承稷对她的感情，也绝不会因为大臣们的压力，就把楚承稷往外推。

她也不会傻到因为大臣们提议给楚承稷挑几个侧妃、开枝散叶，为了打消大臣们的念头，就放下手上的一切事务备孕。

且不说如今的局势不明朗，楚承稷一去徐州，她又得代他处理一切政务，身体根本吃不消。

单是她有孕的消息一旦传出去，只怕所有的臣子都会让她退居后宅，一部分人或许是真担心她和楚承稷的子嗣，一部分却是打着休养的旗号，让她放权不再干政。

她在青州能一步步掌权，还得归功于微末之时，青州尚无人可用，被逼无奈之下，她跟着宋鹤卿学习处理所有大小事务，帮楚承稷担起这个担子。

后来投奔的臣子，哪怕觉着女子干政有违礼法，但初来乍到，又见所有人都信服于她，才不敢公然反对她干政。

她去生产，放权一年半载后，归来还有没有现在的地位就不好说了。

秦筝不是非要这权势不可，但她都走到了这一步，这时候退就是前功尽弃。

娘子军的崛起初见苗头，女吏也已开了先河，她在政治场上有一席之地，才能在后方给娘子军和女吏支撑。

她是太子妃，又和楚承稷两情相悦，都能因为无子嗣被群臣逼着为楚承稷纳妾，旁的女子处境只会更加艰难，秦筝不愿意她和林昭好不容易才拉开的一道口子，因为自己的退步又倒回原地。

她写下那封契书，是想给自己底气。

楚承稷生气，她也能猜到原因，不是因为她大言不惭地写了一张这样的契书，而是气她竟把和离也算进去了。

虽然料到过兴许会有这样的结果，但此刻看着空荡荡的房间，秦筝的心口还是莫名跟着空了一下，直到婢子进来收拾净房里换洗的衣物才回过神来。

婢子并未发现她和楚承稷的异常，当她是处理政务太过劳累，道："太子妃娘娘，夜深了，您早些歇着。"

秦筝点点头，收敛了神色，稍做犹豫还是问了句："殿下去了何处？"

婢子答："殿下许是怕扰到娘娘休息，去了书房处理公文。"

秦筝偶尔小憩，有臣子前来禀报事务，楚承稷都是去书房接见，顺带在那边处理公务，府上的下人早已见怪不怪，因此眼下婢子也没怀疑什么。

秦筝颔首道："你下去吧，夜深露重，让厨房给殿下送碗暖身子的汤过去。"

婢子领命退下。

秦筝留了盏灯，转身去内室休息。

他的臣子们给自己压力，还去找了秦夫人来游说自己，想让她在双重压力下同意给楚承稷纳妾，生气的本该是她！

那家伙倒好，因为一封契书，气得去了书房？

台阶她是给了，爱下不下！

府上的老仆送汤过去时，见楚承稷正在烛火下专注地看折子。

老仆知晓两位主子都辛苦，把汤呈上去时，特意说了一句："殿下当心身子，早些回房歇着吧，太子妃娘娘忧心您，特意吩咐厨房熬了滋补的汤。"

楚承稷的脸色还是冷冰冰的，但又似乎缓和了一点，他冷淡地点了下头："退下吧。"

老仆一走，他瞥了一眼放在案旁的汤盅，没动，嘴角却抿得不如先前紧了。

知道给他送汤，看来是明白错在哪里了，过了一个时辰，仍没见秦筝继续遣人过来，他不由得放下卷宗走出书房，守在门前的侍卫立马抱拳："殿下。"

走出书房这道门后，一会儿就不好再回来了。

现在可以装作是要处理政务，出去一趟后再来书房，让底下人知道他是故意不回主屋，有伤秦筝的颜面。

楚承稷收住脚步，问："太子妃可有派人过来？"

侍卫想了想道："一个时辰前，太子妃娘娘让厨房送了汤过来。"

静默了一息，他继续问："这期间可有人靠近书房？"

侍卫还当他是担心书房的防守，立马保证："殿下放心，一只苍蝇都没有。"

楚承稷冷淡地"嗯"了一声，转身时，书房的门"砰"一声大响合上，震得门前的侍卫都心口一跳。

侍卫看着紧闭的房门，挠了挠头，太子殿下似乎心绪不佳？

小夫妻这第一次分房睡，没让府上下人引起什么猜疑，大家都知晓太子殿下和太子妃娘娘日理万机，太子殿下在书房过夜，必然是为了处理政务。

秦筝早上醒来时，发现楚承稷一夜未归，既然给了台阶他也不愿下，那就这样吧。

用饭时，只有秦筝一人，婢子这才察出几分怪异，主动向秦筝禀报楚承稷的行程："殿下一早去了军营，说午间也不回来用饭。"

秦筝"嗯"了一声，表情看起来颇为冷淡："本宫也要随宋大人去监工河堤，几日后才回府，你去收拾几身衣物。"

秦筝说走就走，正好泄洪渠最后一段是连通赤水河的，距离青州颇远，往返得耗些时间，秦筝直接下令，在最后一段工程附近的村落里借宿几天。

这样省了往返的时间，自然可以更好地检测泄洪渠的工程质量，其他官员当是秦筝为了精益求精，没什么怨言。

宋鹤卿却知晓楚承稷不日就要前往徐州，秦筝在这时候突然离开青州城，分明是同楚承稷闹了别扭。他瞬间就想到了之前让楚承稷选侧妃纳妾的那几封折子，私下本想劝劝秦筝，怎料秦筝却表现得跟个没事人一样。宋鹤卿看她干劲儿十足，丝毫没有伤心的样子，不由得也怀疑是不是自己想多了。

且说楚承稷去军营练兵回来，当即召见了上奏让他选妃纳妾的几个臣子。

几个官员的折子一直没被批下来，他们就猜到了这事只怕不易，受召进入议事厅时，见楚承稷面色冰寒，两腿就已经打起了摆子。

"微臣参见太子殿下。"几个官员揖拜。

楚承稷迟迟没让他们起身，开口时嗓音里也带着凉意："青州告急，徐州被围，尔等不各司其职，想应对之法，反倒是在这关头让孤选妃纳妾？是要百姓觉着孤贪图享乐，不思进取吗？居心何在？"

一番话说得几个官员腿软，连忙跪了下去："太子殿下明鉴，皇室血脉单薄，殿下又屡屡亲征，若有万一，臣等惶恐啊……"

最终此事以几名官员被降职罚俸告终，其他观望的臣子也不敢继续提及此事。

他们给太子妃施压，回头又在太子这头挨训。

天下未定，若不得太子重用，叫后来投奔的给挤下去了，往后再想出头就难了。

经过楚承稷这出杀鸡儆猴，臣子们的心里跟明镜似的，再不敢打旁的主意。

处理完这些糟心事，大军开拔在即，楚承稷还得同底下的谋臣虎将们再三核对行军口令、启节，又确认祭旗等事宜，一整天就没歇过。

回主院时，早已暮色四合。

他远远看见主院没亮灯，还寻思着秦筝今夜歇得这般早？

推门而入时下意识地将动静放轻了几分，但屋子里外都是冷冰冰的，丝毫不像有人住的样子，挨着内室的那盏为了起夜照明的昏烛也没点。

楚承稷在门口站了一会儿，可能是入秋的夜风太过沁凉，望着这黑洞洞的房间，他心口莫名闷得慌。

似要确认什么一般，他快步走进内室，点燃了内室的烛火，床上果然空无一人。

被褥叠得整整齐齐，褥子上一丝褶皱也无，压根没有人躺过的痕迹。

守夜的婢子听到动静，进屋看到楚承稷，连忙行礼："见过殿下。"

楚承稷微微侧过脸，昏黄的烛光切出他侧脸的轮廓，另外半边脸隐匿在暗影之中，嘴角的弧线平直："太子妃呢？"

他明明没动怒，但婢子却被他这淡漠的一声吓得嗓音都有些不稳："太子妃娘娘说……说要去赤水河，几天后才归来。"

屋内的空气似乎一下子变得稀薄，长久的沉默成了一场煎熬，婢子额角慢慢沁出了细密的汗珠来，两股颤颤。

"下去吧。"

许久，才听到这样一声，婢子连忙退下。

一直到退离主屋，婢子才心有余悸地往后看了一眼，太子殿下也只有在太子妃娘娘身边，才没这么吓人。

房内的楚承稷踱步走到床前坐下，掌心拂过床褥，他和衣躺了下去，嘴角一直抿得很紧。

秦筝一行人在赤水河附近的一个村子暂时落脚，白日里还好，她带宋鹤卿一干人跟着当地的工头沿着泄洪渠四处查验，忙起来压根没心思想旁的。

简单用过晚饭后，秦筝躺到床上，明明很累，却半分睡意也没有。

以楚承稷的作息习惯，这个时辰，他或许还在看公文吧。

意识到自己在想他，秦筝气闷地把被子盖过头顶，放空脑袋想入睡，偏偏事与愿违。

秦筝第一次觉得自己很没出息，想他干吗？他昨晚不是要睡书房吗？现在她走了，他就安安心心地回房睡吧！不用再刻意躲着她了。

有些事不能深想，越想越不是滋味，那些官员呈给她的折子，所有人对给他选妃纳妾的态度……

秦筝狼狈地抹了一把眼，发现掌心的湿意时，才惊觉自己竟然因为这么点破事哭了。

她更憋闷了，把被子卷了卷，强迫自己入睡。

次日醒来，秦筝依然是一头扎入最后一段泄洪渠的开挖中。

宋鹤卿估算着大军开拔的日子，苦口婆心地劝秦筝回去，再怎么也得送楚承稷出征。

秦筝拿着工图和官员们一处处对标开挖出来的泄洪渠，面无表情地道："泄洪渠与赤水河连通在即，最后一段得用火药爆破，为免万一，我得亲自看着。”

若说昨日宋鹤卿还不确定这小夫妻是不是闹别扭了，那么今日秦筝的表现，就是板上钉钉的事了，他叹息一声：“娘娘，您何必因旁人与殿下置气？”

秦筝依旧一副公事公办的态度：“这与旁人无关。”

宋鹤卿没辙了，只得道：“殿下出征在即，娘娘，您总得回去带领百官送殿下出征……”

远处马蹄声疾驰而来，秦筝和宋鹤卿都抬头望去，发现是军中送信的信使。

那信使下了马几步奔至秦筝跟前，半跪取下背在身上的锦盒高举至头顶：“太子妃娘娘，殿下命小人将此物带给娘娘。”

秦筝打开锦盒一看，发现其中竟是楚承稷的玉章，这玉章象征的便是他的所有权力。

秦筝心头一跳，问：“殿下让你前来，可有说什么？”

信使摇头：“今晨徐州告急的信报抵达，殿下看完急报后，命小人将锦盒带来交与娘娘，当即就点兵往徐州去了，并未交代什么。”

宋鹤卿心中也是一慌：“可知徐州战况如何？”

大军本是要明日才开拔的，现在提前往徐州去了，肯定是徐州危矣。信使果然道：“淮阳王攻势猛烈，不容乐观。”

秦筝从收到玉章后就一直静默，宋鹤卿小心翼翼地朝她看去时，她只说了一句话：“备马，回青州城。”

宋鹤卿赶紧让底下的人打包了行李，一行人匆匆往青州赶。

楚承稷出征后，青州必须得有稳定大局的人，他让信使把玉章交与秦筝，便是把整个青州托付于她之意。

两天后，徐州那边再次传来了军情。

对淮阳王这场疯狗似的扑杀，楚承稷率军赶到后力挽狂澜。

只不过传出风声，说楚承稷受了重伤，徐州境内所有医馆里的大夫都被召去军营了。

秦筝听到这消息时正在批折子，手上一时间连朱笔都拿不稳了，掉下去污了整份折子。

秦筝当即召集了青州境内留守的所有谋臣虎将：“殿下重伤的消息已传得沸沸扬扬，陈营那边兴许会借此发动袭击，青州必须做好应敌之策。”

秦筝说这番话，嗓音虽平静，宋鹤卿站得靠前，将她扶着太师椅微颤的手看得一清二楚，他心中的忧虑不比秦筝少，仍宽慰道：“徐州还没送回来急报，殿下重伤的消息真假难辨，娘娘，此时切忌自乱阵脚。”

“宋大人所言极是。”秦筝握紧了太师椅的扶手，“青州城全城戒严，陈军若攻来，只管守城，元江水战就交与董将军了。”

说到此处，她看向董成，董成抱拳道：“末将定不辱命！”

秦筝又看向宋鹤卿：“青州城内的城防调动，届时一切由宋大人指挥。”

宋鹤卿听出不对劲儿来，这些本该是秦筝负责的，他道：“娘娘……”

秦筝抬起一只手，示意他不必再说：“本宫决意暗地里前往徐州探望殿下，以辨消息虚实。若是陈军过了元江，诸位记住死守即可。若士气低迷，寻一名身形与殿下相似的将领，穿上殿下的甲胄在城楼上窥战，陈军担心其中有诈，必不敢再全力攻城。”

宋鹤卿也知晓，出了这样的事，秦筝的心思很难放在青州，道：“下官派两百精骑护送娘娘前往徐州。”

当天下午，秦筝收拾了行囊，马车里装的多是药材，还把青州城内一位医术卓绝的大夫一并带去了徐州。待一行人于半夜抵达徐州城门口，对了令牌旗号，守城的小将听说是太子妃亲临，连忙放行。

秦筝掀开车帘问小将：“殿下现在何处？”

小将恭敬抱拳道：“殿下在军营。”

秦筝放下车帘，下令去徐州大营。

徐州的中军帐内一片灯火通明。

岑道溪、赵逵等人都围在沙盘前，楚承稷脸色苍白，铅白的里衣领口大开，还能瞧见里边缠过肩颈的纱布。他瘦长的手指执起一枚象征他们这方的小型旌旗，插到了沙盘上敌营的一处地形：“淮阳王此番惨败，麾下折损一员猛将，短期内必不敢再犯徐州，孤重伤的消息放出去，叫淮阳王以为徐州也元气大伤，趁他们防守正弱，士气低迷，赵逵，明晚你带五千兵马前去袭营。”

赵逵当即抱拳：“末将领命！”

岑道溪却有些顾虑：“殿下，您重伤的消息一放出，陈营那边想必也闻风而动，届时青州那边……”

楚承稷抬眼道：“孤来徐州前已传令于安元青，陈军一旦攻打青州，安元青便率军前去烧陈营建在邑城的粮仓。”

岑道溪稍有迟疑：“殿下确定安元青可信？”

要是安元青存有二心，陈军粮仓没被烧，那青州就陷入了孤立无援之地。

楚承稷的神色很淡，周身气息淡漠而内敛：“青州一旦被围，孤也会打永州旗带兵从陈军后方抄回去，安元青若没烧陈军粮草，孤便替他烧了。”

永州乃是安元青所屯兵的州府，岑道溪一听楚承稷早把这些考虑周全了，顿时转忧为喜：“殿下打永州旗攻打陈军后方，安元青若是真心投诚，殿下此举是助他一臂之力，共围陈军。他若是别有用心，此计便可离间他和陈军，不管哪种情况，永州军都能为我们所用，殿下此计甚妙，在下佩服。”

“只是……殿下有伤在身，当好生休养为上，为免万一，打着永州旗从后方袭击陈军的这支军队，还是另择虎将领兵。”说完这句，岑道溪深深一揖。

被楚承稷斩首于马下的那员猛将，乃曾经镇守南陲的镇南大将军，楚承稷虽取胜，却也被那员猛将一枪刺穿了肩胛。

秦筝还在青州，他亲自回去才放心。楚承稷道："小伤，不妨事。"

军情紧急，此番匆匆出征，打乱了他原本去赤水河寻秦筝的计划，也不知她气消了没。

楚承稷敛眸，收住了所有思绪，对帐内一众下属道："都下去吧。"

众人见规劝无果，打算各自回帐时，一个虎贲将士忽而匆匆进帐，半跪抱拳道："殿下，太子妃来徐州大营了！"

楚承稷坐在主位上，背脊不太明显地僵了僵。

底下一干谋臣虎将你望望我，我望望你，小声地议论起来。岑道溪道："太子妃娘娘必是听说了殿下重伤的消息，忧心之下赶来的。"

他们马上就要反攻淮阳王，怕路上被截取情报功亏一篑，一直没敢往青州送信。

楚承稷沉默了一息，才道："带太子妃过来。"

秦筝抵达中军帐时，楚承稷正躺在床上，军医在给他换药，岑道溪侧身立在一旁，向他汇报军中大小事务，见了秦筝，岑道溪拱手作揖："见过太子妃娘娘。"

秦筝轻点了下头，目光却一直落在楚承稷身上。

他脸色苍白，肩胛处有一个大窟窿，伤口处敷过草药，血迹看起来偏暗。

楚承稷也在看着秦筝，但二人谁都没说话。

岑道溪识趣地道："殿下、娘娘，微臣告退。"

军医把捣碎的草药重新敷在伤口处，开始给楚承稷缠纱布，只不过纱布得从楚承稷肩颈斜缠过去，岑道溪一走，没人帮忙按着敷了草药的那块，军医有些吃力。

秦筝走上前，按住了那块纱布，对军医道："缠吧。"

隔着纱布，秦筝能感受到他身上的温度透过纱布传递至她手心，眼眶里突然充盈起涩意。

楚承稷依然没说话，只是一眨不眨地看着她。

秦筝不愿跟他对视，但垂下眼，又瞧见换下来的那些染血的纱布，心再次揪起。

军医察觉到不对劲儿，手脚麻利地打好结，嘱咐了句："殿下伤势严重，切不可再劳心，伤口没愈合前也不能沾水。若是休养不好，将来左臂难持重物。"

他说的是极坏的情况。

军医退下后，秦筝红着眼眶问他："能抬手吗？"

她衣襟上还有批折子时朱笔落下去时不小心溅到的红墨，从得知他重伤的消息到部署完青州的一切赶过来，她连身衣服都没来得及换。

楚承稷抬起了手，却不是穿那件里衣，而是揽在她后腰，重重把人抱住。

"你怎么来了？"他的嗓音很沉。

秦筝不想在他跟前哭，眼泪却还是砸了下来，落在他肩背，秦筝任他抱着，捏着他那件里衣一动不动："你要还是不想见我，我现在就走。"

“想见你，但你应该在青州，等我回去找你。”楚承稷闭上眼，揽在她腰间的力道又紧了几分。

刚包扎过的伤口受力再次裂开，血慢慢浸红了纱布，他也没有松开的意思：“徐州战火不断，你不该来。”

这些日子所有的担心、委屈、心疼都在这一刻达到了顶点，秦筝眼泪大颗大颗地往下砸：“想见我？你不是为了避开我去书房吗？我该走得更远些，不再碍你眼才是！”

楚承稷一只手抬起秦筝哭花的脸，视线沉沉地落在她脸上：“不要再说那样的话。”

秦筝看着他冷笑：“不许我说那样的话，可最先是谁那样做的？”

楚承稷的瞳仁里映着完完整整的一个她，唇角抿紧，没说话。

秦筝半是委屈半是难过，狼狈地抹了一把脸，看着楚承稷再次出血的伤口：“你身上有伤，我不想现在跟你吵，放开，我去找军医。”

楚承稷缓缓道：“去书房，不是不想理你，也不是不想见你。”

他看向她眸子最深处，解释道：“为什么不信我？因为旁人几句话，就要我为自己从未做过的事写下一封和离契书？”

他抬手抹去秦筝眼角的泪，动作温柔：“我也是会动怒的。可看着你，又舍不得生气了，只能避开你，让你知道我也是会恼的。

“我没你想的那么宽宏大度，我也有执拗的时候。

“那天晚上，我回房了，在床边看了你一夜。本是想让你知道教训，可到头来，发现心中苦闷的却是自己。”

听他说起这些，秦筝咬紧唇，努力想逼退眼眶的涩意，泪却涌得更凶：“你会患得患失，我就不害怕吗？我相信你对我的情意，但所有人都觉得你选妃纳妾是理所当然的事，我不替你纳妾便是我善妒，你迟迟没有子嗣便是我不能生养……除了感情，我还被这世道里的条条框框圈得死死的，我只是希望能有其他准则，像这世道束缚我对你的感情一般，也能束缚你对我的感情。而不是等你一朝厌弃，我就毫无退路。”说到后面，秦筝已经抑制不住嗓音里的哽咽。

楚承稷按着她的后颈，让她完全贴向自己，二人仿佛一对交颈的鸳鸯：“是我之过。”

秦筝再也绷不住，回抱住他大哭起来：“你以前说你不知道怎么对人好，可我也是第一次喜欢一个人，你觉得我做得不对，那你跟我说啊！你躲着我做什么？”

楚承稷怎么舍得冲她发火，他轻抚她的背脊，再次极低地道了一声：“是我错了。”

秦筝把眼泪全蹭在他胸膛上：“听说你重伤，把徐州城所有的大夫都召集到军营来了，我怕得要死。”

楚承稷宽慰她：“没那么严重，是为了让淮阳王和陈营那边放松戒备，故意往重了说的。”

说得轻松，他身上的血腥味浓重，秦筝直起上身，胡乱用袖子揩了揩眼：“你别糊弄我，军医刚才说的话我都听到了，我去找军医给你重新包扎。”

她起身要走，楚承稷却拽着她手腕不放："那边箱子里有药包，拿过来我自己包扎。"

他虽这么说，但秦筝又哪能真让他自己动手，她将染血的纱布拆下来准备重新敷药时，看着那仿若核桃般的血窟窿，秦筝红着眼问他："疼吗？"

楚承稷说："现在不疼了。"

秦筝抿紧唇不说话，沉默着用纱布给他重新包扎伤口。

怎么可能不疼呢？新伤下面，就是那道险些要了他命的箭伤，如今只剩一块指甲盖大小的疤。

打好纱布的结后，她用指腹轻轻摩挲那道箭疤，俯身贴近，温软的唇印上去时，一串泪痕滑过脸颊："跟我吵架也好，冷着也好，都不许在战场上出事。"

楚承稷的身体一下子绷紧了，他擦去她脸上的泪珠子，单手抚着她的侧脸："战场上本就刀剑无眼，这伤与此事无关。你要的契书，我重拟了一封，在书案下方的第二个抽屉里。"

见秦筝神情错愕，他只是浅笑："没看到吗？那等你回去了再看也不迟。"

她去赤水河的那天半夜，他就拟好了，本是要带去赤水河找她的，却因徐州军情耽搁了。

秦筝却摇头："我不要什么契书了，我们两个人之间的承诺，有没有白纸黑字记下来都一样的。"

楚承稷亲吻她水泽未干的眼睑，微微拉开些许距离看她，眼神很深，身上的血腥味和淡淡的草药味包裹着她："那不是我们之间的承诺，天下人皆可做证。"

秦筝在徐州大营内住了下来。

楚承稷口中的那封契书，她一时半会儿瞧不到，细问楚承稷都写了什么，楚承稷又不肯说，只得作罢。

军医说要让楚承稷静养，秦筝除了照料他的饮食起居，送到楚承稷这里来的折子她也会帮忙处理其中日常琐碎的政务，关乎军机大事的，才由楚承稷亲自过目。

偶有因不熟悉徐州基本情况拿不准法子的，秦筝便直接问楚承稷。

这日在看到一封关于徐州征税充盈府库的折子时，她眉头皱得紧紧的："徐州地广人多，怎田赋还不及青州？城内多坊市，收上来的商税怎也这般低？"她看向楚承稷，"官府进项除了盐、铁、茶，就是赋税，再这样下去，只怕徐州银库在军需上都周转不过来了。"

田赋是官府对田地征收的税款，军中的军粮和官府粮仓里囤积的赈灾粮都是通过这样的方式征上来的。

徐州通运发达，可以说是江淮一带的贸易中心，南北商贩都在此转卖货物，同时也给徐州带来了源源不断的财富。

但如今田赋商税明显远低于徐州应有的数额，秦筝有些担心下面的官员贪墨。

楚承稷半靠在床头，他长臂一伸，就把秦筝拉近了几分，下巴搁在她肩头，握住她拿折子的手抬高几分，看清折子上写的内容后，语调略有几分疲懒：“徐州地处要塞，战乱不断，原本南北通货频繁，近几年因为战火，来往商贩减少，我下令减免了税收，引商贾们重回徐州经商。至于田税，一则是战乱田地无人耕种，二则是徐州山地多且远水源，田地亩数远不及青州。”

这样一来，商税和田税低倒是解释得通了。

秦筝想了想道：“我看徐州将田赋里的地税由原本的‘十五税一’改为了‘三十税一’，一亩地只需向官府交半斗粮食，赋税虽是减轻了，可耕地、种子这些都是问题。为免有地的百姓不愿耕种，愿耕种的百姓无地可耕，可由官府统一分配耕地和作物种子，再按村配给耕牛，免税三年。”

楚承稷听她说得头头是道，嘴角轻扯出一个弧度：“你如今处理起这些倒是熟稔。”

秦筝一扬下巴：“我好歹也跟着宋大人他们学了这么久，关于青州农耕的策略，是亲自同他们一条条讨论出来的。不过这商税，一时半会儿怕是难再涨起来了。”

楚承稷微微偏过头看她：“各地商贾很快就会来徐州了。”

坞城。

日薄西山，夕阳的残红爬满了半片天空。

幕僚将探子带回来的消息上报：“前楚太子的确负伤生死不明，前楚太子妃前天夜里带着医官匆匆赶往了徐州城。世子，眼下攻打青州，正是千载难逢的机会！”

沈彦之眉眼隐匿在一片暗色中：“青州现为何人守城？”

幕僚喜答：“董成小儿不足为惧，宋鹤卿那老匹夫不过一介文臣，也挡不住世子大军。”

沈彦之抬起眼，目光凶戾阴冷：“那便攻打青州。”

沈彦之将手中那个起了毛边的荷包攥得死紧，她连夜赶去徐州，就这么怕楚承稷死了？

幕僚退下后，陈钦端着汤药进屋来：“主子，该喝药了。”

沈彦之掩唇低咳两声，面色苍白似雪，眼底却流动着无尽戾气：“李信那边的人手安排得怎么样了？”

陈钦道：“那总管太监在李信上位后，没少收各方势力的好处，他虽是李信的人，可您掌握了他收礼的账簿，捅到李信跟前，以李信多疑的性子必留不得他。他如今只能上咱们的船，那双染了毒漆的箸，他一直给李信用着，过不了多久，李信就会‘中风’卧病在床了。”

李信为人谨慎得过分，沈彦之命人打造了一双涂了毒漆的箸，李信身边的总管太监在宫里只手遮天，神不知鬼不觉地换了李信用膳的箸。

沈彦之冷笑：“听说文侯近日被罚俸，闭门思过了？”

闵州战败后，李信借题发挥，大力打压沈家，将沈婵从贵妃降为嫔。但朝堂上最讲究制衡之道，没了沈家帮着李信指哪打哪，替他背下一切黑锅，李信自然得提拔新贵。适逢文侯送进宫的女儿诞下一子，李信便封了文家女为贵妃，开始重用文侯。

陈钦闻言点头："确实如此，您以大皇子的名义私下给朝中权贵送礼，李信已怀疑大皇子有反心，在朝堂上几番公然苛责，百官都看得出大皇子已继位无望。您让大皇子手底下的人假意转投文侯门下，李信现在又怀疑文侯结党营私，狠狠打压了文侯一党。"

沈彦之的眼底浮起讥诮："李信视权如命，刚登帝位，哪容得旁人觊觎。局已经做好了，且等他归西吧。"

二皇子背有挖皇陵的恶名，文不成武不就。大皇子在百官眼中已遭李信厌弃，现在又只是他手上一个傀儡，同死人无异。

李信成年的两个儿子都已经废了，尚未成年的皇子中，也只有文侯一党势大，他用计让李信打压文侯，又暗中拉拢了不少朝臣。

等李信毒发，沈婵回宫，这江山便该易主了。

沈彦之起身，踱步走至窗前："大皇子已没什么用处了，发兵青州前，用他的血祭旗吧。"

且说大皇子的心腹幕僚替大皇子送完和离书后，回来就再也没见过大皇子。

唯一一次见到，还是李信派来的人前来责问大皇子，大皇子却拒不接见，最后钦差持圣谕直闯大皇子府，只见一片酒池肉林，大皇子和一群姬妾衣不蔽体地倒在一起，满屋酒气，醉得不省人事。

钦差气得连夜回京，上报李信后，李信大怒，痛斥大皇子。

幕僚是大皇子府上的常客，却发现了不同寻常之处——府上的婢子、侍卫全换了。

他当即意识到大皇子怕是被软禁了，沈彦之手握重兵，幕僚不敢明着表惑，只得暗中查访，借着给大皇子送美人的由头，摸清大皇子的关押地后，便召集了大皇子的旧部，打算挖一条地道救出大皇子。

沈彦之打算用大皇子祭旗的风声一传到幕僚耳中，幕僚吓得面如土色，让手底下将士通宵达旦地挖地道，才将大皇子给救了出去。大皇子被割舌后又被磋磨多日，口不能言，借助纸笔才将沈彦之软禁他的由来写了出来。

得知沈彦之借着自己的名头做的那些事，大皇子恨不能生啖其血肉，他没了舌头，自知争那龙椅已无望，唯一的念头就是报复沈彦之。

沈彦之攻打青州还需安元青的助力，为了让安家和沈彦之的结盟破裂，他让幕僚将自己的亲笔信交到安家手上。等安家人知晓当初献计抓他们为质的人就是沈彦之，就又是一出狗咬狗的好戏。

幕僚带着大皇子的信前去安府，说明来意后，接见他的却是安家大小姐安若妍。

"家母身体不适，便由我代为接见贵客了。"安若妍笑容温婉，"不知先生大驾光临，有何贵干？"

幕僚连忙作揖："不敢不敢，在下佩服安将军一身虎胆，不忍安将军为奸人所利用，特来报信。”

安若妍脸上露出几分恰到好处的困惑：“先生这话是何意？”

幕僚将大皇子的信递了过去：“安姑娘且看这信吧。”

安若妍看完，眼中已泛起泪意：“本以为那姓沈的是好意救我安家于水火，原来一开始就是他提的毒计！”

幕僚一看事情成了，心中大喜，忙道：“事态紧急，安姑娘当尽快告知令尊才是。”

安若妍眼眶含泪道：“先生所言甚是。”

言罢，又递了银票过去以作答谢，幕僚想着带大皇子回汴京一路上少不得使银钱的地方，佯装推拒后便收下了：“安姑娘盛情难却，在下就恭敬不如从命了。”

安若妍依旧满脸感激：“先生哪里的话。”随后又唤来一名小厮，“你代我送送先生。”

小厮生得高壮，瞧着是个练家子，幕僚并未多疑，跟着小厮走出房门后，没多久外边就传来一声惨叫。

片刻后，小厮进屋复命，脸上还沾着几滴血沫子：“小姐，人已经解决了。”

安若妍慢条斯理地“嗯”了一声，跟方才温婉乖巧的样子判若两人，拿起大皇子的那封信直接在烛台上烧了。小厮瞳仁微动，问：“小姐不打算将此事告知夫人吗？”

烛火映在安若妍眼中：“不必，安、陈两家的崛起全在此举，这时候同沈家决裂又得元气大伤一次。前楚太子和淮阳王那边的势力都已趋于稳定，咱们这时候过去依附，分到的只剩残羹。先助沈家夺位，日后再将沈家取而代之便是。”

小厮问：“那要不要将大皇子出逃一事告诉沈世子？”

安若妍冷笑：“你是要我告诉沈彦之，我安家已知晓他当初设计我父亲一事吗？”

小厮甩了自己一个耳光：“是钺奴愚钝。”

楚承稷的伤养了好几天，伤口总算慢慢愈合了。

秦筝去给他端药回来，碰上岑道溪前来禀报军情，她进帐就听见一句：“……此行凶险，殿下有伤在身，还是另择虎将领兵为好……”

楚承稷只轻描淡写地说了句：“无碍。”

见秦筝回来，又对岑道溪道：“你下去吧。”

岑道溪走前那一脸忧虑在秦筝的脑海里挥之不去，以至于她看书时老是出神。

楚承稷好几次都瞧见她单手托着下巴发呆，卷起书简在她脑门上轻轻敲了一记：“你这书看的，可不专心。”

秦筝回过神，转头看他：“你要亲自领兵回青州？”

楚承稷说：“军中谣传我重伤濒危，我回去了，才能重振军心，一鼓作气击溃陈军。”

秦筝知道军事上自己帮不了什么忙，可想起他的伤，心中还是不安。

秦筝只能让楚承稷继续休养，每日好吃好喝地投喂着，一见楚承稷拿方天戟练武，就赶紧让他换木枪，生怕他撕裂伤口。

伺候秦筝的两个武婢发现秦筝颈侧的红痕一天比一天深，最开始还能用脂粉盖住，到后边出门只能戴帷帽了。

仿佛是某人在用这样的方式表达自己的身体真的已经好了。

几日后，陈军对着青州发起了猛攻，击溃了董成在元江设伏的水师后，围了青州城，在城门外叫阵。

董成负伤不能再出战，宋鹤卿谨记秦筝前往徐州前制定的作战计划，并不应战，高挂免战牌。

但陈军那边叫阵骂得一日比一日厉害，城内一些将领受不了这窝囊气，意气用事开城门迎战，无一不被陈军将领斩于马下。接连好几名将领都送命后，青州城内再无将领敢出城迎战，士气也低迷到了极点。

宋鹤卿一介文臣，武将一股脑儿地只想往战场上冲，他一把老骨头拦也拦不住，眼前的局面，他唯一能做的就是带着余下将士死守，再等援兵。

底下一些小将心里门儿清，徐、扈两州刚和淮阳王打过一场恶战，太子还重伤生死不明，这两州的援军是指望不上了，唯一能盼的，就是安元青的永州军。

他们多拖延几日耗掉陈营里现存的粮草，等安元青烧了陈军建在邑城的粮仓，再从后方夹攻陈军，陈军必败无疑。

死守多日后，青州楚军渐渐露出了疲态。

四面城楼被围，如今青州城内的消息送不出去，外边的消息也送不进来，城内粮草军需一切都还富足，但人心躁动不安。

为了鼓舞士气、震慑陈军，宋鹤卿只得采用秦筝离开前交代的法子，寻一名身形同楚承稷相似的将士，穿上楚承稷的盔甲，在城楼上窥探敌军。

陈军的探子很快就发现了楚军这边的动静，匆匆报与沈彦之："世子，前楚太子似乎并未在徐州，今日还在城楼上窥战了！"

棋盘旁香炉里的青烟袅袅升起，沈彦之执棋之手迟迟不见落下："确定是前楚太子？"

探子语气笃定："那人身着玄鳞甲，是前楚太子没错！"

沈彦之道："传令下去，继续攻城。"

探子不明所以，却不敢多问，只得领命退下了。

立在一旁的陈钦道："主子，若其中当真有诈呢？"

沈彦之手中的黑子终于在棋盘上落下，白子瞬间陷入了绝境，他道："楚承稷若在青州，你说阿筝为何还连夜赶去徐州？"

这局棋已到了尽头，沈彦之意兴阑珊地把棋子扔回棋篓里，问："可找到大皇子了？"

陈钦摇头："属下无能，还没寻到大皇子的踪迹，不过属下已派人盯紧了安家，大皇子的幕僚进了安家就再没出府，指不定大皇子也是叫安家人给藏起来了。"

大皇子失踪后，他们的人顺着那条密道，很快就顺藤摸瓜地查出了大皇子的心腹幕僚，只是那幕僚目前似乎得了安家庇佑，他们无法拷问那幕僚大皇子的下落。

“安家？”沈彦之嘴角的笑容冷峭，“这么快就沉不住气了？”

大皇子的幕僚去安府意在为何，沈彦之再清楚不过，本就是为了各自利益才到一条船上的，沈彦之不介意安、陈两家人有小心思。

可安家要是让安元青倒戈前楚，再合谋攻打自己，那他也不会再留安家人性命。

沈彦之缓缓道：“希望安家人能聪明些。”

邑城。

“粮仓失火了！快去救火！”

冲天的火光映红了整个夜幕，浓烟翻滚，前去救火的兵卒被浓烟熏得睁不开眼，地上倒伏着战死的兵卒和染血的旌旗。

混乱中，一支打着永州旗的骑兵在夜色里呼啸而去，城内闻讯而来的残军眼见粮仓化作一片火海，追那支骑兵又追不上，望着在夜色里渐行渐远的永州旗咬牙切齿道：“快去坞城报信，安元青的永州军烧了粮仓！”

楚承稷一行人驾马跑出几里地才停下，回眼望去，邑城那边的天空依旧被火光映得通红一片。

韩修作为徐州的运粮使，完成押送粮草的任务后，自请此次跟楚承稷一同回青州驰援。

他掉转马头看着远处的天际，哈哈大笑：“痛快！好久没打过这样的痛快仗了！没了粮草，李家那杂种就滚回汴京去跟他老子哭鼻子吧！”

楚承稷面上不见喜色，反而有些凝重：“加速行军。”

韩修一边驾马追上去，一边问：“殿下担心青州失守？”

楚承稷道：“青州被围数日，都不见安元青前来烧邑城粮仓，只怕永州有变。”

韩修想起自己同邑城守将打了半天都难分胜负，结果楚承稷上去一戟就把人给扫下马了，忍不住道：“兴许……安将军带兵攻过邑城了，只是没打赢那守将？”

看守粮仓的，都是可当万夫之勇的大将，天底下还真没几个人能有楚承稷这样的一身武艺。

楚承稷问：“攻不下邑城，围城可会？”

陈军久攻不下青州城，不也是把城围得死死的？韩修醍醐灌顶，重重拍了自己脑门一巴掌：“我怎么忘了这茬儿，安元青那老匹夫，还真是诈降的！”

楚承稷就是为了看安元青究竟有没有按他最初的计划前来攻打邑城，才刻意从徐州晚出发了两日，给足了安元青时间。

显然，安元青让他失望了。

韩修正骂骂咧咧，突然大喝一声：“坏了！殿下，您让安元青前来攻打陈营粮仓，他若是陈军的人，这会儿会不会反其道而行之，攻打咱们孟郡的粮仓去了？”

韩修越想，一颗心就悬得越高。要是孟郡易主，以孟郡粮仓里囤积的粮草数量，这邑城粮仓，烧了对陈军来说也不痛不痒。

“孟郡有林尧守着，凭他安元青还打不下来。”

韩修听得一愣，细想这场战事里各处的兵防布局，惊觉太子怕不是一早就防着安元青了，毕竟之前留守青州的都是林尧，这次却冒险让董成和宋鹤卿守青州，把林尧调去了孟郡。

徐州也是，若不是赵逵力大无穷，又有岑道溪屡出奇计，哪里能挡住淮阳王麾下镇南大将军的强攻，撑到他前去支援。

韩修忽而倒吸一口凉气，太子这岂止是防着安元青，分明是这场战局里，每一步他都算到了，抑或者说是每一种可能出现的战况，他都已想好了应对之策。

韩修这会儿只庆幸自己在楚营，连带对大皇子薄情寡义休弃他女儿、把战败缘由全甩锅给他之事都没那么怨恨了。

# 第二十四章 对峙

“今日一别，再同阿筝姐姐相见便不知是何时了。”
“且盼阿筝姐姐年年欢喜，长乐无忧。”

邑城粮仓被烧的消息传回陈营，沈彦之撑在案前的一双手青筋凸起，一双眼隐在阴霾中，语调森然："你是说……安元青烧了邑城粮仓？"

从邑城赶回来报信的小将被他这模样吓到，磕磕绊绊地回话："那支军队打的永州旗，是安元青的军队没错……"

"安家，好啊，好得很！"沈彦之怒极反笑，"既然安家自寻死路，本世子就成全他们！"

若只是邑城粮仓被烧，沈彦之兴许还会怀疑一二，可不久前大皇子的幕僚才拿着大皇子的信去找过安家，这显然是安家得知真相后，倒戈了前楚太子。

陈军围了安府，领兵的头目带着手底下的将士在府上横冲直撞，四处搜寻。

"你们这是干什么？"老管家出声喝止，却被一剑刺穿了腹部，踢到一旁。

闻声出来的安家母女瞧见这一幕，皆是吓得白了脸，安夫人强装镇定地喝问："尔等闯我府邸，杀我仆役，沈世子知晓吗？"

兵头狞笑道："正是世子让我等前来捉拿你安家逆贼的！安元青那老匹夫，竟敢愚弄世子，暗中投靠了前楚太子，带兵火烧了邑城粮仓，世子要拿你们祭旗呢！"

安夫人神色一变，怒道："你血口喷人！我安家老小皆在坞城，我家将军岂会弃这一家老小于不顾？"

兵头冷笑："你们和大皇子的勾当，真以为世子半点不知？"他对着身后的兵卒们重重一挥手，"给我拿下！"

安夫人一张保养得宜的脸上全是怒意："满口胡言！大皇子害我安家至此，我安家同大皇子能有什么勾当？"

兵头听见安夫人的喝问，只是冷笑："这是坞城，你们安家见了什么人，做了什么事，都瞒不过世子的耳目。"

安夫人似乎也意识到了什么，把目光投向安若妍："妍儿？"

安若妍脸上闪过一丝慌乱，脸色发白，不敢看安夫人。

兵卒前去捉拿她们，几个武艺高强的护卫勉强抵挡一二，但终究是寡不敌众。

安若妍心知带着安家所有人是逃不出坞城的，对一直护在自己身前的小厮道："钺奴，你武艺高强，你杀出去给我父亲报信！"

"可是……"名唤钺奴的男子眼神挣扎。

"可是什么，快走！"安若妍冷喝。

男子最后看了安若妍一眼，狠了狠心，只身杀出重围，攀过院墙逃了出去。

兵头恼道："快追，抓到后格杀勿论！"

安府余下的几个护卫纷纷被撂倒后，安家母女都被押上了囚车。

安夫人看着女儿："你究竟瞒了我什么？"

安若妍知道自己当日之举，兴许会赔上整个安家和她外祖陈家，忐忑道："母亲……大皇子的幕僚是来过府上，送来了一封大皇子的亲笔信。抓我们来坞城为质，一开始就是沈彦之提议的……"

安夫人重重地给了安若妍一耳光："这么大的事情，为何不早些与我说？大皇子的幕僚呢？"

安若妍道："我怕节外生枝，让钺奴将人杀了，把尸体扔进了后院的枯井里。"

纵使安家陷入如今的局面是当日沈彦之出的奸计，可最终采用计谋的是大皇子，为了套牢安家，妄图迫她为妾的也是大皇子。

安若妍清楚大皇子是想看安家和沈彦之反目，才偏不遂大皇子的意，又怕沈彦之那边察觉他们已经知道了真相、着手对付他们，索性一不做二不休杀了大皇子的幕僚。

安夫人痛心疾首道："糊涂！沈彦之的人瞧见大皇子的幕僚进了安府的门，却不见人出去，你以为他会作何想？"

"会……会以为我们包庇了大皇子的幕僚？"安若妍也没想到沈彦之竟是一直派人盯着他们的，她手脚阵阵发冷，"我没写信告知父亲此事！火烧邑城粮仓的事一定是沈彦之为了对付我们，强加给父亲的罪名！"

她似乎又看到了一线生机，神色激动地对安夫人道："母亲，我们还有救，只要见了沈彦之，告诉他我们一早就杀了大皇子的幕僚，为了安、陈两家的助力，他不敢在这时候对我们下毒手的！"

安元青为人正派，先前因家眷在大皇子手中为质，被逼无奈才前去楚营诈降。

后边沈彦之控制了大皇子，安夫人牵头陈家和沈彦之结盟，告知安元青的也是沈彦之出手救了险些被大皇子强娶为妾的安若妍，救安家人于水火，安元青有恩必报，这才继续为沈彦之做事。

若是让安元青知晓当初让自己家眷为质是沈彦之策划的，他必忍不了这口气。

安夫人深知丈夫的秉性，眼底已是一片绝望："大皇子会派人来府上递信，就不会给你父亲递信吗？我早同你说过，别自负聪明，你为何就是听不进去……"

若能早些知道这些事，在沈彦之发现之前寻机会早早离开，也比现在为俎上鱼肉强。

大皇子除了派人给他们送信，还给安元青也送了信，这委实是安若妍没能想到的，她哭得不能自已："母亲，我错了……"

安夫人把头转向一边，兀自垂泪："是我错了，我不该教你这些。"

她是世家女，为了替家族拉拢兵权，嫁了一个不解风月的军中莽汉，安元青性子直，娶了她才磕磕绊绊地习完了千字文，更别提吟诗作画。

他们之间素来没多少共同话题，安元青敬重她，觉着她才情斐然，女儿出生后，旁的人家都是寻嬷嬷教导女儿女红礼仪，只有他，早早地给女儿备下墨宝，欢欢喜喜地同她说，希望女儿也能跟她一样读书识字。

“女儿像你才好。”这是安元青曾经对她说过的话。

却不知看似温婉的安夫人，骨子里却有着世家女的骄傲，哪怕为他生儿育女，心中却仍不喜这个粗鄙的丈夫。她教女儿时，也不只教女儿诗词歌赋，世家贵女该有的城府和冷漠，她也一并教给了女儿。

这一刻，安夫人的心中突然升起几分悔意。

安元青虽不是她中意的丈夫的模样，却也护了她半辈子。

孟郡。

楚承稷原本让安元青率永州军攻打邑城，安元青将楚承稷的作战计划告知沈彦之后，奉命前来攻打孟郡。

孟郡作为江淮一带的粮仓，城防本就坚固，城内驻军三万，连青州被围都没派出一兵一卒前去援助。安元青的两万永州军过来，无疑是踢到了铁板。

他先前在楚营，虽见林尧得楚承稷重用，但听闻他是山贼出身，又年岁尚浅，也没什么出名的战绩，并未将其放在眼里。但在孟郡城门下方叫阵，又同林尧交过几次手后，安元青才意识到自己这次不仅是踢到了铁板，还赤脚踩中了铁板上的铁钉子。

强攻又强攻不下，叫阵了对方出战他们又打不赢，只能把城围了干耗着。

关键是林尧还嘴欠，每天一上城楼督战，就能骂他大半个时辰不带喘气的。

“安元青！李家那薄情寡义的无道小人，有什么值得你效忠的？亏得你当日前来投诚，殿下还让火头营炖了酱肘子款待你！

“李信那两个儿子，一个比一个不是东西，他那大儿子为了给自己开脱，把兵败之责全推到了他岳丈韩将军身上，怕受牵连还丧尽天良地休了他发妻。韩将军是他岳丈他都能做到这份上，你不怕步韩将军的后尘？”

…………

安元青先前只知道楚营里有两个文臣不能惹——秦简和岑道溪，现在他的名单上又多了一个不能惹的人——林尧。

就连两方将士都觉着迷惑，素来是围城的一方叫阵开骂，怎么到他们这儿却全反过来了。

倒也不是安元青怯战，他心知自己手上这两万人马攻不下孟郡，与其双方拼个你死我活、损兵折将，还不如只围着孟郡，等沈彦之那边打下青州，哪怕他没拿下孟郡粮仓，但没让孟郡出兵前去青州支援，那也算无功无过了。

这样诡异的平和局面，在安家小厮找来孟郡时，被彻底打破。

得知沈彦之抓了自己妻小老母，安元青暴跳如雷：“我一直按他沈彦之的计划围困孟郡，他何故为难我妻小老母？”

钺奴惊疑:“邑城粮仓不是您烧的?”

安元青急得在军帐内来回踱步:“我一开始发兵就直指孟郡，哪里去过邑城!”说到此处，安元青好歹也是久经沙场的老将，哪还不清楚他这是着了前楚太子的道，他两手重重一搭，“唉!中计了!我这就带三千精骑赶回坞城，向世子禀明此乃前楚太子的离间计!”

钺奴见他似乎还不知最开始设计安家的就是沈彦之，想到沈彦之就是清楚安家人已经从大皇子幕僚那里得知了真相，才直接抓了安家人，怕安元青这般回去，也是自投罗网，他跪在了安元青跟前:“将军，小的还有一事要禀。”

安元青急着回去解救妻小老母，一边把佩剑挂到身上，一边道:“路上说。”

钺奴急道:“最初向大皇子献计，以夫人小姐她们为质的就是沈彦之!”

安元青身形一顿，死死盯着钺奴:“你说什么?”

钺奴神情悲切:“害安家至此的，就是沈彦之!”

安元青的满脸怒容压不下去了，拔剑砍断了搁剑的架子，大喝:“传我令，大军即刻拔营，全速前往坞城!”

林尧见安元青突然火急火燎地撤了军，担心青州有变，又怕是安元青诱他们上钩的计谋，思量再三，派了斥候一路跟着。

等斥候传回消息，安元青大军一刻未息，一路往青州那边推进时，林尧想起前些日子听到了楚承稷重伤的消息，顿时也坐不住了。

他守着孟郡不能离开，便派了一万人马前去青州支援。

青州已是强弩之末，失了邑城粮仓的陈军彻底成了条疯狗，誓要用炮火轰平青州城的城墙，这是楚军拿下青州以来，打过的规模最大的一场仗。

秦筝在青州时，做的那些看似细微的事，在这场战事里都发挥了极大的作用。

她早早地四处收购的药材，救回了不少将士的性命，留在城内的娘子军也因为一早就学过如何紧急处理伤口，在军医根本照料不过来这么多伤员时，把压力扛了下来。甚至有娘子军上城楼救人时，见守着城垛的将士倒下，让城防有了缺口，直接拿过倒下将士手中的刀剑，顶上了缺口。

最初只把娘子军当个笑话看的将士们，因为这场大战，终于认识到这支娘子军并非他们一开始以为的绣花枕头。上至将领，下至兵卒，都对娘子军有了明显的改观。

但两军实力上的悬殊，终究是不可逆转的。

青州的三万守军，在陈军连日的猛攻之下，还能站到城楼上作战的不足五千人。

宋鹤卿一把老骨头苦苦支撑了多日，劳心劳力，终究是病倒了，董成伤还未愈，便披甲代他站到了城楼上。

这最后一仗，宋鹤卿拖着病躯，毅然要上城楼。

董成劝他:“宋大人，您老听军医的，回府好好养病，只要我董成还有一口气在，便不会叫陈国狗贼破开这城门。”

宋鹤卿看着他没有多少血色的一张脸，眼底多了些沧桑：“董小将军的路还长着，你好好跟着殿下，建功立业，把你父亲没走完的路走下去。我这把老骨头，能为殿下和太子妃娘娘做的，也就是守好这道门了。”

他面色疲乏，精神头却还好：“倔驴小子，莫要同我争！”

董成的眼眶红得厉害，他咧了咧嘴，努力逼退眼中的涩意：“宋叔，我同您一道守这城门。”他叫的宋叔，而非宋大人，是把他当成了父亲的挚友。

宋鹤卿看着眼前的年轻人，终究是笑着点了头：“也好，咱们叔侄俩，今日就好生替殿下和娘娘守这城门！”

二人同上城楼，看着不要命地往城楼上冲的陈军，神情严峻。

云梯上爬满了陈军，城楼上的将士用滚石和檑木砸下去一批，瞬间又爬上来一批。先前宋鹤卿命将士将火油浇在云梯上，放火箭烧毁了陈军数十架云梯，这场恶战持续到今日，城内的火油早已用光，只能靠人墙来抵挡。

底下的城门被数十名陈军用攻城锤一次次撞击，城门上被砸出了一个巨大的凹印，却仍然没能撞开城门分毫。宋鹤卿数日前就让将士在城门后方挖了一道浅沟，用数十根圆木抵着城门，比将士们抵在城门处有效得多。

城楼上和城楼下方流箭如急雨，董成眼见楚军将士们疲乏下来，顾不得伤，奔去城楼高台上，提起裹了红绸的鼓槌重重擂起战鼓：“大楚的将士们，给我杀——”

回应他的是城楼上已经杀红了眼的将士们的齐声怒吼。

然而，下方城门处很快传来一声巨响，紧跟着传来陈军的狂呼声。

宋鹤卿心知城门怕是也撑不了多久了，振臂高呼：“弓箭手随我下城楼迎战！”

便是陈军破开了城门，最先入城的那些，也能被城内的弓箭手射成个筛子。

宋鹤卿下了城楼，才发现城门还没被撞开，只不过裹了铁皮的城门，已生生叫攻城锤撞出一个大洞，陈军继续用攻城锤沿着大洞四周撞击，把城门的缺口扩大，宋鹤卿指挥着弓箭手们：“放箭！”

地面轻微地颤动起来，一开始宋鹤卿没留意，以为是城外的陈军攻城造成的。

直到“呜呜”的角声穿透腥风传入耳膜，城楼上也传来楚军将士们欣喜若狂的呼声，宋鹤卿整个人才一僵。

他仰起头大声问高台上的董成，嗓音不自觉地有些发颤：“是殿下归来了吗？”

董成停下擂鼓，伤口崩裂流出的血顺着手臂染红了整个掌心，用尽力气吼道：“太子殿下率大军归来了！”

城楼上下的楚军将士们高声欢呼，一扫先前的疲态，奋力杀敌。

宋鹤卿在城楼下方几乎是喜极而泣。

远处的地平线上，玄甲大军如同黑色的潮水缓缓逼近，一面黑底金纹的“楚”字旗竖在玄甲大军最前方，重甲骑兵打的头阵，战马齐齐迈动马蹄，地面震颤得好似地动了一般。

陈军兵卒看到兽群一样逼近的楚军，不敢迎战，止不住地惶恐后退，但被楚军的轻甲骑兵堵住了退路。

沈彦之在楼车上看着从重甲骑兵中间驾马缓缓走出的玄甲将领，目光似淬了毒的冷箭："楚承稷？他不是重伤快死了吗？"

曜日底下，立于千军万马前身着玄甲头戴金冠的男子，高举手中的方天戟，沉喝一声："杀！"

在城内城外士兵的两方夹击之下，士气低迷的陈军一路溃败。

陈钦来楼车前寻沈彦之："主子，前楚太子并未负伤，只怕先前是故意放出的假消息！用一个青州耗得咱们筋疲力尽后再过来收网罢了！"

沈彦之死死地拽住陈钦的领口，冷笑着问："什么意思？你是说本世子又中了那姓楚的奸计？"

陈钦知道这个话题在沈彦之跟前提不得，只恳求道："主子！属下掩护您先撤吧！"

陈青死时的情形浮现在他的眼前，最终他松开了拽着陈钦领口的手，哑声下达命令："鸣金收兵。"

鸣金声响起，本就没有战意的陈军开始大规模地撤退。

秋老虎毒辣，沈彦之在楼车上看着蝗蚁一般溃逃的陈军，忽觉一阵眩晕。

陈军一路溃逃，身后的楚军穷追不舍。

沈彦之留了五千人马拖住楚军，才带着余下残军狼狈渡江退回坞城。

主帅都抛下他们逃了，留下的五千陈军哪还有战意，很快叫楚军击溃。

楚军兵临坞城城下时，陈军没再迎战，而是绑了安家一家老小将他们带上城楼。

押着安老夫人的副将大喊："尔等胆敢攻城，就别怪我们以安元青妻儿老母的血祭旗！"

韩修同楚承稷一道驭马立于阵前，远远地望着城楼上被五花大绑的安家人，困惑道："安元青不是他们的人吗？怎还拿安元青妻儿老母的性命来胁迫我们？"

被绑的除了安夫人母女，还有安老夫人和安家不足十岁的小公子，城楼上的副将还在喊话："安元青呢！让他出来！亲眼看看他妻儿老母是怎么身首异处的！"

城楼下方，楚承稷高居于马背之上，微扬起头朝城楼上看去，清浅的眸子里没多少温度："安元青受制于陈营，想来就是因家眷在他们手中。"

韩修一听，想到他们前不久才假扮永州军烧了陈军的粮仓，陈营这边定以为安元青是真的向他们投诚了。

虽然早已见识过陈军的下作手段，但这样的阴招，还是让韩修心头火噌噌地往上冒。

原先恼安元青诈降，现在弄清原委，同为武将，他只为安元青不值，他看向楚承稷，开口时带了几分犹豫："殿下，那咱们还攻城吗？"

楚承稷道："且等等。"

韩修一听，明白楚承稷也是起了惜才之心，若能解救安府家眷，他们也算是不费一兵一卒就拿下了永州，还能得一员猛将，心中不由得大喜。

城楼上的副将继续开骂，他当即就狠狠地“呸”了一声，回骂道：“上不得台面的东西！有种开城门咱们真刀真枪地比画，掳人家妻儿老母算什么？也不怕叫天下人耻笑！”

副将哈哈大笑：“你们那太子连臣妻都夺了，都没见你们怕天下人耻笑！我等怕什么？”

韩修和陈军副将对骂得火大，恨不能直接兵戈相向。

楚承稷不置一言，在马背上远远和立于城楼上同样静默的沈彦之对视。

这是自上次沈彦之于青州大败下闵州后，二人第一次在战场上相见。

沈彦之明显瘦了很多，他薄唇抿得死紧，斜飞的凤目凌厉逼人。明明他才是站在高处的一方，可让他恨之入骨的那人立于黑压压围城的千军万马跟前，让他的俯视都成了笑话。

不甘和妒恨在心底滋长，眼前这人，分明是个强盗。

曾用权势盗走了他的阿筝，又在阿筝失忆后用这副道貌岸然的样子哄骗了她。

沈彦之负手站在城楼前，竭力抑制心底疯涌的仇恨，望着楚承稷的眼神偏执又空洞，嘴角挑起一丝薄笑：“楚承稷，要我放了安元青一家老小也行……你把阿筝还给我。”

楚承稷眸色骤冷，沈彦之看着楚承稷：“觉得不够吗？再加江淮以北的城池如何？”

楚承稷抬起眼：“孤的太子妃，将来自当坐拥这万里河山，江淮以北，孤很快会亲自打下来赠予她。”

沈彦之负在身后的一双手五指用力攥紧，才堪堪维持住脸上的表情。他夺过一旁将士的佩刀架在了安夫人的脖子上，冷笑道：“那就看看你见死不救，安元青还会不会忠心于你吧。”

韩修喝道：“姓沈的，安元青可不是咱们的人！邑城粮仓，是老子带人假扮永州军烧的！气死你！”

“什么？”沈彦之的脸色有一瞬间崩坏，他身旁的副将也是一脸震惊。

韩修哈哈大笑，命部下取来了他们自制的永州旗，当着沈彦之的面舞了好几下，大为解气，笑骂道：“你手上那几个人质，可威胁不到咱们！”

正在此时，地面震颤，沈彦之在城楼上远远看到，除了围城的楚军，又有一支军队急速奔来，打的正是永州旗。

楚军为这支永州军让出一条道，安元青驾马火急火燎地奔至城楼下方，见妻小老母都被绑在了城楼上，心中大痛。

“母亲！蕊娘！”安元青目光从安老夫人和安夫人身上扫过，勒紧缰绳，颈下青筋凸起，“沈彦之，我原以为你救我女儿于水火，是我安家的恩人，你让我攻孟郡，我就率军攻打孟郡！谁承想一开始向李廉献此毒计的，就是你这条毒蛇！你若敢动我妻小老母分毫，我非把你挫骨扬灰了不可！”

沈彦之意识到邑城之变是被楚承稷耍了，生生废了安家这样好的一步棋，他恨极，咬紧了后槽牙，勉强维持着理智，冷笑道："狠话安将军就不必放了，既是中了楚军的奸计，一切都是误会。安将军杀退楚军，我自会保安将军家眷无虞。"

安元青脸色铁青："你这等卑鄙小人，不配与本将军为伍！"

雪亮的刀锋抵在了安夫人颈间，沈彦之语气凉薄道："想来安将军对安夫人也是没多少情义的，安夫人去了，安将军回头再娶新妇便是了，那就先从安夫人开始吧，安将军可得考虑清楚了。"

"住手！"安元青目眦欲裂。

安夫人此时才含着泪唤了他一声"将军"。

二人的目光在空中交汇，眼底皆是一片痛色。

沈彦之的嘴角翘起："安将军，动手吧。"

安元青挣扎着看向了一旁带着大军的楚承稷，他的永州军只有两万人，长途跋涉赶路，已是疲惫不堪，和刚打了胜仗的楚军对上，绝对占不到什么好处。

韩修忍不住指着沈彦之大骂："姓沈的孬种！你就只会用这样下作的手段了吗？有种就出城迎战！"

沈彦之淡淡地撂下一句"莽夫"，继续对安元青道："安将军，总得让本世子看到您的本事，才能保您妻小和老夫人，您若败了，这城也挡不了楚军多久，本世子留您家眷，也就没什么用了。"

安元青咬紧牙根，看向楚承稷，艰难下达了军令："杀！"

韩修忙转头看楚承稷，那单薄的唇里最终吐出两个字："退兵。"

永州军逼近，楚军就退，两军默契地都没动兵戈。

安元青坐在马背上，看着楚承稷让步至此，堂堂八尺莽汉也没忍住憋红了眼眶。

一连数日，坞城都是靠着这样的方式勉强守了下来。

沈彦之没让安元青的军队进城，让他们一直驻扎在城外抵御楚军。

楚承稷的幕僚们想破了脑袋也想不出破敌之法，若是直接跟安元青的两[illegible]州军对上，他们虽能胜，但少不得损兵折将。而且若能招得安元青，不仅能得[illegible]兵马和一员猛将，永州之地也尽收囊中了。

问题是要想拉拢安元青到他们阵营，除非他们想办法[illegible]安元青的家眷。可如今沈彦之封锁了坞城，又把仅剩的兵力全用于增防上了，[illegible]都飞不进一只，谈何救人。

一直到秦筝回了青州，这事都还继[illegible]。

得知沈彦之开始这般无所不[illegible]，秦筝委实没料到。

有不怕死的壮着胆子提出先用秦筝去换出安元青家眷，等收编安元青到了麾下，打下坞城后再救出秦筝也不迟，毕竟沈彦之也不会动秦筝一根毫发。

楚承稷还没发话，提出这大不韪之言的幕僚，就被宋鹤卿、林尧、董成等一干臣子骂了个狗血淋头。

最后这幕僚直接被楚承稷杖责逐走，自是不提。

秦筝作为太子妃，沈彦之明显又对她念念不忘，若是真用她去换回安元青的家眷，说得好听些是体恤臣子为了臣子家眷以身犯险，说得难听些，就是毫无一国太子妃的颜面。

再者，以她和沈彦之的那段前尘，她落到沈彦之手中，世人会不会猜疑他们有什么就不好说了。

这事秦筝的确不好插手，只能让楚承稷自己和幕僚们想法子去。

她回来后也没闲着，因为娘子军在此战中受伤的也颇多，秦筝亲自去娘子军的伤兵营里看望她们，却从娘子军口中听到了一则打探来的消息。

"先前失踪的娘子军在青州陷入战乱后，寻着机会送了消息出来。

"她们被困于城郊一座庵堂，庵堂里里外外都是重兵把守，外人进出不得，她们负责照料一个带发修行的姑娘，那姑娘瞧着是个出家人，却又身怀六甲。

"有个年轻男人每隔一段时间就会去庵堂里看那姑娘，那姑娘唤他兄长，庵堂外的守卫，管那年轻男人叫世子。"

在江淮一带，能被称为世子的，可不只有沈彦之吗？

秦筝下意识地将垂至掌心的广袖捏紧了几分，问："可探听到了那庵堂里修行的姑娘姓什么？"

报信的娘子军摇头，但根据娘子军收集回来的情报，在庵堂修行的那名女子，十有八九是沈婵。

秦筝决定亲自去庵堂一趟，查探虚实。

因着对沈婵毫无印象，去之前秦筝特意先拜访了一趟秦夫人。

秦夫人虽恼恨沈家，但提起沈婵，却也是感慨居多："那也是个苦命的孩子，小小年纪就没了亲娘，她继母又是个有手段的，在深宅后院里不知受了多少磋磨。偏偏她性子随了她母亲，心地软，怪惹人疼的……"

秦筝忽而有些难过，乱世飘摇，这些世家出身的女子，她们的命早已不是自己的命了。

庵堂建在山上，抵达山脚后，秦筝便命人向附近的樵夫打听清楚了所有上山的路，让随行的三千精骑堵死了所有出口。

她带着一千精骑上山，很容易就控制住了守在庵堂外的那些护卫，也从护卫口中问出，在此清修的就是沈婵。

有护卫想冲进庵堂里边将沈婵带走，却又被内院的武婢撂倒。

贴身照顾沈婵的两名婢子是沈彦之的人，见此情形忙守在了沈婵房门口，喝问："你们是什么人？"

天阴阴的，刮过禅院的风也冷得厉害，似要下雨了。

"你……你是何人？"守在房门口的婢子，问话都结巴了起来。

秦筝淡淡一抬眸，眼睫扫出一道清逸的冷弧："沈婵可在里面？"

不等门口的婢子答话，禅房里就传出了什么东西掉落在地的声响，紧跟着房门被人从里边打开，一名身着海青袍的女子泪眼蒙眬地望着秦筝，她苍白瘦弱得厉害，整个人仿佛风吹就能倒下，正是沈婵。

她看着站在门口的秦筝，攥紧了手中念珠，不确定一般叫了一声："阿筝姐姐……"

沈彦之有一双狭长而凌厉的凤眼，沈婵的相貌许是随了她母亲的缘故，眼角偏圆，眼睛总是湿漉漉的，带着几分不太明显的怯意，像是被人圈养起来的小动物。

秦筝轻轻地"嗯"了一声，视线落在她腹部，海青服宽大，却依然遮不住她日渐显怀的腹部。

沈婵下意识地用手遮挡了一下。

看到她瘦弱成这般，秦筝莫名有几分揪心，她这身体状况，看起来就极为不妙。

秦筝和沈婵一道进了禅房，她在蒲团上坐下后，沈婵也扶着腰小心地坐了下来，拎起泥炉上的茶壶要给她沏茶。秦筝接过茶壶，说了句："我来吧。"

沈婵笑着应好，垂眸的瞬间，从一开始见到秦筝就蓄在眼底的泪，终究是落了下来："兄长同我说过，阿筝姐姐不记得以前的事了，但能再见到阿筝姐姐，我还是好生欢喜。"

秦筝见她哭得无声，嘴角却带着笑意，眼中也是晶亮的，似乎真的很高兴见到她，心中不由得也软了软。她还不知汴京沈家的变故，问："你不是在京城吗？怎到了此处？"

沈婵的神情落寞下来，手轻轻按在自己腹部："李家容不得这个孩子，兄长以为祖母侍疾为由，让我回了沈家。两个月前，禁军突然围了沈家，我被兄长留下的护卫拼死送出了京城。因着一路上被追杀，护卫们死伤殆尽，走投无路被一支商队救下。那支商队的人帮我联系上的兄长，后来兄长就将我接到了这里来。"

秦筝听她说起辗转南下的缘由，眸色微敛，李信不敢让沈婵生下这孩子，还是怕沈家会联合朝中的大楚旧臣，一举推翻他后拥沈婵的孩子继位，挟天子以令诸侯。

秦筝不由得又有些心疼这姑娘，问："孩子多大了？"

沈婵道："快六个月了。"

秦筝的视线落在沈婵腹部，眉头蹙起，虽然沈婵瘦弱，可她这腹部，怎么看都不像是有将近六个月身孕的样子，秦筝只得问："你平日里都吃些什么？有身子的人还瘦成这般？大夫诊过脉没，怎么说的？"

沈婵骤然听见秦筝问这些，鼻子一酸，又险些落下泪来："滋补的羹汤和安胎药一直没断过，是我自己不争气，入口的还没吐的多。"

秦筝知道孕吐折磨人，但吐得像沈婵这般厉害的，只怕还有心结的缘故。

这姑娘不过十五岁，却仿佛已要走到暮年。

秦筝不由得放缓了语气："你既有遁入空门的心思，过去的事就别再想了，把身子养好。"

沈婵噙着泪问："阿筝姐姐就不怨我？我腹中……是李家的孩子。"

秦筝摇头："冤有头债有主，我该怨该恨的是李信。殿下要收复这河山，那也是堂堂正正地打回去，不会对一个尚未出世的婴孩下手。"

沈婵眼眶里的泪再也忍不住了，大颗大颗地往下掉落。

一如秦筝猜测的，她从得知自己有孕开始，心里的郁气就从未消散过，她憎恶这是李信的种，可看到兄长为了自己入这场局，处处被朝臣挖苦讥讽，被李信当作一条狗一般使唤，她亦是心如刀绞。

她告诉自己必须生下这个孩子，这是她唯一能为兄长做的事。有了孩子做筹码，兄长就能拉拢不满李信的大楚旧臣们，联手扳倒李信。

但这块肉是从自己身体里一天天长起来的，沈婵幼时便失去了母亲，即将为人母，她内心也很挣扎，当真要让这个孩子作为一个复仇工具出生吗？

在被沈家送与李信为妾前，她从未想过自己这一辈子，能苦成这般。

沈婵痛痛快快地哭了一场，勉强止住泪问："那阿筝姐姐今日来这里，是跟我兄长有关？"

秦筝沉默着点了头。

茶壶里的茶水在泥炉上重新煮滚了一遍，秦筝才将沈彦之设计安元青的始末尽数说与沈婵。

沈婵又是震惊又是痛心，眼中的泪泽就没干过："阿筝姐姐，我跟你走，你用我去换回安将军的家眷吧。我的兄长是个清风朗月般的人物，他不该是那个样子的，那不是我兄长，我要去骂醒他……"

回城的路上下起了小雨，官道上一片泥泞，马车摇摇晃晃，车夫怕路滑，特意将马车赶得慢了些。

沈婵坐在秦筝对面，犹豫了很久才问："阿筝姐姐，太子殿下……真的待你好吗？"

她问这话倒无旁的意思，只是从前太子臭名昭著，后来传回京中的那些言论终究是旁人谣传的，她怕秦筝也是跟她一样为了家人在强撑。

秦筝还未回话，就听车夫长"吁"一声，紧跟着禀道："娘娘，太子殿下来接您了！"

秦筝打起车帘，夹着雨气的冷风灌进车内，一瞬间冷得厉害，秦筝怕冷着沈婵，当即就把车帘往下放了些。

前方烟雨朦胧的官道上，停驻着百余名精骑。

一抹高大的身影从斜飞的细雨中走来，手撑一柄二十四根伞骨的油纸伞，晶莹的水线从伞骨边沿滑落，织锦蜀丝的袍角叫雨水溅起了淡淡的水印，伞下是一张清隽冷冽的容颜。

秦筝从马车里探出半个身子问："你怎么来了？"

楚承稷走近，怕她淋着雨，把伞往斜雨飘来的方向倾了倾，将手中一件防寒的披风递了过去："下雨了，见你迟迟未归，过来看看。"

秦筝单手接过披风，眉眼缓和地舒展开："这不就回来了。"

大抵是车帘打着有些久了，冷风灌进去，沈婵身子骨又不太好，突然打了个喷嚏。

秦筝便把楚承稷给她送来的披风递了过去："先前走得匆忙，忘了让你带件厚衣裳，你先披着，可别着凉了。"

沈婵连连推拒："阿筝姐姐，我不冷的……"

秦筝也不想沈婵跟他们走这一趟就病倒，不由分说地就给她披到了身上。

沈婵有些惧怕地往马车外看了一眼，那冷峻高大的男人的视线却压根就没落到她身上过，见秦筝没了御寒的披风，直接把自己身上的银锻披风解下来递给了秦筝。

一直到楚承稷离开，沈婵都还有些没回过神来。

马车再次行驶时，沈婵看着裹着银锻披风坐在马车对面的秦筝，眼神有些哀伤，嘴角却缓缓翘起。

方才的问题，她心中已经有答案了。

这场亡国之祸，害苦了兄长和阿筝姐姐。

如今阿筝姐姐过得好，她心愿已圆满了一半。

秦筝见沈婵一直盯着自己，问："怎么了？"

沈婵摇摇头，沉默片刻才道："阿筝姐姐，有朝一日，若我兄长落到了你们手中，阿筝姐姐和殿下能不能……留他一命？"

秦筝和沈婵乞求的目光对上，缓慢开口："沈婵，路都是你兄长自己选的。"

沈婵凄苦一笑："谢谢阿筝姐姐，我明白了。"

秦筝看着沈婵落寞的样子，心中微微触动，道："你也一样，你的路也该你自己选择，别背负着不属于你的愧疚过完这一辈子。"

沈婵抬起头看秦筝，眼底带着不太明显的希冀，苦笑着问："秦乡关一役，荣王和方氏为了逼我兄长跟沈家一起投靠李信，将我绑去李信营中赠他为妾……兄长是为了我才害了五万将士，我如何能不愧疚？"

秦筝听她说起这些，大抵也明白了她的心结所在，道："杀人的是刀，但握刀的人才是元凶。你兄长当了那柄杀人的刀，这是他自己的选择，也是他犯下的罪孽，无须辩驳。可真正该被谴责唾骂、为秦乡关五万冤魂赎罪的，不应该是设此毒计的李信和荣王夫妇吗？"

沈婵怔怔地看着秦筝，忽而以手掩面，眼泪大颗大颗地往下砸。

这是自秦乡关一战后，头一次有人同她说，真正的元凶是李信和荣王夫妇。

在此之前，所有人都把罪责推到了兄长身上，她知晓兄长是为了救她才步入这泥潭的，她也跟着愧疚、惶然，吃斋念佛只为了求菩萨能帮着超度秦乡关那些枉死的将士，为兄长减轻罪孽。

可真正害死秦乡关五万将士的李信和荣王夫妇，却像是隐退了一般，都没人提及他们。

很长一段时间，沈婵都怀疑自己，她觉得李信才是那个罪魁祸首，是不是私心里在为兄长开脱？

此刻听秦筝也这么说，沈婵努力想止住眼中的泪水，却于事无补，她迫切地想寻求一个答案:“为什么……为什么所有人都只怪我兄长，却无人提李信？”

秦筝微不可闻地叹了口气，李家在做了恶心事后隐身、操纵舆论这块，的确称得上炉火纯青。

客观来讲，秦乡关五万条人命这口锅，沈彦之背得冤，但也不冤。

说他冤，是因为当初他也是被李信和荣王夫妇算计得死死的，压根没有退路。到最后，杀人的是李信，坐皇位的是李信，背负一切骂名的却是他。

说他不冤，则是罗小将军和那五万将士，的确是因为他出卖了军情才丧命的。

这是一笔烂账，到如今，已经很难算清了。

秦筝看着沈婵凄苦的眼神，叹道:“以李信的手段，怎么可能会让世人知晓，他是联合荣王夫妇把你扣在了帐中才逼反的你兄长？”

在当时所有的朝臣以及世人眼中，就是沈家和李信联姻当了逆贼，沈彦之掌握军情坑杀了秦乡关五万将士。

沈彦之已经被迫上了李信的贼船，沈家在李信那边根基尚还不稳，他若把自己叛变的真相说出来，被怒火冲昏头脑的朝臣非但不会信他，反而会觉着他是在信口雌黄为自己辩驳，而此举也会让李信早早地提防沈彦之，再找机会除掉他。

沈彦之要想复仇，就只能隐忍下来，让真相埋没。

沈婵听了秦筝这番言论，覆着水泽的一双眼里闪过痛苦和恨意，她和兄长这辈子，都叫李信和荣王夫妇的算计给毁了。

该说的秦筝都说了，接下来的这一路，她也没再多说什么。

抵达青州府，秦筝让府上的婢子引着沈婵去给她安排的院落时，沈婵走出几步，回过头看着立在檐下被洒了一身暖黄灯光的秦筝，千言万语涌至喉头，最终只说了一声“谢谢”。

秦筝知道她道谢，是为自己先前在马车上说的那番话，不由得又在心底浅叹了一声。

诚如秦夫人所说，这是个苦命的姑娘。但人各有命，秦筝能做的也只有这么多了，且盼她今后能看得通透些。

楚承稷从垂花门进来时，见秦筝还立在檐下，以为她没跟沈婵谈拢，道:“她若不愿，也还有别的法子，无须烦忧。”

秦筝回过神就听见他说这么一句话，心知他误会了，摇了摇头:“那是个明事理又心善的姑娘，她兄长走到今天这一步，也不是她想看到的，她愿意帮我们。”

楚承稷撑着伞走近，猜到她或许为沈婵感怀，道:“这是她自己的缘法。”

秦筝听他又说起佛语，倒是把心中那份淡淡的感怀冲散了些，轻轻地“嗯”一声。

入夜后雨势渐大，檐下的灯笼也被风吹得摇摇晃晃，二人携手从廊下慢慢往回走，心中一片安宁。

坞城。

沈婵被接到了楚营的消息，第二日便传入了沈彦之耳中。

沈彦之传问前来报信的守卫，面上一片阴霾：“怎么走漏的风声？”

沈彦之先前从陈家接回沈婵后，因株州以北如今还是李信的势力，坞城又即将和青州开战，便把她送到了远离战火的净慈庵。

沈婵有孕在身，有时候行动不便，普通婢子力气不够，男子又不好近身伺候，他才命底下人买了武婢回来，帮衬着照料沈婵。

净慈庵地处偏僻，又被守卫围得跟个铁桶一样，不该叫人知晓沈婵在那里才对。

守卫不敢看沈彦之，颤着嗓音回话：“属下不知……只是先前坞城和青州交战，周边村落里的一些村民往别处逃，途经净慈庵进来讨过饭，属下带人驱赶时惊动了沈嫔娘娘，娘娘心善，命人给那些难民准备了斋饭，兴许……就是那时走漏的风声。”

沈彦之怒急，一脚踹翻了跟前的几案，上一次有人用沈婵胁迫他，还是秦乡关一役。

那是他至今不愿过多回想的一战，所有的虚妄和痛苦，似乎都是从那时开始的，那是他永远醒不来的噩梦，在这泥潭里越陷越深。

守卫见沈彦之发怒，更为惶恐地伏低了身子。

沈彦之却闭了闭眼，艰难发问：“沈嫔娘娘被带走前，可有被为难？”

守卫连忙摇头：“带兵去庵堂的是太子妃娘娘，太子妃娘娘进禅房同沈嫔娘娘坐了一盏茶的工夫，沈嫔就跟着太子妃娘娘上了马车，并未被为难。”

听到是秦筝前去带走的沈婵，沈彦之猛然睁开眼皮，脸部肌肉绷得死紧：“阿筝？”

屋外有侍者匆匆来报：“世子，不好了！安元青跟着楚军一起围攻坞城了！他们说沈嫔娘娘在他们手上，让咱们交出安元青的家眷！”

沈彦之背对侍者站着，没有发话，从得知沈婵被抓，沈彦之就猜到会有眼前的局面了。

如果是楚承稷直接命人带走的沈婵，他或许还可以自欺欺人，告诉自己沈婵或许不知道为何会被抓。

可秦筝亲自去接的沈婵，显然他对安家所做的一切，秦筝都已知晓，并且告诉沈婵了。

他不怕在外人跟前处事卑劣、不择手段，毕竟那个清风朗月的沈世子，早在秦乡关一役就死了，苟活在这世间的，就是一个奸佞小人。

但那是他拼上性命也想护着的两人，想让她们永远不要看到自己这副模样的两人！

如今却都在楚承稷跟前，目睹自己这卑鄙下作的样子。

“世……世子？”侍者见沈彦之迟迟没有出声，小心翼翼地唤了他一声。

沈彦之颈下的青筋凸起，歇斯底里地吼道：“都滚出去！”

侍者和报信的守卫不敢再待在房内，连滚带爬地退出房门。

房门合上的时候，沈彦之才失去所有支撑一般，颓废地坐到了书案前的台阶上，痛苦地捂住眼。

一盏茶后，沈彦之再次出现在坞城城楼上。

安元青显然已和楚军统一了阵线，一见沈彦之出现在城楼上，立马大喝："沈彦之！速速放了我妻小老母！"

沈彦之像是听不见一样，视线直直地落到了楚军阵前的那两名女子身上。

沈婵并未被绑起来，相反，贴身伺候她的两名婢子都还跟在她的身后，她眼眶红通通的，身形虽瘦弱，但的确是没被苛待的样子。

秦筝就站在沈婵边上，白裳红氅，眉眼虽清冷但亦压不下那份绝色。

她自始至终都没朝城楼上看一眼，会出现在这里，似乎只是为了让沈婵在万军阵前，不会太过孤立无援。

沈彦之远远地看着她冷漠的容颜，将舌尖咬出淡淡的血腥味，才把所有的痛色都完美掩藏于眼底。

"姓沈的！你再不放了安将军的家眷，别怪我们不客气！"林尧不耐烦地出声催促。

沈彦之往林尧所在的方向瞥了一眼，不期然同楚承稷的视线对上。

男人之间的较量，有时候只需要一个眼神，沈彦之头一回知道一败涂地是什么滋味。

他哂笑道："我胞妹身怀六甲，都还能被掳来这战场，不愧是太子殿下的作风。"

安元青当即怒喝："分明是你挟持我妻小老母在先……"

"阿兄，是我自愿前来的，没人胁迫我。"沈婵突然出声，她满眼痛惜地看着城楼上的沈彦之，声泪俱下道，"阿兄今日之举，和当初李信和荣王拿我性命要挟于你有何区别？阿兄不要再错下去了！"

安元青喝骂的声音都瞬间小了下去，城楼上下数万名将士的目光都落到了那身姿孱弱的女子身上。

秦筝也没料到沈婵会直接在两军阵前说出这样的话来，有些诧异地朝她看去，不意外地在沈婵的脸上看到了一抹凄楚和决绝。

沈彦之嘴角的讥诮稍凝，他看着沈婵，黑漆漆的眸子显得有些空洞，缓慢吩咐部下："开城门，放安元青家眷。"

身旁的副将犹豫了一瞬，一看沈彦之的脸色，又不敢提出异议，命人押着安元青的家眷下了城楼。

坞城城门大开，副将和几名陈军押着安元青家眷喊话："我等放回安家家眷，尔等将沈嫔娘娘也全须全尾地送回来。"

副将话落，几名将士就推着安家家眷上前，好不容易得救的安家家眷忙往安元青那边跑，安元青也红着眼忙上前相迎。

秦筝对沈婵道："你随你兄长去吧。"

沈婵转过身，对着秦筝盈盈一拜，嘴角努力维持着笑意道："今日一别，再同阿筝姐姐相见便不知是何时了，且盼阿筝姐姐年年欢喜，长乐无忧。"言罢，便由两个婢子扶着往坞城城门而去。

秦筝看着沈婵远去的背影，心中百味杂陈。

两方都已交换了“人质”，陈军那边的副将在沈婵入了城后，就赶紧关上了城门，安元青也和妻小老母团聚，楚承稷却还没下令攻城。

秦筝偏过头看他，楚承稷似有所感，一垂眸便和秦筝的视线对上，一切尽在不言之中。

沈婵当着上万将士的面，主动说自己是自愿前来劝说沈彦之的，算是帮楚承稷维护了声誉。

毕竟他们知道沈婵是自愿前来的，但底层的将士们不知道，此战传出去，世人也只会怀疑是他们以牙还牙，抓了沈彦之的妹妹，逼迫他交出安元青的家眷。

沈婵卖他们这样一个人情，无外乎是想替沈彦之求一条生路。

林尧驭马靠近，问楚承稷：“殿下，咱们何时攻城？”

楚承稷看向一旁和妻小团聚的安元青：“安将军，一炷香后，由你带兵攻破坞城城门，可有异议？”

沈彦之设计安家，安元青对他恨之入骨，当即就道：“末将领命！”

谋划了半天怎么攻打坞城的林尧，眼巴巴地看着楚承稷把这差事交给了别人，有点幽怨，但转念一想，也明白楚承稷的用意。

安家在沈彦之这里吃了这么大个亏，可不得让安元青亲自去出了这口恶气。

一炷香后攻城，只怕也是看在沈彦之胞妹的分上。

沈婵进城后，看着站在角楼下方的沈彦之，红着眼唤了声：“阿兄。”

沈彦之没看她，只吩咐跟在自己身后的陈钦：“护送沈嫔娘娘离开。”

言罢直接带着将士越过沈婵，又要上城楼。沈婵僵在原地，眼泪夺眶而出，她转过身大声喊沈彦之：“阿兄！”

沈彦之脚步微顿，很快又带着将士继续往前走，沈婵哽咽着大声问：“阿兄这是不要我了吗？”

已经步上几级台阶的沈彦之背脊僵得厉害，开口嗓音有些哑：“你先离开坞城，等坞城战事结束，我再去找你。”

坞城加上残军，满打满算也才一万人，邑城粮仓又被烧了，城内多日没有补给，剩下的那点存粮又能撑多久？

他们对上城外一心复仇的永州军和士气高昂的楚军，几乎没有胜算，哪怕沈婵不懂行军打仗，却也看得出坞城兵力明显不敌，她祈求道：“阿兄和我一起走，好不好？”

沈彦之艰难地闭了闭眼，没有回头：“陈钦，还不送沈嫔娘娘走？”

留在城下的陈钦只得躬身对沈婵道：“娘娘，卑职先护送您去安全的地方。”

沈婵望着沈彦之的背影，止不住地流泪，她拨开挡在自己跟前的陈钦，提着裙摆快步追上沈彦之，抓住他的一片衣角，倔强开口：“阿兄不走，那我也不走。”

攥着沈彦之衣角的那只手，苍白又瘦弱，一如当年荣王妃离世时，年仅五岁的沈婵在灵堂里怯怯地抓着兄长的一片衣角，似抓着此生唯一的依靠。

沈彦之哑声道：“婵儿，听话。”

沈婵哭得狼狈，一双眼又红又肿：“阿兄，我在这世上只有你一个亲人了啊！你跟我一起走好不好？”

沈彦之缓缓地呼出一口浊气，看着沈婵，眼眶也泛着微红：“我同前楚太子之间，早晚都会有一个了断。”

沈婵哭着摇头：“阿兄，你放下阿筝姐姐吧，阿筝姐姐现在过得很好，你不要再去打扰她了……汴京易主、大楚倾颓，这场亡国之祸，你已报复了太子，你们之间还有什么要了断的？阿兄，李信才是我们最大的仇人啊！李家还稳稳地坐在汴京那把龙椅上，你在坞城同太子拼个你死我活，不是正遂了李信的意？”

她抓着沈彦之衣角的手因为用力而指节泛白，情绪大起大落之下，脸色不知何故也有些苍白，城楼上传来副将惊惶的声音：“世子！永州军在准备攻城了！”

沈彦之脸色一恨，正要掰开沈婵的手，沈婵却仿佛再也支撑不住了一般，手已经拽不住他的衣角了，整个人都软软地倒了下去。

“娘娘！”

“婵儿！”

贴身照顾沈婵的两个婢子忙上前想要搀扶，沈彦之手疾眼快地一把拉住了沈婵，才没让她从台阶上滚下去。

其中一个婢子眼尖地瞧见地上有斑斑点点的血迹，尖叫一声：“血！地上有血！”

另一个婢子忙看向沈婵的裙摆，大惊失色道：“娘娘见红了！”

沈彦之脸色骤变，再顾不得城楼上的战事，抱起沈婵就往回走：“军医！军医在哪里！”

副将追上来问：“世子，这城门……”

沈彦之头也不回地道：“撤兵！”

副将也知道这一仗他们同楚军实力悬殊，邑城粮仓被烧后，靠着安元青的永州军在城外抵挡楚军的这些日子，城内物资已消耗殆尽，这一仗若是硬打，同送死无异。

因此在沈彦之说出“撤兵”二字后，副将心中大松一口气，赶紧传令三军：“撤离坞城！”

陈军主动撤军后，安元青率永州军，很快就攻陷了城门。

城内百姓犹如惊弓之鸟，家家户户门窗紧闭，不敢外出。

楚承稷留林尧在坞城驻军，帮着秦筝重新颁布法令，方便管治，自己则带着安元青继续往邑城去。

先前他们烧了邑城粮仓便直接撤了，同陈军的正面战局还没分出胜负，打下邑城无非是又分散一部分兵力在那边，削弱了他们主力军的力量。

如今陈军都退回株洲了，再取邑城，便有如探囊取物。

株洲。

因为沈婵险些小产，沈彦之率领万余残军撤离坞城后，为了让沈婵看大夫调养身体，在路上耽搁了几日才抵达株洲。

大军刚至株洲城门，就被城楼上的弓箭手拿箭逼停。

城楼上的守将大喝："沈氏反贼，还不束手就擒！"

沈彦之在马背上冷冷抬眸，嘴角噙着一丝薄笑："本世子带着众将士在战场上出生入死，担这反贼之名可真是冤枉。"

守将喝道："你沈家狼子野心！残害襄王殿下，还有何可狡辩！"

沈彦之那话，纯粹就是为了炸出更多信息，一听这守将提起大皇子，嘴角的笑意便更凉薄了些："原来是襄王逃回株洲了，襄王沉迷酒色，这是陛下派去坞城的钦差大臣亲眼所见，何须我来狡辩？大战当前临阵脱逃，弃万千将士性命于不顾，如今却来倒打一耙？沈某何德何能，能残害得了襄王殿下？"

守将怒不可遏："姓沈的，你少信口雌黄！分明是你给襄王殿下用了迷药，故意在钦差大臣跟前做出了殿下沉迷酒色的假象！诋毁襄王殿下声誉！安家不也是你设计陷害的吗？"

沈彦之轻嘲："拿安元青家眷为质，当初也是襄王殿下的命令，沈某不过是依命行事。"

当初他向大皇子献计，大皇子采用这条计谋后，的确是大皇子自己吩咐底下的人去永州安家接人的。顺水推舟把一切过错都推到大皇子身上，这还是当初李信用在他身上的伎俩。

北上的这两日，沈彦之已经完全冷静了下来。

现在就算是李信全力攻打江淮，都不一定能胜。李信和前楚太子的这场博弈，天平已经从最初的完全倒向李信，变成了慢慢偏向前楚太子。

他夹在这两股势力中间。

前楚太子那边把民心和官员都抓得牢牢的，李信这边为了巩固朝纲，大肆起用前楚旧臣，试图让这批楚臣用一套完整的官僚管理制度来约束朝臣，同时也是平衡一开始跟着他打天下的那批新贵，但利益分得不均，就很容易起嫌隙。

前楚旧臣们觉得自己分到的利益少了，便会想前楚王朝的好。跟着李信打天下的那批臣子，眼见李信提拔前楚旧臣，也会产生"飞鸟尽，良弓藏"的危机感。

有能渗透的缝隙，他就有把握将这缝隙越撬越大！

沈婵的身体，也禁不得长途奔波了，他必须拿下一座城固守，让沈婵休养待产。

在楚承稷那里碰的钉子，沈彦之尽数发泄到了这场戮战里，破开城门的时候，他脸上、衣襟上全是血迹，神情阴冷，犹如恶鬼横行于世。

城内百姓在城破后，纷纷收拾行囊举家出逃，这样大规模外逃的情形沈彦之还是头一回见，派人一打听，才得知是有人以他的名义，抓了上百名苦役去挖毁鱼嘴堰大坝。

鱼嘴堰大坝一毁，整个株洲沿江都会被淹，沈彦之进城后就命人把沈婵先转移到安全的地方，自己带兵前去鱼嘴堰一探究竟。

天阴得厉害，冷风阵阵，似乎又有一场暴雨将来。

鱼嘴堰大坝外层的坚石已被凿开，官兵骂骂咧咧地抽打着凿石挖土的苦役："快些快些！下暴雨前挖不穿这大坝，你们就都死在这儿！"

年过半百的工头跪在地上苦苦哀求："官爷，挖不得！挖不得啊！这一水库的水放出去，株洲以南都得被淹大半啊！更别提到了青州一带得汇成多大的洪灾，造孽啊！"

半山腰的官道上，一锦衣男子撩着车帘看着即将被挖毁的大坝，眼中露出报复后的疯狂和快意。

此人正是大皇子，先前安家母女猜测他也给安元青送了信，委实是高估了他的能力，他当时唯一能倚靠的只有那名幕僚，那名幕僚去了安家迟迟未归，他便猜到出事了，在东窗事发前逃离坞城，一路北上前往株洲。

他向株洲守将谎称自己受了伤，喉咙暂时不能出声，以笔墨写了沈彦之干的那些好事，命株洲守将若看到沈彦之溃败逃回，格杀勿论。之后又以沈彦之的名义，抓苦役挖毁大坝。

鱼嘴堰水库的水一旦涌出去，凡元江以南过境之地，都有一场洪灾，届时沈彦之和前楚余孽，都难逃此劫！

就在大皇子沾沾自喜时，远处的官道上却传来阵阵马蹄声。

在大坝处鞭打苦役的官兵听见声响，也往官道尽头望去，就见一支也着陈军军服的骑兵朝这边赶了过来。

官兵们以为来的是自己人，没放到心上，大皇子瞧见马背上的儒袍男子，神情却瞬间惊恐起来，重重一拍车门，示意车夫赶紧驾车走。

地面在此时颤动得更厉害，大坝处传来官兵的呼声："穿了！挖穿了！"

水流从木桶大的空隙里喷薄而出，细小的孔洞承受不住巨大的水压，整个大坝都开始龟裂。伴随着巨大的一声轰响，几乎是地动山摇，整个大坝被冲出一个巨大的缺口，洪水如汪洋般瞬间扑向了下游以及周边的低洼地带，没来得及逃离的苦役和官差都在洪水里挣扎哀号。

沈彦之踉跄着下马，跪在了地上，看着下方奔涌的洪水，五指深深地抠进泥地里，神情痛苦："阿筝！"

鱼嘴堰大坝一毁，水库的水涌到青州的大渡堰水库，大渡堰蓄不了这么多水，堤坝再被冲毁，就是两个水库的水同时漫灌青州，届时青州得成为一片汪洋。

天边的乌云在此时达到了汇聚的顶点，凝成豆大的雨珠子砸下来，为这场洪水助势。

陈钦带着人把驾马车逃离的大皇子给抓了回来："主子，如何发落此人？"

沈彦之从雨地上缓缓站起来，他照着大皇子的脸直接抡拳砸了过去，直砸得大皇子满脸是血，他自己紧握的拳头也皮开肉绽、鲜血淋漓，才被陈钦拉开。

“主子，您冷静些。”陈钦劝道。

没人再押着大皇子，他跟一摊烂泥似的瘫到了地上，两手撑着泥地还想爬起来，却被沈彦之一脚踩在后背，又把他整张脸都踩进了泥泞里。

“你们李家老小，都是一窝畜生！杂种！你们就不配活在这世上！”

这场入秋后的暴雨，足足下了三天三夜，得益于先前在青州挖的那些蛛网状灌溉沟渠和泄洪的主河渠，从元江上游奔涌而来的洪水，并未对青州造成多大的损失。

岑道溪未雨绸缪，化解了一场大灾，又有着在徐州的战功，幕僚们提起他哪还敢再轻视，将他传得神乎其神，就连秦筝，都被夸赞是独具慧眼、善用贤才。

坞城因为一开始就没在保护范围内，良田屋舍都被淹了不少，好在秦筝听到风声后，就安排城内百姓撤离，人员上没什么伤亡。

但一连多日，元江都会冲下来株洲百姓的尸体，秦筝怕大量的尸体堆积在水中，会引起疫病，跟楚承稷商量，让董成带着青州的官船，沿江打捞尸首，请云岗寺的高僧做法超度后火化。

对从株洲拥来的难民，也让将士们搭建了避难棚，把在大水中感染风寒发热的和健康的难民分开管理，以防交叉感染。

许是入秋后天气转凉的原因，风寒发热的难民越来越多，沿江一些村落的百姓，也出现了不少孩童感染风寒的情况。

秦筝有些害怕是她担心的疫病出现了，议事时同臣子们提起，大臣们都没放在心上，言每年入秋，天气转凉偶感风寒是常事。

大家都在借着大皇子酿成的这场惨祸，不留余力地声讨李信，前来投奔楚承稷的势力也越来越多，武将们谏言应当借此机会继续北上，一鼓作气夺回汴京。

楚承稷却一反常态地没有同意，秦筝本以为他是同自己有一样的隐忧，问了才知，楚承稷担心的是另一层原因。

“如今的十万兵马，再不是当初从两堰山杀下来的五千匪兵，打下几个州府都不够军需。养兵得花银子，底下的百姓也要吃饭，府库里的银粮，总得先花在刀刃上。”

坞城被淹，无家可归的坞城百姓接下来这一年的吃穿用度，都得靠他们势力范围内的其他几个州府匀出来。这时候若北上，等一入冬，还得为将士们裁制御寒的冬衣，银子就更不够花了。

而且天时也不利于他们，从江淮一带组建起来的这支军队，大多是南方人，不习惯北边的严寒，北上后水土不服又容易感染风寒病倒，若被李信的人马当成病猫打，钱粮两空不说，士气打散了才是最难办的。

虽然楚承稷不同意此时发兵的缘由跟秦筝不同，但目的都是休养生息，也算是殊途同归了。

秦筝对楚承稷道：“怀舟，我们多买些药材囤起来吧。”

楚承稷问："赈灾棚那边的病患太多，药材不够用？"

秦筝摇头，抿了抿唇道："现在还够，但我怕再晚些时候就不够了。"

在楚承稷淡薄黑沉的视线里，她神色认真地道："我担心水患后引起了瘟病。"

# 第二十五章 瘟疫

鹰本就属于阔宇，不会有人因为阔宇凶险，
就生生折了鹰的翅膀。
所以，他给她一片再无危险的穹苍就好。

株洲一带被淹死太多人了，元江水又是从株洲流下来的，实在是让秦筝不得不担忧。

听到“瘟病”二字，楚承稷的神色都为之一变。

一旦爆发了瘟疫，就意味着会成片地死人，疫病过后，民间十室九空，可以说完全成了一片死地。秦筝说：“你如今暂时也不打算北上征讨李信，我想着先囤一批药材，就当是未雨绸缪也好。”

岑道溪提议挖泄洪河渠这事，可不就是未雨绸缪。

瘟疫一事，没有是最好，若有那就是灭顶之灾。

楚承稷思忖片刻后道：“那就先囤药材，徐州已太平，我推行开中法，让各地商贾运送药材至徐州，换取盐引、茶引。”

秦筝不解：“何谓开中法？”

楚承稷同她解释：“这是从前征集军粮的法子，民间征不上粮，朝廷的粮仓、国库亦是空的，便以盐为中枢，让商贾们用粮食换取盐引，以物易物，筹集军粮。”

秦筝一下子就听懂了，盐、铁、茶，都是官府垄断的生意，朝廷征收的盐税，都是靠盐引来收的，商贾们买盐引时就把税钱一并交了，拿着官府开的盐引，才能去官府管控的盐铺领取食盐。

这开中之法，就是把“拿钱买盐引”换成了“拿粮食换盐引”，能在最短时间内筹集到官府所需的物资。

她想起先前他在徐州说的话，忽而瞪大了眼：“徐州通运发达，你昭告天下，可用药材换取盐引、茶引，必引得商贾们争相前往徐州，囤积在徐州的其他货物，也能因为这些商贾的到来，被转卖运送到其他地方。”

换而言之，整个徐州停滞的南北贸易，都能因此复苏。

楚承稷未置一词，只唇边带了抹浅浅的笑意。

秦筝突然觉得，以他这走一步看十步的性子，兵法上没人能玩过他的心眼子，政事上只怕也没几个人能斗得过他。

楚承稷利用开中法成功囤积了大量的药材，为了方便对难民进行集中管理，秦筝和楚承稷商议后，只在青州开设了收容所，并发布了告示，让城郊村民不得擅自收留难民。

收容在灾棚里的难民，有感染风寒的，家眷也不能再前去服侍照料，若强行要去照顾的，只能搬去和感染风寒的难民一同居住，不能再回原来居住的地方。

饶是这样双管齐下，健康的难民里，每日还是有大批的人出现了风寒症状。

经验老到的大夫已经察觉到了不对劲儿，上报官府说可能是瘟疫。

先前没把这当成一回事的官员们这才慌了，匆忙上折子给秦筝和楚承稷。

虽然早就做好了最坏的准备，但看到已经尽全力管控，瘟疫还是在难民中间传染开来，秦筝的心情还是颇为沉重。

她亲自问了在灾棚那边救治难民的大夫们是何情况，一名资历最老的大夫止不住地摇头叹息："有的难民身染疫症，只是尚未发作，等发作了再把人带走已经晚了，旁的难民也被染上了。等旁的难民发作，又不知不觉地传染了其他难民，这样一来简直防不胜防。"

秦筝问："可有救治之法？"

老大夫更沉重地摇头："老朽医术浅薄，尚查不出病症所在，只能先用保守固元的治瘟病的方子。"

秦筝对着所有大夫行了一礼，吓得他们连忙避开："娘娘，您这是折煞我等啊！"

秦筝沉重道："这成千上万条人命，都系在诸位大夫身上了，本宫是代这些难民，代青州百姓、天下百姓，谢过诸位。"

大夫们心中感怀，也向秦筝还礼："娘娘和殿下爱民如子，是我等之幸，亦是天下百姓之幸。我等一定尽心尽力地寻求救治之法！"

动员完救治灾民的大夫，秦筝回头又着手和大臣们商议再向别处征召大夫，但他们这边告示都还没来得及发布出去，株洲的瘟疫就已经大规模地爆发了。

青州的难民被这般严格地管治着，都还是没能逃过这场劫难，才被水淹的株洲更是惨不忍睹。

株洲临近州府收纳了难民的，也都爆发了小规模的瘟疫，各地官府人人自危，连忙驱赶境内的株洲难民。

无处可去的难民，只能再次大规模地往青州拥入，青州灾棚已是人满为患，城内百姓对官府收容这么多难民也颇有微词，害怕瘟疫会蔓延至城内。

为了青州百姓的安危，秦筝和楚承稷只得暂停了青州对难民的收容，把同样也被水淹过的坞城修葺一番，当成了灾民的收容所，从其他地方运送物资前去。

造成这样大的天灾，李家人自是被天下人唾骂不已，甚至有灾民为了报复李信，成群结队地拥入汴京，吓得李信下令封锁了汴京以南各城池的城门。

与此同时，北庭也传来声讨李信的檄文。

李忠先前怕被李信怪罪，还想瞒着李信裴家有活口的消息，觉得暗中除掉裴闻雁便是。

可纸终究是包不住火，当裴闻雁拿出那封信指控李忠，凉州裴家惨案的真相浮出水面后，声讨李信勾结外敌的檄文雪花似的从北庭发向各地，李忠再怎么遮掩也是徒劳。

李信怒火中烧，断臂求生，将李忠推了出去，把勾结北戎、杀害凉州都护使一家的罪名，全扣在了李忠头上。

毕竟裴闻雁拿出的那封信，的确是李忠写给凉州副将的。

李忠同李信虽同姓李，却并无亲缘关系，当初李信赏识李忠一身武艺，为谋大事，同他拜为结义兄弟。

李忠妻小老母都在汴京，李信以此作胁，让他认下这些罪状自了，万不能供出自己。

李忠被逼至绝境，倒也狠得下心，干脆自立为王，把李信干的那些事全抖了出去。

比起勾结北戎、陷害忠良这两项天人共怒的罪名，李信先前为天下儒生所唾骂的抢掠百姓的这些罪状，实在是太过微不足道。

再加上李信大儿子毁堤淹城造成了瘟疫，引得人人自危，一时间，李家人成了过街老鼠。

天下儒生口诛笔伐不说，汴京城内义愤填膺的读书人在街坊屋舍、宫墙城墙上都用墨笔写了声讨李信的诗词，朝野上下亦是震惊，不少前楚旧臣直接自请辞官。

这部分官员当初倒戈李信，是对前楚失望透顶，如今发现李信竟勾结外族陷害忠良，只为了谋取连钦侯手中兵权，又为一己之私酿成了天灾，比起前楚有过之而无不及，哪里还愿为李信做事。

朝堂上，前去上朝的臣子，除了些不堪用的墙头草，就只剩当初从祁县一路追随李信的几个元老大臣，一眼望去，整个大殿空荡荡的。

李信坐在龙椅上，手死死地抠着扶手上的龙头，似乎这样就握住了他做梦都想留住的权力："这江山是朕的！谁也别想夺去！"

底下的臣子也看出他似乎有些癫狂了，面面相觑。

还是从祁县就一直跟随他的老臣泪涟涟地道："陛下，您切莫乱了心神，只要您还立着，这江山就易不了主……"

"易主？"李信朝说话的老臣看去，神情癫狂道，"谁敢觊觎朕的江山？就凭他楚氏小儿？还是李忠那忘恩负义的东西？"

他踉跄着起身，本就歪斜的冕旒变得更松，乱发也垂了下来。李信索性一把扯下冕旒扔到地上，提着龙泉剑走下玉阶："朕要先斩了逆贼李忠！回头再杀尽楚氏余孽！"

盛怒之下，李信只觉得整个金銮殿都在天旋地转，一脚踩空，整个人就从玉阶上滚了下去。

"陛下！快叫太医！"

李信这一跤摔下去直接不省人事，殿上一片哗然，几个忠心的老臣连忙围上前。

总管太监哭天抢地地带着几个小太监把李信抬回内殿，匆匆赶来的太医进内殿时，接触到总管太监的眼神，微不可察地点了下头，一切尽在不言之中。

太医放下医箱，在李信的一干心腹臣子的注视下给李信诊脉，神情越来越凝重，最后吓得长跪不起。

李信的前军师，也就是如今的陈国宰相高卓喝问："陛下如何了？"

太医惊恐道："陛下夙夜忧患，龙体本就欠佳，这是盛怒之下，中风了！"

中风可非同小可，一时间，殿内候着的所有心腹大臣脸色都严峻起来，高卓死死地盯着御医："你可知若是误诊龙脉，当株连九族！"

太医吓得跪地磕头："相国大人明鉴，小人所言句句属实！大人若不信，大可再调太医院其他医官前来替陛下诊治。"

总管太监适时出声："相国大人，如今陈国正是动荡之时，南有瘟疫肆虐、北有李忠叛主，陛下中风的消息万不能走漏风声！陛下这里有老奴照料着，宫里和朝堂的大小事宜，却还都得由相国大人拿主意。"

高卓知总管太监从不跟哪方势力套近乎，一直都只忠于李信，也算是这宫廷里唯一跟他们同一阵营的人，这番话让他暂歇了传令所有太医院医官为李信诊治的心思。

陈国现在不仅是在舆论的刀尖上，更是在分崩离析的边缘，李信一倒，只怕后宫里有了儿子的几方势力也不得安生，必须得先把李信病倒的消息瞒下来。

若传唤整个太医院的医官，定会叫有心人瞧出端倪。

高卓想了想道："传令禁军封锁宫城，今日来上朝的大臣，都暂扣宫内，再另宣几名太医进宫。"

总管太监给门口一个小太监递了个眼神："小顺子，你速去太医院一趟，以防走漏风声，就说是永福公主病了，让院使亲自进宫看诊。"

小太监心领神会，上前名正言顺地讨了通行各处宫门的令牌，匆匆地赶往太医院。

禁军统领也是李信的心腹，在高卓下令后，立即封锁了所有宫门，当日只有那名前去太医院请御医的小太监得以外出。

高卓焦头烂额地同另几个元老大臣商议李信卧病在床期间如何监国："今日陛下在大殿上病倒，满朝文武都看着的，纸终究是包不住火！"

另一名大臣道："必须立下储君，这多事之秋若再来党派之争，我陈国危矣！"

"立谁为储君？二皇子有挖前楚皇陵的恶名在身，大皇子更不必说，已叫沈彦之施以剐刑，文侯一党野心勃勃，若拥立文贵妃的儿子，只怕将来外戚势大，皇权落入外戚之手……"

一群人争吵不休，高卓听得头疼，拍板道："依我看，还是拥立二皇子最为妥当，从前二皇子就最为陛下器重，不过是个挖前楚皇陵的恶名，只要保得大陈根基，一切都可徐徐图之，那前楚余孽，从前不也臭名昭著？如今一样一呼百应！"

比起那些个尚在襁褓里的婴孩，二皇子至少已能代为监国，大臣们一番思虑后，也都同意了拥护二皇子。

李信若能醒得过来，自是再好不过，若是醒不来，他们辅佐二皇子做出点政绩后，再拟一封传位诏书，二皇子也就能顺理成章地继承皇位。

他们选二皇子，不乏自己的私心，李信在时，为了平衡朝堂，大力起用前楚旧臣，已经分走了他们这些老臣的大部分利益。

若让世家送进宫的那些妃子的儿子成了储君，将来皇权也只掌控在前楚旧臣的手中，他们讨不着半分好。

但二皇子不一样，二皇子从始至终能倚靠的就只有他们这些从祁县一路跟着李信打过来的老臣，等二皇子一登基，他们的荣华富贵也只会更上一层楼。

毕竟比起李信，二皇子明显是更好掌控的。

小太监很快带了太医院院使和另几名医官去为李信看诊，路上见禁军封锁了各大宫门，让太医院的人都觉出有些不妙。院使眼瞧着不是去永福公主宫殿的路，而是去李信寝宫的，心中一声“咯噔”，问：“公公，这好像不是去永福宫的路。”

小太监斜他一眼，两手笼在袖子里继续往前走，并不作声。

院使忙给小太监塞了包银子：“劳烦公公指点迷津。”

小太监这才讳莫如深地道：“陛下在早朝上发怒晕厥，宋太医诊出是中风之症。”

院使和同行的医官闻言脸色皆是一变，他们在太医院待了多年，哪还不懂其中门道，这是汴京又要换天了。

到了寝殿，见守在殿内的都是从祁县跟随李信的老臣，前楚旧臣们反被软禁在偏殿，院使一行人更不想蹚这趟浑水。

院使一诊脉，心中更为惊骇，李信这分明是中毒之兆，怎就被说成了中风？

但平日里为李信调养身体的一直都是宋太医，这么久都没发现端倪，只能说这是一场早就布好的局。

大皇子犯下滔天大罪，已叫沈彦之施了剐刑，如今成年的皇子只剩二皇子一个，今日这场局，莫不是这些元老大臣们想扶持二皇子上位？

高卓见院使神色变幻莫测，厉声喝问：“陛下的病情如何？”

院使以为这是警告，擦着额角的冷汗道：“禀相国大人，据下官诊断，陛下这是中风之症。”

院使都这么说了，余下几个把脉的医官，为了明哲保身，也都跟着说是中风。

高卓见所有医官都诊断是中风，没再生疑，命人把院使一行人也软禁在宫内，这才忙着拟定立二皇子为太子、并让二皇子在李信养病期间代为监国的诏书，又连夜命人去二皇子府，请还在禁足中的二皇子进宫议事。

院使一行人被带去偏殿，自以为逃过一劫。

总管太监和那小太监视线相接时，眼底多了一抹莫测的笑意。

夜幕深沉，汴京大街上早已不见人影。

一辆马车正匆匆地往皇宫驶去，却在半道上被五城兵马司的人拦下。

五城兵马司负责汴京城内的日常巡逻，过了宵禁之后，大街上不允许有人走动。

驾车的车夫胸有成竹地递上一块令牌，五城兵马司的人看了之后，却是冷冷一笑，下令：“拿下！”

前去接二皇子的人大喝：“大胆！尔等连高相国的令牌都敢无视？”

“高卓伙同二皇子谋害陛下，其罪可诛！”一道中气十足的嗓音从远处传来。

五城兵马司的人让出一条小道，二皇子等人看清来者是文侯后，齐齐变了脸色。

高卓之所以封锁李信病倒的消息，急着接二皇子进宫谋事，就是为了防着文侯，岂料还是叫他得了风声。高卓的人反驳：“你……你信口雌黄！”

文侯只是看蝼蚁一般地扫了他们一眼：“高卓真以为，他扣押今日早朝上的文武大臣们，又命禁军封锁了宫城，就能瞒天过海吗？”

听文侯把高卓等人做的准备都说了出来，二皇子一干人心都凉了半截，自知大势已去，没再多费口舌。

文侯对着身后五城兵马司的人一挥手：“绑了二皇子，进宫救驾。”

高卓在宫里得知文侯绑了二皇子，还率军围了皇宫，大惊失色，视线阴冷地扫过殿内所有人：“究竟是怎么走漏的风声？”

其他向着二皇子的大臣们此刻也是头疼至极，沈家倒了以后，文侯是前楚旧臣中势力最大的一方，如今文侯打着“勤王救驾”的旗号夜闯皇宫，即使不想同文侯硬碰硬，此刻也只能兵戈相见了。

总管太监适时道：“相国大人，现在不是清算这些的时候，文侯马上要夜闯宫门，得想法子才是！”

高卓苍老下耷的眼皮让他的一双眼成了个三角形，此刻骤然迸射出冷光：“就凭他五城兵马司那点人马，还想夜闯宫门！禁军随我去宫门前看看！”

总管太监不知是有意还是无意地说了句：“二皇子还在他们手上。”

高卓冷哼一声：“怕什么，文贵妃和五皇子不也还在宫内，一并带去宫门前见他文允堂！”

看着高卓怒气冲冲离去的背影，总管太监嘴角的笑意更深了些。

高卓和文侯的这场内斗，最终以双方两败俱伤收场，二皇子死于乱剑之下，文贵妃母子被人从城楼上推了下去，禁军和五城兵马司的人都打得再无战意。

初阳从东边升起，照在宫城前这一片残骸上，慢悠悠的马蹄声从远处传来。

仿佛一夜间苍老了十岁的高卓和文侯抬起头，朝马蹄声传来的方向看去。

马背上的人白玉面孔，一身绯色官袍，上挑的凤目里噙着浅浅的薄笑。

他身后，是从青州战场上带回来的那支残军，收编株洲残军后，如今也有上万人马了。在这样旭日初升的清晨，大军缓步踏入汴京，哪怕在晨曦底下亦是黑压压的一片，像是一群从战场上爬回来复仇的恶鬼。

“沈……沈彦之！”高卓整个人都在发颤。

他能带着这么多人马悄无声息地出现在汴京城，说明他早已暗中打点好一切了。

高卓一双老眼里露出了认命的神色，他自然知晓沈彦之有多恨李信，不说秦乡关坑杀五万楚军的骂名，单是李信几次三番想置他于死地，又曾派人杀他胞妹，都够这条记仇的疯狗死咬住他们一辈子了。

沈彦之没有理会高卓，反倒是驾马从文侯跟前路过时弯起嘴角："多谢侯爷替沈某开路。"

文侯抱着女儿的尸体，似乎一下子想通了什么，指着沈彦之，恨道："是你！是你故意透露风声给我的？"

总管太监派去太医院传话的小太监，趁机传信给了沈彦之的人，沈彦之又用了点手段，让文侯得知高卓把控宫城欲拥立二皇子的计划，引他们鹬蚌相争。

他把玩着自己手上的翡翠扳指，慢条斯理道："李信病重、高卓把控宫廷的消息是沈某传给侯爷的不错，可决心去争那位子的，是侯爷自己，不是吗？"

他嘴角那抹讥讽的笑意，要多扎眼有多扎眼："不过二皇子，是我命人杀的。"

文侯本要拿二皇子为人质，又岂会杀二皇子？高卓更不会伤二皇子分毫，是沈彦之的人混在五城兵马司中，假意要救走二皇子，被拦截时，推了二皇子挡刀。高卓以为是文侯的人杀了二皇子，一怒之下，才推了文贵妃母子下楼。

文侯悲喝一声，从地上捡起一把剑就向沈彦之杀来，却被陈钦轻易撂倒。

文侯跪在血泊里痛哭大骂："沈彦之，你好生歹毒！你这样的混账怎还没下地狱！"

沈彦之看他趴跪在地上的狼狈模样，笑得眉眼弯弯："沈某早就在地狱了，只是现在才请诸位一同到这地狱里来罢了。"

他继续驾马慢悠悠地往前走，高卓爬起来想往宫城内退，却被地上的死尸绊倒，只得一面手脚并用地往宫门的方向爬，一面惊恐地回头往后看，马蹄从高卓身上踏过，惨叫声几乎传遍了半个宫城。

汴京的天确实变了，只不过昨夜紧密谋划的宰相高卓和文侯都替他人做了嫁衣。

青州。

沈彦之"勤王救驾"有功，被封摄政王，沈婵恢复贵妃之位，生下的孩子被封为太子，这一连串的消息传到秦筝耳中时，她正好收到北庭的来信。

林昭花了足足一册书厚的纸张写信，才把碰巧救了裴闻雁的来龙去脉给说清楚，裴家也是大楚的忠烈之士，林昭便做主暂时把裴闻雁留在了军中。又说李忠带着那五万兵马自立为王后，不敢同北庭硬来，转而去打李信的地盘扩张势力了。

林昭想等商队转卖完那批皇陵器物后，就带着娘子军回江淮，帮着照顾灾民。

秦笙也借着军中信差送信的机会，给家里写了信，说想回来。

这样的非常时期，秦筝自是不准许的，给林昭和秦笙都回了信，让她们先在北庭再待上一段时间，等瘟疫过去后再说。

"沈彦之被封摄政王，想来李信已被架空了权力。"秦筝结合林昭的信，在舆图上圈了几个地方。

沈婵这么快生下皇子，秦筝心中其实是存疑的，算起来，从沈婵有孕到现在，满打满算也才七个月有余。若不是早产儿的话，这孩子的来历怕是值得深思。

她勾画完地域，对楚承稷道：“李忠自立为王，正在大肆蚕食李信的地盘，沈彦之不会坐以待毙，他们那边内斗起来，正好给了我们休养生息的机会。”

这场从株洲蔓延开来的瘟疫，株洲以北的城池全都紧闭城门，不收容一个难民。

据闻混进那些城池的难民，不管有无疫病在身，都被乱箭射死后泼油焚尸，株洲的难民们被这样暴虐的手法吓到，再不敢往北走。

但往南也只有坞城收容难民，淮阳王地盘内有个清溪县因一开始逃难过去的难民引发了大规模的瘟疫，整个县都被淮阳王给舍弃了，县令别无他法，只得转投了楚承稷。

迁移整个县的人去坞城费劲，秦筝和楚承稷同大臣们商议后，把被淮阳王舍弃的清溪县建成了第二个坞城。

现在他们在民间的声望已达到了顶点，可声望再高，也得有命撑过这场瘟疫。

大夫们还没找到能医治的方子，唯一值得庆幸的，大概就是他们把江淮境内的瘟疫圈在了坞城和青州的灾棚，孟郡、徐州这些地方都是安全的，算是保住了他们这股势力的根基。

楚承稷看着手上的折子道：“连钦侯赠了一批药材给我们。”

秦筝一骨碌爬起来：“我觉得应该找淮阳王也要点。”

毕竟淮阳王以驱赶难民为由，把境内所有流民、乞丐全赶走了，这些流民和乞丐混在难民里拥入清溪县，又成了他们的负担。

楚承稷垂眸，问：“怎么要？”

秦筝想了想道：“给清溪县百姓发兵器，让他们佯装要攻打淮阳王的其他城池，说粮食和药材都不够了，淮阳王若不拿粮食和药材给他们，他们就攻城。”

那些百姓在淮阳王麾下将士眼中，全都是感染瘟疫的人，将士们万不敢同他们有任何交集。淮阳王也不敢赌，所以多半会给东西息事宁人。

楚承稷的嘴角往上提了提：“阿筝学坏了。”

秦筝瞪他：“什么学坏了，兵书里说了这叫兵不厌诈！”

有时候机遇总是伴随着灾祸一起来，现在北戎有连钦侯顶着，李信的势力变成了沈彦之和李忠缠斗，正是他们能腾出空收拾淮阳王的时候。

然而秦筝也没想到，她向楚承稷提的计谋还没来得及实施，淮阳王大概是好了伤疤忘了疼，觉得他们如今被瘟疫牵制住了，想一雪徐州战败之耻，再次发兵攻打徐州去了。

徐州的贸易好不容易才被盘活，楚承稷怎么可能就这么让淮阳王夺了去，让扈州援助徐州之余，他亲自领兵，冒充是清溪县的百姓，直接前去攻打闵州。

由正规军队假冒疫县百姓，比让真正的疫县百姓去佯装攻城效果更好。

楚军将士们有丰富的攻城经验，不会怯战，顶着个“疫县百姓”的名头，又能吓唬敌军。

闵州之后就是郢州，把闵、郢两州收入麾下，郢州陆家这股势力也就全然为他所用了。

陆则巴不得楚承稷早点打下郢州，得知楚承稷有拿郢州的计划，不仅让陆家大房全力配合，还把郢州的兵力布防图都画给楚承稷了。

等楚承稷带着假扮成清溪县流民的军队发兵闵州，淮阳王也迷糊着，自己攻打徐州还没出什么战果，后方怎么就叫清溪县那些“流民”给偷了？

闵州将士们担心染上疫病，压根不敢跟清溪县的“流民”们来硬的，远距离射程放箭还成，一旦到了真刀真枪硬拼的时候，闵州将士们直接丢盔弃甲跑了。

那支“流民”军队靠着这样的方式，短短半月内就连夺数城，最后得知是由楚军假扮的，淮阳王气得直接在帐内一头栽倒。

因为汴京李信据闻也是一头栽倒后就中风了，淮阳王也被传是中风了，如今代为处理政务的，都是他几个儿子。更离谱些的，说他几个儿子已经在准备给他办后事了。

好不容易醒过来的淮阳王听说了这些谣言，险些没两眼一闭，再给气晕过去。

一举拿下闵、鄂两州和周边数座城池后，楚承稷下令犒赏三军。

吴越之地历来富庶，淮阳王在李信从祁县起兵后，便先一步吞并了吴越之地，守着这样大一个宝库，只要淮阳王还有一息尚存，便如百足之虫死而不僵。

楚承稷率军入驻闵、鄂两州后，除了接手官府原本的产业，依旧秉持不犯百姓秋毫的原则，严格约束底下将士，成功让城内百姓重新归顺大楚。

楚承稷带着林尧清点官府库房的物件时，林尧看着那满仓的粮食和绢布还有黄澄澄的金条时几乎走不动道：“都说吴越之地富得流油，果真不假！”

林尧脑子转得快，闵、鄂两州挨着淮阳王的老巢吴郡，只怕不好守，赶紧对楚承稷道：“殿下，咱们把这些财宝混进药材里，一起运回青州去！”

楚承稷在一个装满了龙眼一般大的东珠的木箱前停下，随手从中拈起一颗：“再得郢州，吴郡便孤立无援，吴越之地便已是囊中之物。”

淮阳王的大军正在攻打徐州，在淮阳王大军掉头来之前取得郢州，切断吴郡同外部的联系，淮阳王便彻底回天无望。郢州如今虽是淮阳王的地盘，他也派了心腹大将镇守，但陆家在郢州有着百年根基，对郢州的影响力非同小可。

只要郢州陆家肯彻底倒戈于他们，他们甚至可以不费一兵一卒就能夺取郢州。

这话楚承稷说得温和又平静，林尧的心中却是翻起了惊涛骇浪，殿下这是想直接吞下淮阳王这股势力！

林尧当即就抱拳请命：“殿下，末将愿领兵攻打郢州！”

陆则捧着清点出的账簿一进门就听到这么一句话，轻咳一声：“殿下，臣愿前往郢州当说客，若游说失败，再动兵戈不迟。”

林尧这才想起郢州是陆则老家，尴尬地咳嗽两声：“陆大人说得也有道理。”

楚承稷将手上龙眼大的东珠放回包了铁皮的木箱里，看向陆则道：“就依你所言。”又随手指了一箱财宝，“一并带回郢州去，权当是孤给叔公的见面礼。”

陆则忙拱手谢恩。

等陆则退下了，楚承稷才对林尧道：“这一箱是林将军的，林将军忠心耿耿，劳苦功高，此乃林将军应得的。”

之前在青州，银钱周转不过来，林尧光记着帮底下将士们催军饷，却一直都没领自己的那份军饷。

这第一回领赏就是这么大的赏赐，林尧视线在一口口敞开的木箱上梭巡，最后目光定格在那一箱东珠上，厚着脸皮问：“殿下，我能拿十根金条换一颗东珠吗？”

那口箱子里的东珠颗颗都有龙眼大，闪着莹润的光泽，看着就价值不菲。

那箱东珠是楚承稷打算带回去给秦筝的，林尧开口要，楚承稷以为他是想替林昭讨一颗，道：“直取便是，无须置换。”

林尧道了谢，半点不客气地在箱子里挑了一颗最大的东珠揣进怀里。

清点完库房后，当天夜里就有两艘货船载着药材沿江逆流而上往青州去，征集医治瘟疫的名医的告示也在次日发布了出去。

晚间的庆功宴上，林尧跟韩修一桌，几碗酒水下肚，林尧还好，韩修却有些上头了，一张脸红得跟猴屁股似的：“小老弟，你还没成亲哪？”

林尧敷衍道：“大业未成，何以成家。”

韩修似觅得知音一般，醉醺醺道：“小老弟脾气对我胃口，我家中幺女马上就及笄了……”

林尧赶紧又给他倒了一碗酒，堵住他后面的话：“韩将军，来，继续喝！”

韩修本就醉了七分，再一碗酒下肚，直接趴在桌上呼呼大睡起来。林尧刚松了一口气，陆则就笑眯眯地在他对面坐下了：“林将军，喝一杯？”

林尧觉着奇怪，但还是举起酒碗跟陆则碰了一下，陆则咳嗽两声道：“不知林将军中意什么样的姑娘，我家中姐妹众多……”

“噗！”猝不及防听到这个话题，林尧一口酒直接喷了出来，神色有些异样：“今天是怎么了？”

陆则诧异道：“林将军还不知？”

见林尧一脸迷惑，陆则笑道：“也没什么，就是各家有适龄女儿的都在物色殿下麾下还未娶妻的贤臣虎将。林将军少年英才，我家中姐妹个个才情斐然……”

桌上一早就醉过去的安元青听到“才情斐然”几个字，半醉不醒地爬起来接了句：“我女儿琴棋书画样样精通！”

林尧：“……”

他喝完碗里的半口酒，爬起来想出去吹吹冷风，放在衣襟里的那颗东珠滚了出来，他俯身去捡，叫一旁的陆则看见了，陆则借着酒意轻轻“啧”了一声：“林将军这是打算送谁的？”

林尧把东珠重新塞回衣襟里：“替我胞妹讨的。”他起身往外走，“我出去醒醒酒。”

说是醒酒，其实也没跑多远。

林尧随便找了个小丘枕着手臂躺下，吴越的深秋没有多少寒意，月亮银盘似的坠在星幕里，清凌凌的冷，像极了那个姑娘掀开车帘时一抬眸的神色。

单薄的凤眼，淡薄的眼神，只一个抬眸，就能让人感受到云泥之别，偏偏那个眼神就像是钩子一样钩在了他心上。

他拿出那颗东珠透过月光看，恍惚间东珠也成了一轮明月。

他用力地把东珠攥回手心，闭上了眼。

楚承稷命人走水路运送的药材在三日后抵达了青州，此外还有一箱东珠和一封家书。

这一年里，他们二人总是聚少离多，重新建起的大楚政权，百官也已习惯了楚承稷不在的日子里，诸事由秦筝定夺，只不过这场瘟疫，委实是让秦筝有些束手无策。

官府能做的只有管控源头，阻止蔓延，尽管大夫们尝试了多种药方，依然只能暂时缓解病患痛苦，没法医治。

第一批感染瘟疫的难民，除了一开始的高热畏寒、呕吐腹泻，身上还开始出现红疹，后又演变成恶疮，不少难民都是在恶疮这个阶段痛苦死去的。

秦筝不是大夫，只能在药材上尽量给予支持，让医治病患的大夫们摸索救治之法。

正心力交瘁之余，又得到了一个更让她担忧的消息：清溪县发生了暴乱。

清溪县县令投靠楚承稷后，楚承稷带兵南下，秦筝得在青州稳定大局，便把先前在坞城任职的官员调去了清溪县，让他照着坞城的管理模式，指导清溪县县令收治瘟疫患者，隔离区分病患和健康百姓。

怎料清溪县县令眼见底下的人都对大楚派去的官员言听计从，惊觉自己的权力被架空了，一波反向操作妄图夺回权力，却让整个清溪县的疫病来了个大暴发。

百姓们没能得到救治，误以为楚军将他们圈在清溪县，表面上是要救治他们，实则是为了让他们自生自灭，直接反了官府，还大骂他们是假仁假义。

好名声得使劲儿攒才能攒起来，坏名声却只要是些捕风捉影的事就能被说得有鼻子有眼。

若放置清溪县的流言不管，对正在攻打淮阳王的楚承稷极为不利，他们费财费力收治灾民，也只会背上个假仁义的名声。

宋鹤卿深知这些，在秦筝召集大臣们商议应对之法时请缨道："娘娘，让老臣去清溪县吧，青州的灾棚和坞城，都是老臣看着建起来的，老臣去，总比旁人有章法些。"

秦筝摇头："宋大人大病初愈，此去路途遥远，又有暴民闹事，不可。"

此事尚未想出应对之法，暴乱的清溪县百姓，已经开始报复性地侵占其他地方的领土，抢夺其他郡县百姓的粮食。

同楚承稷率军假扮的疫民不同，这些百姓之中，大多是真正身染瘟疫的人，一旦接触就有可能被感染上，秦筝只得下令让所有毗邻清溪县的郊区百姓，全部迁至城内。

身染疫病的清溪县百姓，没了食物和药材来源，仗着旁人不敢同他们近战接触，便带着毁灭性的报复心理四处攻城。

好在他们都是普通百姓，没经过训练，也不懂攻城要领，云梯都没几架，攻城时守城官兵泼上火油一烧就断了他们上城楼的路。

秦筝心知这样下去不是办法，瘟疫只会蔓延得越来越快，一番思虑后，亲自带了一批兵马前往清溪县镇压暴乱，同时也是想解除误会，说服清溪县百姓不要再报复性地进攻旁的城池，解救他们中健康的百姓。

偏偏有时候，人算就是不如天算。

楚承稷从后方直捣淮阳王老巢，淮阳王哪还能在徐州城外待得住，当即就撤兵往回赶。

半道上遇上一支流民。

流民头子眼见这是一支装备精良的数万人军队，心中还是有些发怵，不敢同他们来硬的，只道:“我等是清溪县百姓！”

淮阳王听他们嚷嚷着自己是清溪县的疫民，气得冷笑连连:“楚氏小儿拿本王当猴耍呢？用了这样下三烂的法子夺了本王数城，今日碰上，还想故技重施！”

淮阳王世子也想拿下这战功，当即就向淮阳王请命:“父王，让孩儿带兵去杀楚军个片甲不留！”

徐州强攻数日攻不下，自个儿的老巢还被人给占了，淮阳王心中也窝火得紧，迫切地想要打一场胜仗把士气给涨起来，当即就允了:“我儿取他楚将项上人头回来！”

淮阳王世子领了一万精兵就向那支流民队伍包抄了过去。

流民头子眼见对方不退反进，继续大喝:“我们都是从清溪县逃命而来，身染疫症，不怕死的就过来！”

淮阳王世子只当他们是装腔作势，先前，前楚太子用这等伎俩已拿下他们数城，今日若还被他们这些话术吓退，只怕得叫天下人耻笑。

淮阳王世子手持长枪，纵马杀了过去，一群流民哪里见过这等阵仗，这场交锋，淮阳王的军队几乎是压倒性的胜利，流民们被追得一路溃逃。

淮阳王世子驾马紧追流民头子:“楚贼哪里跑！”

流民头子听他一口一个楚贼喊着，心知这是误把他们当成楚军了，一边跑一边喊:“我们真的不是楚军，楚军把我们圈在清溪县等死，我们杀了清溪县官兵逃出来的！”

淮阳王世子眼见大获全胜，急着拿了这流民头子问罪，冷笑道:“楚营都是你这等蝇营狗苟之辈吗？死到临头还在狡辩！”

流民头子两条腿终究是没跑过战马的四条腿，淮阳王世子勒住缰绳吩咐左右:“绑了，带回去看能不能拷问些楚营的军情出来。”

流民头子被两名将士绑了手，自知是死路一条，心中恨极，扭头就狠狠咬了其中一名将士手腕一口。

赶过来的副将瞧见这流民头子咬伤了一名将士，冷嘲道:“这批楚军还真是乌合之众，不惯使刀剑，反而同泼妇一样只顾抓咬，可笑至极！”

淮阳王世子环视一周，见战场上不少流民的确是刀剑都不用，只顾抓挠撕咬，心中觉出几分怪异，嘴上却道：“前楚余孽本就是一群匪兵，上不得台面，无怪乎先前只会用这样的伎俩骗取城池。”

流民头子闻言，倒不再申辩自己不是楚军了，吐了一口嘴里的血沫，看着淮阳王世子古怪地笑起来。

莫名地，那笑意让淮阳王世子觉着森凉。

淮阳王世子歼灭了这支流民军队，生擒流民头子，淮阳王大悦，对这个儿子大肆赞赏。

秦筝带着杨毅领兵两万南下，刚至清溪县附近的凤郡，就听说淮阳王大军压境，秦筝忙下令全城戒严。

淮阳王的探子打听到有一支楚军增援了邻近的郡府，因不清楚对方人马，又有“人质”在手，不想浪费兵力去攻城，索性派人去郡府送信，让城内楚军拿城来赎流民头子。

秦筝收到信后大惊失色，问杨毅：“淮阳王大军是和清溪县的那支流民队伍交的手？”

杨毅深知此事非同小可，神色也甚是凝重：“正是，那支流民队伍先前攻城被烧毁了云梯，又辗转西去，跟从徐州撤回来的淮阳王大军碰上了。淮阳王误以为那是咱们将士假扮的流民，围杀了那支流民队伍。”

秦筝急得来回在房内走动，凤郡只是座小城，城防不甚坚固，若是他们不同意拿凤郡换流民头子，淮阳王大军强攻，用不了多久就会攻下。

但淮阳王大军才跟那支流民队伍交战过，若是有将士染上了瘟疫，很快就会蔓延至全军，秦筝万不敢拿城内将士的性命做赌注同淮阳王开战。

而且楚承稷那边马上就要拿下吴郡，淮阳王若在此时知晓自己麾下的将士兴许已染上瘟疫，谁也不敢保证他会在绝境中做出什么疯狂的决策来。

秦筝越想一颗心就悬得越高，他们不能同淮阳王交战，可若只撤离驻城的军队，城内百姓无疑是死路一条。

她看着桌上的舆图，努力让自己冷静下来：“先和淮阳王谈判稳住他，再连夜安排城内百姓撤往闵州，尽量在三日内把城内军民都撤走。”

谈判只是权宜之计，淮阳王就驻军在这附近一带，用不了多久就能从别处得知同他交手的不是楚承稷的军队，而是清溪县那支真正的流民队伍。

离凤郡最近的大型城池只有闵州，闵州的城防比凤郡坚固数倍，到了那里他们才有喘息之机。

若是正常行军，约莫两日就能从凤郡抵达闵州。加上城内百姓的话，秦筝不敢保证三日内能否全部撤离。

这种时候，也只有尽人事、听天命了。

当日秦筝就召集凤郡官员，同他们说了此事，让地方官府配合军队转移百姓。

凤郡官员得知淮阳王大军同清溪县流民交手了，皆是人心惶惶，心知小小一个凤郡，挡得住一群流民，却挡不住淮阳王麾下训练有素的大军，关于撤离一事，全都听从秦筝调遣。

商定了撤离的细节问题，还得选出一名文臣前去淮阳王大营谈判拖延时间。

官员们已经知晓淮阳王那边怕是已经感染了瘟疫，前去谈判就是去送死，大多有些踌躇。

凤郡郡守在沉默片刻后，出列道："太子妃娘娘，微臣愿前往淮阳王军中，与之周旋，为凤郡百姓争取撤离时间。"

底下有人小声惊呼："郡公！"

凤郡郡守手捧笏板，斑白的鬓发用朝冠束得一丝不苟："太子妃娘娘心念凤郡百姓，为凤郡百姓做到此等地步，微臣不胜感激。微臣任凤郡太守一职十余载，空得食邑，无甚功绩，心中惶恐，今能为凤郡百姓尽绵薄之意，不胜欢喜，望娘娘恩准。"

言罢，向着秦筝深深一揖。

明知此去是送死，这位年过半百的老臣却说得仿佛是在讨什么功绩一般。

秦筝心中涩意骤起，连忙走下矮阶扶起凤郡郡守："唐大人的功绩，本宫和殿下都会记得。"

秦筝率大军抵达凤郡时，便有人把凤郡大小官员的名册送到了她手上，眼前这年过半百的老者名唤唐文渊，景泰元年的寒门进士，景泰三年被外放后，就再也没回过京都。

他口中的无甚功绩，却是凤郡百姓安居乐业十余载。

唐文渊眼已现泪光，苍老的脸上，是饱经风霜后的平和与决绝，他再次向秦筝作了一揖："他日太子殿下收复河山，微臣还愿替殿下打理这小小凤郡。"

最后这个礼，他是行给大楚王朝的，秦筝代表大楚王朝受了他这一礼。谁都知道，这一去，就再难有"他日"了。

秦筝忍着从心口上涌至眼眶的涩意，点头道："殿下会建立一个比从前更好的、一如三百年前昌盛的大楚，唐大人一定要回来辅佐殿下。"

老臣欣然应允，却引得不少官员暗自抹泪。

次日，唐文渊便只身前往淮阳王驻军之地，假意和淮阳王谈判。

凤郡城楼上只留了刚好够站满城墙垛的将士，做出凤郡不是空城的样子。

秦筝是和城内最后一批百姓一同撤走的，自愿留守下来的那些将士，秦筝都为他们登记了名册，允诺会厚待其家人。除了必要的维护他们安全的几百骑兵，军队里的其他马匹都用来帮百姓驮运东西，秦筝自己的马车，也让给了一个临产的妇人当产房。

妇人生产时，马车里边传出阵阵痛苦的呻吟声，恍若在经受剥皮抽骨的酷刑一般。

秦筝从前只听说过妇人生产是在鬼门关走一遭，如今才算是真正见到了。

那妇人后面已经全然没力气了，秦筝命人切了片老参给她含着，一直到第二天天明，孩子才呱呱坠地，但妇人却面色苍白，已是弥留之际。

大军暂歇时，秦筝忙让人煮了碗热汤端过去，汤还没喝进嘴里，妇人就咽了气。

条件有限，秦筝命几名将士挖了个坑，草草将那妇人葬了。

秦筝站在高坡上，看着底下官道上携老带幼、艰难前行的百姓，抬眼望向远处淡金色的晨曦，只觉得心口沉得慌，这天下何日才得太平？

他们披星戴月地赶了两天两夜的路，眼瞧着距离闵州已不足五十里地，却还是在第三日下午被一路狂追而来的淮阳王军队咬上了。

斥候驾马回来报信时，嗓音都是抖的："太子妃娘娘，一支打着淮阳王旗号的骑兵全速朝着咱们追来了，距这里已经不足十五里地！"

以骑兵的速度，用不了半个时辰就能追上他们，但半个时辰，他们带着凤郡百姓最多能再撤出五里地。

随行的凤郡官员惊骇不已，连忙赶来劝她："太子妃娘娘，咱们带大军先撤去闵州，让百姓们自己后边跟来就是！"

秦筝抬眸看向说话的官员，她目光清透雪亮得像是一把利剑，划开所有虚伪，让一切见不得光的都变得赤裸，那名官员直接被秦筝看得低下了头去。

秦筝没有动怒，只问："唐大人只身前往淮阳王大营周旋，才让诸位和凤郡百姓得以撤离数百里地，今日只剩五十里地，诸位大人就要把凤郡百姓推出去挡着？"

一番话说得不少凤郡官员羞愧不已，也有官员为难道："咱们的将士同淮阳王的人马交手，染上疫病了可如何是好？"

秦筝转过身，看着不远处盘山而修的官道，沉静开口："烧山。"

整座山烧起来，这条官道至少半日内是没法再通行的，淮阳王的骑兵绕路过来，也得再费不少周折。

秦筝下令让百姓把能扔的东西全扔了，全速往闵州前进，一万五千名大军与凤郡百姓同行，另五千人马则把粮草一并留在山上烧了，拎着火油泼遍了整座官道盘旋的大山，最后一个火把丢下去，整座山瞬间成了火海。

驾马从山上狂奔下来的将士，身上依然被火舌卷到，冲到安全地带直接整个人栽下马，在地上痛苦地打滚，接应的将士把早就打好的水浇上去，才扑灭了那一身火。

来不及包扎，将士们扶着被烧伤的同伴，继续往闵州撤离。

为免这剩下的五千人马自乱阵脚，秦筝一直都同他们在一起，她像是这支军队的主心骨，只要有她在，哪怕知晓淮阳王追兵就在一座被大火隔绝的山脉后边，将士们心中也毫无畏惧。

太子妃在最危难的时候都不曾丢下过一个凤郡百姓，更不会丢下他们这些大楚的将士。

蔓延至整条山脉的火势的确阻挡了淮阳王骑兵的追击，但最后撤离的这五千将士，两条腿还是没跑过淮阳王骑兵的四条腿，淮阳王的那支骑兵绕路，在距闵州十里地的地方再次追上了他们。

杨毅寻来一匹战马，催秦筝上马：“太子妃娘娘，这几十名精骑护送您进城，末将带人在此迎战，总能多抵挡片刻。”

“杨将军……”秦筝咬了咬牙，忍住眼底的酸涩，转头望向东南的方向，那一座座巍峨的山岭阻隔了她的视线，山岭之后就是闵州城。

明明就只差这么几里地了。

杨毅咧嘴笑：“能跟随殿下和娘娘，是杨毅一生之幸，凤郡百姓应当都已安全进了闵州城，杨毅这辈子能积攒这样大的福泽，已然知足了。”

他越是这般说，秦筝心底越不是滋味，手中将缰绳勒得死紧。

远处烟尘滚滚，马蹄声如闷雷，是淮阳王的骑兵追上来了。

杨毅重重一拍马臀，喝道：“太子妃娘娘快走！”

战马冲了出去，几十名骑兵护送秦筝往闵州撤，秦筝红着眼往后看：“杨将军！”

“呜——”正前方忽而传来低沉的角声，厚重却极有穿透力。

秦筝惊愕一回头，就见黑底金纹的楚旗已经出现在远方地平线处，随后从地平线上冒出来的，不是骑兵，而是成千上万匹无人的战马。

杨毅等人看到这些战马大喜过望，不再备战，也忙往这边奔来。

秦筝一眼就看到了驭马立于高坡上的楚承稷，他不是在攻打吴郡，怎会出现在闵州？

后者显然也瞧见了她，直接驾马往这边奔了过来，可能是那身盔甲的缘故，秦筝觉得他脸色冰寒严峻得有些吓人。

不过几息，比寻常战马高了半头的汗血良驹就奔至秦筝跟前。

身后穷追不舍的淮阳王骑兵看到这边高坡上黑压压的如一堵玄铁城墙的楚军，不由也放慢了脚程，似草原上追逐猎物遇到狼群的鬣狗，在撤离和伺机而动之间权衡。

秦筝自己都没察觉到，她脑子里紧绷了一路的弦，在看到楚承稷的这刻骤然一松。

天塌下来了，也有他顶着的。

秦筝轻夹马腹，驱马上前几步，为了方便行军，她穿的是一身锁子软甲，风吹乱了她耳边的碎发，脸上还沾着烧山留下的炭灰，却丝毫不影响她的容貌。

她望着他笑：“你不是在吴郡？怎过来了？”

楚承稷黑眸锁着她，一反常态地不发一言，下颌绷得死紧。秦筝后知后觉地发现他好像在生气，目光在他脸上刮了好几遭，正思索着他动怒的缘由，整个人就被一只手臂大力揽了过去，撞进他的怀中。

呼吸间是他身上那股淡淡的雪松香，秦筝心中百味杂陈，闭上眼反拥住他：“我平安归来了的。”

她不出声还好，一出声楚承稷立刻松开了她，掉转马头，声线冷沉：“回去。”

仿佛刚才那个短暂的拥抱只是秦筝的错觉，秦筝因为愣怔落后了半步，刚追上去，楚承稷直接探身牵过了她手中的缰绳，让两匹马并排着跑。

身后杨毅等人已经骑上战马往这边赶了过来，盘踞在矮坡底下的淮阳王骑兵看到猎物逃走，似乎也做出了决断，驾马继续追击。

秦筝正有些担心床弩放箭会射伤杨毅他们，就见十几台投石车被兵卒推了出去，与床弩并列。

点燃的火药弹用投石车投掷出去，在空中抛过一道长弧，砸向淮阳王的骑兵，坡底很快就传来了震耳欲聋的爆破声，淮阳王骑兵被炸得人仰马翻，哪还有先前的冲锋队形。

楚军这边一直用火药弹压制淮阳王骑兵推进，等杨毅一行人也撤回床弩防线之后，才停止投掷，改用床弩发射弩箭。

床弩的射程达三百步，两百步内，弩箭就能深深钉入夯土垒成的城墙，成为“踏橛箭”，供攻城的将士们踩着弩箭攀上城楼。打硬仗时，通常是云梯和“踏橛箭”齐用，所以一些大型城池，才用砖石加固了城防，避免外城墙叫床弩破坏。

淮阳王骑兵的血肉之躯，自然无法抵挡床弩的威力，重新集结起来的冲锋队伍，成片成片地倒在了弩箭之下。

战马嘶鸣，人声哀号。

这支从凤郡一直追至闵州的骑兵，终究是折在了这里，剩下的零星几名骑兵不敢再前来送死，直接掉转马头往回撤。

楚承稷没有下令追敌，让两翼骑兵掩护推送战车与床弩的步兵往回撤。

等大军退回城内，立即封锁城门。

入城不久的凤郡百姓跟闵州百姓一起挤在街头，大声欢呼迎接秦筝等人平安进城。

“太子妃娘娘！”人潮中呼声最高的便是叫秦筝的。

秦筝和楚承稷并排走在大军最前列，哪怕身上还带着从战场归来的狼狈，她在凤郡百姓心中依然是神明一般的存在。

杨毅和其他将领骑马跟在后边，头一回见到这般热烈的欢呼场面，看百姓们对楚军拥护至此，人群中还有大声叫自己的声音，咧嘴大笑，只觉之前所做的一切都是值得的。

闵州百姓听说了秦筝带着凤郡十几万百姓转移的事迹，心中对这个太子妃也是钦佩不已。

秦筝未着华服，一身戎甲，反让百姓们见了她情绪更加高涨。

秦筝也没料到自己会被拥护成这般，在马背上挺直背脊，努力绷着神色，以示威仪。

楚承稷听着沿街百姓对秦筝的呼声，余光扫到秦筝挺直腰背的样子，嘴角微不可察地往上扬了扬。正好秦筝侧首往他这边看来，他瞬间抿起嘴角，又恢复了那一脸冷沉的神色。

秦筝狐疑地瞅了他两眼。

他刚刚分明是在笑的吧！

到了闵州府衙，闵州官员们还想晚间给秦筝办个接风宴什么的，秦筝赶紧用那双熬了三天两夜的熊猫眼瞅楚承稷。

楚承稷眼风扫过叽叽喳喳地歌功颂德的官员们，官员们瞬间安静下来。

楚承稷道:“太子妃和凤郡臣子们日夜赶路、舟车劳顿，接风宴改日再办。”

他一直冷着脸，二人回了房后，秦筝小声嘀咕:“我立了大功，你不赏我也就罢了，摆这张脸给谁看啊？”

楚承稷哼笑一声，皮笑肉不笑地问:“你说呢？”

秦筝没接话，屋内静默了一会儿，他才道:“往后还以身犯险吗？”

秦筝却抬眸直视着他，神色罕见地认真:“我不觉得我做错了，再来一次，我一样会带着凤郡百姓一起逃。”

如果她只是个普通百姓，任何大灾大祸前，她肯定是紧着自己的小命，因为她的能力只够保全自己。可她身在掌权者的位子，军队、物资，都能被她调动，在危险跟前，她若依然只顾自己逃窜，把百姓抛之脑后，那么她就不配在那个位子。

楚承稷合上双眼浅浅叹息一声:“你没错。”

是他有了私念，天地万物皆为刍狗，但她不是。

这一仗放在任何一个臣子身上，他都会大加赞赏，险中求胜的是她，担忧便多过了赞赏。

秦筝拉住他的袖子小幅度地晃了晃，卖乖道:“我这不平安归来了吗？”

“你啊……”楚承稷终究只是又叹了一声，没再说什么，看出她面上连日积攒下来的疲惫，道，“去沐浴吧，我让厨房备了膳食，吃完早些休息。”

秦筝这才起身去了净房。

楚承稷看着她的背影，眼中的复杂情绪慢慢归于平静。

他其实也问过自己，让她一步步走到今天，身上的担子越来越重，是不是他错了。

但鹰本就属于阔宇，不会有人因为阔宇凶险，就生生折了鹰的翅膀。

所以，他给她一片再无危险的穹苍就好。

# 第二十六章

# 暴乱

她会来问他要人的，那样他就能再见到她了。
他……想再好好地同她说几句话。

秦筝从净房出来时，一直踮着脚，龇牙咧嘴的。

楚承稷见她神色不对劲儿，走过去将人打横抱起，放到了杌凳上问："怎么了？"

秦筝两手撑着杌凳，抬起两只嫩白的脚丫子，吸着气道："脚上起了几个水泡，这会儿疼起来了。"

迁移凤郡百姓的这百余里路，她全是跟着将士们一起徒步走来的。

楚承稷看见她身上那些磕伤，锁眉看向秦筝："先前为何不说？"

见楚承稷脸色不好看，秦筝讪讪道："先前没觉着疼嘛。"

楚承稷无奈地瞪她一眼："一会儿把水泡挑破了上些药。"

秦筝看着边上那满满一桌的饭菜，肚子愈发饿得慌，眼角余光不断往那边瞟，跟楚承稷打商量："先吃饭吧。"

楚承稷又是心疼又是好笑，怕她脚疼，只得先把人抱去桌子那边用饭。

等用完晚饭，楚承稷见秦筝疲懒地窝在软榻里看书，对她道："你先别睡，我去给你拿药膏回来。"

秦筝打着哈欠点头："知道了，你去吧。"

楚承稷拿了药回来，推门就见秦筝已歪在软榻上睡着了，怕弄醒她，脚上的水泡是不能在这时候挑了，他用药匙挑了药膏抹在她脚底生了水泡的地方，抹匀后去净房洗了手，回来等她脚上的药膏干了，才抱起她去内室的床上睡。

秦筝实在是太久没好好休息过了，这一觉直接睡到第二天下午才醒。

楚承稷已不在房内，她自己穿衣下床，推开窗叶，见庭院是湿的，才知昨夜下了雨。

她唤人进屋，进来的是两名贴身照顾她的武婢，一个叫白鹭，一个叫楼燕，都是林昭手把手教出来的。

秦筝从白鹭口中得知楚承稷留了话，他去和闵州的官员们议事了。

秦筝约莫能猜到他们要商议的是什么，凤郡十几万百姓一下子拥入闵州城，如何安顿得理出个章程来，还有就是淮阳王那边，淮阳王若派出大量感染瘟疫的将士前来攻城，总得想出个应对之法。

这多事之秋，秦筝自然是闲不住的，换了身能出门的衣裙，就去看望受伤的将士们，顺便去凤郡百姓暂居的地方慰问一番。

到了军营，杨毅提前得到了消息，已早早地候在大门口。

军中不能有女子进出，但秦筝和她手底下的娘子军除外。

她带来的两万人马，几乎一人未折，因未和淮阳王的骑兵交过锋，受伤的也多是烧山那会儿，从山上奔下来被火舌卷到的将士。

秦筝亲自去探望伤兵，被烧伤了只能裸着背脊趴在床上的将士们不敢在她跟前失礼，龇牙咧嘴地给自己套上军服，规规矩矩地站在床前觐见。

秦筝去了第一个伤兵营房得知这件事后，为了让将士们安心养伤，便没再去其他营房，只让杨毅下发了赏钱，又让火头营那边给伤兵营提供好点的伙食。

虽然没得什么大赏，但秦筝能亲自去慰问伤兵，已经给将士们打了一剂鸡血。

逃至闵州的凤郡百姓，一些被当地热心的百姓暂时收留，一些则暂居在官府临时搭建的大棚里，官府为他们一天施三次粥。

秦筝在来闵州的路上，就同不少凤郡百姓交谈过，他们中有的人，准备先逃到闵州，再辗转去别处投奔亲戚，有的则全然不知往何处去，只是跟着军队一起逃。

自己心中有打算，也能想到去处的那批人，不需要秦筝担忧。离了家园，不知何处落脚的这些人，才是她需要想法子安置的。

她巡视完凤郡百姓暂居的灾棚，也看过他们一日三餐吃的东西，放心了些，走前留下一名大夫在那里照看凤郡百姓，毕竟这几日赶路风餐露宿，少不得有老弱妇孺病倒的。

正准备打道回府，一名年轻妇人却壮着胆子问了句："太子妃娘娘，娘子军还收人吗？"

秦筝只错愕了一瞬，便镇定回道："娘子军一直都对外征兵的。"

妇人的脸上顿时浮现起欣喜的神色："民妇想加入娘子军！"

秦筝问她："为何？"

妇人眼眶红了红："民妇相公去得早，膝下无所出，被夫家的人收了房屋田地赶走，娘家现在是兄嫂当家，也没我的容身之地。民妇有一把力气在，不怕劳苦，听说太子妃娘娘手底下有一支娘子军，民妇这才想参军。"

秦筝脸色严肃道："参军不是儿戏，娘子军在必要时也会上战场的，会流血、会死人。你若只想找一个归处，还是再好生考虑考虑。"

妇人连忙摇头："民妇不怕死，若不是太子妃娘娘带着我们逃，等凤郡被淮阳王大军打下来，染上瘟疫，民妇也活不了。民妇这条命是太子妃娘娘给的，民妇以后就想为太子妃娘娘做点事。"

妇人的话音刚落下，人群里陆陆续续又有不少妙龄女子和妇人站了出来，都说她们想加入娘子军。站出来的每个人，都有她们参军的理由，从前虽然也听说过楚军里有一支娘子军，但百姓们大多没放在心上。

这次迁移凤郡百姓，他们亲眼看见了秦筝跟他们同甘共苦，也见识到了这位年轻太子妃的魄力。

太子妃贴身带着的那十几名娘子军，更是不比男子差，在行军上从没拖过后腿，相反，有百姓在赶路途中生病扭伤什么的，她们还能帮忙医治一二。

牢固的枷锁，往往是在乱世里被打破的。

她们有的无处可去，有的背负血海深仇，有的满腔抱负，娘子军就是她们最好的归属。

秦筝没想到会有这么多想成为娘子军的，因着今日出门匆忙，笔墨纸张都没备，关于选拔娘子军的章程和后续训练也还没做出规划来，便道："诸位且再好生考虑几日，三日后本宫命人前来征兵。"

女子们听得秦筝的话，俱是欢喜。

秦筝坐在回程的马车上时，神情还有点恍惚。

在青州时，她和林昭费了老鼻子劲招收娘子军，效果都是平平，后来林昭被楚承稷封为校尉，前来参军的人才多了起来。如今娘子军慢慢有了势头，愿意加入娘子军的也越来越多。

一如楚承稷手中的这股势力，一开始他们只拿下青州时，不管是前来投奔的旧臣还是参军的百姓，都寥寥无几，但随着江淮之地尽归他们之手，军队也滚雪球一样越滚越大。

万事都是开头难，但只要开好了这个头，就会风卷野火一般，形成燎原之势。

回到府上后，秦筝就一头扎进了关于娘子军征兵的各种事项之中。

她在处理政务上早已是颇有心得，但对于军队的管理，秦筝还是深感隔行如隔山。

楚承稷议事归来，就见她拟的草纸已经飘了一地，他捡起一张，瞧见上边写的"军规"字样，好笑着问道："这是在写什么？"

秦筝已经快把头发抓成了个鸟窝，她捏着笔杆头也不抬地道："三日后开始征娘子军，我想着先把军规拟定，后边怎么训练，不训练时安排她们做什么，都得弄个章程出来。从前和阿昭开始建设娘子军时，只登记了名册，把能作战的和在外刺探消息的娘子军区分开来，军规军纪大多也是军中老人口口相传的，如今已有规模，你先前也承诺了要给娘子军一个番号，此次征新军，便一切按章程来。"

她在心里小声嘀咕，这才是正规军该有的样子。

楚承稷走近，单手撑在案前看了一眼她正绞尽脑汁写的东西："军中有全套的军规制度，你照搬过去稍做改动就是，为何还要重新制定一套？"

秦筝落笔的手一顿，片刻后抬起头来，神情有点呆："我忘了。"

楚承稷好笑道："罢了，我帮你拟一份。"

秦筝立马起身给他让座，楚承稷提笔帮她写军规，她就在一旁帮忙研墨，时不时歪着脑袋看他写的字迹。

"好了。"楚承稷写完搁下毫笔，将纸张拿与秦筝看。

她本就半弯着腰，楚承稷猝不及防地一转头，几乎是再往前一分就能亲上去，楚承稷将她抱回内室时，哑声道："我吃药了。"

秦筝一时间没反应过来："什么？"

楚承稷轻轻触碰她的脸颊，带着点安抚的味道："让你喝那样的药，我舍不得。"

秦筝心口突然发紧，她问："那你呢？"

楚承稷笑了起来："你若是吃坏了身子，旁人还能以我无后施压于你。问题若是出在我身上，谁还有话说？大夫说了，没什么副作用，我还不至于承受不住这点药性。"

秦筝一时间不知是气恼居多还是酸涩居多，只能捶了他一记："你……怎会去找这样的药？"

楚承稷盯着她，好一会儿没说话："许久之前就命人配了，只是最近才调制好。"

配药的大夫得知是他要这样的药，吓了个半死，打起十二万分精神研制此药，成品做出来了，找了不少男子试用后，确定对身体无害，才敢呈到他手上来。

这一夜的秋雨下得有些大，掩盖住了主院发出的一切声响。

秦筝醒来时屋外依然下着雨，天色有些暗沉，她一时间分不清这是清晨还是暮时。

身侧的被褥是冷的，楚承稷显然早就起了，秦筝撑着床榻神色微妙地爬起来，只觉得自己浑身的骨头都似被人拆了重组过一般，回想起昨夜的种种，不由得有些暗恼。

秦筝咬着牙，颤颤巍巍地更完衣，才推开门让人送吃食过来。

白鹭和楼燕送饭过来时，秦筝不意外地得知楚承稷下午又去和臣子们议事了。

秦筝嗓音一反常态地有些嘶哑，问："淮阳王那边可有什么动作？"

白鹭和楼燕都是娘子军的人，同府上的普通下人不一样，对军情知晓得自然也多些。

白鹭回话道："淮阳王那边暂时倒是没什么动静，从徐州以东的各大城池，都封锁了要道，淮阳王军中瘟疫肆虐，不少将士都身染恶疾、军心涣散，目前是无力攻城的。"

秦筝点头表示知晓，又问："青州和坞城呢？"

白鹭呈上一封信："这是宋大人寄来的。"

秦筝已经吃得差不多了，用巾帕擦了擦嘴角，拆开信封后，里边是宋鹤卿的折子。

先前秦筝要亲自前去平息清溪县的暴乱，宋鹤卿就极力反对，后来得知淮阳王军队同清溪县的流民交了手，更是担忧得不得了，猜到她若撤军，肯定撤往闵州，当即把信件往闵州寄了过来。

秦筝一目三行地看完，青州灾棚和坞城的瘟疫目前是控制住了的，从各地前来的郎中们，虽还没找到救治疫症患者的法子，但配出的汤药，已能阻止患者从红疹恶化到恶疮。

哪怕还不能根治，能找到暂时抑制病症恶化的法子也是好的。

青州和坞城无恙，秦筝便宽了心，她对二人道："两日后你们随我去凤郡百姓暂居处征兵，闵州多布庄，你们去问问价钱，定制一批娘子军的军服。"

白鹭和楼燕闻言，神色都有些激动："婢子遵命。"

秦筝微微颔首："退下吧。"

当晚楚承稷回来，推门时就发现房门被人从里边闩上了。

自己昨晚做了些什么，他还是有自知之明的，不怪她会有这么大的气性。

楚承稷抬手轻轻叩了叩门，嗓音平静又温和："阿筝？"

里边黑漆漆的，没人应声，他又叩了叩，好脾气地继续唤她："睡下了？"

白鹭和楼燕在耳房听见声响，硬着头皮出来回话："禀殿下，太子妃娘娘说昨夜秋雨寒凉，感染了风寒，已经喝药睡下了。娘娘说为免把病气过给殿下，殿下这几日都去书房歇吧。"

说完就陷入了一阵诡异的沉默，白鹭和楼燕低头看着自己脚尖，大气不敢喘一声。

屋檐下的灯笼在地面拉出一道斜长的身影，许久，白鹭和楼燕才听见极浅的一声："退下吧。"

白鹭和楼燕如芒在背，却也只能行礼后退下。

二人回到耳房后没敢直接躺下，外边静了良久，才响起离开的脚步声。

白鹭微不可察地松了一口气，却又隐隐有些担忧，太子妃娘娘和殿下闹了脾气，转头真把太子殿下给气走了可如何是好。

房间里，秦筝躺在床上，也竖着耳朵在听外边的动静。

她睡了整整一个白日，这会儿压根没什么睡意，楚承稷第一次敲门的时候，她就是醒着的。

听见楚承稷在外边站了一会儿，脚步声果然远了，心中颇有点小解气。

她躺了一会儿，实在是睡不着，爬起来点了内室的灯，打算找本书看。

内室的烛火刚亮起来，窗棂那边就似被夜风吹动，发出了一声轻响，秦筝瞬间绷紧了神经，拿起烛台去窗棂处看，却什么也没有。

蜡烛突然被一阵冷风给吹灭了，四周陡然陷入黑暗，秦筝总觉得有双眼睛似在暗处看着自己，浑身的鸡皮疙瘩都快起来了。

她转身看向屋内时，壮着胆子道："楚承稷，我知道是你。"

秦筝在原地僵立了一会儿，竖着耳朵没听见屋内有什么声响，视线也重新适应了黑暗，能辨出屋内器具的一个轮廓，才轻轻呼出一口气。

难道猜错了？她刚迈出一步，一只冰冷的大手就从身后揽住了她的腰，下巴轻搁在她肩窝，不发一言。

秦筝被他吓了一跳，压低了嗓音咬牙切齿地开口："楚承稷！"

"不是睡了？"他应她，嗓音轻浅平静，似乎又压抑着什么。

秦筝汗毛直竖，一把挥开他退出几步远："你想都不要想，三天之内不可能的！"

"回来给你送药的。"他把人捞起，同样是伸手不见五指的黑，他抱着个人都还走得四平八稳，把秦筝放回床榻上了，才转身点灯。

秦筝坐在床尾，有种不好的预感，警惕道："送……送什么药？"

"不是不舒服？"

秦筝不愿在他跟前示弱，绷着脸努力维持着一脸淡然道："我自己来。"

等秦筝从净房回来，见他拿着她傍晚看的游记在看，不由道："你还不走？"

楚承稷看了她一会儿，放下书，把奓毛的猫咪重新抱回怀里，下巴抵在她发顶，缓声道:“昨晚是我过分了。”

秦筝的怒焰降了一降，他在她鬓角亲了亲，声音里透着疲惫:“今晨只合眼了半个时辰，阿筝陪我躺会儿。”

这人忙起来，好几宿不睡都是常有的事，恼归恼，看他下巴上冒出来的淡青色胡楂，秦筝也是真心疼。

她在青州时只忙政务都时常脚不沾地，他得处理各大州府的军务和政务，每日要看的折子都比她多了几倍，肩上担子有多重可想而知。

她没应声，却窝在他怀里没再动弹，还伸手环住了他的腰。

楚承稷抱着她躺了一会儿，却又问:“真有那么难受？昨晚你一直哭。”楚承稷垂下眼，语气认真，“若真难受，往后还是像从前那般好了。”

真到了那一步，他不太能控制得住自己。

从前她也那般哭过，昨夜他才没分清她哭究竟是疼还是因为其他的。

不过她都不舒服了，今日又这般生气，想来是疼的，思及此处，楚承稷眼底有了几分自厌的情绪。

欲望果然是令人生厌的。

秦筝闭着眼，还是能感受到他落在自己脸上的视线，手在被衾底下都快把床单揪出朵花来了，为什么要一本正经地问她这种问题?

“不要怕我，以后不会了。”楚承稷摩挲她的脸颊，嗓音极低地说了句。

他喜欢同她亲近，只是不知从何时起，靠近她，心底升起的就是那些世俗又污浊的恶念。

先前他以为她也喜欢，现在这些恶念让她惧怕他了，他便扔掉。

秦筝不知他心中所想，骤然听他说出这么一句话来，也察觉到他可能是误会了什么，只得忍着羞耻心道:“也没那么难受……”

“我不怕你。”秦筝感觉自己快成为一只油焖大虾了，“有些事情也不是我能控制的。”

她也觉得哭很丢脸来着，但这就和眼角被人揍了一拳会生理性地流泪一样，不是她能左右的。

楚承稷看着她，黑眸深沉，不知在想些什么，只抚着她的后背轻“嗯”了一声。

秦筝觉得自己解释得够清楚了，也没再纠结这个问题。

接下来的半个月里，她忙完了娘子军的征兵，又把安置凤郡百姓的差事也接了下来。

家中有人会织布的，便留在闵州，由官府帮忙建造房屋，并分配织机田地，让这部分百姓能自己织布耕种谋生。

不会织布的，愿意留在闵州务农的，官府也帮忙建造房屋分配耕地，只不过能留下来的人员有限，剩下的人口务农的往旁的州府迁移，采取的策略依然是官府配给房屋田地。

其中的手工匠人则落户匠籍，可去铺子里为佃主做事，也可自己做些手工器具在集市上卖。

光是重新为凤郡百姓编制户籍，秦筝就和底下官员们忙活了将近大半个月。

这期间淮阳王大军前来骚扰过几次，因瘟疫在淮阳王军中被发现得太迟，等他们反应过来时，哪怕隔离了当初和清溪县流民交手的那支军队，军中还是有大批大批的将士病倒，淮阳王世子也身染疫症。

眼瞧着自己这股势力气数已尽，淮阳王心中恨极，谎称江淮的大夫已经研制出了治疗疫病的方子，只要打下江淮，所有将士都有救。

原本在绝境中等死的淮阳王大军，瞬间又燃起了斗志，攻城架势前所未有地猛。

闵州若不是楚承稷亲自坐镇，只怕守不住。

楚承稷麾下的谋士们想破脑袋也想不出破局之法，只能保守地先加固城墙。

先前青州的城墙就是秦筝加固的，这次的工程自然还是由她负责。

秦筝看了闵州城墙的建造图纸，却有些头疼。

城墙并非能在原有基础上随心所欲地乱做改动的，和修房子要打的地基一样，房屋建得越高，底下的地基就得打得越牢。

先前青州的城墙她能直接加固外墙，并且在原有的基础上筑高半丈，是因为青州城墙地底的沟槽挖得足够深，地基足以支撑加固后的上部墙体。

闵州的城墙虽然是用坚石砌成的，但地底稳固墙体的沟槽却不深。

她拿着图纸去找楚承稷，同他说明情况后道："闵州的城墙可以从外墙加固，但不能再筑高了。"

楚承稷思索片刻后开口："先加固外墙，我会让人继续想法子。"

加固城墙只是保守之策。

秦筝点了头，拿起工图离开前又看了楚承稷一眼，他瘦长的手指握着毫笔，长眸半垂，依然在批阅折子，似乎没发现她要离开了。

又或者是发现了，但没什么可多说的。

秦筝不知是这些日子以来的事情太多了，他太累了，还是因为别的什么原因，但楚承稷显而易见地对她冷淡了。

他从前只在外人面前清心寡欲，如今在她跟前也是这般。

他对她依然很好，一如从前周到体贴，但除了晚间躺在同一张床上他还会比从前更甚地紧拥着她，他不再对她做任何出格的事。

被诸多事务缠身的时候，秦筝累得几乎是一沾枕头就睡，等她意识到这个问题，便是现在了。

一个刚开荤的男人，突然变得如此冷淡？

秦筝没觉得她和楚承稷的感情出现了问题，她唯一能想到的就是他手上事情太多太累了。

可能是她盯着看得有些久了，视线一直落在折子上的男人抬起头朝她看来，温声问："怎么了？"

书房里没有旁人，若是从前，他大概会哄着她让她帮忙捏捏肩颈，或者以教她处理政务为由，厚脸皮地抱着她不肯撒手。

一旦发现了苗头，再回想这大半月他们二人之间的相处，就总觉得哪哪都不对。

他好像在刻意规避和她的亲密。

秦筝有许多疑惑充斥在心头，她正想把心底的疑惑问出来，门外就有侍者来报："殿下，岑先生从徐州赶来了。"

楚承稷道："宣。"

秦筝故意到一旁的杌凳上坐下，丝毫没有回避的意思，就是想看楚承稷的反应。

但楚承稷似乎压根也没想让她回避。

秦筝的视线在楚承稷脸上扫了好几遭，但后者表现得格外淡然又坦然。

秦筝收回视线，正好岑道溪进屋，向他们二人见礼："见过殿下，见过娘娘。"

楚承稷道了声"免礼"，又对一旁的侍者道："看座。"

侍者忙又搬了一方杌凳过来。

岑道溪落座后便开门见山地道："微臣听闻，淮阳王谎称江淮有医治瘟疫之法，以此来鼓舞麾下将士大肆攻城？"

楚承稷点头："确实如此，淮阳王用身染疫病的兵卒打头阵，徐州至闵州一带的守城官兵唯有避其锋芒，先生有何良计？"

岑道溪用收拢的折扇敲了敲手心，一番思虑后道："良计没有，险策倒是有一条。"

秦筝和楚承稷对视一眼，秦筝道："先生但说无妨。"

岑道溪语气缓且沉："淮阳王大势已去，大肆攻城，想让疫病蔓延回中原各地，无非是不服，想拖大楚和汴京李家一同下水，心思委实歹毒。这谎言发酵到现在，只怕也没人愿意相信是假的，他麾下将士不要命地攻城，不是为了效忠，而是为活命。"

说到这里他顿了顿，起身一揖道："微臣的险策便是，大楚拿一城出来，收纳救治身染疫病的淮阳王逃兵，淮阳王大军如今的锋刃在于将士们都想求生，若给他们一条无须流血死人、冒险攻城也能看到的生路，那么淮阳王大军就变成了一盘散沙，不击则溃。"

秦筝听岑道溪一番分析后，觉得此计确实比他们同淮阳王的军队死磕好，淮阳王大军攻城的信念是求生，他们这边守城的将士需要面对的却是死亡和疫病。

一个义无反顾奔向生，一个需要努力克服对死亡和疫病的恐惧去守城，两方的士气和信仰根本不在一个层次。

她看向楚承稷，等楚承稷决断。

楚承稷坐在主位上，长眉微皱，问："淮阳王麾下将士七万有余，这些人里哪怕只有一万人拥入城内，若发生动乱，如何镇压？"

最重要的是，那些将士是冲着江淮一带有医治瘟疫的药才当逃兵前来投奔的，届时他们若说无法医治，谁也不清楚这些逃兵在极端情绪下会做出什么来。

毕竟，之前已有清溪县发生暴乱的先例。

岑道溪苦笑:“微臣说此乃险策，这便是险之所在了。”

楚承稷道:“收治大量淮阳王麾下逃兵一事兹事体大，孤回头再与谋臣们商议此计可行与否。”

岑道溪拱手应是。

秦筝明白楚承稷的担忧所在，一是怕淮阳王那边身染疫病的兵卒太多，收容过来不好管控;二是药材粮食的问题，这些身染疫病的兵卒，吃住抓药届时都得他们出银子，无疑是给自己揽了个包袱回来。

也正是因为这些隐患，接下来数日，楚承稷麾下的幕僚们都针对此计争吵不休，激进派觉得可以一举瓦解淮阳王的势力值得一试，但保守派又觉得这是给自己这边埋下了隐患。

两派还没争论出个结果来，在淮阳王大军又一次猛烈攻城，闵州险些失守后，楚承稷还是力排众议采取了岑道溪的计策。

同淮阳王大军近战接触过的楚军将士，都在第一时间被隔离开来，送到另辟出的营帐单独休养。

为了防止收治的淮阳王逃兵发生和之前清溪县一样的暴乱，楚承稷没让人把收容地点建在城内，而是在闵州之后的城郊择了一处洼地，迁走附近百姓，扎起营寨。

洼地之外驻军看守，一旦发生暴乱，则放乱箭镇压。

又从青州调了有医治疫症患者经验的大夫前来，让他们带着从闵州附近州府征召来的大夫们一同研究制定治疗方案。

一切准备工作就绪后，楚军愿意收治身染疫病将士的消息一放出去，淮阳王麾下就有大量将士当了逃兵。

逃兵在城门口处经过严格筛查，卸下兵器才被允许进城，由官兵带往后方城郊的营寨，交与那里的大夫救治。

一开始前来投奔的逃兵每日只有百来人，到了后边，几乎是成百上千地朝闵州拥来，更有甚者，从将领到小卒整支军队跑来的都有。

淮阳王大军军心溃散，哪怕他再下令攻城，军队也没了往日的锋芒。

因着淮阳王麾下感染疫病的将士众多，军医和药材都有限，一开始也没有接触疫病患者的经验，以至于后面感染的将士越来越多时，军中反而更乱。

到了营寨后，根据大夫诊断出来的病症轻重，这些将士全被分配到了不同营房，每日都能喝上药汁，哪怕药还没起作用，因着这份心理安慰，将士们都觉着自己的身体状况好多了。

严格管控住了前来投靠的逃兵，这招釜底抽薪又从内部瓦解了淮阳王大军，闵州和徐州一带再没被淮阳王的军队骚扰过。

现在楚军只需要同淮阳王耗下去。

淮阳王大军就像是一头身染重病的狮子，已经不需要旁人再去猎杀他，等他自己发病，便是终结时刻。

南边的战局姑且算是稳定了下来，秦筝又收到了宋鹤卿递来的折子。

宋鹤卿在折子上说，瘟疫是从株洲蔓延开来的，有能力远逃的，才往下游的坞城迁来，病重的，则留在株洲等死。

陈军那边先前也派人前去株洲赈灾，只是疫病患者太多，又逢汴京政变，底下的官员们几乎也放弃了株洲这块疫地。

有个游医途经株洲，不忍看当地百姓的惨状，一直在株洲救治身染疫病的百姓，据闻真让她摸索出一套有效的法子来。

宋鹤卿想招揽这名游医，寻求救治之法，株洲那边却突然封锁了城门，打着的是以防瘟疫蔓延的幌子，实则就是怕治疗瘟疫的方子流传出去。

宋鹤卿恳求楚承稷发兵拿下株洲，毕竟只要拿下株洲，坞城和青州的难民就有救了，南边他们收容的这些淮阳王军队的逃兵，也都能得到救治。

秦筝把宋鹤卿的折子递到了楚承稷手上："你觉着如何？"

庭院中黄叶萧萧落下，楚承稷负手而立，望着北边的天际，沉声道："发兵，攻打株洲。"

当天军中就有流星马带着楚承稷的军令赶往青州。

青州如今是董成和宋鹤卿在守着，要攻打株洲，八成也是董成领兵出战。

南边的战事已趋于稳定，为免董成攻打株洲去了，青州无人守城，楚承稷打算把林尧调回去。

秦筝听说了此事，晚间自己歪在榻上看书时，便道："也好，我同林将军一道回青州。"

还在案前看折子的楚承稷落笔时微顿，朱笔在折子上留下一点红渍，抬起头看向秦筝，声线不自觉地绷得有些紧："要走了？"

秦筝把如意引枕塞到自己身后，换了个更舒服的姿势靠着，整个人慵懒得像是一只波斯猫："我来闵州也两月有余了，凤郡的百姓已全部安置好，娘子军也新征了上千人，这边没什么要我忙的了……"

楚承稷听到此处，正欲说话，却听秦筝继续道："正好青州那边已经入冬，正是元江的枯水季，为免来年春洪再带来洪灾，等拿下株洲后，我得赶着把鱼嘴堰大坝修好，不然瘟疫之后再来一次洪灾，百姓这日子还过不过了。"

楚承稷到了嘴边的话又咽了回去，只说："能分给底下人去做的，就让底下人去做，不要什么都往自己身上揽。我年关前回青州。"

秦筝只不咸不淡地"嗯"了一声，没说好，也没说不好，到点了，她就放下书自己回内室睡。

楚承稷还坐在案前，只是手上的折子写了什么，他已看不进去了。

这样的情况已经持续了好几日，秦筝对他的态度不冷不热，楚承稷在案前枯坐了一会儿，微不可闻地叹了口气，抬手捏了捏眉心。

等他回内室，褪下外袍躺了下去，习惯性地把人揽进怀里，当掌心触到的是一片温软滑腻时，他头皮都快炸开了。

被子里传出一阵窸窸窣窣的动静，楚承稷的呼吸已经不稳了，他抓住那只在他腰腹作乱的手，喉结滚动了好几遭，额角的青筋都凸起来了。

他用被子裹住秦筝，艰难道："阿筝先睡。"

他欲起身，却被身侧的人按着胸膛推了回去。

秦筝抱着被子坐起来，一只手还按在楚承稷的胸膛上，跟个恶霸似的捏着楚承稷线条极好看的下巴："楚承稷，我是不是入不得你眼了？"

"胡言什么？"

秦筝半俯下身看他，乌发垂落至身前："那你为何躲我？"

"……怕你疼，你也不太喜欢……"后面的话他没能再继续说下去，整个人闷哼一声，当真是额角青筋暴起，清俊的脸上却全是错愕，"你……"

秦筝问他："你怎么知道我不喜欢？"不等楚承稷回话，她又说，"我要走了。"

青州和闵州虽有元江相连，却也相距百里，楚承稷的唇瞬间抿紧了。

泡完温泉回来，秦筝扶着腰躺下的时候，还是觉得自己心疼谁都好，就不该心疼楚承稷。

秦筝翻身朝里躺着，迷迷糊糊快睡着时，察觉到有人抱自己，安心地窝进了那个怀抱。

身后的人在她的肩颈处亲了一口，低声同她说："晚几天回青州？林尧带着大军走陆路，你走水路比他们快些。"

秦筝掀开眼皮睨他一眼："鱼嘴堰水库的建造图纸我还得同懂水利工程的官员们细致研究，拿出重建方案来，这一来二去也得花费不少时间。等董小将军那边攻下株洲，重修鱼嘴堰的方案也定下来了，直接开工再好不过，毕竟明年的春洪不会等人。"

楚承稷浅浅地应了声，没再说挽留她的话。

秦筝察觉他有些心事重重的，半开玩笑地问："怎么，舍不得我走？"

楚承稷轻轻"嗯"了一声，把人按进自己怀中："确实舍不得。"

秦筝伏在他胸前，忽而也生出了几分离别的伤感来："大楚一直内忧外患，这场瘟疫更是无妄之灾，且盼这天下快些太平，不管是战乱还是疫病，苦的都是百姓。"

楚承稷忽而问："林昭近日可有传消息回来？"

秦筝摇头，问："怎么了？"

楚承稷嗓音发沉："大楚分崩离析至此，几场内斗后各方都伤了元气，又有瘟疫肆虐，于周边外族而言，再没有比这更好的进攻时机了。"

秦筝也被他说得忐忑起来，但还是往好的方面道："没有消息，也算是好消息，若是北庭遇袭，总得向我们求援的。何况连钦侯麾下十万铁骑，眼下又没了李忠背后插刀，想来出不了什么意外的。"

秦筝离开闵州这天，正赶上淮阳王又一次攻城，楚承稷原本打算亲自送她去码头，得了急报后，天还没亮就往城楼去了。

秦筝心知这是淮阳王最后的困兽之斗，闵州城门肯定是攻不破的，但应付起来也麻烦。

她比原定计划晚了三刻钟才出发，但还是没等到城楼那边传回捷报，回青州的车马船只是早早就备好了的，不好临时更改行程，秦筝心知怕是等不到楚承稷了，便下令启程。

从街口到码头，一路上都有百姓尾随相送，这些百姓大部分是凤郡的，还有一些是闵州本地的。

秦筝坐在车中，这一路都能听见车外的百姓在追着马车唤她，新征的娘子军跟在队伍后边，努力挺直背脊，全都与有荣焉。

到了渡口，白鹭扶着秦筝下马车，秦筝转身看着岸上的百姓，向他们福身一礼，此举让百姓们的声浪更加鼎沸："太子妃娘娘！"

江边风大，楼燕取了披风给秦筝披上："娘娘，已经误了时辰，上船吧。"

秦筝拢上披风，正要往岸边和福船相连的跳板上走去，岸上却突然响起一阵马蹄声。

秦筝回头一瞧，只见几十骑人马从远处飞奔而来，路边的百姓见此都为来人自动让出一条道。

白鹭眯着眼打量片刻，看清来人后，一脸惊喜，道："娘娘，是太子殿下！"

秦筝微微一愣，心中却也欢喜，她本以为会赶不上见这一面了。

一行人转瞬就到了码头，楚承稷翻身下马，大步朝秦筝走来，一对璧人紧紧相拥。

秦筝的脸贴着他坚硬的胸甲，轻声问："淮阳王被打退了？"

"嗯。"楚承稷应道。

随行的官员眼见延误的时间越来越久，只得硬着头皮上前催促："殿下、娘娘，该登船了。"

楚承稷一向寡言，听到官员的催促后便结束了这个短暂的拥抱，帮秦筝系披风的系带时，才说了一句："常写信来。"

这话让秦筝的心口莫名一酸，微涩的情绪蔓延开来，她突然就好舍不得眼前这个人，但她只能颔首说："好。"

楚承稷在系好披风的系带，准备收回手时，指节浅浅地擦过她的面颊，缓声道："登船吧。"

秦筝由白鹭扶着登上福船，快上甲板时，忍不住回头看他，见楚承稷还站在原地，寒江孤影，身姿茕茕。霎时，所有的不舍和离别感伤似乎全在这一刻涌上心间，秦筝隔着一波寒江冲他喊话："年关前，你要回来，我在青州等你。"

言罢就转身上了甲板，楚承稷在岸上只能看到她被江风吹得高高扬起的一截裙裾。

他一直站在江边，等福船和随行的几艘战船在江面上看不见踪影了，才吩咐随行的人马："回闵州城。"

淮阳王大军已是苟延残喘，每日都有几十几百的逃兵从他麾下逃走，淮阳王怒斩数百人后，才把逃兵之风给刹住了。

他那边和寻常军队作战，唯一的优势就是旁人惧他手中的将士染有疫病，不敢与之近战。

楚承稷一回去，便命人动员前来投奔他们的那些逃兵，那些逃兵，有的是想活命，有的是想再回乡看一眼家中亲眷。

楚承稷以丰厚的赏金作许，只要是愿意对抗淮阳王的逃兵，都能得到一笔银子，若是在战场上斩杀敌军兵卒，则再得赏金。

常言道“重赏之下必有勇夫”，不少逃兵为了银子，再次选择上战场。

普通将士不敢同淮阳王麾下的兵卒们硬拼，但这些本就身染疫症的逃兵可不怕。

一时间淮阳王的残军被打得节节败退，楚承稷接连收复数城。

再有前来投靠他们的逃兵，也不必再去闵州，楚承稷命人把这些城池也建成了收容处，一并救治周边百姓。

青州的大夫们研制出的方子，目前只能延缓瘟疫恶化，但真正能医好病症的方子，还得打下株洲后，从那名游医口中得知。

青州下起薄雪的那日，董成攻打株洲，终于传来了捷报。

秦筝回青州的多日以来，面上总算有了几分喜色，以为身染疫病的百姓们有救了，董成回来复命，面上却有些凝重。

他半跪在堂下：“末将有负殿下和娘娘厚望，虽打下了株洲，那名游医却叫陈国狗贼早早地带走了。”

秦筝和宋鹤卿的脸色皆是一变。

宋鹤卿气得嘴边花白的胡须都在抖：“这场灾祸本就是大皇子毁坏鱼嘴堰水库酿成的，天下百姓何其无辜？那帮丧尽天良的反贼！是要看着江淮以南的百姓全都横死山野才安心？

“沈彦之不是陈国摄政王吗？待老夫写檄文怒斥那不忠不义的贼子！”

秦筝坐在首位上皱着眉心没作声。

淮阳王已经不成气候，可以说元江以南，如今都是他们的地盘。但现在唯一还牵制着他们的，就是瘟疫。

一旦瘟疫的事解决了，楚承稷发兵北上，以他们如今的声望和兵力，莫说连钦侯不会同汴京联手，便是联手了，只怕也抵挡不住。

从权术的角度来讲，沈彦之绝不会让那名游医落到他们手中。

大义和怜悯心，在绝对的权力和身家性命跟前，秦筝不认为前者能占上风。

她道：“让青州和坞城一直照顾病患的大夫们去株洲，询问当地的百姓，那名游医开的什么药，便是问不出方子，能找到药渣，让大夫们辨认出所用药材也是好的。”

被急火攻了心的宋鹤卿这才冷静下来，连声道：“太子妃娘娘所言极是，老臣这就下去安排。”

秦筝点了头，又说：“再过几日，本宫想带懂水利的官员们亲去鱼嘴堰看看，重修大坝的方案虽商议得有眉目了，但不知鱼嘴堰大坝的损坏情况，终究也只是纸上谈兵。”

宋鹤卿担心秦筝出什么意外，忙道：“勘测鱼嘴堰大坝一事，娘娘交给底下人去做便是，齐光赫祖上便擅水利，他从前在工部时，也负责督修过水库，如今正是用人之际，太子妃娘娘可起用此人。”

秦筝一时半会儿没想起来宋鹤卿说的这人是谁，楚承稷打下的地盘越多，她得帮忙处理的政务也跟着增多，每到一个地方，都得接触一批新的臣子，没什么亮眼政绩的，秦筝还真记不住他们的名字。

不过宋鹤卿都举荐了，想来是个堪用的，她道：“株洲之行，便算上此人吧。鱼嘴堰大坝，本宫还是得亲自去看看。”

没能实地看过，秦筝不敢盲目肯定自己的重建方案。

如果大坝修得不牢固，来年又是一场洪灾，这样的敬畏之心，秦筝从未忘却过。

宋鹤卿见秦筝态度坚决，便打算采取迂回战术，等大夫前往株洲发现了那名游医的用药方子，那么瘟疫也就不足为惧了，届时让太子妃娘娘再前往株洲便是。

秦筝见底下一众臣子都没什么要说的了，道：“今日议事姑且到这里吧。”

官员们纷纷告退，只有宋鹤卿似还有什么难言之隐一般，一直没走。

秦筝问：“宋大人似有话想对本宫说？”

宋鹤卿道：“娘娘要起用齐光赫，还得颁一道赦免的手谕。”

秦筝不解：“为何？”

宋鹤卿见秦筝对此人当真是半点印象也没有了，愣了一愣，随即汗颜道：“此人颇有些恃才傲物，先前在背地里非议过娘娘您，叫殿下得知了，重罚后关入了狱中。”

宋鹤卿这么一说，秦筝总算想起来了。

宋鹤卿有些忐忑地观察秦筝的神色，怕她忆起齐光赫当初说的那些混账话，心中有芥蒂，不愿意起用此人。却见秦筝直接解下她的令牌递了过来：“言语之失并非大过，眼下正是用人之际，宋大人且代我去狱中走一趟吧。”

宋鹤卿却只是感慨万千地摇着头，眼神欣慰。

从秦筝那里离开后，宋鹤卿便拿着她的令牌去青州大牢提齐光赫。

齐光赫本以为这辈子都会在大牢里蹉跎度过，可宋鹤卿却在此时带着释放他的令牌前来了，他感激涕零，跪在地上连连叩首：“多谢殿下再用之恩，下官一定赴汤蹈火，万死不辞！”

宋鹤卿看着眼前蓬头垢面的人，眼底也有些复杂，他道：“太子殿下还在闵州，这道手谕，是太子妃娘娘下的。

“太子妃娘娘心怀宽广，未记恨你先前的诋毁。

“娘娘一向唯贤是用，先前重用岑军师，也是娘娘有远见，若不是听从岑军师的谏言挖了泄洪河渠，青州百姓也得在此次洪灾中遭难。如今要重修鱼嘴堰，太子妃娘娘听闻你齐家在这方面颇有造诣，特命我前来接你出狱。”

这话半真半假，有替秦筝收拢人心的意思在里面。

齐光赫悔恨不已，面皮涨得通红，又是羞愧又是感激：“竟……竟是太子妃娘娘起用于我……”

宋鹤卿走近一步，拍拍他的肩膀：“出去后且打听打听太子妃娘娘做出的政绩吧，大楚能有这么一位太子妃，是大楚之幸。”

齐光赫悔道：“当初是我口不择言，我无颜再见太子妃娘娘！”

宋鹤卿道：“大楚经年战乱，民生疾苦，为免株洲百姓来年再受洪灾，赶着严冬修好鱼嘴堰大坝才是紧要的，你若心怀感激，便莫负娘娘重望，好生修建鱼嘴堰大坝。”

齐光赫面上愧色愈重，连声应是。

走出青州大牢时，宋鹤卿背着手看飘雪的灰蒙蒙的天空，眼里带着他自己才懂的欣慰。

大楚有这样贤明的两位主子，这天下，快定下来了。

汴京也开始下雪了，和江淮的薄雪不同，这座古老的王都，像是一头迟暮的狮子，整个被淹没在了肆虐的风雪之下。

偌大的宫城，檐瓦和地面皆是一片茫茫雪白，只有宫墙还是朱红的颜色。

李信缠绵病榻多日，朝政全由摄政王沈彦之把控。

宰相高卓和文侯都已因宫变落马，剩下的朝臣们，哪个不避其锋芒？

金銮殿多日未上过早朝，殿门落了锁，里边都已落上一层薄灰，而从前闲置的羲和殿成了大臣们议政的地方。

沈彦之精致的眉眼里强压着一份不耐烦，真正坐到这个位子，沈彦之才发现也不过如此。

他想要的，依然遥不可及。

一名老臣跟同僚争得面红耳赤，回头发现沈彦之似乎根本没把他们议论的这些当回事，心中怒气更甚，拱手道：“摄政王，现下瘟疫横行、民生凋敝，从前未能找到救治之法也就罢了，如今已有一名游医摸索出了法子，何故要把游医扣押起来？”

沈彦之扫了说话的老臣一眼，漫不经心的目光却似一把随手会要人命的锐刀：“扣押？贵妃娘娘有疾，本王听闻那神医医术了得，请她进宫为贵妃娘娘治病，如何就成扣押了？”

他眼皮轻抬，嘴角笑意凉薄：“还是王大人觉得，贵妃娘娘的病不甚要紧，请不得那游医入宫医治？”

老臣不敢接这话，道：“贵妃娘娘的凤体自然要紧，但让那游医写出医治瘟疫的方子，让民间百姓按方子抓药治病也好……”

沈彦之轻嗤了一声，说话的老臣声音也不自觉地小了下去。

沈彦之问：“陈国治下，何处有疫病肆虐？”

老臣脸上顿现怒意：“株洲十室九空，多少百姓因疫病横死街头？摄政王高坐这庙堂，就看不见天下百姓疾苦了？”

“株洲如今是我陈国领土？”沈彦之轻飘飘的一句话，堵住了那老臣所有激愤言辞。

最终老臣只讷讷道：“毕竟曾是陈国治下，这场灾祸又是大皇子酿成的，株洲百姓苦矣……”

“王大人，”沈彦之笑容发冷，“我说，株洲如今不是陈国领土。从前西陵饥荒，也没见诸位慷慨陈词要往西陵送粮。”

老臣气得胡子都在抖：“西陵之地如何同株洲相比！”

他正想说株洲三百余年都是大楚王土，可话到了嘴边，才惊觉这早已不是大楚王朝，而是祁县李家的朝廷。

真正会管百姓死活的，只有前楚太子一党，毕竟那才是真正统领了这片河山三百余年的王朝。

老臣心中陡然升起一股悲凉，喝道：“沈彦之，你和这无道李氏视万民如草芥，人在做，天在看，终有一日你们会遭报应的！”

老臣这番话说完，立马有禁军进殿，拖了老臣就往殿外走，老臣依然在破口大骂。

沈彦之面上丝毫不见怒意，上挑的凤目里全是讥讽：“王大人，当初倒戈新朝的是你，如今看前楚太子势大，想为前楚太子说话的也是你，你真以为，变节之臣，回到前楚太子那边，还能得到重用？”

这话是敲山震虎，让那些个和老臣一样念着大楚好的旧臣们自个儿在心中掂量，究竟是这一条道走到黑，还是屡次变节招人笑话。

沈彦之扫过那些神色各异的大臣，眼中讥诮之意更重，吩咐两名禁军：“把人押进天牢。”

两名禁军拖着老臣退出大殿，他懒散抬眸，看了看天色，道：“若无事启奏，便退朝吧。”

朝臣们向他一揖后，陆陆续续地走出了羲和殿。

沈彦之走的偏门，殿外风雪正大，活像是要把这座宫城整个淹没了去。

他肩上搭着大氅，掩住了那过分清瘦的身形，他抬眼看着漫天飞雪，嘴角勾起的弧度凉薄又脆弱：“江淮应当也下雪了。”

陈钦跟在他身边久了，大抵也能摸清他一些脾性，比如这时候，他定是想痛痛快快看一场雪，不愿撑伞的。

他抱着伞跟在他身后，听到他似自言自语的话，暗道这时候在江淮的，也只有前楚太子妃了，但这样的话头，他一向不敢接。

好在沈彦之只出神了片刻，便道："去木犀宫。"

木犀宫是沈婵住的地方，陈钦忙撑伞跟上。

自沈婵于坞城身下见红，她就一直有滑胎之象，沈彦之遍寻名医，还是没能保住她腹中的胎儿，用去争储君之位的那名"皇子"，只是个农妇的儿子。

沈婵小产后，身体大不如前，滋补的汤药就没断过，御医和御厨换了好几批，她身子骨依然没有起色。

得知沈彦之常给御医和御厨们施压，她每每见了沈彦之，都说是自己身子不争气，让他不要迁怒于旁人。

甚至为了让沈彦之宽心，还会逼着自己多吃几口饭菜，可一转头就吐得只剩胆汁。

沈彦之知情后大怒，倒是没责罚御膳房和太医院的人，只命人带走沈婵身边那个多嘴的宫女，让她看了十余名囚犯拔舌的场面，活生生给吓成了个哑巴。

其他宫人胆寒不已，再不敢在沈婵跟前多嘴。

沈婵从宫女们口中"听到"的一切，都是沈彦之准许了才能传到她耳中的。

但她就像是一只垂危的鸟儿，不管怎么精细喂养，都再不见好起来，反而一天比一天虚弱，兴许哪一天，就了无生气。

沈彦之命人抓那名游医进宫，说是为了给沈婵治病，倒也不假。

能救治万民的大夫，肯定也能治好他妹妹的。

沈彦之刚步入木犀宫，就听见里边传来浅笑声，是沈婵的。

宫人要进去通报，被他拦下了，上一次沈婵这般笑，似乎还是她及笄，收到他雕的木簪子的时候。

沈彦之问："在殿内的是谁？"

木犀宫的总管太监忐忑答道："是……是那位游医。"

他小心翼翼地观察着沈彦之的脸色："贵妃娘娘听那位游医讲行医途中遇到的趣事，时常被逗得发笑，这些日子胃口也好了些许。"

沈彦之面上喜怒不辨："只有娘娘和那名游医在里面？"

总管太监连忙摇头："好几个宫女和小太监都在里面看着的。"

一方面是为了方便伺候沈婵，另一方面则是为了防止游医在沈婵跟前乱说话。

沈彦之点了头，掀开挡风的犀花布厚帘子步入殿内。

沈婵半躺在贵妃榻上，那名游医是个三十岁出头的独眼妇人，相貌平平，一身布衣浆洗得发白，但她身上有一股平和宁静的气质，沈婵很喜欢听她说话，像是自己也跟着走南闯北去见识过那些风土人情一般。

见沈彦之进来，她脸上的笑容也没收："阿兄。"

沈彦之揖身一礼："见过贵妃娘娘。"

这套规矩似乎又提醒了沈婵她如今是何身份，身处的是什么地方，她由宫女扶坐起来，面上的笑容已淡了下去：“阿兄不必多礼。”随即命人赐座。

沈彦之问：“近日可好些了？”

沈婵脸上这才又浮现出笑意：“用了木神医的方子，这些日子不觉胸闷气短，人也精神了些。”

沈彦之看向一旁的游医，意味不明地说了句：“那就劳烦木神医在宫中多住些时日，替贵妃看诊。”

游医神色微僵地点了头。

离开木犀宫时，沈彦之在宫檐下方站定，晚他几步出门的游医见他特意等在这里，只得上前道：“民妇见过摄政王。”

沈彦之望着檐外柳絮一样大片大片散落的飞雪出神一会儿才道：“你先前不是说，贵妃的病，无药可医吗？”

游医道：“确实如此。民妇用的药，和太医们用的药没什么不同，让贵妃娘娘一直好不起来的，是心病。”

沈彦之没有回头，但伫立在风雪中的那个背影，有一瞬间孤独得让人心口发紧，他冷声道：“那十几个病患的性命还在本王手中，你若胆敢不尽心医治贵妃，本王便送你和那十几个病患一起去见阎王。”

官兵带走游医时，为免药方落入旁人之手，本要杀了游医救治的那十几名疫病患者，是游医祈求官兵们把那十几名病患一起带上了。

随即她救治疫病患者的地方，也被一把火烧了个干净，别说记录病患的发病症状和用药反应的手札，便是药材药渣都被大火给烧没了。

游医的神色平静又有些悲悯：“在民妇眼中，贵妃娘娘和那十几名株洲的疫病患者一样，都只是病人罢了，民妇是个医者，不会做任何对自己的病人不利的事情。”

沈彦之望着大雪好一会儿没说话，许久之后才道：“贵妃娘娘喜欢听你讲那些游历见闻，往后常来陪贵妃娘娘说说话。”

他抬脚准备走入大雪中时，身后又传来游医的声音：“民妇斗胆，恳请王爷准许民妇将救治疫病患者的法子交给其他大夫，民妇愿在宫里潜心医治贵妃娘娘，但这天下千千万万身染疫症的百姓，也需要人去医治。”

“活腻了吗？”风雪中只传来这道冷到砭骨的嗓音。

沈彦之深一脚浅一脚地在雪地里走，身上那件大氅明明厚重又臃肿，披在他身上却还是让人觉着他身子骨单薄。

也不知走了多久，他才扶着垂花门吐出一口鲜血来。

洒在地上的血，比挨着垂花门开的那株寒梅还要红得刺目些。

“主子！”陈钦见状忙扔了伞上前搀扶。沈彦之抬起瘦得青筋都凸起的手背随意擦去唇边的血迹，跟个没事人一样问：“江淮有派人前来吗？”

他扣下游医，楚营那边为了治瘟疫的法子，肯定会派人前来交涉的。

陈钦摇头：“并未。”

沈彦之唇角的血迹没擦干净，衬得他面色苍白又妖冶，他笑着说：“再等等。”

她会来问他要人的，那样他就能再见到她了。

他想再好好地同她说几句话。

# 第二十七章

# 噩耗

她之前的那些担忧不安，在这一纸诏书前，全都成了庸人自扰。

青州。

派去株洲考察的那批大夫，终究是无功而返。

宋鹤卿同秦筝说起这事时，又把沈彦之骂了个狗血淋头：“那沈贼干的就没一件人事！不仅抓走了那名姓木的游医，被游医救治的那些病患也一并被带走了，还放火烧了医署，现下全成了一堆灰，哪还找得到煎药后的药渣！”

秦筝一时间也没了头绪，伏案沉思，没作声。

秦简这数月来自请去周边郡县磨炼，已成长了许多，如今也能给宋鹤卿搭把手，帮着处理不少政务。

一听宋鹤卿提起沈彦之，年少时的情谊有多深，在秦国公故去后，他对这个昔日好友的恨意就有多重，当即怒道：“我回去再写檄文痛斥沈彦之，我就不信天下儒生口诛笔伐，他还能无动于衷！”

檄文声讨能不能见效不好说，但总归是个法子。

秦筝点了头，又道：“派人去同陈军那边交涉一二，看他们提出的交换条件是什么。”

实在不行，就只能硬攻。

只是这一年征战太多，又有瘟疫肆虐，总要休养生息，否则就算打下汴京，偌大一片王土，民不聊生，也只是个空壳，反给周边异族乘虚而入的机会。

不久后，派去陈营交涉的官员也带了话回来。

“陈国贼子说……说他们摄政王要亲自同太子妃娘娘谈，三日后，邀太子妃娘娘在泗水城外的十里亭一叙，届时他自会将游医所著的记录医治疫病的手札交与太子妃娘娘。”

传话的官员不敢看高位上秦筝的脸色，说话时嗓音都在抖。

宋鹤卿怒不可遏，当即就骂道：“那贼子痴心妄想！”

林尧也出列道：“太子妃娘娘，臣以为不可！沈彦之既敢邀您在泗水城外的十里亭见面，必是布下了天罗地网，此去实在是冒险。”

秦筝皱着眉心，坐在主位上久久未语。

她对于沈彦之提出的三日后于十里亭见面，心中本能地抵触。

一则，以她如今的身份，若当真中计落到沈彦之手中，绝对是一大麻烦。

二则，他们之间隔着秦国公的死，秦筝实在是不愿再见这人。

可这么多条人命在自己肩上担着，沈彦之提出的条件，无疑是又将她放到火架上烤。

秦简已沉稳了许多，当即就道：“此事关乎娘娘周全，还是修书一封，快马加鞭送去闵州，等殿下决断为上。”

一干臣子都赞同秦简的话，秦筝当天便写了信送去闵州。

只是依然一连数夜秦筝都辗转难眠，偶尔入睡，那些久未做过的噩梦也老是扰得她心神不宁。

这天夜里秦筝又一次被噩梦惊醒，平复下来后再无半点睡意，索性起身去批阅折子，有一封是调遣军队的，需要盖楚承稷的印章，秦筝打开抽屉取印章时，瞧见里面多了一道明黄帛卷，手上的动作不由一顿。

重要的文书、印章什么的，她和楚承稷都会放到这个抽屉里，算是他们二人之间心照不宣的秘密，钥匙也只有他们两人才有。

她许久没开过这个抽屉了，这份帛卷是何时多出来的？

秦筝记起之前和楚承稷闹别扭时，楚承稷说重写了一份契书与她。

她回来后，早把同楚承稷闹别扭那点事忘到九霄云外去了，也再没开过这个抽屉，仔细想来，这应是那份契书了。

秦筝将明黄帛卷拿了出来，在书案上展开，看清所书内容时，瞳孔放大，呼吸都落了一拍。

> “时山河崩离，孤以钦承宝命，绍缵宏图。咨尔太子妃秦氏、肱骨秦公之女也，毓秀名门，诞钟粹美，素有贤德之名。孤每亲征，秦氏敬慎持躬，操持政务，重修法令，兴水利扩耕田以利万民，人品贵重，性资敏慧。孤仰承天命，特立此诏，他日荣登大宝，秦氏当与孤共治天下。孤若逢不测，凡楚室臣子，皆取太子妃秦氏进止。布告天下，咸使闻知。”

秦筝眼眶不自觉地有些发红，她那封因一时之气拟下的契书，不过是要楚承稷给她一个私人的承诺。

但楚承稷转头却写下了这样一份可昭告天下的诏书，他若登基，则与她共治天下，他若逢不测，她便可将他取而代之。

这封诏书从头到尾，都没有提及“子嗣”二字，他活着同她平分政权，他死了就给她所有政权。

秦筝仰起头，努力想逼退眼眶里泛出的水泽，豆大的泪珠子却还是落到了那明黄的帛卷上，复杂的情绪翻涌在心间，让她心口酸涩得厉害。

她之前的那些担忧和不安，在这一纸诏书跟前，全都成了庸人自扰。

闵州。

一滴冰凉的水珠落在楚承稷眼角处，他于黑暗中睁开了眸子。

军帐外是噼里啪啦的雨声，江淮以北下雪，南方这儿连日也是阴雨连绵。

又一滴水珠落了下来，不过这次叫他伸手接住了。

楚承稷从军床上坐了起来，下地后用火折子点燃桌旁的烛台，这才发现是军帐顶部漏雨了。

亲卫见他帐中亮起了烛火，忙在门口问有何吩咐。

楚承稷掀开帐帘，帐外潮湿的雨气瞬间涌了进来，他面无表情地道：“军帐漏雨了。”

亲卫透过他掀起的帐帘，正好能瞧见里边漏雨的正是军床上方，他忙道：“卑职这就给您换一顶军帐。”

天已经快亮了，楚承稷道：“不必，孤去巡视河谷。”

走出军帐，楚承稷眺望北方灰蒙蒙的天，强压下心底的那份相思。

他梦到秦筝了，她在青州可还好？

巡逻的将士路上碰见他，都停下叫一声：“殿下。”

楚承稷微微点头致意后，将士们才继续巡营。

不远处就是岑道溪的营帐，他似乎也早就起了，着一身广袖儒袍，端正又风雅，负手在帐外看着灰蒙蒙的天际出神。

楚承稷道了声：“先生今日起得颇早。”

岑道溪回过头，见是楚承稷，点头道：“殿下起得也早。”

淡薄的天光落到二人身上，一旁三脚架火盆里的篝火还燃烧着，明灭的光影让他们的身影都不甚清晰。

楚承稷问：“淮阳王的这场困兽之斗，先生以为如何？”

岑道溪语气清透又狂妄：“淮阳王已不足为惧，余下的势力很快就能清缴干净，稍加休养生息，殿下便可挥师北上了。臣所忧的，也是株洲以北、凉州以南的地界，该如何尽收囊中。”

连钦侯要面对北戎外敌，粮草得靠中原腹地补给，先前连钦侯援助了他们药材，楚承稷转头也赠了粮草回去，他们这两方势力，如今可以说是在一条船上。

只是横在这中间的陈国，从一开始的李信掌权，变成了现在沈彦之和李忠分庭抗礼。

他们若单个击破，恐怕沈彦之会和李忠联手一致对外；若拉拢其中一方，帮着蚕食另一方，以沈彦之和楚承稷的那些过节，同汴京这边结盟绝无可能。李忠那等小人又绝无信义可言，只怕前脚同他们结盟，后脚就能把他们给卖了。

而且李忠先前被李信授意，已经和北戎人接洽过，一旦到了绝境，再和北戎人穿一条裤子也是他能做出来的事。

要拿下原本属于李信的这两股势力，不太容易。

楚承稷面上却并无忧色，开口时嗓音平静又内敛：“的确还有这最后两场硬仗要打。”

天光大绽，火盆里的火光也暗淡了下去。

岑道溪偏过头看这位用了不到一年时间就收复大半失地的储君，他面容实在是显得年轻了些，但他处事的那份稳重和用兵的老成，让岑道溪都暗自吃惊了好几次。

这样的魄力和能力，无怪乎能叫一众能臣虎将都信服于他。

将士们都已晨起，军营里的声音渐渐多了起来。

楚承稷的亲卫去营中寻人不见，一路找过来：“殿下，太子妃娘娘来信了！”

楚承稷内敛的眸色中这才多了几分波澜，只是看过信后，他的脸色瞬间就沉了下去。

岑道溪见楚承稷面色不豫，问：“莫非是江淮出了什么变故？”

楚承稷将信递了过去，转身往营帐走：“备快马，孤回青州。你和安将军在此清缴淮阳王残余势力。”

岑道溪看完，神色也变得极为凝重，沈彦之此举，无疑又是让太子妃将所有疫症百姓的性命担着，可谓进退两难。

汴京，皇宫。

沈婵喝了药，又一次伏在床边吐得只剩胆汁，整张脸白得令人心惊。

游医头一回见沈婵吐成这般模样，眼底有淡淡的悲悯和怜惜。

沈婵自己面白如纸，倒是还有精力笑着安慰她，只是那笑容也显得苍白：“吓到木神医了吧，我好多日没这般吐过了，我都以为自己快好了……”她说着，视线透过关得严严实实的轩窗看向窗外，“我还想等再好些了，去看看雪，亲自去折梅枝来着……”

这句话似乎触动了游医，让她落下泪来，沈婵看她为自己哭了，便也猜到自己的病怕是治不好了。

她屏退左右侍女：“你们都下去，本宫乏了，只想再听木神医讲些趣闻。”

伺候的宫女有些犹豫：“可是……”

沈婵拔高了声线：“你们不要再杵在本宫跟前，本宫还没病到时刻要你们服侍的地步。”

宫女们犹豫片刻，便都退下了。

寝宫里空无一人，沈婵这才有些愧疚地对游医道：“我兄长一定拿您性命威胁于您了吧，我自己的身子我自己知道。我代我兄长向您赔个不是，您是个好大夫，您还可以救治好多人，不用再把时间浪费在我身上了，我会安排人秘密送您走……”

游医有些惊愕地抬起头：“贵妃娘娘……”

沈婵虚弱地咳了几声，才继续道：“两日后是我母亲忌日，我会向兄长说想回沈家墓园祭奠母亲，您随我一道出宫，沈家庵堂里有一条通往城外的密道，木神医您从密道里逃出京城。”

游医跪了下来：“贵妃娘娘大恩，民妇没齿难忘。”

沈婵急道：“木神医快起来。”

游医双手交握，有些为难地看着沈婵：“民妇还有个不情之请。”

沈婵道：“木神医但说无妨。”

游医这才全盘托出：“民妇先前在株洲救治的十几个疫症病人，叫摄政王扣下了，摄政王以那十几个疫症病人的性命胁迫于民妇，民妇这一走，只怕那十几个疫症病人会遭难。”

沈婵只知她是沈彦之从民间请来的一位大夫，并不知她是从株洲被带回来的，手上还握着治疗疫病的方子，惊疑开口：“木神医您先前在株洲救治身染疫病的百姓？”

游医点头：“民妇摸索出了一套可医治疫症百姓的法子，那十几个疫症病人，再喝两服药便可痊愈了。”

沈婵的胸口剧烈起伏，眼底满是不可置信：“阿兄……阿兄他是想做什么？株洲瘟疫肆虐，阿兄是要弃株洲百姓于不顾吗？”

游医见沈婵气都快喘不上来，忙上前帮她按了几个穴位：“娘娘不宜情绪起伏过大……”

游医一句话还没说完，就被沈婵紧紧攥住了手腕，她好似攥着最后一根救命稻草，祈求一般道：“木神医，求求您告诉我，把阿兄不肯让我知道的那些事都告诉我。”

游医神情犹豫：“这……”

沈婵泪落如断珠：“我每日逼着自己喝药、用饭，拼了命地想多活些时日，就只是想多陪陪阿兄，阿兄在这世上，只有我一个亲人了，我不能眼睁睁地看着他在歧途上越走越远……”

游医叹了口气，终是把所有事情都道出：“株洲已被楚太子那边打下，摄政王命人带走民妇，前不久又让民妇交出了记录患者病症情况及用药的手札，似要和楚太子妃谈什么条件。”

自从江淮一带广收难民，楚承稷又拿下了淮阳王的地盘，民间百姓再提起这股势力，都不称呼他们前楚了，仿佛是默认了他们才是正统政权。

沈婵闭上眼，两行清泪再次滑落：“他这是疯了！”

她那个曾会因五万同袍惨死而夜夜梦魇的兄长，究竟是怎么走到如今这一步的？

沈婵心痛如刀绞，含泪向游医承诺：“您放心，我一定以性命护那十几名株洲百姓周全。”

游医见沈婵痛苦成这般，心中也不好受，给她磕了个头：“民妇代那些株洲百姓谢过娘娘。”

沈婵摇头：“是我和我兄长对不住株洲百姓，也对不住这天下百姓……”

她似乎累极了，枕回了软枕上，明明闭着眼，眼角却还是不断地溢出清泪，沾湿了鬓发：“木神医先回去吧，提前收拾好物件，两日后随我出宫。”

秦筝未等到楚承稷的回信，便先收到了从北庭传来的噩耗。

北戎人发起了入冬以来最猛烈的一场突袭，凉州府和羌柳关同时被咬住，连钦侯父子各守一处。

但北戎此番领兵的乃北戎大王子，号称北戎第一勇士，连钦侯同他交手时，都险些叫他斩于马下。

关键时刻，一个小个子将领冲杀出来，替连钦侯接了那一刀，只是仍不敌北戎大王子，被一刀横劈下马时，头盔也跟着掉落，一头长发和喷洒出的血雾齐齐扬在了朔风里，满是鲜血的一张脸，眼神却凶悍如虎豹。

北戎大王子见同自己交手的是名女将，足足愣了好几息，这才让一个虎背熊腰的护军趁机将那个女将给抢了回去，北戎大王子回过神来继续追杀那名女将，那个护军替女将挡了好几刀。

之后，一支娘子军扶灵回青州，只是正值沈彦之和李忠斗法，株洲以北的城池全都紧闭，那支扶灵而归的娘子军被困在了回乡路上，托了不少难民和商贾，几经周折才把消息送到了青州。

秦筝初闻噩耗，整个人都眩晕了一下，勉强维持着镇定命人去传宋鹤卿等人前来议事，又铺纸笔想写信告知楚承稷北庭遭难，手却抖得几乎握不住笔，眼泪大颗大颗地往下砸，将书案上的信纸沾湿了大片。

她另一只手捂着嘴，哭得无声而压抑，光是听旁人描述，秦筝就能猜到那杀出去救连钦侯的女将，十有八九是林昭。

那么被抬棺扶灵送回青州的又是谁？

秦筝不敢想，也不愿去想。

当初他们被李信和淮阳王两面夹击，连钦侯也被北戎和李信掣肘时，楚承稷不得已派出娘子军去北庭援助连钦侯，谎称是他们这边的正规军，让李信驻守在北庭的兵马不敢轻举妄动。

那时楚承稷就明确和连钦侯那边说过，他们这边的娘子军，只是唬住当时李忠的人马，不到万不得已不会上战场。

北庭此番险些守不住，林昭才带着娘子军上了战场的吗？

秦筝越想，心中越是悲恸。

等宋鹤卿一干臣子匆匆赶来时，她哭过一场后已勉强压制住了情绪，红着眼眶道："本宫打算向陈营借道，派人前去迎扶灵而归的娘子军，诸位有何异议？"

株洲以北各处城池都封锁要道，娘子军要想从北庭回青州，必须得向陈营借道。

当初是她和林昭一手创办起的娘子军，不管扶灵归来的是谁，她都要接那些姑娘回家。

宋鹤卿等一干臣子并无异议，齐齐躬身对秦筝道："臣等皆认同娘娘所言。"

秦筝被泪水浸过的一双眸子不叫人觉着脆弱，反而坚定又锐利："劳宋大人拟文书，速递往陈营。董将军留守青州，林将军和杨将军点兵两万，随本宫去接娘子军。"

被她点到的臣子们纷纷应是。

汴京。

沈婵被婢子扶着下马车时，陈钦附耳同沈彦之说了些什么，沈彦之脸色瞬间变得严峻起来。

沈婵并未作声，游医跟在沈婵身后，神色也有了些拘谨。

沈彦之往她们这边看了一眼，同陈钦道："轰走那北戎人，我同他没什么可谈的。"

陈钦抱拳退下，心中微松了一口气，还好主子虽和前朝太子势不两立，却并未听那北戎使者挑拨，和当初的李信一样同北戎豺狼谋皮。

沈彦之往沈婵这边走来："外边风大，怎不先进府去？"

"我不冷。"沈婵小心打量着沈彦之的神色，见兄长待自己一如往常亲近，试探着问了句，"可是朝堂上有事需要阿兄回去处理？"

沈彦之摇了摇头，说："北庭的战事，离汴京远着。"

沈婵却是吃了一惊："北庭打仗了？那我们要出兵帮忙吗？"

在她的印象里，从前北庭传来战事，荣王得早出晚归好些天，据说是在金銮殿上一起商议御敌之策。

沈彦之脚步微顿，说了句"不必"，便迈入了沈府大门。

沈婵愣在原地，落后了他好几步才由婢子搀着胳膊步上了台阶。

这是沈婵回京后第一次归家，看到空荡荡的庭院，又错愣了片刻。

自她从密道偷跑出京后，李信翻旧账逮了荣王一项错处，拿了荣王入狱，府上值钱的物件，也叫奉命"搜查"的禁军搜刮走了大半。除了几个忠心的老仆还留在府上，其余下人也早被遣散了。

沈彦之走在前面，见沈婵迟迟没跟上来，一回头，瞧见她红着眼看着自己，他目光带着一种他自己都说不清的麻木和钝痛在里边："家里变了样不高兴？等年后阿兄让人照着原来的样子重修一遍。"

沈婵摇了摇头，努力逼退眼眶的泪意，问："他呢？"

兄妹二人都不愿称呼荣王为父亲，她这么一问，沈彦之就知道她问的是谁，那挺直的背脊微僵了一瞬，才说："在牢里。"

李信对付沈家的时候，让荣王入了狱，沈彦之杀回汴京，用慢性毒将李信困死在榻上，独揽大权后，也没将荣王放出来。

酸意在沈婵鼻尖聚得越来越重，她哽咽道："阿兄，我不恨他了，都过去了，你也别恨他了，那个人无论生老病死，与我们无关就是了。"

放不下仇恨，何尝不是一种折磨？

沈彦之仰头看着枯枝上的两只雀鸟，许久才说："他毁了母亲一辈子，也毁了你我一辈子，我如何能不恨？"

这句话让沈婵没绷住，眼眶中滚下了热泪。

沈彦之说："哭什么，报了仇，不该欢喜吗？"

他似在问沈婵，又似在问自己。

沈婵见他似乎已被仇恨折磨得麻痹，心痛如刀割，眼泪掉得更凶，颤声问他："阿兄现在欢喜？”

沈彦之嘴角牵起一抹苍白的笑：“自是欢喜的。”

沈婵摇头，泪如雨下：“你若是当真欢喜，我便不会难过成这样了。”

沈彦之抬手帮她拭泪，问：“你难过什么？阿兄大权在握，不好吗？”

沈婵哽咽着问：“权势有什么好？”

沈彦之目光变得很空，自己都没留意到眼眶慢慢变红了：“确实不好，夺走了阿筝，又夺走了你。所以我得握紧它，才没人再能从我身边夺走什么，甚至可以把失去的抢回来。这么看，权势也算是个好东西，不是吗？”

沈婵因为情绪过激而大口呼吸，冰冷的空气吸进肺里，像是刀子在心上豁了个口子，她哭着问：“那就可以不择手段、无所不用其极吗？我那个光风霁月的阿兄去哪儿了？”

沈彦之神色一变：“谁跟你说什么了？”

他视线往沈婵身后一扫，脸色陡然难看：“木大夫去哪儿了？”

沈婵没料到沈彦之这么快便发觉，神色一慌，否认道：“没人和我说什么，阿兄先前扣押安将军家眷，已经让人诟病，我们是被李信一家害至这步田地，可阿兄如今的所作所为，和李信有何区别？”

冲动之下说出这番话，沈婵也意识到了不妥，她怎能把兄长类比李信？她咬了一下唇：“对不起，阿兄，我——”

沈彦之深深地看了沈婵一眼，他打断沈婵的话：“我若早些同李信一样，我所拥有的一切都不会失去。”言罢就转身离去，“陈钦，带人去家庵。”

汴京四大城门早已封锁，游医要想出城，只能是从庵堂的密道里。

沈婵心中大恸，为了阻止他，情急之下拔下头上的簪子抵在了颈侧：“阿兄，你若带人去追，我们便来世再做兄妹。”

沈彦之身形一僵，沈婵的眼角滚下一滴热泪：“我知道阿兄怨我恨我，但我真的不能眼睁睁地看着阿兄再铸下大错！阿兄，你回头吧！”

“回头？回头了一切就能和从前一样吗？”沈彦之背对着沈婵，他低笑，“没用的……我只是想用我的方式，找回我失去的一切。曾经迫阿筝另嫁、迫你入这火坑的皇权，已经被我们踩在脚下了，为什么要回头？回头看阿筝被迫嫁入东宫？看你被绑去李信营中？那我宁愿在这条道上一直走下去。”

沈婵痛心不已，连连摇头：“我现在过得很好，阿筝姐姐也过得很好。阿兄，收手吧，那些百姓何其无辜？”

沈彦之缓慢地回头看向沈婵：“当初的你我不无辜吗？老天又何曾因为你我无辜就网开一面？”

沈婵哭道：“因果报应是有循环的，李信作恶，他如今已得到了报应，我不希望阿兄也走到自食恶果的那一天。”

沈彦之笑，却比哭还难看：“前楚太子作恶多端，最该得报应的不是他吗？”

沈婵看着偏执到无可救药的兄长，终究还是将那句最锥心的话问了出来：“阿兄，哪怕没有前楚太子，你真的以为，你和阿筝姐姐还有可能吗？”她一字一顿地说出那个事实，“秦国公死了。”

沈彦之将牙关咬得死紧，血丝慢慢爬上眼白。

沈婵泪流满面道：“秦家是恨我们的，你若当真是为了阿筝姐姐好，就别去打扰她了，更别用天下大义去逼阿筝姐姐做选择。”

沈彦之背过身去，那瘦削的背影，似乎连一道寒风都有些经不住了，映着雪色与天光的凤目里，是一切奢望燃烧成了余烬后的死寂：“我想再见见她。”

终其一生，对她终究是有太多遗憾。

两情相悦时，他护不住她。

等到他终于掌权时，秦国公的死，又成了横在他们之间不可逾越的鸿沟。

他恨苍天薄他。

放手若是那般轻而易举，他就不会踩着尸山血海，也要再次走到她跟前。

他已经在地狱了，再狠心一些，哪怕满身鲜血，也能和她相拥。

但是，他又怕那血污沾脏她的衣角。

他舍不得的……

求不得，舍不得，这一生都为此饱受颠倒折磨之苦。

沈婵成功拖住了沈彦之，没让人在密道口堵住游医，只是从汴京往江淮，还有数座城池。

沈彦之和李忠拉锯，各城池都是封锁了的，游医逃出了汴京，也逃不到江淮。

秦筝借道的折子，便是在此时递到了沈彦之手上。

北庭这惨烈一战，消息早已传回汴京，朝臣们听说女子都上了战场，多是唏嘘。

对于大楚想借道，迎回扶灵而归的这支娘子军，也没什么反对意见，或者说，心中甚至有几分羞愧。

女子都上了抵御外敌的战场，他们非但未曾出兵，反还在内斗。

沈彦之坐在高位上，久久未语。

同意借道，就得大开各路城门，让那支娘子军横穿他们的领土，回到江淮，但这也给了游医前往江淮的可乘之机。

他沉默良久，最终道：“可借道与前楚，只是他们迎扶灵队伍的军队，必须在泗水城十里外等候。”

众大臣并无异议，毕竟若是放那两万大军进城去迎娘子军，对方突然发动袭击，他们根本没有招架之力。

封锁多时的各大城门再次打开，抬着灵柩而归的娘子军每通过一处城门，都会有陈国官兵拿着画像挨个核对，待全部核对完，才准她们离城。

此次领头的娘子军是喜鹊，陈国官兵的举动颇为怪异，她留心了下那画像，发现画上是个独眼妇人。

喜鹊暗中命人打听了一番，没探听到那妇人是什么身份。

娘子军在北庭作战的消息已经传遍了南都，林昭救连钦侯的事迹，更是被说书先生们转述了好几回，戏班子都在排这出巾帼女将的戏了。

百姓们听说有一支娘子军扶灵而归，都挤在街头小巷去看，人山人海，却没有喧哗声，每个人都是沉默着、悲悯着。人群里，有妇人看到娘子军这般模样，止不住地用袖子去揩眼角的泪。一个佝偻着背、拄着算命幡的"瞎眼"老妪，看到这支队伍后，也驻足沉思了良久。

汴京一带积雪未化，就地扎营冷得厉害，喜鹊等人找了个破庙，决定勉强凑合一晚。

娘子军们捡了柴禾回来，用一路背着的大锅煮化积雪做饭时，那个拄着算命幡的瞎眼老妪也出现在了破庙。

有娘子军呵斥道:"这里没人算命，去别处吧！"

喜鹊在灵柩前上了三炷香，听到外面的声响，出破庙一看，见是个瞎眼驼背的老妪，道:"兴许是找地方躲避风雪的。"

她冲老妪喊话:"老婆婆，我们行军途经此地，借住这破庙，这地方若是您的，劳烦叨扰一晚。您若只是想找地方暂避风雪，不介意我们在庙里停了棺木，也可在此住下。"

老妪说:"我想找地方避避风雪。"

喜鹊便道:"阿香，你扶老人家到庙里来吧。"

方才呛声的娘子军给火塘子里添了几根柴火，拍拍手起身去扶那老妪。

老妪进了破庙，喜鹊让她在火塘子旁烤火取暖，又命人盛了一碗粥端给她:"老婆婆，我们在行军，没什么像样的吃食，您将就着吃点吧。"

老妪端着缺口的粗瓷碗，并没有喝粥，反而是看着喜鹊道:"姑娘，我有一事相求。"

喜鹊听她嗓音突然转为正常，愣了愣:"你不是个老婆婆？"

老妪取下缠在头顶的破布巾，赫然是那游医。

她道:"此事说来话长，还请姑娘帮我。"

泗水城是回江淮的最后一城，秦筝已经得了消息，那支娘子军今日便会过泗水城。

她带着两万兵马早早地等在了泗水城十里地外。

大军不可靠近泗水城，斥候却是能实时前往探测消息的。

风大雪大，将士们的铠甲上落了一层薄雪时，斥候匆匆带回消息，却不是娘子军的:"禀太子妃娘娘，陈国摄政王带了三千骑前来！"

守在秦筝马车旁的林尧和董成脸色皆是一变。

沈彦之的三千骑抵达十里亭时，黑压压两万大军严阵以待。

他却压根瞧不见那足以碾碎他这三千人马的铁蹄一般，柔和又带着点说不出的钝痛的目光，直接落到了秦筝的马车上。

他笑："风雪正大，太子妃娘娘可否赏脸到旁边的十里亭一叙？"

林尧附耳靠近马车，片刻后回话："我们太子妃娘娘说，陈营借道之恩，他日大楚会还。除此之外，大楚和尔陈营再无旁事可叙。"

沈彦之说："瘟疫的治疗之法，太子妃娘娘也不关心吗？"不等那边回话，他又道，"我只问太子妃娘娘几个问题，问完了，那名游医治疗瘟疫的手札，沈某双手奉上。"

林尧不敢替秦筝做决定，看向马车内等她决断。

秦筝心知该来的，不做个了断终究是躲不掉的。

她沉默几息后道："劳林将军点些人马，随我一道前去。董将军在此待命。"

林尧很快点了两百精骑，护送秦筝去了十里亭。

沈彦之似乎为了让他们放心，只带了十几个护卫过去。

官道旁破旧的亭子，四面都已叫沈彦之的人装上了挡风的竹帘，里面铺了胡席，矮几上放置了泥炉和茶具，矮几两边各置一蒲团。

林尧小声同秦筝说："娘娘，里面的东西您都不要沾口，那姓沈的若要点香，也别让他点。"

秦筝低声答复："我知道。"

秦筝带去的两百余将士和沈彦之的十几个护卫都守在亭外，跟着秦筝进去的只有林尧，同样沈彦之也只带了陈钦一人。

他们二人在蒲团上落座，林尧和陈钦都剑拔弩张地站在他们身后。沈彦之欲让人放下事先绑起供进出的那面竹帘，被秦筝拒绝了："看看风雪透透气挺好的。"

沈彦之开始煮茶，笑容里透着几分清苦："阿筝不必这般戒备我，我只是怕你着凉。"

秦筝眉头一蹙，冷淡道："摄政王的称呼不妥，还是当唤我一声太子妃才是。"

她平静得出奇，也淡漠得出奇："摄政王想问什么，也可以问了。"

他放下茶壶，手指微微蜷缩了一下，将一盏茶推至秦筝跟前："你……过得可还好？"

秦筝只道："如摄政王所见。"

"这世间的好与不好，有做给别人看的，也有自己才知晓的。"沈彦之给自己也沏了一杯茶，囫囵一口饮了下去。他抬眼，缓缓道："我想知道的，是后者。"

秦筝迎着他的目光，不闪躲也不回避，眸色清冷又疏离："别人看到的好，不及他待我的十分之一。"

沈彦之的脸色瞬间又苍白了几分，笑着说："那就好。"

给自己续盏时，握着壶柄的手却不自主地收紧，大力到指关节泛白。

一直忍在喉间的痒意也在此时全蹿了上来，他一声连着一声咳嗽，几乎是要把整个肺都给咳出来。

茶水溅得满桌都是，他身后的陈钦上前拿开茶壶，又不断地帮他轻抚后背，忧心道：“主子？”

沈彦之摆摆手示意陈钦退下：“无事。”

秦筝见沈彦之这般，眉心淡淡一笼：“你亲自监斩了我父亲，昔日在青州，又何故一句不提？让我为家父戴孝都不成？”

这桩桩件件的陈年旧事翻出来，都是他们之间无法逾越的鸿沟，沈彦之面色灰败：“那时你方出匪窝，我怕你难过……”

秦筝反问：“摄政王觉着我后来知晓便不难过了吗？”

她有些控制不住眼眶中翻滚的泪意：“我父亲死了，是摄政王亲自监斩的，可那时摄政王在做什么？摄政王因为我不肯簪一根簪子要处死婢女！我不记得过往，为当初悔婚向摄政王道歉时，摄政王心中可曾有过一分愧疚？”

亭子里还有林尧和陈钦在，此时二人都有些面面相觑。

只是听着秦筝的这些话，于公于私都觉着沈彦之太自我了些。他似一往情深，可这份情深带给秦筝的，全是伤害。

沈彦之闭上眼，觉得心口窒痛得厉害，尖锐又凄楚，他道：“对不起……阿筝，对不起……”

秦筝说：“摄政王对不起的不是我，是这天下人。昔日我同摄政王说，希望摄政王做个为民请命的好官，今日，我依然只有这句话。摄政王心中若还有一分对天下百姓的慈悲和愧疚，就不该眼睁睁地看着瘟疫肆虐却扣押医者。”

言罢，她起身道：“本宫原先以为，摄政王想问的是关乎陈楚两方的公事，既是私事，本宫非摄政王故人，也没有作答的必要了。”

亭外很快响起两百精骑离去的马蹄声，沈彦之这才一手紧紧攥住胸口的衣襟，整个人控制不住地蜷缩起来，却仍抵挡不了心口的窒痛分毫。陈钦以为是他又发病了，慌忙上前去搀扶，却在看清沈彦之神色时微微一愣。

他从未见过自家主子这般痛苦的神情，那双眼红得仿佛下一秒就要溢出血来。

陈钦以为他是被楚太子妃那些决绝的话伤到了，道：“主子，您看开些。”

“滚。”一声喝骂出口，沈彦之才发现嗓子已哑得几乎发不出声来。

陈钦不太放心，犹豫道：“主子，您……”

“我说，滚！”沈彦之一把将矮几上的所有物品都挥落在地，歇斯底里地怒吼，神情凶狠又绝望，仿佛一头困兽。陈钦不敢再触他的逆鳞，躬身退了出去。

亭外的竹帘放了下来，逼仄的空间里，心口处尖锐的刺痛愈发清晰：“对不起……阿筝，对不起……”

下一瞬，沈彦之按住胸口生生又吐出一口血来，血渍溅到地上，刺得人眼生疼，有水泽在这股锥心的疼意里，从他眼角大片大片地滚落。

他望着亭外的漫天飞雪，苦笑：“我只是想再见你一面……我知道你憎恶我，用游医迫你前来，只是想再见见你，问你过得好不好，再跟你要个承诺，你说了要嫁我的。这辈子的路太难走，我走不下去了，下辈子再嫁我好不好？”

未婚妻被夺，生父算计他为铺路的棋子，胞妹被送与他人做妾，秦乡关五万将士的冤魂，朝野上下的唾骂……

这条路他走得好辛苦，他太累了。

“我已经打点好了一切，我和婵儿去了，汴京旧楚的势力都是你的，楚承稷若负你，你自立为王，他也奈何不得你。”

沈彦之望着秦筝先前坐过的地方，从一开始的低笑变成了哈哈大笑，笑得自己眼泪都出来了。等陈钦闻声进来，见沈彦之清俊的脸上混着血和泪的癫狂神情，已分不清他究竟是在笑，还是在哭。

一时间也不敢上前，怔在了原地。

秦筝和林尧一行人走出十里亭有一段距离了，听见十里亭内传出的似哭一般的凄厉笑声，也不禁驻足回头。

林尧问：“娘娘，那姓沈的，会把治瘟疫的方子给咱们吗？”

秦筝沉默了一阵才道：“我也不知，且看他抉择了。”

至此，她和沈彦之，算是彻底说清了。

此刻听着十里亭那边传来的似哭非哭、似笑非笑的笑声，秦筝心中一丝波澜也无。

这乱世里，她看过了太多生离死别，但死亡不会终结这乱世，却会推着生者向前。

风雪茫茫，秦筝最后再看了一眼十里亭的方向，转身走进了大雪里：“回吧。”

行至前方官道拐弯处，远远瞧见十几骑人马踏着泥雪而来。

秦筝看清为首那人，多日笼着愁绪的眉眼终于舒展开来，似倦鸟看到了归巢。

林尧也看见了楚承稷一行人，道：“殿下回来了！”

不过须臾，楚承稷的战马就奔至跟前。

秦筝站在原地，唇边带着一抹浅笑：“回来了？”

楚承稷“嗯”了一声，嗓音低沉，又问：“沈彦之迫你见他？”

秦筝道：“已说清了。”

秦筝将手递了过去，在雪地里走了一阵，她手被风吹得有些凉，楚承稷的手却仍是温热的，攥紧后把人往上一提，秦筝就稳稳落到了马背上，后背紧贴着他的胸膛。

楚承稷策马往回走，秦筝靠着身后坚硬如铁的胸膛，连日紧绷的神经才终于得以松懈一瞬，闭眼哑声道：“北庭出事了，娘子军也牺牲了好多姑娘……”

“我知道。”楚承稷说，“收到你的信就快马加鞭地赶回来了。”

他双臂拥着她，将她整个人都裹进了自己的大氅里：“别怕，有我。”

只这一句，天塌下来了，她也不再怕。

# 第二十八章 北征

这北征的一战，
想来会比他原计划的时间，打得久些。

喜鹊带着娘子军扶灵至泗水城城门处，娘子军的姑娘们身着残甲，个个脸冻得通红，身板却挺得笔直。

马匹拉着的平板推车上，放置着一尊漆黑棺木，棺木上绑着一朵白色奠花，沿街两侧是围观的百姓，大家都静默无言。

守城门的官兵依旧拿着画像在娘子军中挨个核对，没有发现游医，这才下令放行。

喜鹊深深地吸了一口气，过了这道城门，她们很快就能回到大楚的地盘了。

娘子军缓缓向城门口移动时，守城的小将视线在她们身上巡睃几遭，目光落到棺木上，突然叫停："等等。"

喜鹊冷刀似的目光刮向那守将："不知还有何事？"

小将朝着马车上的棺木努了努下巴，盛气凌人道："开棺。"

喜鹊怒斥："这棺木里躺着的是我们在漠北战场上战死的将军，借你陈国之道归乡，不是要受你羞辱的！家国有难，我大楚女儿都上了战场，如今一尊棺木还乡，你这小人竟还这般刁难！你若想动这棺木，除非从我尸体上踏过去！"

她身后的娘子军瞬间背向棺木围成一个大圈，手中兵刃直指陈国官兵。

小将冷笑："就你这点残兵，还想来硬的？本将军怀疑你们窝藏了朝廷重犯，来人，给我拿下！"

陈国兵卒们刚要上前，却在看见围在棺木前的娘子军们个个面露凶光，仿佛是从北地里走出的恶狼时，生生给吓得止住了脚步。

小将用鞭子狠抽了几下站得离自己近的几个小卒："愣着做什么，把人给我拿下！"

喜鹊对着围观的百姓大喊："父老乡亲们，我们离家北上，是为大楚的百姓而战。今日只要我大楚的娘子军还有最后一人血未流尽，他陈国狗贼就休想动我将军的棺木！他日大楚收复汴京，若有江淮的老父老母北上前来寻我等尸骨，诸位且代我等转告一声，江淮女儿此生尽忠，来世再尽孝！"

一番话说得不少人都红了眼眶，百姓们的神情也愈发愤慨。

大楚分崩离析，各地势力割据，外敌来犯，北庭岌岌可危，到头来却是一支娘子军冲上了战场。英魂归乡，却还要被那群不作为的内乱之人开棺查尸，这是何等屈辱！

人群里一个汉子气得面红耳赤，最先嘶吼出声："这帮天杀的！只会在背地里作威作福罢了，不能让他们开棺！咱们送娘子军回乡！"

这一声把不少百姓的心声都喊了出来，人潮里响起此起彼伏的附和声。

小将脸色铁青，下令要把最先起哄的那汉子抓起来，可围观的百姓们互相推搡着，巨大的人流推着娘子军们飞快地往城外走。

小将怒不可遏，但有道是法不责众，聚集在城门口阻挠官兵的百姓成千上万，百姓群情激愤，从一开始的声讨到后面直接变成群殴，小将被揍得鼻青脸肿，却连是谁打的他都认不过来。

娘子军在百姓的帮助下出城门后，直奔十里亭，去同候在那里的两万楚军会合。

路上碰到沈彦之的三千人马，喜鹊紧张得心跳都险些漏掉一拍。

但那三千人马行色匆匆，瞧见了她们也没有停留的意思，径直往泗水城去了。

喜鹊她们人马不多，侧身让在官道一旁，等沈彦之的人马过完后，她回头看了看，若有所思。

一名娘子军有些担心："喜鹊姐姐，这队陈军回去后，若是得知我们强闯出城，追回来可如何是好？"

喜鹊心中也没底，下令道："拐过前方的弯道后就先把人放出来，再加速行军，太子妃带着两万大军在十里亭迎咱们，陈军便是追上来，也奈何不得我们！"

娘子军在弯道处停了一刻钟不到，便全速向着十里亭奔去。

风雪肆虐，姑娘们就这样深一脚浅一脚地在泥雪中向着故乡归去。也不知走了多久，风雪尽头，终于出现一片黑压压的人墙，黑底金纹的楚旗在寒风中招展。娘子军停下脚步，看到远处的大楚军队，这一路都不言苦累的她们，这一刻几近哽咽。

她们终于回家了。

待行至跟前，发现太子和太子妃立于大军阵前，大氅上都已落了一层薄雪，似早早地在这里等着的，娘子军们的心中更是百感交集。

喜鹊红着眼向秦筝和楚承稷行礼："林将军身负重伤，行不得远路，末将代林将军扶灵，送王桂将军归乡。"

秦筝本以为自己也算见多了世间无常，可在看到姑娘们这般狼狈归来时，心口还是一下子被揪紧了，眼底升起涩意，她看向落了薄雪的板车："里面是王大娘？"

喜鹊强忍在眼里的泪水没绷住，从眼眶里滚落出去，她抬起袖子狼狈地抹了一把眼泪，说："是。北庭挡不住北戎人的蛮攻，北庭百姓都要上阵杀敌了，林将军带着我们前去羌柳关支援连钦侯。那北庭大王子生得比旁人高大，一身武艺也霸道，连钦侯都险些死在他手上。我家将军怕连钦侯出事后北庭大乱，挡不住北戎人的蛮攻，不要命地杀过去帮连钦侯，王护军为了救将军，替她挨了好几刀，整个后背的骨头全都给砍裂了……"

喜鹊有些说不下去，止不住地哽咽，她身后的娘子军们，也跟着低头抹泪。

秦筝眼眶通红，初闻噩耗，她担心是林昭出了事，数日未曾好眠过。此刻听闻王大娘就是那名替林昭挡刀的护军，心中的难过并不比之前少。

王大娘面冷心善，瞧着一副凶神恶煞的样子，心肠却是极好的。

当初在两堰山，王大娘也处处帮衬着她，她和林昭组建起娘子军后，王大娘更是忙前忙后帮着教姑娘们习武，肃整军规。

在场除了秦筝，心中最不好受的还是林尧。

在喜鹊说完那些话后，他头一次没顾上规矩等秦筝和楚承稷发话，直接对喜鹊哑声道：“开棺，我看看王大娘。”

他跟王彪同岁，他娘生他时就落下了病根，身体不好没奶水，他是王大娘喂养大的，王大娘就是他半个亲娘。这么些年，王大娘也的确是把他们兄妹当自己的孩子看待的。

喜鹊擦擦眼，招呼几名娘子军打开棺盖，棺盖上的薄雪抖落，躺在里面的中年妇人身形壮硕，脸上亦是有几分怒目金刚的威严感，只不过早已苍白得没了血色，此刻闭着眼，又有一股说不出的安详。

棺木从外边看着挺大，王大娘躺在里面，却显得空间有些小。

从北庭辗转回江淮，路上耽搁了不少时日，得益于这严寒的天气，尸首并没有什么异味。

秦筝心中叫悲意裹挟，没细想这棺木从里边看着为何这般浅，扭过头拭泪，楚承稷伸手在她后背轻轻拍了拍，安慰得无声。

林尧久久地凝视着棺木中故去多时的妇人，跪在棺木前磕了三个头，两行热泪滚落在雪地里，了无痕迹，他起身后只说了句：“合棺吧。”随即看向楚承稷，下颌绷得死紧，“殿下，北伐之战，恳请殿下准许末将一同出征。”

楚承稷抬手在他肩头按了按，说：“准。”

棺木重新合上，娘子军正要随大军回青州，喜鹊悲伤之余，这才想起另一件事来：“太子妃娘娘，末将有事要禀。”

秦筝点头应允：“且说便是。”

喜鹊道：“末将从泗水城带回来一位游医，据那游医说，她能医治瘟疫。”

这话让秦筝眸色一变，问：“那名游医现在何处？”

喜鹊看向娘子军中，一名跟娘子军一样披了几片残甲的独眼妇人站了出来，向秦筝和楚承稷行礼：“民妇见过太子殿下、太子妃娘娘。”

“先前在株洲救治疫民的那名游医便是您？”秦筝问。

游医点头：“正是民妇。此番民妇得以出城，也多亏了这位女将军命人在棺木中造了隔层，将民妇藏于棺木底下。饶是如此，出城也经历了一番波折。”

秦筝心中一时间悲喜参半，悲的是王大娘的故去，喜的是游医被救了出来。这样不管沈彦之那边会不会把方子交给他们，身染疫症的百姓都有救了。

听游医说她们出城经历了一番波折，不由得问喜鹊：“路上遇到了麻烦？”

喜鹊回话道：“为了方便透气，棺木下角我命人挖了几个小孔，出泗水城时许是叫城门守将发觉了，扣下我们要开棺查验。我煽动民愤，带着将士们趁乱出城，路上又遇到了一队陈营的人马，怕他们回泗水城后得知情况追来，才在半道上把游医放了出来。”

出了泗水城就不是陈营地盘，便是陈营的人马追上来，游医同她们分开走，也能到江淮。

秦筝心知她们路上遇到的那队人马必是沈彦之的，喜鹊跟着林昭北上一遭后，如今遇事也能随机应变了，王大娘一走，这些她曾经挂念的孩子们都长大了，怅然之余，也有几分欣慰："喜鹊此番立了大功。"

喜鹊跟着林昭去北庭时，鱼嘴堰水库还没被炸毁，江淮以南也没瘟疫横行，她虽没亲眼瞧见瘟疫带来的灾祸，却也听说过瘟疫的可怕之处。对于秦筝说的记功，喜鹊并不挂心，而是红着眼道："不是我立的功劳，是王护军把人带回来的。"

若没有王大娘的这口棺木，游医也的确出不了城。

这话让秦筝也有了几分伤感，她对喜鹊道："王大娘有功，你也有功。"

喜鹊又抹了一把眼泪，情绪稳定下来后，怕陈营那边发现游医出城会追上来，对秦筝道："太子妃娘娘，咱们快些回吧，若是陈营的那拨人马回去后从城门守卫那里得知棺木有问题，只怕会追来。"

秦筝看着泗水城的方向，没说话。

北庭有难，楚承稷必是要北上驰援的，娘子军百十来人，陈营肯借道，届时要过境的是数万大军，陈营那边怕他们反手攻城，定不敢再借道与他们。

天下人的责骂对沈彦之和李忠而言，只怕已不算什么，沈彦之若仍执迷不悟，大楚在他和李忠之间，早晚有一战。

沈彦之回去后高烧数日不退，人也一直昏沉着，等他恢复意识时，已是在汴京。

陈钦进去送药，发现他虽醒了，却只是两眼空空地望着帐顶，整个人了无生气，道："主子，喝药了。"

沈彦之开口时嗓音嘶哑："放下，出去。"

陈钦无奈劝道："主子，您多少吃点东西。您倒下了，贵妃娘娘还能倚仗谁？"

沈彦之依然只是那句："出去。"

陈钦只得退了出去。

沈彦之依然两眼无神地望着帐顶，却有一滴清泪从眼角滑落，隐进了鬓发。

沈彦之那边迟迟没有送来治疗瘟疫的方子，好在有游医教株洲的大夫们照顾病患，瘟疫姑且算是稳定下来。林尧亲自扶灵送王大娘回两堰山下葬，王彪得知生母在北庭遇难，当即从扈州赶回来服丧。

秦筝亲去两堰山参加了王大娘的葬礼，楚承稷追封王大娘为怀化朗将。

王大娘一下葬，王彪就匆匆赶往青州，跟林尧一样向楚承稷请命，想出征北伐。

娘子军运送回来的，不仅是王大娘的棺木，还有连钦侯的一封亲笔信。

连钦侯在羌柳关一战也负了伤，只是怕北戎人趁北庭正薄弱时继续攻城，一直把消息封锁着，除了他的亲卫，旁人并不知情。

连钦侯已经不能领兵出战，羌柳关危矣。

小侯爷谢驰在守凉州和北庭接壤的缺口，根本兼顾不到后方的羌柳关，连钦侯长子谢桓又不擅武，羌柳关无人可守。

连钦侯写这封信，一是谢林昭的搭救之恩，二是为求援，三是有平北庭之乱后拥护楚承稷、继续向大楚称臣的意思。

虽然就算没有这封信，楚承稷也会发兵北上，但连钦侯既然表态了，底下的谋士们在制定北伐战略时，明显劲头更足。

连钦侯已倒向他们，不管是北戎人还是李信残留下来的势力，只要先解决掉一个，这天下就定下来了。

毕竟他们若和连钦侯联手，基本上是稳操胜券。

谋士们分为了两派，一派主战，言直接从挡在北庭前的李信残留势力打过去；一派则主张暂时议和。

“李信的势力，汴京一带现由沈彦之把控，秦乡关一带由李忠把控。以大楚今日之国力，虽不怯战，可北庭等不起啊！不如派人前去暂且谈和借道。”

主战派立马冷嗤：“数万兵马过境，反贼就不怕大军突然变卦占据他们的城池？”

主和派的臣子继续谏言：“总得一试，北庭若失守，北戎人下一个目标就是沈彦之和李忠的势力。咱们借道前去支援，他们坐收渔利，臣以为有几分可行。”

臣子们几经争吵后，楚承稷也知北庭等不起，选择了派官员前去沈彦之和李忠那边暂且讲和借道。

汴京迟迟没有传出回信，李忠那边倒是很快给出了回应。

前去谈判归来的官员看着楚承稷，声音压得极低：“李忠那边说，借道可行，但让我们拿……拿别处的城池去换途经的城池。”

此言一出，满座哗然。

当即就有主战派大骂：“那李家走狗，和李信一样，定是那些城池都被他劫掠一空，这才想以那些贫地换我们江淮富地！”

拿江淮的城池同李忠换，这是绝无可能的。

李忠的军队全是靠抢夺民脂民膏给供起来的，他们若是同意，就是把那些城池的百姓往火坑里推。

汴京那边一直没传来结果，大臣们心中也没抱什么希望，毕竟沈彦之和他们太子积怨已久。

主和不成，那便只能兵戎相见，大臣们正在商讨究竟是哪边先“借道”时，李忠倒是先蹦跶起来了，他率军占领永州周围的大小郡县，将永州给死死围住，意在取永州。

安元青还在南境清缴淮阳王的残余势力，楚承稷自是不可能让他辖下的永州易主。

战报传回来，一干臣子激愤不已。

宋鹤卿气得嘴上花白的胡须都在抖动：“那李贼定是以为我等要援助北庭，同他耗不起，才胆大包天想取永州之地。永州城防坚固，一旦落入他手，要想夺回绝非易事。何况安将军的家眷都在永州，他若以安将军家眷作胁，岂不是将坞城之变重演？”

岑道溪亦是神情凝重：“李忠是想先下手为强，他必然也猜到了殿下不肯拿江淮城池与他换。殿下刚拿下南境，我军士气正高；反观他麾下那五万兵马，这数月以来盘踞在秦乡关，同沈彦之拉锯，无粮草供给，再加上秦乡关天寒地冻，他又没银钱给将士们裁制冬衣，士气低迷。殿下若同他开战，他必败无疑。

“唯有趁我们不设防，南迁拿下一要地，既补给军需，又挫我军士气，这样他才有一线生机。

“李忠围永州，一来诚如宋大人所说，永州城防坚固，攻守皆宜。二来永州是离秦乡关最近的大型城池，短时间内若能打下，则便于他们迁移。若是打不下，楚军大军压境，他们也能转头退回秦乡关。”

他说着看向楚承稷：“殿下若要发兵支援永州，当再派一队人马取秦乡关，断他后路。”

楚承稷略加思索，便颁布了军令：“林尧领兵三万，攻打秦乡关。”

林尧当即抱拳：“末将领命。”

王彪知道，拿下秦乡关无疑就是扫清了通往北庭的道路，忙急道：“殿下，让俺去吧！”

楚承稷说：“李忠拿不下永州，又退不回秦乡关，只能再攻打沿途的城池，王将军领兵一万守邑城。”

王彪这才连忙抱拳领命。

整个江淮以北驻军八万，林尧和王彪共领兵四万后，还余四万兵力。株洲、坞城、青州各留一万驻军，只剩一万兵马能派去支援永州，一万对李忠的五万人马，哪怕对方士气低迷，但在这样的兵力悬殊之下，他们也很难讨着好。

南境虽还屯了五六万兵力，但远水解不了近渴，林尧思虑再三，出列道：“殿下，末将攻打秦乡关，领兵一万就够了。”

驰援永州，最少也得三万兵马，对上李忠才有胜算，楚承稷声线平缓：“拿下秦乡关后，你先率兵北上前往羌柳关。北戎人若攻来，你只带一万人马，能抵挡得住？”

林尧哑然，楚承稷竟是出于此等考虑，他面露愧色：“是末将顾虑不周。”

楚承稷并无责怪之意：“到了北庭，羌柳关还得林将军坚守数日。”

连钦侯负伤的消息，林尧也知晓，楚承稷让他先去北庭，想来就是怕羌柳关无悍将守关，叫北戎人攻破，林尧向楚承稷重重一抱拳：“除非末将身死，否则决不会叫北戎破关。”

楚承稷道：“林将军守半月，援军便至。”他看向岑道溪，“岑先生一道前往北庭。”

林尧善战，岑道溪又是个智囊，他们一同前往北庭，北庭这道防线便又坚固几分。

岑道溪一揖道：“微臣领命。”

王彪听楚承稷说待林尧拿下秦乡关后，会直接北上，心中不免着急。但他也不傻，林尧是眼下最适合先前往北庭的人，因此并未作声。

接下来便该落实株洲、坞城、青州的布防了，楚承稷对赵逵道：“赵将军领兵四万前去永州驰援。”

淮阳王一倒，徐州之地安全了，楚承稷先前就把赵逵也调了回来。

他让赵逵领兵四万驰援永州的决定，让大臣们面面相觑，仅剩的四万兵马都带去永州了，株洲、坞城、青州就不用守了？

短暂的错愕后，大臣们都低声议论起来，宋鹤卿站出来道：“殿下，臣以为此举不妥。青州与永州相隔不远，赵将军带兵四万前去，李忠必定避其锋芒撤军，若是那李贼转头取青州，可如何是好？坞城和株洲，也危矣！”

不少大臣纷纷附和，楚承稷道：“株洲和坞城乃疫民聚集之地，淮阳王便是折在了瘟疫上，李忠不敢冒险取这两城。”

娘子军带回游医后，株洲和坞城的疫民虽已得到救治，但对外一直是封锁消息的。

既然要向沈彦之和李忠“借道”前往北庭，谈和不成，就只能硬攻。这时候隐藏实力，让他们误以为江淮依然瘟病肆虐，低估他们，才能更容易取胜。

大臣们一番细思，只觉楚承稷所言，也不无道理。

昔日淮阳王势大，连李信都怵他三分，结果因误和一队疫民交手，生生把自己送上了绝路。而坞城和株洲救治疫民的药材都有限，李忠只要不是蠢笨如猪，就不会选择攻这两城，驻军的确是可有可无。

宋鹤卿问：“那青州……”

“青州由孤亲自坐镇。”

宋鹤卿还未反应过来，岑道溪倒是先想明白了楚承稷的用意：“殿下是想唱一出空城计？”

楚承稷还从未打过败仗，兵法又素来诡变，若楚承稷不在青州，李忠得知青州没多少兵力，兴许还会觉得这是个攻打青州的绝佳机会。

他留在青州，青州又防守薄弱，怎么看都像是个陷阱，李忠敢攻打青州就怪了。

想通这一切，岑道溪不禁钦佩道：“殿下果真用兵如神。”

主要还是这个计谋太过大胆了些，可大胆归大胆，这又何尝不是死死地拿捏住了李忠的心境？

上乘兵法，从来都是攻心。

安元青的两万永州军当初随着楚承稷南下攻打淮阳王，如今城内只留几千将士守城，得益于永州坚固的城防，才勉强挡下了李忠的一轮强攻，可援军若再不至，城门必是守不住了。

李忠坐在战车上，看着城楼上颓丧的永州军，欣喜之色溢于言表。

“那楚氏小儿打着天下大义的幌子让本将军借道与他，说的比唱的还好听，等他帮着连钦侯击退北戎，回头可不就得盘算着怎么侵吞老子的势力？真当老子是个蠢的？！”

击退了北戎，前楚太子那边和连钦侯的结盟就更牢固，届时前楚太子和连钦侯一南一北夹击，他还有生路就怪了。所以他和一众幕僚商议后，才提出了易地的条件。

就算前楚太子那边不同意易地也无妨，他们先下手为强，拿下永州就成功了一半。

军师奉承道："将军英明！"

李忠大喝："擂战鼓！最先杀入永州城者，赏十金，赐美人！"

底下的将士更加疯狂地攻城，城楼上的永州军疲敝得几乎已经挥不动刀了。

就在此时，一支黑压压的大军如黑铁洪流一般朝着永州城逼近。

跑回来报信的斥候惊恐道："不好了！大楚的援军到了！"

李忠愤怒得眼睛都红了："对方有多少人马？"

斥候颤声道："保守估计有四五万。"

李忠气得狠狠甩开斥候，再次登上战车看逼近的那支楚军，那乌泱泱一片的人马，的确是四五万大军。

他虽号称掌兵五万，可秦乡关挨着雪岭山脉，入冬以来，他军中冻死病死的将士不少，同沈彦之拉锯时，也折了不少兵马，如今加上残兵，满打满算也才四万。跟大楚的四万雄兵比起来，他毫无胜算。

李忠心知就算攻破了永州城门，他也守不住，与其把自己的人马都折在这里，还不如撤军保存实力。

李忠狠狠咬牙："撤！"

没能拿下新窝，李忠首选是回老巢，可大军退回秦乡关时，却发现自己的老巢已经被占了。

李忠怒不可遏，知道大楚那边需要秦乡关这条要道向北庭输送兵力，便下令夺回秦乡关。

可林尧带去秦乡关的是三万大军，李忠无疑是踢到了铁板，他恨得咬牙切齿："那楚氏小儿夺我秦乡关，我非取他青州不可！"

青州顺着元江往南，可直达吴郡，地理优势远胜永州。

李忠先前是不敢贸然攻打青州的，但现在楚承稷往永州分了四万兵力，驻守秦乡关的也足有上万兵马，青州防守必然虚弱。

他接连打了两场败仗，士气全无，粮草也已告罄，现在他必须尽快拿下一城，休养生息，鼓舞士气。

等李忠率大军抵达青州，就发现青州周边村落的百姓早就被疏散了，对方显然是早算到了他会前来。

李忠担心青州只怕也设了重伏，底下军队没能从周边军队找到粮草补给，士气更加低迷，只得硬着头皮带着军队继续往青州逼近。

他又派斥候前去青州城查探，斥候来报说，青州城城楼上守军寥寥无几。

李忠问："可探得青州是何人守城？"

斥候道:“是前楚太子。”

此言一出，李忠的军师脸色倏地大变:“将军，其中怕是有诈！”

李忠也担心是计，可又心存几分侥幸:“青州的兵力分明都派出去了，若这只是那楚氏小儿想诈退我用的空城计，如何是好？”

军师道:“太冒险了，江淮和南境尽在前楚太子囊中，他离帝位只差一步之遥，会为了保一个永州，拿自己的性命赌？更何况前楚太子先前分明也在南境，此时却突然出现在青州，难保南境的兵马此时不在青州啊！”

这番话说得李忠更生退意，他道:“军师所言有理，附近还有何城池？”

军师捧着舆图上前:“离青州最近的便是坞城……”他话还没说完，就被李忠一巴掌打得“哎哟”一声。

李忠骂道:“混账！坞城瘟疫横行，你想让本将军去送死？”

军师连忙告罪，坞城去不得，疫病的发源地株洲那就更去不得了，他道:“为今之计，咱们要么去汴京投奔沈彦之，要么……就只能去攻打邑城了。”

李忠咬了咬牙:“要本将军向沈家的一条狗示弱，做梦！去邑城！”

李忠一撤兵，楚军的探子就把情报送回了青州，一众臣子听说后，直呼楚承稷英明。

秦筝喜忧参半，私下同楚承稷道:“李忠若仍打不下邑城，只怕会转投沈彦之。”

这样一来，他们虽没费什么力气就拿下了李忠原本的地盘，打通了前往北庭的路，但却也给沈彦之那边送去一大助力。若是沈彦之剑走偏锋，这两股势力拧成一股绳后，对他们极为不利。

楚承稷正在案前提笔书写什么，闻言笔锋微顿:“沈彦之不会同李忠言和。”

秦筝不解:“为何？”

楚承稷将毫笔搁在了陶瓷笔枕上，往身后的椅背轻轻一靠，他说:“我做了件不太光彩之事。”

秦筝问:“什么不光彩的事？”

楚承稷道:“我让林尧拿下秦乡关后，带人假扮成李忠的军队，突袭抢了沈彦之三个城池。”

秦筝一愣，有这三城之仇在，他们那头鹬蚌相争，正给了他们从南境调兵回来的时间。

林尧的三万人马去北庭只是打头阵，等楚承稷带着江淮余下人马一同北上，南境的兵马正好接手江淮的防线，这样才不会被李忠或沈彦之突袭后方。秦筝看着楚承稷:“这有什么不光彩的？”

触及他的眼神，秦筝突然像是想到了什么，她凑过去在他身边煞有其事地闻了闻:“怎么你身上有一股子酸味？”

楚承稷微微一哂，抬手捏了捏她细腻温软的脸颊，将她拥进怀里:“取笑我？和汴京那边兵戎相见时，我不会留情。”

秦筝叹了口气："他自己选的路，自有他的终结。"

小心思被戳穿的楚某人很会转移话题："我前往北庭后，安元青会领兵三万回青州，江淮和南境的大小事务，一切便由你定夺。宋鹤卿是你的近臣，自是全力辅佐你，但朝堂讲究权衡之道，你私下同宋鹤卿等人亲近，凡事同他们商议无妨，可明面上却得一碗水端平……"

秦筝一听他说起正事，赶紧正了神色，压根没注意到他是在转移话题。

且说李忠前往邑城后，本以为楚军派出大部分兵力后，又在青州设下了局，邑城这弹丸之地，总该兵防薄弱了，却不料又碰了钉子。

王彪心里正憋着一股气，他娘死在了羌柳关战场上，他一心想北上杀北戎蛮子替他娘报仇，结果李忠不肯借道也就罢了，还在此时玩阴的攻打永州。眼见李忠来邑城叫阵，王彪便把所有的怒火全撒到了李忠身上。

李忠大军长途跋涉，又接连打了数场败仗，麾下饥寒交迫、士气全无，逃兵与日俱增，扎营干耗了几天，终究还是拔营前往汴京。

他同自己的军师道："我同沈彦之虽不和，可我一倒，前楚太子只对付他就容易得多，他为大局考虑，定会与我修好。汴京本就是我大陈的地盘，等我大军入境，他沈彦之偷去的权力就该还回来了！"

军师一改之前的颓丧，大赞："将军此计实在是高啊！"

汴京。

沈彦之不吃不喝数日，朝政也无人处理，汴京的大臣们早有不满，陈钦顶不住压力，只得求到了沈婵跟前。

沈婵自从当日沈府一别后，再未见过沈彦之，她回宫后一病不起，宫人们报与沈彦之，正逢那段时日沈彦之也昏迷不醒，对此毫不知情，没能去看她。

沈婵以为兄长是生了自己的气，心中万分煎熬，心结一重，病得也更重了。

等陈钦求去宫中，沈婵才得知沈彦之同自己一样缠绵病榻多日，自责不已，顾不得病体，一定要回沈宅看他。

上一次兄妹二人大吵一架，这次正逢年关，沈婵什么都没说，去了沈宅，拖着病体煮了一碗圆子端至沈彦之跟前。

沈彦之看到沈婵，刀子一样的目光瞬间刮向了陈钦，陈钦不敢看他，还是沈婵道："阿兄莫怪陈护卫，马上除夕了，婵儿年年都是同阿兄一起守岁的，这才回来了。"

沈彦之被陈钦扶坐起来，沈婵端着圆子，眼中滚下热泪："阿兄何苦这般作践自己？"

沈彦之说："感染了风寒罢了。"

沈婵自是不信的，半是自责半是愧疚："阿兄怪婵儿放走游医，打骂婵儿都行，别这般作践自己……"

“莫说这些气话来戳我心窝子。”沈彦之厉声打断她。

来之前沈婵是想好好同他说话的，可看着他这副模样，心如刀绞，流着泪质问他：“我这些话戳了你心窝子，阿兄你何尝不是在戳我心窝子？”她转过头抹泪，努力平复情绪后，把一碗圆子递了过去，“我包了圆子，阿兄用些吧。”

从前，沈母每逢过年都会煮黑芝麻馅的圆子，沈婵喜吃甜食，沈彦之却嫌甜腻，每次都把圆子给她吃了。

后来沈母过世，府上再也没人在年节煮圆子了，沈婵哭着想吃，引得荣王发怒。

少年沈彦之用单薄的背脊替她挡下了所有怒火，在小厨房里，笨拙地包圆子煮给她吃。

此后每年除夕，都是沈彦之煮圆子给她吃，沈彦之依旧不喜甜食，却会在每年除夕吃一大碗甜腻腻的圆子，这黑芝麻馅的圆子，似乎是他们兄妹和已故母亲的最后一点联系。

沈彦之看着她捧着的那碗圆子，眼眶倏地红了。他接过瓷碗，用勺子捞起一个圆子，囫囵个儿地往嘴里送。

他吞咽时，眼角有了湿意，明明嘴里都这般甜了，但心口却还是苦得发涩。

沈婵说：“我头一回包圆子，包得不好。”

沈彦之把一碗圆子吃得连汤都不剩，把碗递给陈钦时道：“好吃。”

沈婵脸上这才露出一个笑来：“吃了阿兄包的圆子许多年，可算是替阿兄煮了一回。”

不知想到了什么，她眼神黯然了下来，脸上却仍是带着笑道：“不过今年除夕，还是阿兄给我煮圆子吧。没有阿兄煮的圆子，在婵儿这里不叫过年的。”

沈婵的身体状况，兄妹二人心知肚明，不管是宫里的御医，还是之前的游医给她诊脉后，给出的话都是：她怕是熬不到明年开春了。

沈彦之说：“好，往后年年都给你煮。”

他这话说得平静，甚至还有几分万念俱灰后解脱的轻松在里边，沈婵从这句乍听似宽慰的话里，察觉出几分异样来。

在沈彦之跟前，她并未多问什么，同沈彦之说了些从前的事，陈钦估摸着时辰又端了药进来，她亲眼瞧见沈彦之喝下了，才离开了房间。

陈钦服侍沈彦之歇下后退了出去，走出不远，发现沈婵屏退了婢子，独自坐在廊下看雪。

陈钦猜到沈婵是有事想问自己，走过去恭敬道：“娘娘。”

沈婵轻点了下头，问：“阿兄是从十里亭回来后便病倒的？”

陈钦应是。

沈婵继续问：“你可知阿……楚太子妃同我阿兄说了些什么？”

陈钦一五一十地将自己当日所见告知了沈婵：“楚太子妃说她没什么好同主子叙旧的，太子妃走后主子让卑职退下，等卑职察觉不对劲回亭内时，主子已经咳血昏了过去。”

沈婵浅淡的秀眉轻蹙着，对陈钦道：“本宫知晓了，多谢陈护卫。”

陈钦连道不敢。

沈婵一边咳嗽一边拖着病体往回走，她先前已见过秦筝一次，她记忆里的阿筝姐姐，总是温婉而娴静的，经历了这么多变故后的阿筝姐姐，容貌虽还是她记忆中的模样，但那双眼睛里，多了些她在别的女子眼中从未看到过的东西。

沈婵想了很久也想不明白那是什么，后来礼佛时，她顿悟，菩萨对在苦难中挣扎的世人都心怀悲悯，大抵是因为菩萨想度化这些世人。

她最后一次见到阿筝姐姐时，阿筝姐姐望着她眼中有的便是悯意。

阿筝姐姐怜惜她，不是因为她们过往的情谊，而是因为她这满是苦果的过往。

沈婵甚至怀疑，即便不是她，换作其他女子走到自己这一步，阿筝姐姐也会这般心生怜悯。

那份悯意，不是对某个人，而是对所有过往里有着苦果的女子。

想通这些后，沈婵也更加明白了秦筝起用女吏、征收娘子军的目的。

阿筝姐姐在走一条前无古人、后也难有来者的道路，她慈悲从容，也冷静果断。

兄长心里只装了她和阿筝姐姐，阿筝姐姐心里却装了天下人，所以至今还困着兄长的那段旧情，却困不住阿筝姐姐。

沈婵其实是为秦筝骄傲的，她希望兄长有朝一日也能放下过去，重拾入仕的初心，只可惜兄长执念入骨。阿筝姐姐再同兄长相见，会说些同他断干净的话，沈婵并不觉得意外。

不外乎也是一些决绝之词，才让阿兄大恸至此。

从被设计入了秦乡关的局，兄长背负骂名一路走到今日，仅剩的执念就是自己和阿筝姐姐。

可她如今已时日无多，阿筝姐姐又早就不再需要兄长相护。

沈婵想到方才沈彦之同她说话的语气，心底突然有了一个不妙的猜测——兄长该不会是有了轻生的念头？

沈婵越想一颗心揪得越紧，眼泪毫无征兆地夺眶而出。

沈婵回沈府后，沈彦之虽开始吃饭喝药，但还是不理朝政，送来府上的折子几乎快堆满了半个书房，每日都有大臣登门拜访，但沈彦之一概不见。

他像是对权力突然丧失了兴趣，每日只看书、作画，抑或是跟游医一样，给沈婵讲自己看过的游记或是从前在外边的见闻，只不过这次沈婵高兴不起来。

她同沈彦之下棋时，听见陈钦又一次来报说有朝中大臣在府门外候着，终于忍不住开口：“阿兄虽还在病中，但朝中要务一直耽误下去也不是办法……”

沈彦之在棋盘上落下一子：“陈国的朝廷，与我何干？”

沈婵叹息：“百姓们终归是无辜的……”

沈彦之笑容苍白：“我背了秦乡关五万条人命，再背不起这天下百姓的性命，死后便是要下地狱，我也早就身处其中了。”

沈婵眼神一痛，愈发确定他已心存死志，质问道："阿兄不怕将来九泉之下无颜见母亲吗？"

沈彦之落子的手微顿，面上还维持着笑意，只是苍白又僵硬。

沈婵的眼眶已经开始泛红："阿筝姐姐亲口同我说过，秦乡关五万冤魂，是李信造的孽。李信把这五万条人命安到你头上，阿兄便要一直背着吗？"

沈婵本以为把秦筝说过的话告诉他后，他便不会再这般颓唐，怎料沈彦之却一点反应也没有，他只是笑笑，眼里是他自己才懂的哀色。

沈婵忍不住噙着泪问他："阿兄你到底想做什么？"

沈彦之愣怔了很久才同沈婵说："我不知道。"

很多时候，他都分不清究竟是该恨楚帝、前楚太子、李信还是自己，抑或者他最该恨的，是皇权？

沈彦之觉得自己像是一块从里到外都生了锈的铁，这辈子再也无法回到光洁如新的模样。

沈婵见沈彦之失魂落魄的模样，心中愈发难过，她道："阿兄不知道做什么，那完成婵儿的心愿好不好？"

沈彦之迟钝地收回视线："你说。"

沈婵目光悲切："我只有阿兄一个兄长，我若去了，在这人世里会念着我的，逢年过节给我烧供奉的，每年开春在我坟头添捧新土的，也只有阿兄了。阿兄得好好活着，我和母亲在那边才能每年都有供奉收。"

沈彦之哑声说："好。"

"我不想当贵妃娘娘，我想跟从前一样，当个姑娘，干干净净地去见母亲，我死后，阿兄把我葬在母亲坟旁，我不要再跟李家人有半分干系……"

"好。"沈彦之的声线已经颤抖。

沈彦之终于开始处理政务，也是这时，他才看到了大楚先前送来的想"借道"的折子。

陈钦将他不理朝政这期间发生的重大事情都说与他听："前楚太子那边想援兵北庭，给咱们和李忠都递了借道的折子，先前主子您身体多有不适，便迟迟没回信，李忠那边人心不足蛇吞象，前脚同前楚提出易地，后脚就发兵攻打永州，在前楚那边打了一路败仗，现在往咱们这边来了。"

陈钦说到此处顿了顿："他之前为了备足粮草攻打永州，突袭夺了咱们三城，这两日如丧家之犬转至泗水城，咱们的人同他恶战了一番。除此之外，北戎使者又来了，言只要咱们跟他们合作，将来愿意尊您为皇。"

沈彦之放下大楚那边递来的"借道"折子，没对陈钦说的这些多做评价，只道："把游医的手札送去楚营。"

陈钦微微一愣，想起沈彦之还不知情，忙把先前泗水城城门守将说的大楚娘子军貌似带了游医出城的消息告诉了他，斟酌道："只怕大楚那边用不着这本手札了。"

沈彦之却仍旧说了句："送过去。"

陈钦虽不解，但转念一想这是自家主子一开始就承诺楚太子妃的，也不敢表现出异样，低声应了是。

出门之际，却还是有几分迟疑："北戎人那边……"

沈彦之一道眼风扫过来，陈钦忙低头认错："是属下逾越了。"

游医的手札隔了这么久方被送至秦筝手中，秦筝一时间也没摸透沈彦之是何用意。

之前听喜鹊说她用棺材偷载游医出城，叫泗水城的守卫发觉，秦筝还以为沈彦之已经知道她们的人带走了游医，所以才迟迟没把事先承诺的手札送来。

她把手札还给了游医后，此事算是暂且揭过。

拿下秦乡关后，江淮连接北庭的要道被打通，接连数日都有流星马往两地奔走送军情。

只是这次送回的急报不容乐观，连钦侯重伤的消息还是在北庭走漏了风声，北戎人不肯放过这绝佳机遇，大肆进攻羌柳关。

幸好林尧带着援兵去得及时，才挡住了北戎人这次的攻城，但据闻北戎那边还在大举调兵南下，号称蛮兵十余万。

北戎老单于即将让位，牙帐底下的几个儿子都在争夺王位，北戎大王子是呼声最高的，只要他破开北庭，就相当于打开了大楚的门庭，往后北戎人可直接南下牧马牧羊。

这样大的功绩，足够将北戎大王子推上单于宝座。

收到急报后，楚承稷原计划是想等南境的军队抵达青州后，再率第二支驰援的军队北上，现在也只能被迫提前了。

五更天，院子里还下着雪。

大军今日出征，秦筝垂首替楚承稷扣好战甲上的龙鳞锁扣，困倦得抬手揉了揉眼。

楚承稷垂眼，浅唤了声："阿筝。"

"嗯？"秦筝扣好锁扣后抬起头，唇上猝不及防地贴上一片温软。

这个吻只是一触即分，楚承稷抬手将她一缕碎发捋至耳后："你再睡会儿，又不是第一次出征，不必送我。"他又吻了吻她的额头，"安心等我回来。"

秦筝心中突然生出许多不舍，隔着坚硬的盔甲抱住了他："好，我替你守着江淮，等你平安归来。"

楚承稷伸臂将人紧紧搂入怀中说："阿筝，等天下大定，给我生个孩子吧。"

揽在她后背的手臂，似有千钧力道，要将她揉进自己的骨血中。

下人在屋外小声传唤："殿下，宋大人和林将军都已候在府外，恭请您前去校场点将祭旗！"

秦筝抬手在他后背轻轻拍了拍："去吧，别误了时辰。"

楚承稷松开手臂，垂眸看了她几息，突然又低头恶狠狠地吻了上去，这个吻来得突然，结束得也突然，楚承稷微低下头同她视线平齐，说："走了。"

他转身大步朝屋外走去，天已渐亮，秦筝追出几步，扶着门框看着他高大的背影在风雪中渐行渐远，眼眶微红。

楚承稷一直没回头，不知是怕她不舍，还是怕看到她，他自己不舍。

白鹭取了厚实的大氅给秦筝披上："娘娘莫冻着自个儿。"

秦筝转身往回走："给我梳妆吧，去北城门为大军送行。"

辰时三刻，秦筝和宋鹤卿等一干臣子登上了北城楼。

天光惨淡，风雪肆虐，北征大军在盘曲的官道上蜿蜒前行，打头的部队早已看不清人影，只有那高举的帅旗还能瞧见些许。

送大军出征后，秦筝和一干臣子回去便又商议起整个江淮和南境的政务，天下虽还未大统，但大楚这个破而后立的政权，目前已有了六部的雏形。

宋鹤卿劳苦功高，又得重用，在所有楚臣眼中，他与丞相无二。

秦简性子太过刚直，又写得一手好文章，秦筝重设御史台后，便把御史台的事务交与了他。能在御史台当差的，个个都是硬骨头、牛脾气，毕竟其职责是监察官员、肃正纲纪，若让个八面逢源的人担此位子，那这御史台就形同虚设了。

秦简是个眼里揉不得沙子的，他身后又有秦筝，底下的臣子们谁都不敢犯到秦简手中，个个兢兢业业、勤于政务，生怕叫秦简逮着个错处，被他洋洋洒洒、引经据典地写下一大篇参自个儿的折子递去秦筝跟前。

刚接手整个江淮和南境的秦筝，虽然每日看堆积的公文看得头昏眼花，但她很快发现，底下的大臣们个个都上进得很，差事一件办得比一件漂亮，这总算是让她称心了不少。

秦简先前跟着宋鹤卿做事都是磨砺居多，接手御史台后，一心想做出点成绩来，奈何整个江淮大小官员全都殚精竭虑，愣是没让他抓到一点可参之处。

他只能把大臣们盯得更紧些，大臣们被盯得战战兢兢，只剩没豁出老命去忙政务。

同北戎人的这场仗不知要打多久，大楚内乱的这两年民不聊生，如今中部和南部虽说是平定下来了，可若要供给北方的军队，必须尽快恢复元气。

秦筝亲自带着工部人马在严冬里赶修鱼嘴堰水库，除此之外，也在沿江各州府颁布新政法令，减免赋税、大兴农桑。

汴京，沈府。

沈彦之驻足在沈婵房门外，伺候的婢子退出去时，手捧一张带血的锦帕，沈彦之瞥见了，神情又黯几分，但更多的还是木然。

他端着一碗圆子抬脚迈进房内，坐到床边，语气温和："婵儿，今日还想吃圆子吗？"

"想……"沈婵面色蜡白，整个人瘦得脱相，连出声都有些困难了。

一颗汤圆喂到她唇边，她努力想张嘴，却已吞不下去。

沈彦之温声说:“慢慢吃，不着急。”

他知道，她终究还是要去了，一味强留，无非是徒增痛苦。

半颗汤圆刚吃下肚，沈婵又吐了起来，一边吐一边咳，咳出的鲜血濡湿了她胸前的衣襟和被褥，这次咳出的血比之前哪一次都多。

“婵儿！”沈彦之慌忙放下碗，用自己的袖袍擦去她吐出的秽物和鲜血。沈婵苍白枯瘦的手紧紧攥住了他的手，一遍又一遍地唤他:“阿兄……对不起，婵儿不能再陪你走下去了……”

有水痕大滴大滴地砸在沈婵手背，沈婵吃力往上看，又一滴泪从沈彦之眼眶滚落，砸在他们二人交握的手上。

沈彦之说:“你安心去吧，这次阿兄不留你了。”

沈婵望着他勉强扯了扯唇角，喉咙里发出“嗬”的一声哭腔，已有些涣散的眸子里也涌出泪来:“是我舍不得阿兄……”

沈彦之猩红着眼垂下头去，前额抵着二人交握的手，双肩剧烈地颤动着，颈侧的青筋一条条凸起，大片大片的水泽沾湿了二人交握的手。

“阿兄……”沈婵眼角坠下最后一滴清泪，她已用尽全力想回握住沈彦之的手，力道却轻得好似只轻轻碰了他一下。

沈彦之说:“你的最后一个愿望，阿兄会帮你实现的。”

走出房门时，陈钦捧着信候在门外:“主子，北戎又递来了信件。”

沈彦之却置若罔闻，直接越过他大步继续往前走，陈钦立在原地，一时间也不知该如何处理这两封信件。

李信的寝宫，除了隔两天有小太监前去送饭，再无人踏足。

总管太监带人打开寝殿大门时，一股恶臭迎面扑来，总管太监捏着鼻子扯着尖细的嗓音道:“什么味儿……”

话音在看到龙床上的李信时戛然而止。

李信自中毒对外宣称中风后，他吃喝拉撒都是在这张床上，总管太监险些没忍住干呕。

李信在看到沈彦之时，眼底迸出恨不能生啖眼前之人血肉的恨意。

沈彦之坐在小太监端来的太师椅上，缓慢开口:“从你设计我入这场局开始，你就该想到今日的。你那几个未及弱冠的种，都在今年这场严冬里感染风寒去了，你李家的王朝，从今日起，便结束了。”

李信怒目圆睁，嘴里发出一阵急切的“啊啊”声。

沈彦之似知道他想说什么，冷笑道:“木犀宫那个孩子啊？那都不是我胞妹的骨血，我为何下不去手？”

这个消息击溃了李信最后一丝理智，他更加歇斯底里地冲着沈彦之“啊啊”大吼。

沈彦之对总管太监道：“把药给他灌下去。”

总管太监带着几个小太监上前，扳开李信的嘴要给他灌药时，李信突然看着沈彦之怪笑起来。

沈彦之看着床榻上那个前一秒还歇斯底里、后一秒却面露讥讽的人，眯了眯眸子：“你都死到临头了，还有什么可笑的？”

总管太监正要给李信灌毒酒，沈彦之却又突然道：“把解药给他，让他有口能言就行，本王倒想知道，他在笑什么。”

总管太监猜不透这位摄政王的心思，只得照办。

解药给李信灌下去后，他说话的嗓音哑得跟个破锣似的：“你以为杀了朕，就……就报仇了？秦乡关的局，是北戎大王子喀丹帮朕做的。”

沈彦之脸色骤变：“喀丹凭什么帮你？”

李信怪笑道：“凭你入局后，罗猷身死和五万罗家军被坑杀在秦乡关，他北戎直取河西走廊。”

沈彦之的下颌瞬间绷得死紧，李信还在继续说：“荣王还活着吧？你去问问他，当初去沈府迎亲的，是不是有一个高鼻深眼的外邦人……”

李信还没说完，下一瞬，沈彦之暴起，一刀结果了他的性命，殿内的小太监被吓得没忍住失声尖叫。

沈彦之缓步走出大殿，径直去了天牢，这也是他回京后，第一次亲自来看望自己这位所谓的父亲。

荣王的状况没比李信好上多少，被带到沈彦之跟前时，整个人蓬头垢面，形销骨立。

看到沈彦之时，他喜极而泣：“我儿肯原谅为父了？我儿是来接为父出狱的吗？”

他爬跪着过去抱住沈彦之的双膝，痛哭流涕道：“为父真的错了，为父不该听信那贱人的谗言，苛待你和婵儿，你们是阿苑留给我的骨血啊……”

他不提早亡的发妻还好，一提，沈彦之眼中戾气陡现，重重一脚踹开荣王：“别这么叫我母亲，恶心！”

荣王被一脚踹至墙边，额角磕出了血也丝毫不在乎，只爬跪回沈彦之身边：“是是是，我不叫她，我儿，放为父出去好不好？”

说到后面，已是声泪俱下地祈求，对着沈彦之磕起了头。

沈彦之重重地闭上眼，他问：“你将婵儿许给李信时，他派来接婵儿的高手中，可有一个北戎人？”

荣王半点不敢敷衍，仔细回想一番后，连连点头。

得到了答案，沈彦之缓缓转过身，居高临下地看着荣王：“知道我为何留你至今吗？”

在荣王错愕的目光里，他冷冷道：“因为婵儿还在。”

民间有个说法，父母在，才能为子女积攒福泽。

而且沈婵心地软，哪怕再恨荣王，也不愿他做出弑父的事来，老一辈说，那是要遭天谴的，沈婵不想沈彦之再背上这么一桩债。

荣王显然也明白了沈彦之的意思，眼神在一瞬间变得极为惊恐。

沈彦之的目光却凉薄刺骨：“婵儿一去，你便也去地底下亲自给她和母亲赔罪忏悔吧。”

他一步一步地走出了天牢狭长的甬道，身后传来的是荣王尖锐凄厉的哭号声。

很久以前，他也听过这天牢里传出的悲哭声，不过那次是文武百官为陆太师和秦国公送行。

沈彦之行至天井处止住脚步，抬起头往那片四方孔透出的天光看去，大片大片的飞雪飘下，沾湿了他的鬓发，落了满肩薄雪。

当天夜里，两道文书从宫里发出，一道是细数李信罪行，推翻他所建的大陈王朝的檄文；一道则是恢复沈婵自由身，封她为翁主的诏书。

李信卧病多久，他便已把持朝政多久，朝堂上忠于李信的那批人，在这段时间已被他铲除干净，留下的无非是些墙头草，对于他发出的这两封文书，哪敢有异议。

沈彦之披着满身风雪回到沈府时，年迈的老管家已泣涕涟涟地等在门口：“您快去见小姐最后一面吧！”

伺候的婢子跪在沈婵床前小声啜泣，床上的沈婵显然已是弥留之际，她唇半张着，似还有什么心愿未了。

婢子以为她是想吃那碗没吃完的汤圆，拿去厨房热了喂给她吃，她已无法进食，唇还是半张着。

直到沈彦之带着一身寒气进屋来，冰冷的手握住了她本也没多少温度的手，温声同她道：“李信已死，陈国皇室也不在了，你不是李家妇，你是我沈家的姑娘，去寻母亲吧。”

沈婵半张的嘴慢慢合上了，她瞳孔已没法聚焦，眼皮合上时，嘴角带着一丝浅淡的笑意。

屋内婢子的哭声陡然变得尖锐，沈彦之却只是握着沈婵的手一动不动。

沈婵最终葬入了沈家墓园，她的坟墓紧挨着沈母的，似时隔多年，又依偎在母亲身旁睡去了一般。

沈婵故去后不久，据闻荣王也在天牢里暴毙了，但尸首是如何处理的无人知晓，只有好事者说，在乱葬岗瞧见一具男尸，有些像荣王。

汴京的消息传到青州时，已是半月之后，秦筝自失忆以来，与沈婵虽只见过一面，但一直记得那个善良得叫人心疼的姑娘。

她取了三炷香，在院子里对着汴京的方向拜了三拜，也算是送了那姑娘一程。

与此同时，她也收到了楚承稷从北庭寄来的家书，大军已抵达北庭境内，这两日正往羌柳关赶，让她别太过挂心。

北庭。

朔风呼号，愁云惨淡，官道上的积雪已被踏成一地冰碴子，打着“楚”字旗的玄甲军出现在城门下方。

一早收到了消息的连钦侯，亲去城门外相迎。

他的侯爵之位是他当年在战场上一刀一剑拼杀出来的，放眼整个大楚，论领兵打仗，他自称第二人，便没人再敢称第一人。

只是到底英雄暮年，加上前不久才受了重伤，又因羌柳关之困夙夜忧愁，须发明显花白了许多，脸上沟壑横生，显出几分沧桑，唯有一双眼锐利依旧。

他远远便看到了大军阵前身着麒麟玄甲的楚承稷，只一眼便觉得眼前的太子，跟从前他在朝堂上所见的，判若两人。

此等威仪，非凡人也，莫非当年钦天监的命格之说成了真？

连钦侯心中暗自惊疑，眼见楚承稷驭马走近，上前几步作揖道：“微臣参见太子殿下。”

楚承稷翻身下马，亲自扶起连钦侯：“侯爷有伤在身，无须多礼。”

连钦侯却没肯起身：“北庭几番有难，都是殿下出兵相援，此等大恩，北庭上下没齿难忘——”

楚承稷打断他的话：“侯爷此言差矣，北庭乃我大楚门庭，大楚分崩离析之时，亦只有侯爷独守羌柳关抵御外敌，是孤和大楚欠了侯爷一个恩情才对。”

连钦侯言谢，也是因为知晓，不管哪一次出兵相援，江淮那边也都还处于水深火热之中。

但楚承稷这话，没有把他死守北庭当成臣子敬忠的本分，反而说自己和大楚欠了北庭恩情。

连钦侯守关数载，唯在今日，险些因君主的一句话老泪纵横：“殿下还了这天下一个河清海晏，微臣这关，就没白守。”

楚承稷拍拍连钦侯肩头，一切尽在不言之中。

跟着连钦侯同去迎接大军的林尧在此时才出声：“殿下。”

楚承稷颔首，问：“北戎近日有何动向？”

林尧道：“几天前才艰难打退了一场北戎人的强攻，斥候查探到北戎人这两日又在伐木砍竹，估摸着是做攻城梯用的。那些北戎蛮子狡猾得很，屡屡让咱们以为自己快要胜了，转头又更凶悍地杀回来，几场仗打下来，不少将士再同北戎人交手，都有些怯战了。”

连钦侯也颇为苦闷道：“确实如此。”

楚承稷眉头一皱，道：“劳烦侯爷召集前几次参战的大小将领，以沙盘重演前几次战局，孤带着麾下将士们观战，以研究北戎的战术。”

知己知彼，方能百战百胜。

连钦侯自是满口应下：“那殿下先随我去军中，晚些时候再摆接风宴。”

林昭叫北戎大王子砍下马的那一刀，伤口从左肩劈斩至前胸，肋骨都断了好几根，脏器也被震伤了，卧床休养了半月才能下地。

自她受伤以来，只哭过两次，一次是重伤昏迷后醒来得知王大娘为了护着自己，生生叫北戎大王子砍裂了整个后背而死。另一次是林尧来羌柳关后，见到兄长，林昭趴在他肩头大哭了一场。

今日得知王彪跟着太子一同来了羌柳关，林昭本想跟着林尧一同出城去迎楚军，只是她伤还未愈，林尧让她老实在城内待着，说接风宴上能见到王彪的。

王彪于林昭来说也算半个兄长，甚至有时候王彪比林尧还纵着她些。

王大娘为救自己而亡，林昭心中比谁都愧疚，但最难受的，还是王彪这个为人子的。

眼下林昭得知接风宴延迟了，太子带着将领们在用沙盘重演北戎的这几场攻城战，便又找到军营去了。

中军帐前守卫森严，林昭作为武将，本也能进帐一起观战，只是她中途才来，若进帐还得让帐外的护卫通传，林昭本是为寻王彪才来的，便没让护卫通传，自己抱着胳膊在帐外等里边议事结束。

北地的风雪远胜江淮和汴京，林昭没站一会儿就觉得手脚都被冻僵了，搓着手放在嘴边哈气。

岑道溪掀开帐帘让亲兵再送些炭火时，瞧见的便是这样一幕。

若在从前，他大抵看一眼就懒得再过问。

这姑娘可凶悍着，当初她找错了人，误把自己当成是秦简，夸赞他文章做得好。

岑道溪一听她连自己所作的诗词都说错了，以为她是哪家想攀龙附凤的姑娘，以他从来不给人留脸面的性子，自是将人好生挖苦了一番。

只是那姑娘没被自己挖苦哭，反而是在他摇着折扇打算离去时，拎起他的领口就把他给掼进荷花池里去了。

岑道溪是个旱鸭子，险些没把这条小命给交代在荷花池里。

不过听那姑娘恶狠狠地回捧完自己后，他也知是自己误会了，既然是他有过在先，那么赔礼道歉也是应该的。

岑道溪对自己的认知很明确，他就是个无利不起早的人。

那姑娘屡屡不接受他的道歉，又同太子妃走得近，岑道溪也为此头疼了许久，太子妃尚不知情都袒护那姑娘告诫了自己一番，若是知晓他误会那姑娘还把人给挖苦了一番，只怕对自己的印象会急转直下。

岑道溪并不想自己的一身抱负折在这样的乌龙上，费了些心思打听那姑娘的习性，知晓她在组建训练娘子军，便投其所好，送了几条关于组建娘子军的锦囊妙计过去。

他当时也是抱着几分看戏的心态，想看这姑娘培养的娘子军能走到哪一步。后来得知林昭被封为校尉时，岑道溪惊讶却也不惊讶，毕竟有太子妃鼎力支持，走到这一步不算难。

后边娘子军北上，他才觉着不简单起来。

太子夫妇贤明，太子妃更是有意扶持这支娘子军，说不定这乱世里，真能出一支能被记入史册的娘子军。再后来，北庭那惨烈一战传回中原腹地，娘子军冒死上战场，女将救连钦侯的事迹更是被编成了时兴的戏曲。

仅凭此战，娘子军的确已经可以载入史册了。

岑道溪跟着林尧一同北上，路上自然也知晓因救连钦侯而受重伤的是林昭。

到了北庭，林尧询问军医林昭伤势时，军医说但凡有一根断裂的肋骨扎入脏器，她便活不成了，不过幸好，肋骨虽断了那么多根，但都没伤及要害。

岑道溪跟着去探望林昭时，瞧见那双充满野性的眸子，还在心中暗叹，果然还是那只桀骜不驯的小豹子。

他避嫌离开，让人家兄妹说体己话，不巧连钦侯过来，岑道溪只得去叫林尧出去会见，也是那一折回去，才看到那只小豹子，趴在她兄长肩头哭得眼都肿了。

可能是林昭在林尧跟前毫无防备地大哭时给岑道溪留下的印象太过深刻，此刻再瞧见林昭在风雪里跺着脚哈气的样子，他不知怎的，又想起林昭哭肿的那双眼来。

岑道溪吩咐亲兵取完炭火后，没直接回军帐，而是走过去问了句："林校尉在等林将军？"

林昭瞧见是岑道溪，脸色虽不太好看，但也没再对他露出敌意，迟疑地点了头。

岑道溪说："里边估计还有一阵才能议完事，外边天寒地冻的，林校尉不如回去等？"

林昭摇头："多谢，我在这里等我兄长便是。"

岑道溪发现她的"倔"还真是表现在方方面面，过问这一两句于他而言已是仁至义尽，他转身正准备回大帐，一阵冷风吹过，身后的林昭突然压抑着咳嗽了几声。

岑道溪回头看着小姑娘没什么血色的一张脸，眉头不自觉地皱了皱："殿下在推演北戎攻城的那几场仗，林校尉也是军中将领，可一同入中军帐观战。"

林昭不太自然地说："我来迟了。"

来晚了得让人通报才能入帐，她又是娘子军主帅，林昭不愿让娘子军给其他将领落下这样一个印象。

岑道溪笑了笑："林校尉随我进帐吧。"

随他进去，是不用门口的守卫通报的，林昭看着岑道溪瘦长的背影，迟疑片刻，抬脚跟了上去。

帐内大小将领都围在沙盘前，没人留意到林昭跟着岑道溪进了大帐。

她一眼就看到了林尧，只不过林尧是楚承稷的近臣，所站的位置靠楚承稷极近，林昭怕太过引人注目，没凑过去，给自个儿找了个角落待着。

连钦侯那边的将领正在沙盘前比画着："……这几场攻城战都是这般，好不容易挡下北戎人的一轮猛攻，眼见北戎人要撤兵了，他们却又杀了回来，几次三番后，城楼上的将士们全都疲软不堪。"

林尧来北庭后已经同北戎人交过一次手，那次北戎那边也是诈退，若不是连钦侯事先提点过他哪怕瞧见对方撤军也千万不可大意，他差点就中了北戎人的奸计。

林尧道：“北戎人这样的打法，咱们守城的将士全然不知他们究竟是诈退，还是真的被打退了，北戎人每一次重新掉头杀回来，咱们将士的士气就低落一截。”

因为城楼上的将士们也不知道这样打下去什么时候是个头，心中对这场守城战产生了疲敝和惶恐的情绪，战力便大大减退。

楚承稷若有所思：“熬鹰吗？”

他一句熬鹰，一针见血地点出了北戎人的战术。

两军交战素来讲究一鼓作气，北戎人特意用这样的战术打压他们的士气，甚至在一些将士心中留下了阴影。连钦侯见楚承稷一眼看出了症结所在，也询问道：“殿下可有制敌之法？”

楚承稷修长的手指在沙盘边缘轻叩两下：“以其人之道，还治其人之身便是。谢家铁骑同北戎人打了数十年的交道，正面对阵北戎旗鼓相当。北戎人想用熬鹰之法击溃我军士气，他们再攻城时，不妨也让城楼上的将士们佯装疲敝，等北戎人趁势猛攻之时，再把他们的气焰压回去。以羌柳关的城防坚固程度，攻城可比守城难些。”

帐内众人先是面面相觑，细思楚承稷提出的战术后，无不狂喜。

连钦侯对楚承稷用兵之诡变早有耳闻，此番才算是真正见识到了，叹道：“殿下在兵法上的造诣，我等难以望其项背。”

楚承稷谦和的语气中却又让人觉着自有一股帝王贵气在里边，道：“侯爷过谦了。”

北戎人之所以能靠诈退搞崩羌柳关将士的心态，在于他们的战和退，都是一早谋划好的。

北戎人发动一轮进攻后，羌柳关将士拼死守城，好不容易瞧见北戎人退兵，大喜过望，结果北戎人的另一支军队又突然冒出来攻城。

羌柳关将士得胜的喜悦，瞬间又变成了备战的高度紧张。

有了反攻的方向，当晚一众将领和幕僚便商议出了详细的战略。

一直到议事结束，林尧喝完亲兵递上的热茶后，才发现林昭坐在角落里。

虎将谋臣们都已三三两两往回走，林尧也不必再避讳什么，走过去语气不善地问：“你什么时候过来的？不是让你在家好好养伤吗？”

林昭梗着脖子道：“我总得见见王彪哥。”

林尧还真拿她没辙，只重重地叹了口气。

说曹操，曹操到。

王彪转头不见林尧，四下一望，便瞧见他同林昭在角落里说话，他阔步往这边走来：“大哥。”

看到林昭，一如从前一般关怀：“听说大小姐受了重伤，伤势可好些了？”

林昭被封校尉时，王彪已被调去了扈州，他还是习惯性地叫林昭“大小姐”。

林昭一听他说话，却有些绷不住了，眼眶很快泛起一圈红来：“王彪哥，对不起，王大娘她……”

一提起娘，王彪的心中也不太好受，但他却仍是笑着打断林昭的话：“大小姐跟俺道劳什子歉？俺娘是把大小姐当亲女儿看的，护住了大小姐、守住了北庭，她去得也踏实。殿下追封俺娘当了将军，两堰山的人还给俺娘塑了像，那算命的说，像俺娘这样的，死后就算去不了天上当神仙，下辈子投胎也是富贵人家，俺替俺娘高兴，大小姐也要高高兴兴的才是，不然俺娘老是舍不得咱们，迟迟不去那富贵人家投胎。”

听完王彪的话，林昭死死忍住快要夺眶而出的泪水，泪珠在眼中打着转，她说：“好，我高高兴兴的，让王大娘去得安心些。”

王彪亦是强颜欢笑：“这样才对，等大小姐养好伤，到时亲眼看俺斩那北戎王子的项上人头才是！”

林昭重重点头：“我一定会杀那北戎蛮子给王大娘报仇！”

不远处，岑道溪看了一眼角落里说话的三人，摇着折扇，迤迤然走远。

中军帐内再无旁人，楚承稷行至帐门前驻足遥望夜色，比起北戎人，他其实更忧心北地这苦寒的天气。

江淮八万驻军已全调来北庭，如今守在青州的，是南境的兵马，这八万江淮将士里，肯定会有水土不服抑或是受不住这严寒的。

北戎大王子能想出“熬鹰”的打法，绝非善类。

这北征的一战，想来会比他原计划的时间，打得久些。

# 第二十九章

# 升平

他们脚下这片王土，
疮痍苍凉，却有着蓬勃的生命力，
他们会在这片土地上建起一个更好、更强盛的楚国。

不出楚承稷所料，接下来数日，陆续有江淮的将士病倒。

因江淮先前有过瘟疫肆虐，不少将士心中惶惶，好在只是普通风寒，病倒的人数不多。

林昭因重伤在身，体质不如从前，也感染了风寒，病中险些丢了半条命，因此林尧想送她回青州养伤。

林昭性子倔，说什么也不肯，最后还是楚承稷说秦箏一直担心胞妹，让林昭去雷州接秦笙回青州。

楚承稷都开口了，林昭也知道她留在这里帮不上什么忙，遂同意了下来。

楚承稷北上后和北戎人打的第一场仗，也是在此时拉开帷幕的。

北戎人最擅骑射，谢家军和北戎交战多年已有经验，绝不能在平原地带和北戎骑兵交战，而北戎人围城，也最喜欢以骑兵打头阵。

为了先挫一挫北戎人的锐气，楚承稷命人先在羌柳关外设伏，每隔十里地便深挖壕沟，壕沟底下竖尖矛。同壕沟并用的是床弩，一如当初在闵州城外对付淮阳王的骑兵那般，只要在床弩射程内，北戎骑兵就能被射成个筛子。

北戎骑兵向着羌柳关推进时，叫楚军用床弩射杀了一小队人马，此举也激怒了北戎人。

北戎大王子喀丹命一支骑兵正面诱敌，另派两队骑兵从侧翼包抄过去。

对面的楚军却并不恋战，推着床弩便往后撤，眼见快被追上，直接泼上火油，一把火烧了床弩。

北戎骑兵以为楚军是仓皇而逃，大喜过望，驾马狂追至壕沟陷阱处，才发觉脚下是空的，北戎骑兵瞬间人仰马翻，先锋部队足足折损了数千人。

“围城推进，骑兵冲锋”的战术喀丹已用过多次，但这还是第一次损失这么多人马，他恨得咬牙切齿：“那楚太子的确有些本事，不过等到攻城时，这些伎俩就不管用了！”

北戎大军过完最后一道壕沟，离羌柳关不足五里地时，便已有斥候将消息送回关内。

楚承稷亲上城楼督战，林尧和连钦侯紧随其左右。

城楼地势极高，林尧瞧见远方的茫茫雪原上出现乌泱泱的一片人马，隐约能看清帅旗上的狼头图腾，他低声道：“来了。”

楚承稷立于一处垛口：“他们会采取车轮战术攻城，让底下的人准备，配合喀丹演这出戏。”

林尧领命，下去部署指挥。

北戎人的第一轮攻城不算猛，无非是以盾墙推进，掩护楼车和攻城梯靠近城楼。

楚军那边不仅用箭雨压制，还推出数辆小型投石车，在短射程内朝着北戎人的盾墙投掷滚石。

滚石一砸就有一名举着厚盾的北戎兵卒倒地，盾墙露出空隙，城楼上的弓箭手自不会放过，密密麻麻的箭镞顿时射向空隙处，没了厚盾庇护的北戎兵卒直接被射成了个筛子。

北戎这支靠近城楼的兵马，损失惨重，抵达城楼下方的只有寥寥十几人。

喀丹赶紧佯装退兵，城楼上的楚军也在此时爆发出欢呼声。

喀丹在楼车上看着欢喜的楚军，料定对方已经中计，冷笑道："先让他们高兴这一时。"

北戎人转头发起第二轮进攻时，城楼上的楚军攻势的确不如先前猛烈，似乎有几分疲敝。

北戎人大喜过望，齐齐杀过去，可云梯才刚搭上城墙，一桶桶火油便兜头浇了下来，城楼上的弓箭手齐放火箭，下方顿时一片火海。

北戎人的第二轮进攻再次被打退，不过这次不是诈退，而是当真被城楼上的楚军打得毫无还手之力。

喀丹隐隐觉得不太对劲儿，可如今已是箭在弦上、不得不发，但这场仗打到后面，反成了北戎兵卒对羌柳关城门望而却步。

每次他们以为自己这边终于要打赢了，前一秒还疲敝的楚军总能瞬间战意暴涨，这场攻城战似乎永远也打不到尽头。

喀丹眼见自己这边的将士疲敝不已，便是再迟钝，也意识到自己这是被大楚那边给"反将一军"了。他站在攻城楼车上，野狼一般的视线死死锁定在了城楼上一身玄甲的男子身上。

楚承稷同样注意到了喀丹，二人的目光隔着千军万马交汇，一人嗜血狰狞，一人清冷淡漠。

最终喀丹下令撤军，两人的第一次交锋算是就此落下了帷幕。

北戎人如丧家之犬一般溃逃，整个羌柳关的将士都出了一口恶气，一时间，全军上下欢呼鼓舞。

楚承稷看着远去的北戎大军，眉头却始终紧锁着。

不对劲，以北戎兵卒的伤亡程度，还远没达到要撤兵的地步。或者说，北戎在这一仗中压根就没用尽全力。

连钦侯一直在城楼上观战，眼见北戎溃败，忙上前向楚承稷道喜："殿下用兵如神，大败蛮军，可喜可贺！"

楚承稷却问："北戎几番攻城，都只有这些人马吗？"

今日攻城的北戎军，往多了估也就六万人，实在不像是有十五万大军的样子。

连钦侯听出楚承稷的顾虑，道："北戎突袭那一仗，出动了八万兵马，末将负伤的消息传出后，接连数月都有北戎军从牙帐迁徙过来。探子探得，北戎军驻地军帐上万，锅灶亦有上万口，每至晨昏都有炊烟升起，是十五万驻军的阵仗无疑。末将还命探子刺探过北戎的运粮时令，每隔一旬，便会有一支三千人的北戎军去运军粮，算算日子，过两日北戎补给军粮的粮车又该到了。”

两军交战时刺探对方人马，无非是看营地、军帐的数量和锅灶使用痕迹。再保守些，通过军粮补给的数量和频繁程度，也能估出人数。

楚承稷心中有了数，转头便点了林尧：“林将军，你点一万人马去劫北戎的粮草，劳侯爷这边也派一名将军同往做向导。”

连钦侯和林尧俱是领命，他们先前一直死守，主要是因为城内的兵力不足，根本没法对北戎发起反攻。

眼下兵力充足，又刚打了一场胜仗，士气正旺，若再劫了北戎的粮草，军中士气只会更盛，也有利于他们接下来的反攻。

林尧当天就领兵去劫北戎粮道，楚承稷又派了数名斥候去看北戎营帐的动向，得到的结果同之前连钦侯所言一致，北戎营地里到了饭点，每口锅灶都有炊烟升起，营房周围也有站岗的士兵，整个营地瞧着并不空。

楚承稷心中却仍有疑虑，北戎十五万大军屯于此，却并不采取强攻战术，而是熬鹰一般同羌柳关耗着，十五万人一天得吃掉多少军粮？这对本就缺粮的北戎人来说，实在是有些说不通。

且说林昭去了雷州，见过秦笙和裴闻雁说明来意后，两个姑娘都欢喜能回江淮。

临近动身，林昭想着之前委托胡商带去西域转卖的皇陵陪葬品至今没有音讯，不知是不是因战乱耽搁了行程。

边塞茶舍里来往胡商较多，林昭想去那边打听一番，就算打听不到消息，托人带个信儿去西域也成。

她去茶舍时正好碰上一队胡商在茶舍歇脚，林昭和一同前去的娘子军俱是女子，她们的马匹在茶舍门口一停，就引起了里边胡商的注意。

林昭此行是为了打探消息，一行人都是便服，进店后林昭向店小二要了茶水，邻桌几个胡商视线一直若有若无地扫过她们。

林昭先前也和胡商打过交道，打第一眼就觉着这队胡商瞧着有些怪异，不管是聘请的镖师还是商贾，身形都太过壮实了些，而且队伍里竟然没有一个胡姬。

林昭按捺住心中疑惑，一边喝着茶，一边也不动声色地打量着胡商。

待瞧见镖师那桌，镖旗倒在地上也没人捡起来，一桌子人只顾喝酒吃肉时，林昭的神色愈发凝重。

林家本就是道上的，对江湖规矩再清楚不过，镖旗是一个镖局的门面，哪有镖师不爱护镖旗的？

林昭叩了叩桌，高喊：“小二，再添壶茶。”

店小二拎着茶壶过去添茶时，林昭给了店小二一锭银子，压低了嗓音问：“小哥，近日来往的胡商多吗？”

店小二得了银子，笑得合不拢嘴，当即就道：“可多着呢！这几个月店里的生意就没停过，不过都是从关外来楚地经商的。”店小二说着瞄了那边的胡商一眼，低声道，“商队里大多是那样的大块头，这兵荒马乱的，想来普通商队也不敢在外边跑，不过楚地如今瘟疫肆虐，也不知这些胡商一窝蜂地跑来是做什么生意。”

林昭的手心已出了汗，她向店小二道了谢，又给身旁的娘子军一个眼神，娘子军中的一人起身问：“店小二，茅房在哪儿？”

店小二往外指了指：“绕过对面矮墙，那个茅屋就是了。”

那名娘子军提了剑就往外走，胡商中有个汉子要跟出去，林昭一条腿踩在板凳上，警告般地敲了敲桌子：“人家姑娘去如厕，你跟过去做什么？”

她一副山大王的派头，边上几个娘子军亦是目光不善地看向了那个胡商。

对方看了胡商头子一眼，胡商头子吃着花生米并没有什么表示，那汉子倒像是得到了什么默许，愈发强势起来，冷笑道：“就准你们的人如厕，不准老子找个地儿方便？要是不放心，你们全跟过来看着老子也成。”

这话听得娘子军们瞬间变了脸色，眼见那汉子抬脚要继续走，林昭的目光落在了茶舍外胡商那十几车货物上，马车上的东西全都是用大木箱封好了的，瞧不出是些什么。

林昭眸色微动，忽而起身，一脚勾起板凳砸向那口不择言的汉子，紧跟着手中长鞭一甩，喝骂道：“知道你姑奶奶是谁吗？这道上还没有哪个敢这般同你姑奶奶说话！”

屋内的胡商见状要跟着动手，却被娘子军先发制人拔剑堵住了去路，一时间两方人马混战成一团。

店小二躲在角落里劝架：“别在店里打……别砸东西啊！”

茶舍外，林昭手上长鞭挥舞，动如灵蛇，汉子吃了几鞭子后心中恼怒至极，被林昭逼到一辆马车前，林昭又一鞭子甩下来时，汉子连忙躲闪，却不想林昭直接用长鞭卷下一箱货物，砸向那汉子。货箱落地时，锁头被磕坏，里边的兵器掉落一地。

一时间所有人都愣住了，胡商头子见势不妙，大喝一声，但口音明显不是西域话，瞬间所有胡商杀意毕露。

林昭带的人不多，十几个姑娘且战且退，但假胡商们明显是想杀她们灭口。

好在没撑多久，之前以如厕为借口离开的那个娘子军就搬来了救兵，雷州府兵围了茶舍，局势瞬间逆转。

假胡商们死的死，生擒的被生擒。

官兵打开假胡商们马车上的其他箱子，发现其中装的全是兵器，只偶尔有几口箱子面上铺了丝绸，明显是为了过城门准备的。

前来支援的谢氏兄弟相看一眼，谢驰笃定道：“是北戎人。”

既然如此，先前北戎号称十五万大军攻羌柳关，莫不是个幌子？在场人无不手脚发凉。

谢桓审问假胡商头子:“北戎现有多少兵马?”

假胡商头子被打得嘴角溢血，脸上却依旧带着轻蔑的笑意:“十八万。”

这个数字一出来，更是让所有人心中发沉。假胡商头子瞧见众人面色，心中愈发畅快:“很快，北戎大军就会南下，踏平整个中原腹地。”

这从一开始就是北戎人的阴谋!

假意攻打羌柳关，让连钦侯求援，调走江淮八万大军，实则用了瞒天过海的伎俩，在这数月里将兵马一点点转走。

先前之所以只拖住却不猛攻，就是为了让北庭向江淮求援。

谢桓脑子转得快，当即就道:“快马加鞭去羌柳关送信，沈彦之和江淮那边也要示警!北戎若要南下，北庭和汴京、江淮三股势力联手，姑且能拖上一拖。”

假胡商头子却冷笑着问:“沈彦之若是同我们联手了呢?”

这话无疑又是一桶凉水兜头浇下，是了，沈彦之和楚承稷势不两立，他到如今早已不管天下人的死活，当真还会和他们一起联手对抗北戎吗?

若是沈彦之站队北戎，那北戎大军便可过境汴京，直取江淮和南境。

林昭想到尚在江淮的秦筝，一刻不敢耽搁，翻上马背道:“劳烦二位派人给我家殿下报个信，秦姑娘和裴姑娘也得继续留在雷州叨扰一段时日了，我先回江淮送信!”

谢桓点了头，又道:“林将军哪里的话，只要雷州谢家尚在一日，就定会护两位姑娘周全。”

林昭带着娘子军匆匆上了路，谢驰守关多年，也是头一回觉着不知如何部署，他看向自己兄长:“这仗怎么打?”

若是沈彦之跟他们一条阵线，或许还有胜算，若是对方和北戎联手，他们也救不了江淮，兵力悬殊太多了。

谢桓道:“尽人事、听天命，你派人去羌柳关送信，我写同盟书递往汴京探探沈彦之口风。”

谢驰应好，只是兄弟二人的心头依旧沉得发慌。

羌柳关。

林尧劫了粮道回来，面上却无半分喜色，疾步走进大帐，见了楚承稷第一句话便是:“殿下，我们怕是中计了，末将伏击了运粮的北戎军，劫下粮草后，发现全是沙子和谷壳儿!”

这批人马是十日前就从牙帐那边运粮而来的，而十日前，江淮大军还未抵达北庭，对方不可能这么早就料到他们会劫粮道。

除非……一直以来运到北戎军驻地的粮草就是假的，楚承稷的面色瞬间冷沉，略加思索后道:“传令三军，直攻北戎大营。”

林尧抱拳:“末将领命!”

号角声吹响，江淮八万大军和连钦侯麾下剩余的三万铁骑一同压向北戎在羌柳关外的营地。

硝烟四起，血流漂橹，号称有十五万大军的北戎，生生被包了饺子。

也是这时楚军才看清，原来北戎营地里一个军帐只住了四五人，营帐外站岗的士兵不少都是套了身军服的稻草人，斥候从远处根本瞧不真切。

楚承稷拿了对方坐镇中军帐的主将，问："喀丹呢？"

北戎主将心知难逃一死，快意大笑起来："先前那一战之后，大王子便南下布局去了，北戎十八万勇士必取整个中原腹地！"

听到对方报出来的人数后，在场人无不心惊。

原本号称屯兵十五万的营地里，只有虚张声势的五万，那他们真正的兵马，必是南下无疑了。

只是不知他们是如何神不知鬼不觉地躲开斥候视线行军的。

楚承稷一剑怒斩了北戎主将："即刻拔营，回江淮！"

连钦侯自知此战是自己未能确查敌情，才中了北戎的调虎离山之计，让江淮陷入险境。

他道："殿下，老臣羞愧，老臣愿举北庭之力，随殿下南下与北戎一战。"

楚承稷却道："北戎二十余万大军倾巢出动，牙帐必定弱防，我要侯爷领兵北上，捣毁北戎牙帐。"

连钦侯心中大震，他此举斩断北戎后路，无疑是要同北戎决一死战了。

从林昭带信回来的那一刻，整个青州城上方的空气几乎都冷凝了，秦筝立即召见了青州所有大臣，共商御敌之法。

"北戎十八万大军即将横穿汴京取大楚腹地，殿下调兵回江淮最少半月，诸位有何妙计？"秦筝坐在主座上问下方臣子。

"十八万大军？"底下有臣子颤声细数，"江淮如今屯兵三万，南境尚有两万，但调回南境的兵马只怕来不及，区区三万兵马，如何对阵北戎十余万大军？"

立即有臣子接话道："汴京沈彦之和李忠手中的兵马，共计五万有余，北戎要想南下得先取汴京，江淮的三万兵马若和汴京联手，应当能抵挡一阵。"

"沈彦之和李忠会同我们联手？"激进的臣子开嘲，"诸位莫要忘了，凉州裴家的惨案便是李忠和北戎人联手造成的！瘟疫肆虐，沈彦之却扣着游医不顾天下百姓死活，可见那二人本就是一丘之貉！"

此言一出，倒是让其余臣子愈发惶然："汴京的五万兵马若也为北戎所用，江淮一带还能守得住？"

秦筝看着那名露怯的臣子，眼神坚定又锐利："胡大人，那只是最坏的打算，汴京是何抉择还未表态。便是真到了那步田地，谢家军也会出兵相援，只要江淮死守，拖延到殿下调兵南下，也并非无战胜的可能。”

陆则一直皱眉沉思，直到此时才出列道：“太子妃娘娘所言甚是，北戎兵马以骑射见长，最擅在平原地带冲杀，从汴京至江淮多山陵江河，咱们可借地利，将北戎大军困死在山陵水域。”

楚承稷麾下最得力的两大谋臣，除了岑道溪便是陆则。

楚承稷北上时，怕李忠和沈彦之那边反扑，带走了岑道溪，将陆则留在了江淮。武将有安元青、董成两名得力大将，如今清缴南境剩余淮阳王势力的变成了韩修。

宋鹤卿接话道：“水战有董小将军，元江连通汴京和吴郡，要阻北戎蛮军，可在株洲江域设防。山地作战可交与安将军，以壕沟陷阱困杀北戎蛮军。”

秦筝点头：“此计可行。”她看向董成，“事不宜迟，董小将军今夜便点兵先行前往株洲部署。”

董成出列抱拳：“末将领命！”

秦筝又看向安元青：“元江以外的防线，本宫便交与安将军了。”

安元青抱拳道：“末将便是身死，也决不叫蛮贼践我江淮一寸土地！”

军事上的严防做完，秦筝又对秦简道：“异族犯我河山，私人恩怨姑且放置一旁，兄长回去后理一封劝诫的帛书送去汴京，且看汴京那边作何回信。”

只要汴京和他们站在同一条防线上，抵御北戎十几万大军的胜算便又多了一分。

秦筝面上虽镇定，可心中也清楚，汴京的五万大军若真为北戎人所用，他们这边再占据地利，也是胳膊拧不过大腿。

之前十里亭一叙后，沈彦之把游医的手札送了回来，秦筝觉着，他心中或许还是有天下百姓的，秦筝愿意去信一封试一试。

秦简被秦筝点名后，沉默几息后才道：“微臣遵旨。”

秦筝已做好最坏的打算，命人将株洲和坞城还未治愈的疫民迁移到了南境救治疫民的城池，一面加强株洲的兵防，一面把江淮一带瘟疫肆虐、大量死人的言论放出去。只是北戎人又没经历过这场瘟疫，兴许不会像中原人一样对瘟疫过分忌惮，但这种时候只能死马当活马医了。

安排好一切，秦筝又去了一趟秦府，劝说秦夫人先避到南方去。

劝秦夫人去南境的事完成，秦筝走出秦府时，她望着挂在空中的那轮银盘似的圆月，浅浅地叹了口气：“你何时归来？”

她在外人面前不能露怯，可面对这场胜算渺茫的大战，心中又哪能全然不惧？

北庭。

雪夜茫茫，乌泱泱的大军在雪峦和山野中蜿蜒前行。

自从得到北戎大军暗中南迁的消息后，当晚，楚承稷便拔营往江淮赶，只是这山远路遥，八万大军的行军速度终究比不得传递军情的流星马。

他写了不少御敌之策命流星马送回江淮，心中却也明白，两军人数悬殊时，计策的作用早已不大。

雷州和江淮给汴京送去的信件，都未得到回复。

探子和南下的流民很快带来另一则消息，沈彦之在鲤花台设宴款待李忠，似要同李忠冰释前嫌，正式将李忠拉入麾下。

一时间，雷州和江淮上空都颇有几分愁云惨淡，这意味着他们的敌人不仅是北戎，还多了汴京的五万人马。

在株洲一带设防的陷阱壕沟，原本是最不利于北戎军的，但两军交战时，派出在山地作战的若是汴京的军队，那么先前的地利也占不了多少优势了。

不仅是天下文人，就连普通百姓都对沈彦之和李忠唾骂不已。

秦简更是私下给沈彦之写了多封痛斥的信件送往汴京，他和沈彦之曾是至交好友，但曾经有多要好，现在就有多痛恨。

天寒地冻，滴水成冰。

秦筝和宋鹤卿一道登上株洲城楼巡视城防，秦筝视线沉沉地望着远处隐匿在大雪中透着一点木青色的山峦："宋大人，你觉着沈彦之会和北戎联手吗？"

"沈彦之若有意争这天下，殿下又已取江淮和南境，北庭也甘愿称臣，沈彦之毫无胜算。唯有同北戎人联手，才尚有一争之力。只是此举无异于与虎谋皮，我辈终有驱逐外敌的一日，他沈彦之若不想沦为千古罪人，遭后人唾骂，便不该勾结异族。"

秦筝没说话，宋鹤卿说的这些，她自然也明白。

若说从前沈彦之处处紧逼，是因为对太子恨之入骨，一心想报当初夺妻之辱的话，秦筝以为十里亭一叙后，沈彦之送回游医的手札，意味着他已经放下了仇恨。可现在汴京那边的态度，却又让她有些不确定了。

宋鹤卿以为她担心株洲的防线，道："娘娘莫忧，这天下只要还有一个楚人，驱除戎狄的战争就不会停止。"

秦筝点头，她缓慢而坚定地道："宋大人所言极是。"

这一仗便是胜算渺茫，也必须得打。

倘若他们都退了，这天下的楚地百姓又能退到哪里去？

汴京，鲤花台。

李忠由侍者引着，穿过雕花回廊，终于到了高台观景处。

亭子四面都放了挡风的帷幔，隐约可见一人端坐于亭内。

侍者掀开帷幔，李忠哼笑一声，进亭后大马金刀地坐下，道："沈世子好大的排场。"

沈彦之自封摄政王，他却称他为沈世子，无外乎是告诉沈彦之，自己并不承认他这个摄政王。

昔日他意图取永州，却被前楚太子那边打得如丧家之犬一般四处逃窜，迫于无奈转投沈彦之，沈彦之却也同他兵戎相向，害他又折损了不少人马。

现在沈彦之主动召他，分明是想拉拢他，李忠当然不会错过为自己牟利的机会。

面对李忠的讥讽，沈彦之平静得过分，他沏了一盏茶推至李忠那边，缓声道：“李将军远道而来，先喝盏茶驱驱寒。”

李忠随行带了好几个武艺高强的侍卫，他自己也擅武，亭中又只有沈彦之一个病秧子，他这才敢放心坐下。至于沈彦之递来的一切茶水吃食，他是万不会经口的。

李忠开门见山道：“我是个粗人，言语之间若有得罪之处，还望沈世子见谅。沈世子如今自己举旗，拉我李某人入伙，李某便是不为自己，也得为手底下的弟兄们考虑。”

沈彦之浅饮一口清茶，道：“李将军重情重义，沈某佩服。”

全天下谁人不知李忠为了活命，连被扣押在李信手中的妻儿老母都不顾，当初设计凉州都护，虽是李信指使，却也是他亲去和北戎人交涉的。

沈彦之这“重情重义”四字，怎么听怎么讽刺，李忠僵着脸继续道：“沈世子屯于汴京的兵马不过两万，李某不才，手中还有三万将士。”

他说到这里顿了顿，一双虎目望着沈彦之，威胁之意溢于言表：“只是这严冬腊月的，将士们吃不饱穿不暖，为解将士们温饱之忧，李某想讨汴京以南、泗水以北的城池。”

这无异于是要走沈彦之手中的一半地盘。

李忠拿下泗水城以来之所以不敢生事，一来泗水城并不富饶，他手下的兵将们的确吃不饱穿不暖，又因着是沈彦之的地盘，也不敢放开手脚去抢，毕竟一群饥寒交迫的兵卒对上沈彦之手上的两万精兵，鹿死谁手还未可知；二来万一惹急了沈彦之，他直接翻脸不认人，联合江淮瓜分自己，那无疑是自寻死路。

他现在讨要一半城池可就不一样了，等他手上的军队有了足够的军需，到时候汴京还是不是沈彦之做主都不好说了。

沈彦之放下茶盏，浅笑一声：“李将军的眼光不妨放长远些，等江淮和南境尽收囊中，李将军想要哪块地尽管挑就是。”

李忠在这些事上倒是精明得很：“比起将来，李某还是更喜欢现在就把东西抓在手中。”

沈彦之状似沉思了片刻，才退步道：“好，汴京以南、泗水以北的城池可以给李将军，不过听闻李将军和北戎那边素有来往，劳烦李将军代本王给北戎递个信儿。”

李忠也早就收到了喀丹递去的橄榄枝，他心中早已有了答案，却装糊涂地问：“沈世子想递什么信儿？”

沈彦之拿出一封书信推向李信那边：“北戎大王子的提议，本王接受，不过还有一些细则，诚邀大王子来鹿门做客当面商议。听闻大王子武艺高强，届时李将军同本王一道前往鹿门，本王也心安些。”

鹿门是汴京以北和凉州接壤的城池，李忠翻开信纸，确认是喀丹的笔迹无疑，此刻再听到沈彦之这番话，已是心花怒放。

他同北戎那边早有往来，北戎有意让他取代沈彦之，只是他也防着北戎让他和沈彦之鹬蚌相争，才迟迟没有动作。

但喀丹给沈彦之的书信中，只字未提自己，更多的是说大败前楚太子、夺得江淮和南境之后，前楚太子夫妇任凭沈彦之处置。

李忠也知道沈彦之是个出了名的情种，喀丹会在信中做出这样的承诺，他并不意外。

沈彦之不知道喀丹也找过自己，还想让自己取代他，这便够了。他完全可以借此机会，兵不血刃地夺下沈彦之手中的权力，这样一来，也不必再担心北戎那边渔翁得利。

李忠佯装惊讶："王爷要联合北戎一道攻打江淮？"

沈彦之眼中戾气陡现："本王与楚承稷有不共戴天之仇！"

李忠在心中暗骂一句蠢货，面上却恭维道："夺妻之恨不共戴天，王爷也是个性情中人！"

沈彦之很快命人送来笔墨，对李忠道："劳烦将军书信一封。"

李忠提笔时略作犹豫，随即也明白了沈彦之的用意，李信就是倒在了勾结异族这顶大罪上，沈彦之想同北戎联手，却又不愿自己亲自出面，省得留下铁证，这辈子都洗刷不掉。自己有帮李信联系北戎的先例，沈彦之这才想效仿李信，让自己去同北戎交涉，他做幕后受益者。东窗事发后，大不了他像李信一样把自己推出去。

李忠在心中冷笑，只要拿到沈彦之手中那一半地盘，不用等到鹿门之约，他就能先让汴京易主。

那封邀北戎大王子赴宴的信拟好后，沈彦之检查了一遍，便让人封好即刻送走。

他视线扫过李忠那边未曾动过的茶盏，笑言："是本王疏忽，李将军驰骋沙场，想来更喜饮烈酒，定是喝不惯这清茶的。"他轻拊手掌，传唤左右，"取酒来，我要同李将军痛饮三杯。"

左右侍从很快送来了酒水，沈彦之亲自斟酒，端起其中一杯递给李忠："将军请。"

李忠接过后却并不喝，在沈彦之向他举杯，准备将另一杯送至嘴边时，他才道："李某可否同王爷换一杯？"

沈彦之微怔，随即笑开，坦然同李忠换了酒杯，为了表示酒水并无问题，他一口饮尽后，还将杯子倒转过来给李忠看。

这下李忠没什么顾虑了，也一口饮尽，他不由赞叹："好酒！"

沈彦之笑着同他续杯："昔日我同将军都为李信臣子，迫于形势结下龃龉，沈某再敬将军一杯，权当是为过去赔罪。"

李忠连道不敢，在沈彦之给他满上后，同沈彦之举杯相碰后便一饮而尽。

灼烧感顺着酒水从喉咙一路蔓延向肺腑，李忠刚想说话，很快就发现了不对，他面色青紫，用力掐住了自己的咽喉，抬手指向沈彦之，艰难出声："你下毒……"

沈彦之不急不缓道："你说得没错，汴京权贵这一套，的确不是你们玩得转的。"

李忠怒目圆睁，栽倒在地，发出"咚"的一声闷响。

亭外李忠带来的几个高手，来不及上前查看，就被沈彦之一早安排在暗处的人灭口，不消片刻，陈钦进来复命：“主子，都解决掉了。”

沈彦之“嗯”了一声，问：“陈钦，你本名叫什么？”

陈钦不知他为何问这个问题，如实答道：“属下本姓徐，单名一个震字。”

沈彦之说：“从今往后，不必再跟着我了，用回你的本名吧。”

陈钦被吓得跪在了沈彦之跟前：“属下若有错处，恳请主子责罚。”

沈彦之眺望着湖中雪景，似乎累极了：“你没做错什么，换个身份好好活着，我还有事要交代你。”

他从袖中摸出一卷银票和一张写有沈婵和沈母的生辰八字的纸：“这些银钱够你后半辈子衣食无忧的了，找个地方安定下来，逢年过节，替我给母亲和胞妹烧些供奉。”

陈钦想到沈彦之接下来要做的事，眼眶不由得有些发涩：“主子，雷州和江淮多次来信，您已扳倒李忠，给他们回一封信，一同对付北戎吧！”

风吹进亭中，帷幔飞舞，他的身形愈显寂寥，沈彦之轻笑一声，目光凉薄如刃。

“我自己的仇，我自己报。”

凉州。

喀丹拿着李忠代沈彦之写的那封信走进王帐，对老单于道：“父王，汴京沈家同意与我们合作，孩儿明日就赴鹿门之约！”

喀丹想出调虎离山之计，骗得江淮调兵北上，又在羌柳关外营造北戎大军压境的假象，靠战术生生拖了数月，为北戎暗中南下争取了大把时间，在北戎军中威望甚高。

一旁的二王子反对道：“我们十八万大军，还打不下小小一个汴京？何必同这些中原人浪费时间？”

喀丹冷眼扫过去：“我们的勇士在草原上骁勇善战，楚地却多丘陵河渠，这不利于我们的勇士，许以薄利便可让这些大楚人自相残杀，为什么要让我们的勇士去送死？”

对方被搾得哑口无言，恼羞反问：“大楚人会向着咱们，去杀他们自己人？”

喀丹道：“李忠和李信一样，对权势贪得无厌；沈彦之与前楚太子又有着夺妻之恨，我们能帮着他们夺得更多的权势，他们为何不依附于我们？”

对于喀丹给出的理由，终于没人再有异议。

老单于对于自己的这个继承人是满意的，只是他在喀丹身上，似乎也看到了自己几十载经营却败于大楚的影子，他一面怕喀丹失败，一面又想让儿子替自己赢得这场战争。权衡再三，老单于最终还是对喀丹道：“你去吧，若有万一以信号弹示警，大军便可攻城。”

喀丹单手放在胸前俯身向老单于行礼：“孩儿谢父王。”

信若是沈彦之写的，他或许还会怀疑三分，但沈彦之让李忠代为写信，说明沈彦之的确是想跟北戎合作，又怕和李信一样得一个勾结外敌的名声，才出此下策。

很快，便到了喀丹赴鹿门之约的日子。

喀丹已确定沈彦之是真想跟北戎结盟，李忠又是自己这边的人，他对这场赴约还算有把握，只带了几十个高手一同进城。

只是刚入城内，喀丹扫了一眼四方箭楼上的守卫，见他们弓弩上全上了箭，觉出不对。

他按照同李忠约定的暗号，让随行的北戎勇士露出绑在胳膊上的红布巾，箭楼上的守卫也没有分毫反应，喀丹当即意识到怕是中计了。

他用北戎语低声传令给随行的高手，几十个高手瞬间围拢过来，一支信号弹升向高空时，四面箭楼的将士也齐刷刷地向着喀丹一行人放箭。

箭镞铺天盖地，将士们努力向着箭镞射不到的城楼死角躲去。

一墙之隔的城外响起了低沉的号角声，蛮军大举进犯，整个城墙地面都在颤动。

但四方箭楼的将士们却似不知蛮军已开始攻城了一般，依然只用铺天盖地的箭雨封锁他们。

喀丹和仅剩的几个护卫躲在尸堆下方，咬牙喊话："沈彦之，我好心助你击溃前楚太子，你何故害我？"

箭楼上的将士让开一条小道，沈彦之披着大氅出现在那里，眼里全是报复后的快意："大王子设计我入秦乡关一局时，可想过今日？"

喀丹听到沈彦之提起秦乡关时，脸色一僵。他一心想让李忠取代沈彦之，就是因为李忠只贪权势，比同他有这桩旧仇的沈彦之更好掌控。岂料沈彦之竟是一早就知道了秦乡关一役他才是幕后推手的事，那李忠的信和今日这场鹿门之宴，想来也是沈彦之布的局了。

喀丹喊话道："我北戎大军不消半个时辰就能踏平鹿门城楼，我奉劝摄政王好生权衡，你若此时收手，我保证北戎大军进城后，不会为难摄政王，也不会为难摄政王治下的百姓。"

沈彦之继续冷冷下令："放箭。"

喀丹瞬间脸色铁青，北戎攻势猛烈，鹿门的城门没坚持多久，城门门闩就被撞得断裂，只剩百十来兵卒用血肉之躯堵在城门口。

沈彦之一开始就是想用鹿门换喀丹的性命，眼见城门将破，又派出精锐部队下去绞杀他。

喀丹一身蛮力，武艺卓越，没了箭雨压制，近战瞬间显得游刃有余，喀丹直接拿身边围攻他的将士做肉盾，逼近沈彦之。

亲随看出喀丹的意图，劝沈彦之："王爷，您快撤，鹿门已经守不住了。"

沈彦之非但没走，反而夺过了一旁弓箭手手中的弓弩，瞄准喀丹："今日本王和喀丹，总得有一个死在这里。"

那一箭准头极好，却还是叫喀丹躲过，亲随急道："王爷，喀丹武艺超群，再不走就真的来不及了！"

沈彦之拿着弓弩，将自己身上的大氅丢向一旁："你们带人撤，严守鹿门之后的城池。"

亲随正急得不知如何是好，猛然听城楼上传来一阵欢呼声，原是城门已叫北戎人撞开一个缺口，北戎军正要大举进攻时，雷州的谢家军从后方杀入了北戎军团，牵制了北戎后方的兵力，又有探子狂喜奔来：“报——！江淮援军距鹿门已不足三十里地！”

沈彦之似乎怔了一下，他面上似嘲非嘲，似讥非讥，又有几分解脱般的轻松：“来得真快。”

喀丹已然成了一头困兽，他凭一己之力，生生杀出一条血路来，那条血路的尽头正是沈彦之。

底下的兵卒看着喀丹逼近，握刀的手都已止不住地颤抖，沈彦之却还站在原处，不紧不慢地用手中弓弩对准喀丹，和他那身金红的官袍相比过分违和的，是他腰间那个被摩挲得起了毛边儿的破旧荷包。

他似从一开始出现在这里，就在等和喀丹之间的一场终结。

鹿门城门前的旷野，已遍布北戎兵卒。

第一支从后方来攻的谢家骑兵已经撞了上去，北戎的骑兵阵在大军前方，后方是步兵阵，骤然被突袭，北戎人的步兵阵压根来不及掉转阵型，很快就凹陷进去一块。

步兵方阵的北戎将领很快反应过来，大吼：“是谢家骑兵！前队变后队！列盾墙！掷矛手和弓箭手准备！”

被冲散开的北戎兵卒很快分成两队，竖起巨盾，漫天箭镞和飞矛如蝗虫般向着谢家骑兵猛扎了过去，不断有骑兵中箭落马，却也不断有人从后边填充上来。

谢家铁骑，是这几十年里唯一能在战场上正面和北戎骑兵拼杀的骑兵，他们不仅悍勇，也不怕死，因此北戎的步兵阵应对得格外吃力。

谢家骑兵冲杀到盾墙前也毫无停歇之意，反而借着战马的冲势纵马跃起，扑向巨盾。

他们用自己的死，为身后的同袍开路。

千军万马踏来，北戎步兵阵彻底挡不住谢家铁骑的冲锋。

北戎十八万大军组成的是个“凸”字形大阵，前边是攻城的前锋军和列阵威慑城楼上陈军的骑兵阵，后边则是大阵套小阵组起来的步兵大方阵，被簇拥在大军最中央的一辆楼车里，坐着观战的是北戎单于和几个部落首领。

他们听见身后的厮杀声，老单于转头往后看：“那姓沈的还联合了谢家军？”

斥候兵答道：“据前线探子来报，雷州谢家军是在得知我们大军攻城后，才从雷州赶来的，貌似事先并不知鹿门之变。鹿门后方三十里地外，也有一支江淮楚军正全速赶来！”

这番话让楼车中的几个部落首领都有些面面相觑，老单于看着后方不断冲杀的谢家铁骑，他像是在叹息又像是不解：“这些中原人哪……明明都是死敌，这种时候倒是抱成一团了。”

沈彦之那边分明没有跟北庭有任何来往，鹿门被围，北庭和江淮却都出兵了。

这群自傲的蛮人头一回觉着，或许他们真的不懂中原人。

不过他们有十八万大军，草原儿郎更是个个都擅骑射，只要有足够的战马，步兵也可转化成骑兵。而谢家精心养出来的骑兵，死一个就少一个，在绝对的人数差距面前，纵使他谢家铁骑再悍勇也是枉然。

老单于收回视线，下令："骑兵列阵迎敌。"

北戎的步兵方阵被谢家军冲散时，列阵在前方的北戎骑兵也已借这点时间掉过头来。两方骑兵对碰，谢家骑兵渐现颓势。

谢驰带着一支的谢家军立在一处高坡上俯瞰下方的战场，对方的骑兵阵人数远胜他们，很容易就把他们的人马包圆了绞杀。

谢驰坐在马背上，面上一片阴霾："鹿门挡得住北戎军就怪了。"

鹿门只是一座小城，历来征战都不会把此地作为打攻防战的城池，毕竟鹿门往前就是凉州，凉州府堪称大楚西北门庭，城防之坚固不亚于羌柳关。

凉州若失，守军则退至紫荆关。

紫荆关和秦乡关一样，地理位置极为重要，易守难攻，一个位于西北，一个位于东南，都是攻进汴京的最后一道大型关卡。

眼见下方的那支谢家铁骑已快叫北戎骑兵完全吞没，谢驰慢慢抬起右手，他身后马蹄声雷动，不消片刻，黑压压的谢家铁骑又重新分割了这苍穹与山麓的界限。

他一马当先冲了出去，破声大吼："给我杀——！"

他身后的谢家军随着他一起冲锋呼和："杀——！"

战马借助缓坡的冲势，万余人的骑兵阵跑出滚雷一般惊人的气势，这支骑兵像一把锥子，锐利无比地撕开北戎骑兵的防线，义无反顾地往前冲。

原本被困死在北戎骑兵腹地的那支谢家骑兵，听到战场上的呼和声，似乎一下子又找到了方向，也向着谢驰所带的那支骑兵靠拢。

老单于眯着眼打量下方战场一身银甲白袍正冲锋陷阵的小将："那是谢世安的儿子？"

谢世安正是连钦侯的名讳，亲随道："正是，这谢驰，在北庭军中素有'小狼王'之称。"

老单于说："这身胆气和这身功夫，倒也没堕'小狼王'的称号，我儿喀丹若在，兴许能胜他。"

这话一说出来，楼车中顿时沉默了下来。

沈彦之在鹿门设宴，鹿门不过一座小城，又是李忠写的亲笔信，他们才让喀丹只带了几十个护卫便前去赴宴，哪想这竟是沈彦之的阴谋。

沈彦之就是要用一个鹿门，来换喀丹的性命。

小小一个鹿门竟久攻不下，江淮援军离战场也近了，老单于已没多少耐心，收回视线后道："传我令，率先攻破城门的前百名将士，赏十金，赐美人！斩杀那白袍小将者，赏万金！"

只要谢驰一死，眼前这支谢家铁骑必然没了主心骨。

谢驰所带的骑兵已顺利和先前冲入敌阵的那支骑兵会合，他们把疲敝的骑兵裹进队伍中央，呈雁阵继续往前冲杀，他们不能停下，只有冲散对方的阵型，才能有一线生机。

鹿门已然是守不住了，他在给江淮那边争取时间，于紫荆关设防。

沈彦之把五万陈军全都堵在了鹿门，鹿门若破，北戎人便可长驱直下，直取汴京。

谢驰之所以对沈彦之恨得牙痒痒，其原因就在这里，沈彦之似乎算准了雷州和江淮不会不管这个烂摊子，才出此计谋困杀喀丹。

五万陈军守鹿门，又有雷州谢家军拖住北戎的骑兵部队，固然能为江淮军队在紫荆关设防拖延时间，但这不代表谢驰认同沈彦之的一意孤行。

鹿门的一场苦战，秦筝在收到前线急报后，带着大军火急火燎地赶往紫荆关设防，一刻没敢停歇。

他们之前怕沈彦之同北戎结盟，防线全都设在了株洲一带，现在得从头再来。

秦筝对军事尚不算太精通，但光听陆则和其他谋臣分析，也知道鹿门绝非应敌的上选城池，要死磕打坚守战，无论怎样也是选紫荆关。

虽然北戎大王子的野心和武艺都盛名在外，而且这场调虎离山、取大楚腹地的计谋就是他想出来的，可沈彦之诱北戎大王子赴鸿门宴，不惜赔上他自己的性命和权势也要杀北戎大王子，秦筝觉得他和北戎大王子之间怕是有什么深仇大恨。

她派安元青领兵两万前去鹿门支援，一是为了让北戎那边误以为他们江淮、雷州、汴京的三方势力是倾巢出动了的，有所忌惮，也方便鹿门的残军撤往紫荆关；其二可以和雷州谢家军相互照应，不至于让那边孤立无援。

秦筝自己则带着董成、杨毅二人，号召紫荆关当地百姓，和军队一起挖壕沟设陷阱。

楚承稷命人送回来的每一封关于应敌的信件，她都已烂熟于心，可明知大敌在一步步逼近的那种心惊肉跳之感，却仍让她战栗。

秦筝立在城楼上，看着远处被将士和城中百姓挖出的一条条壕沟，对着左右的人道："陈军在鹿门可退，紫荆关却是绝对不能再退的。"

陆则说："安将军的人马会先将北戎军引去沿途的山上兜圈子，且看这些山地能困死北戎多少人马了。"

秦筝眺望着掩盖在雪雾下的淡青色群山："把斥候营的人全派出去，二十里地为距，每隔两刻钟报一次军情，若见安将军归来，董将军即刻领军前去接应。"

董成抱拳应是。

鹿门。

残破的城门已经彻底挡不住北戎军的撞击，轰然倒地，箭雨如飞蝗一般密密麻麻地射向入城的北戎军，不消片刻，城门口处尸横遍野。

城下是一场酣战，箭楼上又何尝不是？

喀丹天生神力，愣是徒手将箭镞扎入墙砖，以此借力攀上了箭楼。

面对飞向自己的箭镞，他随手拎过一名陈军当肉盾，另一只手拔出腰间的弯刀格挡，他看着不远处的沈彦之笑道：“摄政王貌似输了？”

沈彦之却只是回他一个冷笑。

身后传来锁链声，喀丹意识到不对瞬间往后一仰，两名拿着锁链欲缠他脖颈的高手虽扑了个空，但他双脚却叫另两条锁链拉住了。

另两名高手拉着锁链往两个方向跑，喀丹两脚用力往地上一踏，不过也是这一瞬间，他双手叫先前那两名高手用锁链死死缠住了。

四周的陈军将士一拥而上，帮着去拉那四条锁链，妄图将他整个人腾空。

喀丹额角青筋暴起，愣是以一己之力，将束缚他的锁链直接崩断开来。

与此同时，又一支印有金纹的利箭冲着喀丹胸腔射去，喀丹闪躲不及，肩膀叫那支箭拉出一个血口子。

拉扯铁链的小卒摔得四仰八叉，喀丹直接以锁链为武器，瞬间又取了数人的性命。簇拥在沈彦之身边的小卒都开始落荒而逃，只有沈彦之，依然还是那一脸轻松的神色，甚至连手中的机关弩都放下了。

喀丹冷笑：“摄政王这是打算束手就擒？”

沈彦之只风轻云淡地吐出几个字：“报仇了。”

喀丹低头看自己肩膀处流出的血，果然是黑色的，他脸色大变，一个箭步上前掐住了沈彦之的脖子：“那箭上有毒？”

沈彦之神色间满是快意：“大王子处心积虑谋划的一切，如今全为他人作嫁衣了，这滋味如何？”

喀丹只沉默了一刻，回首看自己后方已经破开城门的北戎军，道：“不如何。只要我的族人不再遭受寒冷饥饿，北戎的姑娘们在不久的将来也能像中原女人一样穿绫罗绸缎，戴绢花珠钗，这便够了。”

沈彦之怔了一下，他在这个异族男人身上，看到了好多熟悉的影子，有秦国公、亡国后的楚太子和阿筝，也有刚入仕的那个自己。

他缓缓笑开，眉眼间的阴霾和戾气一层层淡去，似一捧即将融化的新雪：“那我得更加庆幸杀了你。”

这样的人生在北戎，才是对中原最大的威胁。

“是。”喀丹说，“不过你会比我先死。”

刀刺入胸膛的时候，沈彦之其实没觉得有多痛，倒在地上时血慢慢地从胸腔涌出，濡湿了身下的地砖，他只是出神地看着漫天飞雪。

往事一幕幕地浮现在眼前，不过再也不会像从前一样沉甸甸地压在心头让他喘不过气了。

好大的雪。

这一生的污垢，要是也被这场雪埋没就好了。

若有来世，他想干干净净地去见故人。

鹿门终究是失守了，城内残余守军在谢驰和安元青的两相配合之下，总算是尽数撤出，没叫北戎人坑杀。只是那些因年迈或病痛没有选择背井离乡逃亡的老弱妇孺，却全叫北戎人泄愤屠了。

消息传到紫荆关，群臣惊骇哗然。

雷州谢家军和安元青带领的江淮军按原计划拉着北戎军满山跑时，也遭遇了变故。

北戎军将整个鹿门抢杀一空后，将沈彦之的尸体挂在了帅旗上。

楚军将士们哪里见过这样的打法，两军交锋，兵戈尚未挥到彼此身上，对方就用这样的方法消磨了他们的士气。

在山地围杀北戎军不顺，等北戎大军抵达紫荆关时，依旧是浩浩荡荡十余万人马。

北戎人攻城时，秦筝头一回上城楼观战，吐得几乎只剩胆汁。楚臣中，就连往日跟沈彦之最不对付的大臣，都痛斥北戎猪狗不如。

秦筝看到北戎帅旗下方那袭金红的官袍，眼眶有些发涩，叫寒风一吹，只剩眼角一道淡得几乎看不见的水痕，她吩咐道："让弓箭手把尸身射下来。"

登城楼观战的官员都无异议，沈彦之纵有千错万错，但他也没像李信之辈那样勾结外敌。

擅箭术的将领很快被人寻了过来，但对方的帅旗竖在弓箭射程之外的高台上，普通弓箭射不到那么远，床弩又太过笨重，隔着数十丈的距离，没法精确瞄准那拇指粗的绳索。

北戎人发动了一次又一次的攻城，昼夜不息。

为了挽回几分士气，秦筝只得命人把紫荆关附近一座武帝庙里的武帝雕像搬到了城楼上。

武嘉帝武神之名在大楚流传了数百年，有了这尊雕像，将士们心中的恐惧才少了几分。

但这场守城战依旧打得极其艰难，好在紫荆关城防坚固，北戎人用投石车砸了一整晚，也只是砸塌了上方城楼的一个小角。

不过这并不容乐观，关外多山麓，没有现成的石块了，北戎人专门成立了小队去山上开挖石块。攻城的云梯也是烧毁一架又有新的搭上来，北戎人不断从山林里伐木砍竹，制作这些攻城用具。一开始还能用火油浇在云梯上，用火攻。但到了后面，紫荆关内的火油都快告罄了，可北戎人却靠着伐木砍竹制出的攻城用具，继续攻城。

这场仗打到最后，基本上是拼尽一切资源死耗。

秦筝谨记着楚承稷在信中教她的车轮战术，对方昼夜不歇时，他们这边也要昼夜不息地应战，但不是所有人都跟着一起死守，他们也需要分出几拨人来轮换。

秦筝把城内将士分为两批，交替对付北戎人，为免意外，白日里应对北戎人的将领是安元青和王彪，晚上则由董成和谢驰一起守城，杨毅则一直跟在她身边，随时听候她的差遣。

秦筝交代底下的谋臣虎将们到了换岗时辰定要好生歇息养足精神，自己却是一个好觉都没睡过。

紫荆关城楼战况惨烈，遍地箭镞，几乎寻不到下脚的地方，每次登上城楼，秦筝都在数这是第几天。

从来没有哪一段时日，能让她这般深刻地体会到何为度日如年。

渐渐地，紫荆关内的箭都快不够用了，江淮能送来的兵器也全送来了，却仍是堵不住这场大战的缺口。

为了还有足够的箭在北戎下次攻城时在射程内压制，但又不敢让北戎那边知道他们已经缺箭，秦筝便只能让人在半夜用吊篮放人下城楼，从战场上偷偷取回羽箭。

但战场的惨况还是让不少士兵萌生退意，秦筝夜夜梦魇连连，险些一病不起，但听说了逃兵之风，还是强撑着病体盛装出现在众将士面前。

她这时候身着盛装不是怕丑，而是她已经成为一个符号、一个象征，她需要让楚军将士们看到她衣着华美、雍容镇定的样子。

底下的楚军将士们列成无数个整齐的方阵，一眨不眨地望着高台上的太子妃。

“大楚的将士们，强敌就守在关外，本宫知道此战艰辛，可若是你们都惧怕溃逃了，这紫荆关还有谁人来守？今日蛮族杀的是你们的同袍，他日就不会是你们的妻儿老母吗？”

秦筝一句句喝问，眼眶渐红：“决不可让蛮贼入关！”

年纪小的将士叫秦筝说得直抹泪，年长久经沙场的亦是一脸沉痛。

“不叫蛮贼入关！”军阵中有兵卒举起长戈，大声附和秦筝。

一开始只有寥寥数人，慢慢的，一同举起兵刃大喊的人多了起来，直至所有军阵的将士都在呐喊大吼：“不叫蛮贼入关！”

将士们的声音响遏行云，远处谢驰、安元青等一众将领看着高台上的秦筝，眼中也浮现钦佩之色。

经秦筝这么一动员，逃兵之风总算是刹住了，但和北戎的这场硬仗，还是得打。

守关的第八天，秦筝命人抬上城楼的武嘉帝石像叫北戎人用投石车投掷的滚石砸了个粉碎，坚守多日的城门也被撞得残破不堪，再也支撑不下去。

秦筝在内城楼耳房同陆则等一众谋臣共商接下来如何打时，听见外城楼那边传来的震天大响，以及北戎人野蛮的呼啸声时，所有人都怔了一会儿，随即面露灰败之色。

紫荆关终究是守不住了。

“太子妃娘娘……”前来报信的兵卒连滚带爬地跌进耳房。

秦筝脸上已说不清是麻木还是平静，问那兵卒：“城门破了？”

兵卒狼狈地点头：“董将军和林昭将军正在带人堵城门的缺口，安将军还在城楼上指挥，谢小侯爷已集结谢家铁骑欲和北戎正面迎战，安将军让杨将军先护送太子妃娘娘离开。”

陆则也怕秦筝落到北戎人手中，劝道：“娘娘，您先走。”

秦筝起身时就觉得有些眩晕，她已记不清自己多久没合过眼了，脑子里一片混沌，瞧见众人焦急的脸色，她撑着书案只顺着陆则的话说了句：“好。”

紫荆关再往南撤，还能做挡的大型城池就只有汴京了。

楚承稷率领的江淮大军正在往回赶的路上，已经是第八天了，只要他们退守汴京继续保存实力，等江淮大军一到，就能和北戎再决高下。

她如今已是楚军的主心骨，万不能折在这里，否则底下将士军心溃散，必成一盘散沙。

可她能退，最后留下来断后的将士们又往哪里退？关内那些没来得及撤离的百姓又往哪里退？

秦筝被楼燕和白鹭扶着走出内城楼时，听着前方外城楼传来的仿若震天的杀吼声，回望内城楼后方寂静的街道屋舍，悲从中来，泪水潸然而下。

随行的官员见她这般，知道她是悲这国运山河，悲这天下百姓，不禁也跟着老泪纵横。

宋鹤卿更是望天悲哭道：“武帝陛下，您睁眼看看这大楚吧！”

“呜——”

宋鹤卿哭号声刚落，几道低沉而厚重的角声透过所有厮杀声传入城内，秦筝和所有官员都是一怔。

在青州守城时，宋鹤卿有过见楚承稷带兵杀回来的经历，见此情形，激动得语无伦次：“殿下……一定是殿下赶来了！武帝陛下显灵了！”

宋鹤卿朝天跪拜：“武帝陛下佑我大楚啊！”

其余官员连忙也跟着宋鹤卿跪拜，秦筝却是直接朝着外城楼那边跑去。

还没上城墙，她就已听见震天的欢呼声，心中一时间被狂喜淹没，眼泪抑制不住地往外流。

他终于赶回来了！

董成和谢驰已经带着集结好的军队从城门冲了出去，靠近城楼的北戎军被杀退，这会儿城楼上倒是安全了。

秦筝由杨毅带兵领着登上外城城楼，入目便是下方黑压压的一片混战的人群。

楚承稷的军队很好认，紫荆关守军和北戎人的军队苦战数日，早已精疲力竭，他带回的八万大军，是复仇之师！

低沉的角声一声连着一声地紧迫响起，董成和谢驰带兵把分散在城楼四周的北戎兵卒往中间赶。而在最后方，八万大军的队伍还没法在这片天地视野所及的地方完全展开，打头阵的骑兵阵呈巨大的扇阵刺入北戎军后方，似一个尖锥强势扎入北戎军后方，将北戎人的队伍往两边撕扯，口子越拉越大。

北戎军在最疲敝的时候对上这样一支对他们满是仇恨的军队，几乎毫无还手之力。

楚承稷一路冲杀至北戎军腹地，北戎的休屠王、左右鹿蠡王先后叫他斩于马下。

高竖于军阵中央有如碗口一般粗的帅旗旗杆也叫楚承稷一戟劈断，沈彦之的尸首跟着一起坠下时，他没让尸首直接砸在地上，用戟柄接下后，放到了一旁侧翻的战车上。

帅旗被砍倒，北戎军更是成了一群无头苍蝇，在军阵中乱撞，毫无章法可言，老单于颤声大吼："撤兵！"

他最骄傲的儿子在鹿门叫人毒死，他最器重的战将和弟兄也在这场大战中战死，南迁终究是个错误的决定。

楼车撤退缓慢，眼见追兵就要追上来，老单于直接弃了楼车，骑马由亲卫队掩护出逃。

这集结了大楚所有兵力的一战，终究是以北戎败走告终。

夕阳西下，秦筝立在城楼上，一袭红衣比残阳更加艳烈，静候斜阳里凯旋的大军。

楚承稷在马背上抬起头，二人视线相接，虽未出一言却已道尽万语。

北戎之仇，他会如三百年前武嘉帝一样，打到他们再不敢南下渡乌梢河牧畜才算终结。

但除此之外，这天下已再无什么能阻止他称帝了。

楚承稷登上紫荆关城楼时，那明艳得让人移不开眼的女子同他说："我不仅替你守住了江淮和南境，也替你守住了大楚。"

楚承稷拥她入怀，收拢双臂真真切切地感受到她存在的时候，这一路日夜行军深藏的不安和惶恐才完全平复了下去。

他纠正她："是我们的大楚。"

秦筝愣了一下，随即浅浅笑开："嗯，我们的大楚。"

二人在夕阳的余晖里，一同望向远处苍茫的群山，积雪还未融尽，一眼望去显得斑驳而疮痍，可被霞光照到的残雪，又有种别样的瑰丽。

一如他们脚下这片王土，疮痍苍凉，却有着蓬勃的生命力。

他们会在这片土地上建起一个更好、更强盛的楚国。

——正文完——

# 番外一　战后疮痍

对不起，说了要给你最好的一切，
可这一路走来，却还是让你吃了这么多苦。

紫荆关惨烈一战，死去的将士太多，秦筝带人整理了好几天，才整理出一摞厚厚的名册。

她按户籍地把那些战死的将士们分册登记，命人把名册和抚恤银两送往地方官府，由朝廷这边派去的人盯着将抚恤银两送至战死的将士家中。

尸首是没办法运送回乡了，楚承稷命人把战死的将士们集中葬在了紫荆关外的山包上，百姓们都称那里是英雄冢。

普通兵卒战死无资格马革裹尸地还乡，但他们都长眠于此，若有家中亲眷寻来，还能上一炷香，烧些纸钱。没人再记得的，此后逢年过节有来山上祭奠这些守关将士的百姓给他们烧供奉，长睡在这青山坟冢，也不算太寂寞。

沈彦之的尸首，是秦简亲自收的。

他们曾是少时的至交好友，是整个汴京人人交口称赞的两大清贵公子，隔着国破家亡的大仇时，秦简和沈彦之势不两立，可人死了，那些日夜萦绕在胸口的恨意，似乎也一下子泄了个干净。

沈彦之曾是大楚的罪臣，后又叛陈自立为王，抵御北戎人，礼部的官员们对照历代礼制，也不知是该直接以楚臣的名义给沈彦之定罪，还是该因他抵御北戎人战死表功追封。

唾骂肯定还是有唾骂的，但沈彦之都自立为王了，本就不听大楚调遣，他不愿和大楚结盟，独自对抗北戎，从政治角度上讲也算不得是什么错处。

礼部的官员拿不定主意，只得前来请示楚承稷，楚承稷说："就以他自封的陈国摄政王之名把人葬了吧。"

礼部的官员得了令，不再多问。

只是操办丧礼时，又因为丧礼的礼制和墓碑铭发了愁。

陈国摄政王终究不是他们大楚的摄政王，这个丧礼礼制就得往下压了，压到何种程度就是个问题。而墓碑铭，通常都是拣着生平的功绩去夸，他们一群楚臣，怎么夸沈彦之这个大楚罪臣?

一群人对此颇为犯难，但又不敢再去问楚承稷，只得请教到了宋鹤卿那儿去。

宋鹤卿对于沈彦之这一生，也是长长地叹了口气，问在一旁抄录文书的秦简："贤侄，你以为如何是好？"

此刻被宋鹤卿问到，秦简的手顿了顿，沉默两息后道："大楚才经战乱，百废待兴，正是用银子的时候，丧葬一切从简。墓碑上也不用写什么，空着吧。"

礼部的官员们都是一愣，随即又觉着秦简的提议再好不过，纷纷夸赞。

秦简却是沉默居多，哪怕回应也是淡淡的，他不似从前尖锐，却峥嵘刚硬。

就连宋鹤卿都时常望着这个青年人出神，感慨似在他身上看到了昔日好友的影子。

秦筝在守城时便是一直强撑，处理完战死将士们的抚恤银两问题，终究是病倒了。

楚承稷正带人一路围剿北戎残军，北戎残军退守至凉州府，但因不擅打中原的大型城池防守战，没多久凉州府也被楚军攻破。

听闻秦筝病了，余下的北戎残军又早已没了战意，收复河西走廊剩下的三郡指日可待，楚承稷便把追缴北戎人的事交给了谢驰和安元青，自己折返紫荆关。

秦筝夜里常常梦魇，楚承稷给秦筝找了城内最好的大夫看诊，大夫开了安神的方子，又说让秦筝多散散心。

楚承稷知道北戎人攻城的那些时日，整个紫荆关犹如人间地狱，秦筝定然是受惊了，却又迫于形势不得不强行打起精神扛下那些压力，现在约莫就是整个人松懈下来后的反噬。

他注意到秦筝用饭也只吃清淡的食物，便吩咐底下人寻了几个素斋做得好的厨子到府上，将素食也做出许多花样来，秦筝用饭时总算能多吃几口了。

紫荆关和整个鹿门都是一片战后的惨淡，不宜养病，那些个病倒的文臣，留在这边也做不了什么事，楚承稷打算把他们先送回江淮。

这日用饭时，他给秦筝夹了一箸菜："我已命人将秦夫人从吴郡接回了青州，你先和那些抱恙的大臣一起回青州，等我回头把汴京的一切打点好了，再来青州接你。"

秦筝精气神不好，整个人显得有些憔悴，她道："你还要处理紫荆关诸多事务，怎么从北戎人手里夺回河西四郡，你和连钦侯那边也还得商量，等你把这边的事都处理妥当了再回汴京，怕是得等到明年，我和那些抱恙的大臣与其回青州，不如先去汴京打点这一切。"

汴京归顺了，陈国的那批旧臣是用是辞还得跟大臣们共议。除此之外，把他们的势力渗入到这座王都里，诸多大小事宜需要对接，用人方面也得再三斟酌考量，不是件容易的事。

楚承稷让她回青州，其实就是想让她安心养病，不再操劳这些，听她这么说，便道："你安心养病，我这边抽不出空闲，那我手底下这帮人干什么吃的？"

秦筝没在这个话题上继续，算是默许了楚承稷的安排。

她细嚼慢咽地吃着饭菜，楚承稷倒也没落箸，陪她慢慢吃着。

一开始秦筝还没发现，直到楚承稷又给她夹了一箸菜，秦筝这才反应过来，他只是在陪自己而已。

虽然已是老夫老妻，可他这种不动声色的关怀，还是让秦筝心中一暖。

她垂首加快速度用饭，楚承稷给她又添了一箸菜，秦筝说："我已经吃不下了。"

"多吃些，再这么瘦下去，你只剩皮包骨了。"楚承稷说。

她放下碗，迎上楚承稷的目光：“我瘦成皮包骨了，你还喜不喜欢？”

楚承稷按了按眉心，长臂一伸就把人捞了过来：“有时候觉着你聪颖，有时候又觉着……”

他顿了顿，道：“怪愚笨的。”

秦筝不服气：“你才笨。”

楚承稷单手把人按入自己怀中，开口更似一声叹息：“你吃不下饭，一日日瘦下去，我这心中便一日日地跟着揪紧，你现在还问我喜不喜欢你？”他微微拉开了些距离看她，“你不笨谁笨？”

秦筝把眼一闭，双手环住他腰身，嘴角浅浅上翘：“那你嫌我笨？”

楚承稷一怔，随即忍俊不禁：“是我失言，你这一坑连着一坑的，哪里和愚笨沾边？”

秦筝的嘴角翘得更高，脸颊在他胸膛上蹭了蹭。

在楚承稷身边，秦筝夜里睡得能稍微安稳些，但半夜却还是会被梦魇惊醒。

秦筝醒来后大口大口地喘息，整个人似从水里捞出来的。

楚承稷在她坐起来时便也醒了，一面帮她轻拍着后背一面温声唤她：“阿筝？莫怕，我在。”

听到他的声音，秦筝才有了一点反应，一头扎入他怀中：“楚承稷？”

苍白纤细的手死死地抓着他单薄的里衣，甚至抓入了皮肉中，楚承稷极有耐心地低声哄着她：“噩梦罢了，别怕。”

有水泽浸湿了他胸前的衣襟，秦筝在哭。

那些她独自守城的时日里，她没向他诉说的惶恐和不安全都随着这些深夜的眼泪烙进了他胸膛。

有一瞬，愧疚、疼惜伴着一股怒火几乎快席卷了楚承稷的理智，他闭眼抱紧了怀中啜泣得抖作一团的人，吻着她鬓发安慰她：“别怕，是梦。”

秦筝把所有惶恐和压抑的情绪在这场噩梦后通过眼泪发泄出来，才由楚承稷哄着重新躺下。

楚承稷抱她抱得很紧，下颌抵在她发顶，望着漆黑的帐顶道：“不送你回青州了，以后我在哪儿，你就在哪儿，再也不会让你一个人。”

他从没见过她这般脆弱神态，若不是她今夜又梦魇了，他都不知她独自经历那一切时有多惶恐无助。

她跟着他历经风雨一路走来，无论何时都是同他并肩站着的，他都快忘了，她当初也只是个险些被水匪吓哭的柔弱女子。

楚承稷的心口叫愧意噬咬，疼得发慌。

细碎的吻落在秦筝泪痕未干的眼睑，怜惜又珍重。

可能是夜晚的情绪要比平时放大了数倍，秦筝哭完后已经清醒了，却还是贪恋他身上的味道，在这一瞬间似乎极想找个什么依靠，主动去寻他的唇。

楚承稷的呼吸一下子就重了，但记着她在病中，哪怕忍得额角青筋都凸起了，吻她依然也只是安抚性质的轻柔。

脑子里的弦实在是快绷不住了时，他把人死死地按进怀里，嗓音哑下来带着一层醉人的黏醇："你身体还没好……"

下一瞬他却发出一声闷哼，秦筝在他胸前蹭散的衣襟处轻咬了一下。

楚承稷脑子里的弦彻底绷不住了，青筋凸起的手把人重重往下一按，狠狠地吻了上去。

秦筝后半夜是啜泣着入眠的。

楚承稷看着眼睫上沾着泪、窝在自己怀里沉沉睡去的人，像是被人欺负了似的。

楚承稷抬手拭去秦筝眼睫上未干的泪珠子，眼神一寸寸软下来："对不起，说了要给你最好的一切，这一路走来却还是让你吃了这么多苦。"

# 番外二

# 重掌河山

诏书一出，四海惊愕。
"二圣"并称，共治天下。

冰雪初融的时候，楚承稷带秦筝回了汴京。

皇宫还没被打理出来，楚承稷索性带她住到了城郊的皇家别院。

秦筝算是彻底闲了下来，楚承稷一人承包了所有政务，需要他处理的折子全都送到了别院来。

每日楚承稷批阅奏章时，秦筝就捧着话本游记看，陪他在书房待上一阵，乏闷时，也常去别院后山散步。还练了套强身健体的拳法。

开春时，前线传来捷报，北戎军从河西走廊一路败退，在河西四郡的最后一郡沙州做最后僵持，不过已是负隅顽抗。

国不可一日无君，天下大定，登基的事被臣子们提上了议程。

秦筝在别院休养的这些时日，感觉自己的身体好了不少，一恢复了精神，她又闲不住了。

鱼嘴堰的水库已抢修完毕，秦筝开始琢磨建水库提升水位改善航道的计划，皇宫的书库里有着天底下最全的水文资料，她命人把记载元江和赤水两大河流的水文资料全送到了别院来，慢慢翻阅，好让心中有个谱。

如今的大楚才安定下来，几经战乱，国库和各地州府的府库都是空的，已难再支撑什么大型战役和工程，秦乡关一带的百姓先后被李信和李忠劫掠过，更是苦不堪言。

短时间内秦筝不会把自己的计划提出来，这类大型工程光是前期考察耗时也得一年半载，从现在开始拟订计划，倒也不算为时过早。

楚承稷听秦筝讲了她的设想，大概估算了一下要花的银子，脸色也微微一滞："国库五年之内大概拿不出这笔银子。"

秦筝很是乐观："又不用一次就把银子凑齐，国库的钱要用在其他地方，你用就是了，一年省下一点给我修水库就行。"

她在舆图上比画给楚承稷看："先前挖的那条泄洪渠，也可以作为连通赤水和元江的运河。航道一经改善，严冬枯水季也能航运，南北通货会更加频繁，不出几年，就能把修水库的银子全赚回来。"

这点楚承稷倒是认同，他问："你打算修的这水库，可想好叫什么了？"

秦筝道："我和工部齐大人他们私底下商议过了，打算给这水库取名山海堰。"

楚承稷笑："这名字倒也配得上你们打算用十年来修的计划。"

楚承稷登基是在这年春末，秦筝同他并称"二圣"，共治天下。

诏书一出，四海惊愕，毕竟史无前例。

一些老古董还没来得及上书说这不合礼法，凤郡、青州、坞城等地的百姓，就已自发地为秦筝塑石像、立生祠，传颂秦筝的功绩。

朝臣中，一半是秦筝一手带出来的近臣，另一半对楚承稷唯命是从。

让秦筝共治天下的诏书又是楚承稷下的，老古董们除了干瞪眼，也别无他法。

此后每一道上奏的折子，批阅后除了要落楚承稷的章，还得落秦筝的凤印。

朝臣们论功行赏，已故秦国公、陆太师，还有在凤郡时只身前往淮阳王大营的唐大人都被追封。还在战场上的将军们无法回京朝圣，写了折子送回京恭贺，楚承稷的封赏自也是一道圣旨送去关外的。

先前他带大军撤回紫荆关御敌时，就已命连钦侯深入北戎，捣毁牙帐。

北戎在大楚打了败仗、吃了亏，开春后眼见漠北草原又能牧羊了，沙州被楚军攻破后赶紧往老巢撤，回去才发现牙帐已叫人给推平了，老单于大恸之下直接一病不起。

北戎再无与大楚开战的实力，林尧兄妹和连钦侯的人马联手，按照楚承稷的意思，逼得对方退回乌梢河以北。

所有人都觉着北戎和大楚的这一战，到此应当终结了，毕竟如今的大楚经历太多战乱，也供给不起这样的长线征战。

楚承稷却命大军继续向乌梢河以北推进，但又不攻打。

朝臣们纷纷谏言，说三百年前武嘉帝也只是打到乌梢河就退兵了，楚承稷没必要再耗尽国力继续把北戎逼到绝地，若是再给疆土外的其他异族可乘之机，岂不是得不偿失。

眼见楚承稷完全不听劝诫，朝臣们又只得来求秦筝。

楚承稷前不久才和自己说过国库空虚，秦筝觉得他不会做出这般冒进的决定，只宽慰了几位大臣暂且把事压了下去。

不到半月，关外果然又一次传来捷报。

北戎各部落已经被大楚的全力回击打怕了，又不知大楚国库已空，眼见大楚的军队越过乌梢河继续逼近，一些部落首领怕大楚此举是要灭族，为谋出路直接砍了老单于的头颅献给大楚，承诺年年朝贡。

朝臣们这才明白了楚承稷的用意，一时间又高呼他圣明。

楚承稷派了使臣前往北戎，答应撤兵的条件却不只北戎部落承诺的那些，大楚要在北戎设立都护府，北戎选立出来的首领，需要大楚这边认可后才得以掌权，同时大楚这边会带去各类医疗、工匠、农业方面的书籍及作物种子，两地通商，帮助北戎富庶起来。

换而言之，大楚会帮助自愿成为附属国的北戎富裕，但北戎的首领须得由大楚任命，并且还会在那边设立都护府共同监治。北戎在这般恩威并施之下，答应了大楚的条件。

楚军凯旋，连钦侯被封镇国公，林尧被封骠骑将军，林昭被封昭武将军，成了历朝历代第一个载入正史的女将军。

一切尘埃落定，秦笙和裴闻雁也被接回了汴京，凉州裴家死于北戎和李信之手，乃大楚忠良，楚承稷下旨追封了裴将军，裴闻雁也被封为郡主，在汴京赐了府邸。

让秦筝意外的是，秦笙回京后不久，谢家大公子谢桓竟写了折子，言谢家祖陵无人祭拜，想回京祭祖，言外之意，便是想入京为官。

毕竟谢家镇守北庭十余载，先前从没递过这样的折子。

她给楚承稷看过后，楚承稷只说了句:“也好。”

守关大将手握重兵，不得天子调遣，轻易不得回京，一是怕擅离职守边境失防，二则是怕守关大将有逆反之心，通常还会把妻儿都扣留在京中。谢家早年也是如此，后来才举家迁至北庭。

如今谢桓主动回京，从某种方面来说，也是自愿前来为质。

秦筝一开始还觉着谢家是为了向楚承稷表忠心，让他宽心，等从秦夫人那儿得知秦笙都归家了，谢家隔着千里之遥，还时常送东西来府上时，终于觉出了不对劲儿。

番外三

# 一寸相思

“旁人能为你做的，我可以做到；
旁人做不到的，我也可以做到。
你要不要嫁我？”

京中权贵换了一批，各家适龄的儿女都在忙着看亲事，被问及最多的，自然还是秦家和陆家。

毕竟一个是皇后娘家，一个是天子外祖家，并且秦笙和陆锦颜都是出了名的美人坯子。

托人前来问亲的人家，都快把两家的门槛给踏平了。

这日秦夫人问秦笙："这些日子来府上拜访的郎君，笙儿可有中意的？"

秦笙低着头："母亲，您先给兄长看亲事吧，我还想在家多陪您几年。"

秦夫人笑她："宋大人有意招你兄长为婿，我现在只记挂你。你都十六了，再陪我几年，可熬成老姑娘了。"

秦笙微顿，说："那我当一辈子的老姑娘就是！"

秦夫人诧异地看她一眼，叹了口气："傻丫头尽说傻话，娘知道你跟林小将军走得近，不过林小将军是陛下亲封的正四品将军，这天底下的男儿，都没几个能越过她去的。"

林尧兄妹都在朝为官，为了方便区分，大家都称呼林昭为林小将军。

这么一位有官职在身又武艺超群的女将军，虽也在适婚年龄，但满朝文武却无一人敢上林家说亲去。

毕竟朝中官阶比林昭高的，大她好几轮。年纪同她相仿的，官阶又没她高。

亲王公爵府上的公子，又一贯讲究，林昭乃朝廷命官，那些个当婆母想拿乔的，便是做梦也不敢作威作福。

秦笙知道秦夫人的意思，道："我自是比不得阿昭的，我只是想多陪陪母亲。"

秦夫人琢磨着北庭谢家送来的那些物件，试探道："你同林小将军交好，若是能和林家结亲……"

"母亲……"秦笙无奈抬头，"这话您可别乱说，若是传出去了，以后我同阿昭走得近些，怕是都会被人说道。"

秦夫人见她拒绝得这般干脆，心中愈发确定小女儿的心思怕是落在北庭谢家公子身上了，面上的笑意明显了几分："好好好，娘不说了。"

但想到北庭距汴京千里之遥，又多了几分踌躇，秦夫人眼中又升起愁绪，秦笙见状忙问："母亲怎么了？"

秦夫人道："没什么，你若是嫁在汴京，娘想你了就能来看你。你若是远嫁他乡，娘怕是得三五载才能见上你一回了。"

秦笙不自觉地攥紧了掌心，轻咬住唇瓣不发一言。

母亲果然什么都猜到了，今日同自己说这些，大抵也是试探她的态度。

她一时间愧意涌上心头，眼眶泛起湿意："母亲……"

秦夫人握住了她的手："莫哭，只要未来姑爷是个值得托付的，娘和你兄姊都不会阻你。娘盼着你寻个京城夫婿，是想着娘和你兄姊都在这边，你出嫁若是受了什么委屈，也有人给你做主。你若是远嫁他乡，好些委屈就只能自个儿往肚子里咽了。你又是个性子软的，三兄妹中，娘最放心不下的就是你。"

秦家几经沉浮，秦夫人倒是不想再让女儿去那些高门大府从媳妇熬成婆，不如从翰林院挑个年轻上进的女婿。

之前但凡有来府上说亲的，秦笙只想着寻由头推拒，经与秦夫人谈话后，心下倒是头一回迷茫起来。

谢桓待她是极好的，谢夫人也很喜欢她。但秦笙不知，谢夫人这般待她，究竟是纯粹地喜欢她，还是看在阿姊的分上。

而且仅因为念着一个人的好，就不顾母亲兄姊远走他乡，让他们为自己担忧，秦笙觉得自己不孝。

夜里，她捧出上元节谢桓给她做的那盏兔子灯看了很久，最后把它收进了床底积灰的木箱里。

她想她大抵是喜欢谢桓的，不过那份喜欢还不足以让她拿余生和背井离乡去做赌注。

入睡时，秦笙辗转难眠，想起离开北庭的那天，清泪沾湿了枕巾。

那日朔风不绝，下着雨夹雪，家丁们进进出出，忙着搬运她和裴闻雁的东西。

她要登马车时，身后传来一声浅唤："秦姑娘。"

她转头一看，疾步走来的人是谢桓。

秦笙往回走了几步，在距谢桓三步远的地方站定，略微有些局促地回了句："大公子。"

抓着伞柄的手，却不自觉地有些用力，她其实也不知如何同眼前人道别。

谢家是镇守边关的重臣，他将来肯定也是要留在北庭辅佐谢驰的，但她的家在汴京，她得回去。

谢桓没撑伞，他抬手拂落衣襟上的雪粒子，俊雅的面孔上带着和煦的笑："北庭就是这般，一年里有大半年都是雨雪天。"

秦笙内敛地点了点头，见他衣襟都快被细雨和雪粒子沾湿了，手上的油纸伞往他那边倾了倾。可谢桓却一把攥住了伞柄，让秦笙没法再将油纸伞倾向他，这突来的举动，让秦笙的心跳骤然加快。

谢桓望着秦笙的神色极为认真："秦姑娘觉得北庭的雪好看，还是南都的雪好看？"

秦笙没法回答他，伞柄被攥得死紧。

他似从她的沉默里知道了答案，松了扼住伞柄的手道："大抵还是南都的雪更好看些，希望有朝一日能和秦姑娘一道看看南都的雪，愿秦姑娘此去一路顺风。"

就是这么一句话，让她心乱至今，可除了这句话，他分明什么也没许诺与她了。

这夜秦笙着了凉，小病了一场，此后谢家那边再送东西来时，她全都婉拒了。

她舍不得兄姊母亲，与其继续这般藕断丝连，不如趁早摆明态度，对谁都好。

秦笙把从北庭带回来的一切物件都收了起来，但心底却一下子变得空落落的。

正好战乱已结束，朝廷已不需要养这么多兵了，要裁减部分兵马，会给这些将士发放粮食路费归乡。娘子军也要遣返部分姑娘归乡，秦笙管着娘子军的账簿，便将心思都放在账目上去了。

林昭每天也是早出晚归的，留下的娘子军，一部分会被选拔为宫廷禁军，以往宫中的禁军都是男子，不得入后宫，若训练出一支女禁军，整个皇宫的防卫便远胜从前。

为了练出一支能和男子禁军匹敌的女子禁军，林昭从留下的五千娘子军里筛选出了两百人，天天带着这些姑娘们操练。

裴闻雁作为林昭的主簿，虽然已被封为郡主，但每日还是会过来帮林昭处理一些文书。

秦笙自己有心事，没注意到林昭有什么反常，倒是裴闻雁说了句："你和阿昭最近这是怎么了？"

秦笙把裴闻雁当好友，没瞒着她，把秦夫人的话和自己的选择同她说了。

裴闻雁许是想起了已故的家人，面上多了几分黯然："你娘亲说得在理，我若是你，我也舍不得离开家人。"

秦笙浅叹了一声，没继续说自己的事，问："阿昭怎么了？"

裴闻雁说："跟你一样，要么让自己忙得跟个陀螺似的，要么就坐在院子里发呆。"

秦笙一愣，秀气的眉毛挤作一团："阿昭应该是在为选拔女子禁军的事烦心吧？"

她想象不出林昭那样烈火似的一个姑娘，会像自己一样因为感情的事而苦恼。

裴闻雁只说："兴许是吧。"

昨日她离开府衙比较晚，发现内阁岑大人的马车一直停在府衙对面的茶楼下方，林昭一反常态地没走大门，翻墙从后街离开的。

转眼便到了清明，秦笙从前因为阿姊的关系，同沈婵走得极近，只可惜故人已逝。

秦笙听说逢年过节没人烧供奉，在地府做鬼也是要被人欺负的，沈家已没人了，她怕沈婵去了那边也过不好，私下同秦夫人商量，逢年过节给沈婵烧些冥纸。

秦夫人也心疼沈婵是个苦命的孩子，自是同意的，只是担心秦简依旧过不去心里那关，让秦笙莫在秦简跟前提起。

清明这天，秦笙做贼似的溜去废弃的后院准备给沈婵烧供奉时，却发现扫墓回来的兄长也在这边给谁烧冥纸。

秦简鲜少饮酒，此刻却盘腿坐在地上，手里拿着个巴掌大的土陶酒壶，自己喝一口，又给地上倒上些许，说："我是楚臣，你活着的时候，我同你必是势不两立的，不过现在你死了，倒是能再同你喝场酒。”

秦笙屏住呼吸躲在未加修剪的花圃后，不敢发出半点声响。

秦简絮絮叨叨地说了很多：“当初说好的若得入仕，必锄奸攘凶，匡扶社稷，到头来你却忘了个干净……”

秦简再次痛饮一口后，将酒壶里的酒水尽数洒到了地上，在一片残阳中离开了院落。

有一瞬，秦笙觉得兄长的身形是有些孤独的。

她当然知道，死去的那人，曾是父亲的学生、兄长最要好的朋友。

兄长肯在清明为那人烧一份供奉，大抵已是彻底放下心中的怨怼了吧。

一直到看不见秦简的身影，秦笙才从花圃后走出来，把篮子里的冥纸就着没燃完的冥纸一并烧了，她说：“这是给阿婵的。”

火光燎尽了冥纸，晚风一吹，絮状的纸灰乱飞。

秦笙闭上眼感受这风，似和昔日的好友浅浅拥抱了一下。

秦笙突然觉得有些难过，但也知道，对于好友来说，死亡带来的终结，才是解脱。

那身属于人世的皮囊，困住她太久了。

清明那场祭奠带来的感触，让秦笙看淡了很多事情。

又有人上门来说亲时，她终于没再一口回绝，表示一切听秦夫人和秦简的。

秦夫人见秦笙一下子变得比秦简还老气横秋，倒是又忧心起来，让她去参加诗会散散心。

正好裴闻雁也被递了帖子，秦笙同她一起去，倒是有个伴儿。

二人乘马车时，裴闻雁望着秦笙一脸看破红尘的神色，想起自己听到的风声，问：“徐尚书家托人去你们府上说亲了？”

秦笙点头。

裴闻雁不知为何，神色变得有些怪异：“你见过徐家长子了？”

“并未。”她见裴闻雁欲言又止，不由得问，“怎么了？”

裴闻雁说：“你们家同意这门亲事了？”

秦笙眉心一蹙：“这话从哪儿说起？”

裴闻雁在这些事上一贯精明，她当即就道：“徐家这事做得不地道，据闻是他们请的那媒人传出去的，说先前来秦家说亲的，都被你母亲回绝了，这回徐家上门来，你母亲没把话说死，八成是相中了徐家。”

裴闻雁是见过那位徐家公子的，对方样貌虽和谢桓没有半点相似，但气质上却极像。

她先前还当是秦笙见过那徐家公子后，才松的口。

现在看来，分明是徐家想攀秦家这门亲，眼瞧着秦夫人那边留了余地，怕还有旁人上门提亲，索性借媒人之口把话传出去，这样一来别人知道秦家有中意的女婿人选了，就不会再上门自讨没趣。

哪怕秦家怪罪下来，徐家也能说是媒人的嘴不牢，把责任推出去。

到时候秦夫人为保秦笙的颜面，只能矮子中间拔高个儿，认了徐家这门亲。

秦笙眉心只蹙了一会儿，就舒展开了："随她说去，只要我秦家不点这个头，到时候闹笑话的就是他们。"

裴闻雁原本还有些气愤，听秦笙这么一说，顿时又笑开："也对，明眼人都看得出来这是徐家急着攀高枝，换旁的姑娘还怕损名节，你们秦家怕什么？"

莫说有皇后娘娘，便是秦简逮着个徐尚书的错处弹劾一番，都够徐家喝一壶的。

从裴闻雁那里听到的消息并没败秦笙多少兴致，不过皇后胞妹这层身份难免被人奉承，秦笙不擅应付这些，见过主人家后，就赶紧往僻静处躲。

曲水流觞席边的众人都在拍手叫好，并且还有不少人含笑朝自己看来。秦笙在诗会上闷头吃，等她抬起头正想同裴闻雁说话，却见裴闻雁阴着脸道："方才作诗的便是徐家大公子。"

诗会上男女席是分开的，中间隔着一片莲花池。

秦笙往男子席那边看去，身着儒袍的男子身姿俊挺如一杆修竹，正拱手向四方谢礼，她有片刻的失神，她的确在他身上瞧见了一个人的影子。

那些日子里刻意遗忘的，如今又被勾了起来，秦笙觉得心里闷得慌，她道："茶水喝多了，我去趟净房。"

秦笙只是想出去走走，把心里的闷意散一散，但府上有几株梨树花开得极晚。

秦笙瞧见了，仰着头看了一阵，同随行的婢子说："怪不得都说雪落枯枝似梨花开，这满树梨花，也像下过一场大雪一般。"

身后传来一道清雅的嗓音："像北庭的雪还是汴京的雪？"

秦笙浑身一僵，不可置信般地转头看去，怔了半晌，才唤道："大……大公子？"

面容还是记忆里熟悉的面容，只是他不再笑了。

谢桓说："可否请秦姑娘借一步说话？"

若是旁人，秦笙自是不敢的，但眼前人是个谦谦君子，她同跟着自己的婢子道："琥珀，你去路口等我。"

婢子是秦家的丫鬟，并不识得谢桓，有些犹豫："可是小姐……"

秦笙说："大公子一家曾有恩于我，不会害我。"

婢子瞧着谢桓的确是温文尔雅的模样，听话地退了下去。

梨花树下只剩秦笙和谢桓，最初的惊讶过去了，秦笙心中升起一股莫名的紧张，她努力平复着情绪，笑问："大公子何时来的汴京？"

谢桓望着她："刚到不久。"

他神色冷淡，秦笙想着自己先前拒收谢家送来的礼物，他心中有了芥蒂也是应该的，只是心中还是有些难过，脸上的笑也跟着收了几分，礼貌性地再问了句：“大公子回京是有急事？”

谢桓说：“是。”

秦笙猜测能让他这般急着进京的应该是谢家的事：“若有秦府帮得上忙的地方，大公子尽管开口。”

谢桓突然问了句：“听说你快定亲了？”

定亲是子虚乌有的事，不过这时候自己亲口否认，倒像是想再同他藕断丝连。

秦笙颔首道：“婚姻大事，由母亲和兄长做主的。”

此言一出，便陷入了一阵长久的沉默，只有起风的时候，满树梨花纷飞而落。秦笙静立了一会儿，向谢桓福身道：“我出来有一阵了，裴郡主还在等我，先行告辞了。”

同谢桓擦肩而过的刹那，秦笙的手腕突然被大力攥住，谢桓说：“你不嫁旁人，嫁我行吗？”

秦笙瞪大了眼，谢桓已转过身来，黑沉的眸子一眨不眨地盯着她：“我已向陛下和娘娘递了折子，奏请调回京城。你喜欢汴京，我也可以留在汴京。”

这话一出口，秦笙突然就控制不住眼眶的涩意：“我不值得大公子为我做到这份上……”

谢桓攥着她手腕的力道未松分毫：“值不值得，我说了算。”

他用另一只手帮她擦掉眼泪：“旁人能为你做的，我可以做到；旁人做不到的，我也可以做到。你要不要嫁我？”

秦笙泪流不止，曾经让她止步这段感情的，就是这千里之遥，但他都已跋涉过这千里，走到了她跟前，她还有什么不敢迈出这最后一步的？

秦笙含着泪点了头。

谢桓待唇上触到一片温软的时候，才意识到自己吻了上去。

当真是疯了，可脑子里只有理智被轰然冲垮的麻痹快意。

幸好，他赶来了。

他奏请回京的折子还没被批下来，就收到了秦家把谢府送去的东西退回来的消息。

各府去秦家提亲的事他也有所耳闻，秦家在这时候拒收他送去的东西，他怕秦家已经找到乘龙快婿了。

他一刻不敢耽搁，匆匆进京，稍一打探关于她的消息，就听说了她即将和徐尚书之子定亲的事，当时只觉得心口似被油烹火烧过。

这个吻唐突到让谢桓自己都错愕不已，怕吓到秦笙，他只是一碰就退开：“我已经让媒人去秦府了，你母亲兄长若同意，我择个吉日就去下聘。”

秦笙跟只呆头鹅似的傻愣愣地站在原地，谢桓说了什么她都没听清。

她从前一直觉着谢桓温雅随和，今日才惊觉，他同谢驰不愧是兄弟，他强势不讲理的时候，半点不逊谢驰。

番外四

# 不误春风

"在我这里，从不讲'男女授受不亲'。"
"那也无妨，我娶你。"

秦笙和谢桓的婚事很快定了下来，秦夫人先前不知秦笙相中的是谢府哪位公子，见过谢桓后，只觉得这孩子温雅知礼，往后又愿意留在京城，自是再无半点顾虑。

已被封为镇国公的连钦侯在北庭还有诸多要事，没法赶回汴京为儿子主婚，谢夫人由谢驰护着回了京城，亲自登门去秦府拜访。

秦夫人和谢夫人一见如故，对这门亲事更是顶顶满意，只不过秦简还未娶亲，秦笙和谢桓的婚期便定在了次年三月。

大楚的风俗，男女在定亲后到成亲前是不可再私下见面的。

谢桓除了送东西去秦府，倒也从未邀约过秦笙出门，只不过秦笙每每去娘子军府衙交接账簿，路上总能"偶遇"谢桓。

徐家被秦简逮着错处狠参了一本，转头徐夫人就亲自登门道歉，确如裴闻雁所料，他们家把错处全推到了前来说媒的媒人身上。

秦夫人没过多为难徐夫人，只不过徐夫人给自家开脱，埋怨是那媒人到处胡言的话，却也传了出去。

徐家请来说媒的是宁远侯夫人，宁远侯府虽还挂着个侯府的匾额，但从上一代就开始没落了，但都说瘦死的骆驼比马大，整个汴京权贵那里，侯府还是有几分脸面的，宁远侯夫人哪里忍得下这口气。

当初她的确是收了徐家的好处，才故意"说漏嘴"，但比起得罪秦家，跟徐家交恶算什么？

宁远侯夫人也是个有手段的，在牌桌上指桑骂槐，说那些个闷声捞好处的人，现在上演一出贼喊捉贼也是有意思。这下徐夫人在京中贵妇圈里是彻底抬不起头来了，索性称病，把所有宴会的帖子都推了个干净。

秦笙听说了此事，知道秦夫人是个宽容的性子，徐家能被排挤到这地步，只怕不是秦夫人安排的。

一日她去庙里礼佛，又"偶遇"谢桓时，忍不住问他："徐家的事，是不是你干的？"

谢桓毫无遮掩之意："是。"

秦笙搅了搅手中的帕子道："你才回汴京，莫要与人交恶。"

谢桓看着她说："徐家妄图用这等手段迫你下嫁，登门赔不是也死性不改，把过错全推到别人身上。他们想把这梁子变成你们秦家和宁远侯府的，我不过是命人把徐家干的那些好事抖出去罢了。"他半垂下眼，唇边多了一抹笑意，"你怕我得罪了徐家，是在担心我？"

秦笙的脸慢慢红了，小声道："才不是。"

谢桓没有拆穿她的口是心非："我都决定娶你了，你还怕我对付不了一个徐家吗？"

秦笙的脸红了个彻底，谢桓得寸进尺地说："二弟从裴郡主那里讨了一条络子去，笙儿要不要也赠我点什么？"

秦笙一时间连羞怯都忘了，神情很是迷茫："闻雁给小侯爷送了络子？"

她在北庭时叫惯了小侯爷，这一时半会儿还有些改不过口。

谢桓点头，看着秦笙意有所指："他这些天一直挂在腰上，尾巴都快翘天上去了。"

秦笙如何看不出他这是想找自己讨个什么物件炫耀回去，这看似稳重的人，竟也有这样孩子气的一面，秦笙忍着笑意道："那我给你绣个荷包好了。"

礼佛回来后，秦笙就直奔娘子军办公的府衙，正巧裴闻雁和林昭都在。

女子禁军已经通过了选拔，正式被调去皇宫，林昭忙碌了数月，也清闲了下来。

她们三人素来是有什么说什么，秦笙也没避讳林昭，见着裴闻雁就问："闻雁，听说你给谢小侯爷……不，得唤他谢小公爷才是了……"

秦笙急着知道前因后果，也顾不得称呼上的改口了："你赠了他一条络子，你们是怎么回事啊？"

裴闻雁捏着笔正帮林昭抄录文书，闻言耷拉着眉眼往林昭那边瞅了瞅，说："这事你得问阿昭。"

秦笙只得又一头雾水地将目光转向了林昭，而林昭从头发丝到脚底的尘泥都透着"丧气"二字。

事情的起因是林昭为了找个方便的地方喝酒，常去戏园听戏。

戏园里的白面小生模样生得俊俏，最受京中贵妇和贵女喜欢，但贵妇们都是有家室的，贵女们还得嫁如意郎君，顶了天多给他打赏点银子。

但林昭不一样，林昭乃朝中四品武将，上边又只有一个兄长，京中常有人戏称，她怕是得招赘。

那戏子也精明得很，一门心思地讨好林昭，唱完了台上的戏，通常还会去林昭的雅间再单独给林昭唱上几曲。

裴闻雁听说了，兴致勃勃地跟林昭一起去戏园。

秦笙都定亲了，这样的事情，她们自然是把秦笙排除在外，万一不小心传出去了，对秦笙的名节有损。

不巧的是，那天整个戏园被官兵给围了，据闻是官府抓盗贼，瞧见贼人躲进了戏园。

为了找出那贼人，官兵们进园后开始挨个雅间搜查。

嗯，亲自前来捉拿盗贼的还是内阁学士岑道溪。

如今的大楚风气虽开放不少，但朝中正推行廉政，官员们私下设宴叫人唱曲儿，都会被弹劾，更何况林昭还是朝中第一位女将，林昭和裴闻雁齐齐开溜。

戏园后院的高墙倒是拦不住林昭，可是裴闻雁不会武，等林昭让裴闻雁踩着自己爬上去时，搜查的官兵已经往后院这边来了。

裴闻雁怕林昭被逮到后明早在金銮殿上被弹劾，连忙让林昭先走。

恰逢谢驰优哉游哉途经此地，喊话道：“义妹大可先行一步，我帮裴郡主下墙就是。”

林昭和裴闻雁几人都曾在北庭待过，对谢驰的秉性还算了解，加上林昭救了连钦侯后被连钦侯收为义女，如今又有秦笙和谢桓定亲的这层关系在，林昭对谢驰还是信任的，道了句谢后便跳下墙头遭狗撵似的跑了。

只剩裴闻雁一人坐在墙上，硬着头皮对谢驰道：“劳烦小公爷唤人取个梯子来。”

谢驰抱着手臂懒洋洋一抬眸：“郡主听个曲儿罢了，翻墙作甚？”

饶是裴闻雁再冷静自持，听到谢驰这“揣着明白装糊涂”的话，也有一瞬破功。

裴闻雁努力控制面部表情，一本正经地胡诌：“林小将军帮着抓贼，我一道跟来了，只可惜武艺不精，没帮上忙。”

谢驰的嘴角轻扯了一下：“既然是为了抓贼，等岑大人带人找过来，帮裴郡主下墙也没什么的。”

裴闻雁勉强维持脸上的和善：“到底还是有些不雅。”

谢驰“哦”了一声，终于露出狐狸尾巴：“我帮郡主下来，郡主总得给我点谢礼？”

裴闻雁眼看着远处的火把向着后院这边逼近，脊背都僵直了：“小公爷想要什么谢礼？”

谢驰望着她腰间荷包上的络子道：“这络子打得好看。”

裴闻雁忙道：“我回府后就命人给小公爷送去。”

谢驰视线落到她腰间的香囊上：“我怕郡主贵人多忘事，不如现在就给？”

裴闻雁紧蹙着眉，只稍做犹豫，就把腰间的香囊解下扔给了他：“给你。”

谢驰目力极好，一把便接住了，他扯下香囊上的络子后，倒是将香囊还给了裴闻雁。

在裴闻雁诧异的目光里，他扬了扬手上的红绳：“说了只要络子，便不会向你要其他的。”

裴闻雁略微恍了一下神，不等她回过神，谢驰已抬头冲她喊话：“你跳下来，我接着你。”

裴闻雁秀气的眉蹙起：“男女授受不亲，小公爷还是帮我寻个梯子来。”

谢驰问：“你觉着寻着梯子再回来，还来得及？”

已经有搜查戏园的官兵发现墙头上坐了个人，大喊道：“墙上有人，八成是贼，快追！”

裴闻雁一咬牙，纵身跃下墙头。她果然没摔到地上，但当身体重重撞入那个怀抱时，裴闻雁的心口似也被什么撞了一下。

她不敢抬眼看谢驰，却听得头顶传来一道嗓音：“裴郡主喜欢文弱书生类的男子吗？”

裴闻雁一只手还攥着他的衣襟，这样打横抱起的姿势，谢驰稍一低头，他的气息就变得清晰可闻，裴闻雁只觉得一颗心都快从胸腔里跳出去了。

她不知道的是，一向清心寡欲、满脑子只有战马和兵器的谢驰，此刻也觉得自己抱的是一块烫手山芋，喉间一下子发干，没等到裴闻雁回话，就放下她主动退开了。

后来送裴闻雁归家，一路上也格外守礼，甚至主动当起了马夫。

裴闻雁不敢将自己和谢驰的事和盘托出，同秦笙和林昭说起时，只三言两语地将他讨要络子的事揭过。

秦笙看着是个糊涂虫，却是最不好糊弄的一个，她两手托腮盯着裴闻雁："为什么小公爷要找你讨要络子？"

"小公爷行事离经叛道也不是一日两日了，兴许就是看上了那络子的花样。"裴闻雁很快转移话题，"阿昭，我怎么觉着，岑大人待你似乎不一般啊？"

岑道溪亲自去戏园抓贼，秦笙都觉着离谱，被裴闻雁这么一问，她小脑袋也跟着狂点。

林昭生无可恋地道："一个嚷着要报恩的迂腐文人罢了。"

秦笙和裴闻雁齐齐竖起耳朵："报恩？报什么恩？"

林昭揉了揉眉心："收复河西走廊时，我押送粮草随岑大人去沙州，不巧碰上一队北戎骑兵突袭，又逢沙尘暴，岑大人作为军师，是整个军队的脑子，情急之下我便带着岑大人一起逃了。"

林昭说得简单，当时的情况却比她描述的危险紧急得多。

沙尘暴一起，粮草都顾不上了，北戎人还逮着间隙冲他们放冷箭，林昭知道绝不能让岑道溪死在大漠里，拼上性命也要带岑道溪一起逃。

她肩头中了箭镞，血流不止，和追上来的北戎骑兵拼杀时却半点不露怯，长发披散着，糊满鲜血的一张脸上，有着一双不逊野兽凶光的眼，直到最后一个北戎骑兵倒下，林昭才近乎虚脱地拄着剑半跪到了地上。

先前是她带着岑道溪逃，现在轮到岑道溪带着她找路了。

他们在沙尘暴里和运粮的军队彻底走散了。

岑道溪把北戎骑兵马背上的干粮和水全搜罗了过来，又帮着她简单包扎伤口。

林昭身上的伤疤很多，最刺目的那道就是喀丹砍的，从她左肩一直延伸至半个胸膛，哪怕伤口脱痂了，还是留下了一道狰狞的疤痕。

岑道溪一个男子，在看到她身上的那些伤时，都沉默良久。

她能和无数虎将一样挺直胸膛站在中军帐前，大抵也只有她身上那一道道伤疤知道她这一路是怎么熬过来的。

岑道溪给她包扎箭伤时，手上的动作也放得极轻。

林昭似有所察觉，满不在乎地笑笑："这点伤算不得什么，军师不必顾忌。"

为了包扎伤口，林昭半个肩背都露了出来，胸前用素绢缠得严严实实，勒得她整个身形更显单薄。

暮色一重重暗下来，岑道溪对着那个满背伤痕的姑娘说：“我娶你。”

林昭穿衣的动作一愣，随即笑道：“军师，在军中可不讲究身子叫谁看了就得嫁谁。若是顾忌这个，我这满身的伤，早死过十回八回了。”

当天晚上他们还是没找到军队，大漠昼夜温差大，夜晚几乎能把人活活冻死。

岑道溪寻了些枯枝在沙棘树下烧了个火堆，林昭却还是冻得瑟瑟发抖，岑道溪把自己的厚氅给她裹上，坐在火堆旁一边烤火一边搓手取暖。

他是个文臣，身子骨远没有武将结实。

林昭执意要把大氅还给他：“军师若是冻病了或冻死在这大漠，我先前护着军师逃时挨的那几刀就白挨了。”

“林校尉有伤在身，身体正弱，林校尉若是有什么闪失，我也没法给林将军交代。”

面对岑道溪的推辞，林昭只沉默了一秒，随即便道：“过来。”

她主动拥住岑道溪，用大氅裹住二人，依偎着彼此取暖，说出的话却依旧不近人情：“我从踏上战场那日起，就没把自己当成女儿家，军师也不必在我跟前顾忌男女大防，‘岂曰无衣，与子同袍’，我是大楚的将士，北戎还未打退，我不会让自己死在这里。”

岑道溪没说话。

林昭快睡着时，忽觉他似乎将自己抱紧了些，随即低沉又郑重地开口：“我娶你。”

不是因为看过她的身体，也不是因为这场肌肤之亲，他只是突然觉得心口疼得慌。

林昭装作自己睡着了，黑暗中却有两行水痕隐入衣襟里，了无痕迹。

# 番外五——心事昭昭

阿昭，
这么多人在后边支撑着你，
你替大楚所有女儿去迈出这一步。

岑道溪亲自去戏园捉贼，连秦筝都听到了风声。

这戏园原是京城陆家的产业，可比起其他产业，戏园算不得重要，陆家忙着追回其他酒楼铺子，一时半会儿倒是没顾上戏园。

岑道溪是楚承稷的近臣，秦筝还以为是楚承稷要帮着陆家拿回这份产业。

她无意中同楚承稷提起，楚承稷却道：“我从未授意过。”

陆家曾经如日中天，叫老皇帝猜忌，苟延残喘至今才又缓过来，现今的陆家掌舵人是个谨慎的，不敢再让陆家到风口浪尖上，陆家倒台后被瓜分的产业，他们都只追回了部分。

有过之前的教训，楚承稷收复汴京后，陆家便一直秉承中庸之道，之前郢州陆家还想着送个女儿到楚承稷身边，京城陆家却压根没这个打算。

他们若收回鼎盛时期的全部产业，必然又得得罪不少权贵，小人最是难缠。

为了不再次成为众矢之的，陆家只收回部分主要产业，剩下的那些，大可由楚承稷出面，收回后充入国库，这样一来，也算是卖了楚承稷一个人情。

只不过复国后百废待兴，楚承稷和秦筝都忙着处理其他要紧政务，重颁法令，还没顾得上清点李信占领汴京后、落入墙头草手中的房产地契。

秦筝听他这般说，心中不由得疑惑起来：“那岑大人此行倒是颇为怪异。”

楚承稷撩起眼皮看了秦筝一眼，意有所指地说：“借此机会清算汴京失守后被占的产业也好，这笔银子进国库，你要建山海堰的头一笔钱款，应该就能拨出来了。”

秦筝假装没听出他语气中的调侃之意：“那我改日同岑大人商量。”

岑道溪起了查戏园的这个头，那接下来的事都交给他去做再合适不过。

楚承稷嘴角扯出一个不太明显的弧度，单手撑着下颌，静静地看着秦筝不说话。

秦筝抬头问：“你一直盯着我作甚？”

楚承稷说：“皇后，夜深了。”

秦筝“哦”了一声，就没了下文，她收回视线，继续翻着手中的书页，仿佛没听懂楚承稷话里的意思。

楚承稷很有耐心：“晚间别看太久，伤眼睛。”

秦筝道：“这本游记颇有些意思，怀舟先歇着吧，我看完这篇就睡。”

楚承稷视线低垂，扫过她手中的书封，问：“哪篇？我兴许看过，可以讲给你听。”

秦筝看游记更多的是为了了解各地方的风土人情和地理地貌，但古人写景，大多会升华到抒情上去，她每天批完折子，再看这些生涩难懂的游记，其实也挺费心神的。

方才说想看完游记再睡，也是故意搪塞楚承稷的，本想看他作何反应，听他这般说，便把随手翻到的这篇游记名念了出来：“《始得西山宴游记》。”

楚承稷眉梢轻提，似乎没料到她看的是这篇。

他一只手臂展开，示意秦筝坐过去：“此乃仕人贬谪后游历所作，若不知其生平，不易读懂其中隐喻。”

秦筝拿着游记坐过去后，楚承稷揽她入怀，身后靠着金线团花引枕，姿态颇有几分闲散，修竹般的指节落到了游记第一行：“‘自余为僇人’，僇人，罪人也。”

秦筝听得认真，楚承稷侧首看她时，眸色微暗，倾身在她光洁的颈侧吻了一记。

秦筝受惊般抬起头，看到楚承稷眸色时，忍不住笑开。

楚承稷在她颈间浅嗅一口，问：“不装了？”

秦筝的小心思被识破，整个人躺进他怀里：“你继续讲，我听着的。”

细碎的吻从她颈侧一路往下，楚承稷的嗓音远比他呼吸平稳：“‘居是州，恒惴栗’，居住此地，常惶恐不安……”

秦筝一开始还能集中精力去听他说了什么，后面却只记得他滚烫的呼吸喷洒在自己肌肤间带起的阵阵战栗。

他大手压下她的后脑勺，吻她时还问她：“阿筝听懂这篇游记了吗？”

楚承稷身上出了汗，秦筝几乎攀不住他的脖颈，脑袋里只剩一团糨糊，哪知道他后来说了些什么，只能恨恨瞪他。

楚承稷在这种时候笑起来极为勾人，他说：“没听懂也不妨事，我再讲给你听。”

秦筝被抱回床榻上，接连又听了几遍他极其缓慢的讲解后，再被问及听懂没时，累得一根手指头都不想动弹，却还是狂点头：“懂了的，懂了的。”

楚承稷在她颊边偷了个香，嗓音里透着一股笑意，显而易见地愉悦：“以后阿筝再有不懂的词篇，入睡前问我便是。”

秦筝闭着眼装死，心说再也不会有下次了。

清算旧产的差事，岑道溪办得很是漂亮。

他有手段，又是个不怕得罪人的，身后还站着楚承稷和秦筝，那些个牛鬼蛇神犯到他手中没掀起半点浪。

秦筝验收账目时，夸赞岑道溪之余，顺口问了句：“岑大人怎想起突查戏园？”

岑道溪打了个官腔：“为陛下和娘娘分忧罢了。”

他不愿说实情，秦筝便也没再追问。

几天后，突然收到秦简的一封参林昭的折子，秦筝的眼皮突突跳了几下。

林昭去戏园不是一日两日，岑道溪带人搜查戏园那日，虽叫林昭翻墙跑了，但先前已有人瞧见林昭去过戏园，据闻还点了园子里的小生私下唱曲。

秦简没在大殿上公然弹劾，只给秦筝递了折子，只要秦筝想压，此事便能压下。

秦筝琢磨着这事，暗中给秦简通信的人，早不递，晚不递，偏偏在岑道溪搜查戏园后递，难不成岑道溪那日搜查戏园是为了拿住林昭的把柄?

秦筝仔细一想，林昭和岑道溪的确是结过仇来着。

这下可把秦筝给愁坏了，这二人一文一武，都是大楚重臣，他们往后要是在朝堂上斗法，还真是伤脑筋。

秦筝当即命人传唤林昭进宫，把她去戏园喝酒点小生唱曲被人抖到秦简跟前的事同她说了:“如今朝堂上正推行廉政，阿昭你去戏园听戏尚可，叫小生单独唱曲儿必会被有心之人大做文章。”

林昭挠挠后脑勺，半是尴尬半是丧气:“我没点小生，我就是找个地方喝酒，那唱戏的自己过来唱曲的。”

秦筝自然知道林昭的秉性，她叮嘱:“往后行事谨慎些，你和你兄长都是率性之人，朝堂却是一摊浑水，莫让人抓住把柄，我信你，旁人却不会。”

林昭点头，看着秦筝满是愧意:“若是有人弹劾我，阿筝姐姐该罚就罚，莫要为我为难。”

秦筝笑道:“这倒还不至于为难，今日召你进宫同你说这些，非是责怪，是为免以后你们兄妹叫人拿住错处。”

说到此处，秦筝话音微顿:“对了，我瞧着岑大人当日搜查戏园，八成是冲你去的。阿昭，你如实同我说，你和岑大人是怎么把梁子结到这么大的？”

秦筝同林昭亲近，私底下见面鲜少自称本宫。

林昭听秦筝说起岑道溪搜查戏园的事，欲言又止，最终只干巴巴地憋出一句:“我同岑大人之间，没什么梁子。”

秦筝的脸上分明写着不信。

林昭垂着脑袋，右脚前脚尖在地上画圈，丧丧地道:“他跟我提亲来着。”

秦筝刚喝到嘴里的一口茶险些当场喷了出来，她呛得直咳嗽，严重怀疑自己听错了:“提亲？”

# 番外六　他的猫儿

泰安六年，他等回来了那只猫儿。
不复孱弱，却还愿意窝在他怀里。

林昭自幼丧母，上面虽有个兄长，但几乎是互殴着长大的，这些小女儿的心思，她对着林尧也说不出口。

同秦笙和裴闻雁虽是交好，可林昭潜意识里觉着自己应该是要保护她们的，在她们跟前一直也都是要强的模样，不愿袒露这些。

只有在秦筝跟前，她才不用再扛着那个坚硬的壳子，仿佛回到了在山寨里的时候，有什么说什么。

她的迷茫和脆弱，暴露在秦筝跟前，说出一切后，反而有种终于找到人倾诉的轻松感。

秦筝听说林昭和岑道溪在攻打北戎时发生的事后，眉心蹙着，第一时间问的不是她对岑道溪的态度，而是她的伤："你命都险些丢在关外，回来怎没听你提起过受伤的事？现在伤可好了？"

林昭咧嘴笑道："早好了的。"

秦筝看着林昭，眼眶不自觉地泛起了微红："阿昭，这一路走来苦了你了。"

她作为娘子军的主帅，所承受的远比旁人看到的多，她是用命才换回来了这一个个军功和荣誉。

林昭摇头说："不苦。"

秦筝吩咐宫人去太医院那边拿去疤的药膏，林昭连连推拒："阿筝姐姐，我皮糙肉厚的，身上那几道疤早习惯了。"

秦筝愈发心疼这个姑娘："你常同我写信，一路见闻全在信里说了，独独不提自己受伤的事，你不心疼，我还心疼呢。"

林昭心性再豁达，那也是个女儿家，只是她立下的功绩，常常让人忘记她是个女儿家，她也会疼罢了。

林尧一个粗人，又是跟林昭打闹着长大的，平日里便是关心她，也不会太细致入微。

迄今为止，林昭只在两个人身上感受到过自己像被寻常女儿家一样看待，一个是岑道溪，一个则是秦筝。

林昭心口翻涌着自己也说不清的涩意，又不愿叫秦筝看出一样，笑着道："那我就恭敬不如从命了。"

秦筝笑嗔她贫嘴，想到她同岑道溪的事，还是问了句："岑大人那边，阿昭你是怎么想的？"

林昭如实答："我不知道。"

她是在山贼窝里长大的，因为林父一身侠气，她和林尧二人早些年便也照着父亲的路子走，那时候林昭心里装着满满当当的一个江湖，没想过儿女情长。

后来从了军，她又一心只想着驱除外敌，也没考虑过自己的终身大事。

只不过偶尔沐浴时看着那满身的疤痕，想着自己在外界的名声，愈发清楚大概是没人愿娶自己的。

毕竟没有哪个书香世家出身的婆母能忍受一个成天跟一堆军汉混在一起的儿媳，林昭自己也不把这些当回事。

只是在岑道溪说出娶她后，她说出了那样一番推拒的话，本以为他会知难而退，但岑道溪却仍表示要娶她时，林昭心中确实有个角落被触动了。

她看着秦筝，缓缓道："我没想过成亲，也同岑大人说过不必因为负责就娶我，但他好像又不全是为了负责，我不知道怎么办。"林昭顿了顿，才继续道，"我怕自己误了他。"

秦筝打断她："傻昭昭，你是这天底下最好的姑娘，怎会误了岑大人？"

不过林昭的顾虑，秦筝作为过来人，多少也能体会到。

她同楚承稷能走到今天，中间都还经历了不少的磨合，一辈子哪是那般容易就托付出去的？

林昭性子看似洒脱，却最是重情，她不敢轻易踏出那一步。

秦筝握住她的手说："你哪哪都配得上岑大人，切莫菲薄自己，你要想清楚的，是自己心里愿不愿意接受这个人。只要我还立着，不管你将来的夫婿是谁，都别想欺负到你头上去。"

林昭原本还有些感伤，听到后面不由得破涕为笑，环抱住秦筝道："好啊，那我以后可天不怕地不怕了，有阿筝姐姐护着我呢！"

林昭出宫后，秦筝却还是寻机会问了岑道溪他究竟是作何打算的。

岑道溪只说了八个字："精诚所至，金石为开。"

秦筝问："若昭武将军心有他属呢？"

岑道溪沉默了一瞬，作揖回道："那岑某也愿成人之美。"

能让一向自负的岑道溪说出这样的话来，秦筝相信他待林昭是有真心的，叹了口气道："昭武将军年岁尚小，有些事，且等她自个儿想明白吧。"

岑道溪应是。

八月底，林昭突然收到一张大婚请帖，竟是杨毅和何云菁的。

当初征娘子军时，何云菁就是两堰山最先加入娘子军的，她也一直跟着赵大夫学医。

杨毅曾经也称得上是秦筝的近臣，办了不少漂亮差事，当初论功行赏时，他本可在京中为官，却自请留守青州。

那时杨毅说是不想离乡，现在林昭才恍然明白，他是为了何云菁才留在青州的。

原来他们都没留意到，杨毅竟也是心悦何云菁的，只是他和林尧也是兄弟，才一直不显山露水。

林尧也收到了请帖，他对林昭道："你代我送一份厚礼，我便不走这一趟了。告诉杨毅，云菁也是我林尧半个妹妹，林家就是她娘家，莫要负她。"

他不走这一趟，一来的确是军务缠身，分不出空闲；二来，当年何云菁一直对他纠缠不清，现在虽说都释然了，但他若出现在大婚现场，少不得有人非议何云菁，林昭代他走这一趟便够了。

林昭重重点头，他们几人都是一起长大的情谊，早些年，二当家和他们的父亲也是结义兄弟，有着过命的交情，后来因为治寨理念不同，有了诸多龃龉，两家人才交恶了。但随着二当家死去，两家的仇恨便也不复存在了。

杨毅跟何云菁的大婚很热闹，林昭看见了不少两堰山的熟面孔，大家早听说林昭当了将军，见了她夸赞之余，更多的是自豪。

林昭一一笑着和乡亲们搭话，她还在人群里瞧见了王秀。

王秀的脸上多了一道浅疤，神情却不再尖锐，她穿着当地女吏的服饰，似下衙后匆匆赶过来喝喜酒的，比起从前，身上多了一股干练和飒爽。

发现林昭在看她，王秀远远冲着林昭点头一笑后，才转头做自己的事情去了。

林昭发现当初憎恶王秀的两堰山村民，如今待她也甚是亲和。

赵大夫喝多了，两颊通红，捧着一方长匣子，匣子里铺着上好的红绸，里边是一支毫笔。

他指着毫笔，醉醺醺地同席间众人炫耀："这笔就是当初陛下亲手所制的，世间仅此一支！"

众人纷纷起身，伸长了脖子去看，啧啧赞叹不已。

卢婶子逮着空隙拉林昭到一旁说话，抹着泪问："皇后娘娘还好吗？当初寨主带他们回寨子里，我就知道那一定是贵人。"

林昭说："皇后娘娘过得很好，听说我要回青州，还让我带了几马车东西给大家。"

卢婶子一边抹泪一边道："我天天拜菩萨，盼着陛下和皇后娘娘早日生个大胖皇子。"

林昭笑道："皇后娘娘的身体有太医院的医官们精心护理，婶子你就别操心了。"

她问起王秀的事："王秀如今在衙门做事？"

卢婶子点头，又叹了口气："那丫头也是个苦命的，离开寨子后遇上战乱，王婆子死了，她一个女子孤苦无依，后来入了娘子军，听说还上过青州城楼杀敌，她脸上的疤，就是那时候留下的。不打仗了，青州这边的娘子军也遣散了不少，她因为杀过两个北戎人有功，去衙门里做事了。早些年我说她不像是王姐姐带大的孩子，如今瞧着又像了。"

林昭虽是娘子军主帅，可手底下娘子军最多时有数万人，她不可能接触到麾下每一个人。因此对王秀参军一事，毫不知情。

她听卢婶子说着这些，回想起自己方才见到的王秀的模样，心口一下子涌入一股自己也说不清道不明的情绪。

她突然觉得，她和阿筝姐姐做的一切都是值得的，并且还应该继续在这条道上走下去。

至少要让女子的功绩，在史书上留下浓墨重彩的一笔，让天下女子有更多的出路，让后世人再也不拿孱弱当看不起女子的借口。

去洞房见新人时，林昭将林尧的话转述与了杨毅和何云菁。

杨毅自是许诺不会辜负何云菁，何云菁却是红着眼对林昭道："阿昭，谢谢你，也谢谢林大哥，当年……是我不懂事……"

林昭笑道："新婚大喜的，莫哭，都过去了，我一直拿你当阿姊看的。"

何云菁这才重新笑开："有林大哥那样的兄长、阿昭这样的妹妹，是我的福气。"

林昭说："好好过，等你们孩子出生，我要第一个送长命锁来。"

何云菁和杨毅对视一眼，羞红了脸，低声应好。

林昭从青州回去，看到故人都好，心中安宁之余，又有几分怅然若失。

她猜到或许是秦筝找岑道溪问过话的缘故，岑道溪好些日子都没来找过她了。

岑道溪之前一直想和她谈谈，才屡屡堵她，但那时候林昭心里乱，自己也不知自己想要什么，才一直躲着他，不敢相见。

此番青州之行后，林昭觉得可以给岑道溪一个答案了。

她头一回主动邀约岑道溪去茶楼。

岑道溪自是应约的，只不过在看到林昭客客气气地唤他"岑大人"时，大概也知道她的决定了。

林昭说："我是山贼窝里长大的，未受过多少教养，不曾读书，只勉强识得几个字，岑大人学富五车，乃大楚栋梁……"

岑道溪把茶盏重重往桌上一放，嘴角噙着薄笑："林小将军特意约岑某出来，就是为了同岑某说这些？"

林昭沉默，随即起身对着岑道溪一揖："多谢岑大人爱重，但昭实在是受之有愧。北戎都护府已建成，昭想请旨前往北戎，此去少则三年，多则五年。大人另聘佳妇，昭一定诚心祝贺……"

"你想做什么，去做便是。"岑道溪没动怒，但目光里分明透着丝丝凉气，"岑某的心意虽不贵重，林小将军不想要大可不要，倒也无须说些递与他人的话来。"

他起身，礼节周到地说了句"告辞"。

林昭坐在雅间里，望着他那杯还冒着热气的清茶出神。

她想，她大抵是把人伤到了，不过感情的事，还是尽早说开了好。

林昭看着茶楼外泛起淡黄的树梢，这才惊觉竟已经入秋了。

林昭请旨的折子递上去后，朝堂上自然也是吵了一番后，她这有史以来第一个封疆女使才被准了下来。

原本楚承稷是希望林尧去，等林尧在北戎待上五年回来，不管是资历还是磨砺，都会更上一层楼。但林尧得知林昭也递了折子后，同林昭彻谈了一夜，在第二天烧掉了原本自己请命去北戎的折子。

他说："我这不是让你，是知道你去北戎，会比我做得更好。"

林昭觉得眼眶发热："哥。"

林尧说："羽翼都丰满了，去看看更广袤的天地也好。"

林尧这一关过了，却还有满朝文武。

林昭作为北戎封疆都护使的待定人选之一，她和林尧都得回避最终人选的决议。

一切尘埃落定后，林昭进宫去向秦筝辞行时，才从秦筝口中得知，舌战群儒让她成为北戎封疆使的，是岑道溪。

林昭在秦筝跟前，眼泪大颗大颗地往下掉。

秦筝说："别哭，岑大人懂你的志向，也愿意帮你完成你的志向。阿昭，这么多人在后边支撑着你，你替大楚所有女儿去迈出这一步。"

喀丹曾那般重伤林昭，北戎落败后，最后成为北戎封疆使、去统治那片土地的，却是曾被他重伤过的大楚女子。

这足以被史官编写成传记，为后世人所传颂。大楚的女子，也会永远以她为荣，在男子跟前骄傲地抬起头颅。

前往北戎的前一天，林昭骑马路过岑府，隔着街口在岑府门前驻足了片刻。

她离去后，门房将她在门口徘徊的事告诉了岑道溪。

岑道溪捧着手中书卷头也没抬，只说了句："退下吧。"

书房的门被掩上，岑道溪往椅背上浅浅一靠，看着窗外南归的大雁，一言不发。

那只雪夜里蜷缩在他怀中伤痕累累的小猫，要藏下自己满身的伤，去更广袤的天地了。

林昭离京这天，秦筝亲自去城门口为她践行。

林尧也在，他骑马送林昭走出十几里地都还没折返的意思，林昭催了他好几次，他才勒住马缰，在矮坡上目送林昭的军队走远。

林昭在马背上将身板挺得笔直，一直没让自己回头，绕过一个山弯时，陡然发现前面路口还有一辆马车。

有人负手立在马车跟前，身姿笔挺如一棵苍松。

喜鹊骑马落后林昭半步，看清马车前的人，半是惊喜半是忐忑："将军，是岑大人。"

林昭在马背上同岑道溪四目相接，一直到大军走过那岔道口，二人都没说一句话。

五年的光阴过得很快，也过得很慢，北戎和大楚通商，贸易往来频繁，林昭还在秦筝的出谋划策下，在草原上盖起了书院，会中原话也识得中原字的北戎人越来越多。

北戎人通过宜地耕种，用牛羊和大楚换取谷物布匹，再不用在严冬腊月忍受饥寒，没了生存上的威胁，日子甚至越过越好，自然也很难提起战意，慢慢接受了大楚都护府的存在。

林昭一直没中断过跟大楚的来信，她去北戎的第二年，秦笙和谢桓如期成婚，她托人带了厚礼回去。年底林尧娶了陆家嫡女陆锦颜，秦筝那边也传来喜讯。

第三年，谢小公爷不知怎的拐跑了裴闻雁，裴闻雁没有娘家人，秦筝从大楚国库拨钱款为她筹备嫁妆，以公主之礼下嫁，据说送亲的队伍，当真是排了十里地有余。

林昭便是在一封封信件中，知道小皇子会走路了，会说话了，开始背千字文了……

秦筝一直很忙，林昭寄去汴京的信，常常会晚几个月才从其他州府寄回来，秦筝在信里说，她规划的驰道已经动工，山海堰也在一点点修建。

林昭光是看那些变迁的信址，都能猜测秦筝究竟跑了多少地方，可这么多信件，大家都心照不宣地没提岑道溪。

五年后林昭任期满，被调回京城。

汴京城门口，一人静候在那里，身着一品仙鹤纹官袍，面上少了当年的傲气，多了光阴里沉淀下来的儒雅清正。

他看着林昭，依然是那句："我娶你。"

从塞外归来的女将军一身戎装风尘仆仆，坐在马背上朗声笑开："好啊。"

泰安六年，他等回来了那只猫儿。

不复孱弱，却还愿意窝在他怀里。

# 番外七——明月入怀

他的明月，
终于落入他怀中了。

林昭离京后，林尧变得更忙了。

重建后的大楚百废待兴，帝后尚且夙兴夜寐、操持政务，有秦简盯着，他们这些当臣子的一个也不敢偷闲。

林尧是草莽出身，家底薄，朝臣们发现他日子过得要多抠搜有多抠搜，一开始大家伙儿都以为这是林将军勤俭，心中只有军务。

直到一位打着“做客”旗号、实则是想给林尧说亲的官员去了一趟林府后，发现林家除了御赐的宅子足够大，整个府上竟然没几个下人。

前去做客的官员险些惊掉了下巴，问林尧:“将军府上怎不买几个仆妇差使？”

林尧回了句:“费银子。”

那官员原本还想牵线做媒，现下瞧见林家这副光景，愣是没敢再吱声儿。

回去后，那官员便把林尧家徒四壁的事说与想同林尧结亲的人家听了，对方得知情况后，还是歇了说亲的心思。于是林尧大部分时间都在军营，并不是勤于军务，而是因为“家里穷得叮当响、靠着在军营蹭吃蹭喝的”的消息不胫而走。

同林尧交好的将领，全都慷慨解囊，请他喝酒吃肉，还有说要送他仆役的。

林尧怀揣着自己小金库的账簿，很不解事情怎么就被传成了这样。

不过他穷得快揭不开锅的消息传出去后，明里暗里想同他结亲的人少了大半，林尧乐得清静，也就没为自己辩解过什么。

主要还是他辩解后，同袍们都当他是心性要强，不愿受助叫人看轻，还想法子拐着弯儿地来接济他。

费了诸多口舌仍是无果之后，林尧也懒得再澄清了。

只是不巧，这事竟传入了楚承稷耳中。

甚至还有朝臣为林尧陈情哭穷的，说他靠自己怕是娶不上亲了，求楚承稷给他指一门婚事。

楚承稷在朝堂上凉凉地扫了林尧一眼，言此事容后再议。

下朝后，林尧刚走出金銮殿，就被小太监拦下:“林将军，陛下有请。”

林尧心知他是逃不掉一通责问的，便厚着脸皮去偏殿见了楚承稷。

楚承稷问他:“听说林府连锅都揭不开了？”

林尧老实交代:“都是谣传，阿昭去了北戎，我又是个粗人，不习惯人伺候，府上就没留几个下人。先前张大人去我府上做客，便误会了。”

楚承稷轻抬眼皮:“堂堂二品将军府，府上连个仆役都养不起？”

林尧说："这不想攒银子娶亲嘛。"

楚承稷问："相中了哪家姑娘，朕给你们赐婚？"

林尧迟疑了一瞬，随即笑道："我草莽出身，又不会吟弄风月，若是人家姑娘相不上我，我从陛下这里求一道赐婚圣旨，岂不误了那姑娘？还是我自己登门去求吧。"

楚承稷见他都这般说了，便道："随你。"

从偏殿退出去后，林尧的心底却不太平静，在汴京越久，听到的秘辛就越多。

比如，陆家嫡女不仅是陛下亲表妹，还差一点成了太子妃。

曾经他在檐下看着那姑娘掀帘从马车中走出，只觉得自己同她似云泥之别。

如今他官拜二品，看似风光，可同陆家这样的百年世家比起来，他依然觉着是云泥之别。

若是能有楚承稷的一道赐婚圣旨，他担心的一切便都不存在了，他也能娶回那个如明珠一般的姑娘，但那样清月似的一个姑娘，怎能被他扯进泥里呢？

心底有欲望在撕扯，不过林尧清楚，要有去陆家登门提亲的底气，除非他也成为云。

他这头在努力攒聘礼，可去陆府提亲的人，却从未断过。

林尧一直都关注着陆家那边的动向，朝臣们都说，陆家这看亲看得颇有几分意思，世家勋贵全被婉拒，反倒是几个平平无奇的寒门仕子得了陆家青睐。

户部有个牟侍郎，出了名的老实忠厚，似乎颇得陆家看中。

林尧见过那人，听说是个大孝子，但家中有个瞎眼老娘，虽有贤名在身，但家境实在是贫寒，加上他相貌平平，才干也不突出，多年来一直没有官宦人家愿把女儿嫁去受苦。

陆家这择婿标准，委实是让朝臣们摸不着头脑。

聪明些的倒是看出陆家是特意低嫁女儿，约莫就是不愿重蹈叫帝王猜忌的覆辙。

林尧回府后在床上瞪着眼躺了一宿，第二日休沐，他翻出自己最破旧的衣裳和鞋袜换上，又把还没来得及兑换成银票的铜板、碎银、金角子一股脑地塞进一个布包里，去陆府提亲。

陆老爷大概是头一回瞧见这般提亲的，望着林尧从布包里倒出来的一堆铜板金银，讷讷半晌。比起户部那个侍郎，陆夫人显然更中意林尧。

他身长八尺，仪表堂堂，同样是家境贫寒，但林尧穿个破麻袋一样的袍子往那儿一杵，愣是叫人瞧出几分不凡来。而且林尧家中也没有瞎眼老母需要儿媳伺候，唯一的胞妹还是个不逊男儿的，陆夫人越瞧林尧越顺眼。

林尧会登门提亲，陆老爷也是极其意外的，但痛定思痛后，还是婉拒了。

林尧不甘就这么放弃："陆大人就那般看好牟侍郎？"

陆老爷叹了口气："林将军少年英才，年纪轻轻就官居二品，我怕同林将军结亲，陆家又回到风口浪尖上啊！"

林尧说："陆大人是觉着陛下连这点胸怀都没有？"

陆老爷连道不敢，林尧见陆老爷这般，心知自己说再多也于事无补，只得告辞。

陆夫人因为陆老爷的推拒同他大闹了一场且不提，陆锦颜却似双耳失聪了一般，依然只在房中绣自己的嫁衣，仿佛一点也不关心自己嫁谁。

牟侍郎登门那日，她便隔着一道屏风瞧人。

父亲夸那人憨厚忠诚，陆锦颜瞧着对方唯唯诺诺的样子，一言不发。

母亲倒是抱着她哭过好几回，哭她命苦。

命苦吗？

陆锦颜觉着这话说出去，她大抵是会被人讥嘲的，她锦衣玉食地长大，的确没在吃穿上尝过苦头。但从她懂事起，她就只是一件被人拿去不断衡量价值的物件。

陆家要揽权时，她被推出去嫁给权贵。陆家要伏低做小时，她就得被许给在父亲看来最为可靠的寒门仕子。

陆锦颜有时候也觉得自己挺可悲的，压在她们世家子女身上的，永远都是家族利益。

林尧回去后大醉一场，拿着当初从楚承稷那里讨去的东珠对月看珠子上的裂纹时，东珠不慎落入水榭外的荷塘中，他想也没想就跃下去捞。

守在亭外的亲卫以为他醉酒落水了，吓得赶紧扑过来救他。

林尧在水里摸索了好一阵，才把那颗有裂纹的东珠从荷塘底下的淤泥里摸起来。

东珠被黑泥裹住一部分，光洁的那部分，却更显圆润莹亮。

他看了好一会儿，才对亲卫道："查查户部牟侍郎，看他是不是像传闻中所说的那般忠厚知礼。"

调查的结果却让林尧很是意外，那牟侍郎虽一直没有娶妻，身边却有个没名没分跟着他的女子。这么些年，都是那女子在替牟侍郎照顾他瞎眼的老母。

陆家有意招他为婿后，牟侍郎便给了那女子一笔银子，撵她回乡下老家去。

林尧怒不可遏，很快就设计让陆家知道了那女子的事。

牟侍郎再去陆家登门拜访时，还被陆家狠狠地奚落了一通，他经营多年的忠厚孝子名声，也随之破灭。

林尧又赶紧换上自己的破麻袋衣裳，拎着一大包铜板碎银去陆府。

虽然屡屡被婉拒，但他仗着脸皮厚，下次还去。

这些事情传入秦筝耳中后，秦筝心知陆家这是谨慎过度了，让楚承稷出面点点陆家。

陆家得了楚承稷授意后，又白捡一个前途大好、家中又穷得叮当响的女婿，自是再无半点顾虑，赶紧把亲事定下了。

因为林尧的"家贫"已深入人心，成婚前，林府的一切仆役都是陆夫人亲自挑选送过去的。

大婚当日，陆家为了顾及林尧这个"穷姑爷"的颜面，没有特地摆阔，嫁妆是中规中矩的六十四抬，只不过每一台都塞得满满当当。

林尧很久没这般欢喜过了，在席间同一众武将喝完好几坛酒，最后装醉才得以脱困。

回到新房用如意秤挑开新娘子的盖头，对上那一双无喜无悲的凤眼时，林尧浑身的醉意似被人当头浇了一盆冷水，瞬间散了个干净。

那个姑娘似乎并不开心嫁给她，或者说，对她而言嫁谁都无甚区别。

陆锦颜见他站着不动，以为他醉了，倒是起身过来扶他："我替夫君更衣吧。"

她毫无波澜地说出的这句话，让林尧更加清醒。

"不用，我自己去后罩房洗洗。"林尧拨开陆锦颜的手，大步迈进了后罩房。等林尧从净房出来，陆锦颜也已经换上一身居家常服，正坐在铜镜前卸发钗。

林尧头发上沾着水汽，他神情不太明朗，坐在床边，似在等陆锦颜。

陆锦颜知道这晚约莫是躲不过的，浅浅擦了一层香膏便走了过去。

林尧示意她坐，又从大红的鸳鸯枕头底下摸出一把钥匙和一本账簿："我有些薄产，只是当初听说岳父青睐贫寒子弟，前去提亲时才没全然袒露，你嫁了我，便收着吧，或许比不得从前在陆府的日子，但也不必苦了自己。"

陆锦颜拿着钥匙和账簿，满眼错愕。

这一晚二人虽是睡在一张床上的，但林尧没有半点逾越。

陆锦颜提心吊胆到半夜才睡着，第二日不免起得有些晚了，前来伺候她洗漱的丫鬟捂嘴偷笑。

陆锦颜知道她们误会了，但没作声。

林尧大婚有三天休假，林家没有公婆需要侍奉，这第二日，陆锦颜便只跟着他去给公婆上了炷香就回房了。

在管家这一块，陆锦颜从小耳濡目染，曾经又是被当作准太子妃培养的，是一把好手。

林府的宅子虽大，但庭院几乎没被打理过，陆锦颜熟悉了宅子，便开始规划怎么布置庭院，她同林尧商量，林尧只说："都听你的。"

简简单单四个字，却听得陆锦颜心中升起几分异样。

她在世家长大，世家的女儿被一切繁文缛节规训得像漂亮的瓷器，她们也会用那些繁文缛节当杀人的刀子。但在这里，陆锦颜突然觉得那些东西毫无用武之地。

一连数日，二人都是在这样保持着心照不宣的距离中度过的。

林尧沐浴从不用人伺候，第五日的时候，林尧沐浴时，她亲自去了后罩房帮他搓背。

林尧从军营回来后似乎累极了，靠着浴桶壁就睡着了，陆锦颜抬手帮他揉按肩颈时，手腕瞬间被大力扭过，刚才还睡得沉的人目光精悍得似一头豹子。

陆锦颜吃痛惊呼一声，林尧反应过来是她，慌忙收了手："你怎么进来了？"

他极有技巧地在她手腕处揉按了几下："疼不疼？"

他那么紧张，似乎很怕她疼，她心头的异样感愈重了些，收回手说："不疼的，我见将军迟迟未出来，担心将军，这才进来看看。"

她嘴上说不疼，可林尧分明还是瞧见她手腕那里红了一片。

他说："一时不察，睡着了。"林尧从浴桶中起身，连水珠都没顾上擦，胡乱套上衣裳，

“我……我去给你拿药。”

不消片刻，林尧就取了活血化瘀的药膏回来给陆锦颜推拿手腕。

陆锦颜坐在床边，林尧半跪在地上，湿漉漉的发还往下滴落着水珠。

陆锦颜从未被人这般对待过，垂在身侧的另一只手都因无措紧握成了拳，她似想回报几分林尧的好，说：“我给将军把头发擦干吧。”

这算是二人成婚以来，最亲密的举动，林尧没有拒绝。

他头发不长，但极厚，擦起来有些费劲，好在陆锦颜很有耐心。

这夜入睡时，她主动环抱住了林尧的腰，脸贴着他宽阔的背脊。

林尧喉咙发紧：“锦……锦颜。”

她轻轻应了一声，随后的一切都很顺其自然，她把自己完完全全地交给了他。

没有恐惧，也没有厌恶的情绪。

或许是见惯了世家的钩心斗角、人情冷漠，陆锦颜头一回接触到林尧这样热烈性子的人，颇有些无措。

但想到往后朝夕相对的是这个人，那么这一辈子似乎也不难熬。

眼见又快到年节，林尧的书房外人不得入内，陆锦颜帮着打扫时，无意间在一册藏书后发现了一方锦盒，锦盒里装着颗有裂纹的东珠。

那样大的一颗珠子，便是陆锦颜也极少见到，只可惜有了裂纹，便一文不值了。

陆锦颜的心口一下子似被什么攥紧了。

这东珠当是女子才喜欢的东西，这颗珠子的主人是谁？让林尧有了裂纹都还舍不得扔，藏在这样隐蔽的地方。

曾经，陆锦颜也觉得自己是没有心的，但这一刻，林尧心底或许曾住着另一个女子的想法，让她感到了前所未有地窒闷。

陆锦颜排斥这种感觉，这不像她。

书房的门被人从外面推开时，陆锦颜条件反射性地把东珠和锦盒背到了身后。

林尧瞧见她戒备又带着几分慌乱的样子，问：“怎么了？”

目光扫过她身后的书架，发现那册书被人拿了下来，林尧很平静地问了句：“看到了？”

陆锦颜把东珠和锦盒交还给他：“我不是故意翻你东西的，只是帮你打扫书房，整理书架时无意间看到了。”她抬眸佯装镇静地问，“哪来这么大一颗东珠？可惜有了裂纹。”

林尧笑笑，说：“跟着陛下打淮阳王时，从淮阳王那里搜刮来的。”

他顿了顿，看向陆锦颜：“很久以前就想送你，不过后来磕坏了，便一直放着了。”

他一直贴身带着这颗东珠，只可惜后来在战场上出了意外，东珠被磕出裂纹，他却保下了一命。

陆锦颜面露讶色：“给我的？你那时都没见过我。”

林尧说："见过的，在青州时，你同你堂妹去见了皇后娘娘，回府时，那天下着小雨。"

他像是陷入了回忆里，唇角浅浅地提了提。

陆锦颜错愕不已，看着眼前的男子，只觉心口酸胀得厉害，她一把夺过东珠，紧紧地握在手心："要送人的东西，怎么能藏起来呢？"

这次轮到林尧错愕，迎上陆锦颜那双噙着泪意的眸子，拥她入怀，缓缓笑开。

他的明月，落入他怀中了。

# 番外八——海晏河清

阿陶以后要像父皇和母后一样，
当个让百姓都过上好日子的皇帝。

时值隆冬。

汴京南城楼处静立着一队禁军，楚承稷微微低下头，问站在他身侧年仅五岁的太子：“一会儿见了你母后，记住要说的话了吗？”

太子仰起一张圆嘟嘟但绷得死紧的小脸，点头：“儿臣记住了。”

太子大名叫楚子奕，小名唤阿陶。

陶，土陶瓷具也，时人常以陶朱之财喻富可敌国。

阿陶出生时，连通四海列国的驰道已经开始规划，山海堰也在修建中，国库压力巨大，秦筝便给太子取了这个乳名，希望他能给大楚带来国运和财富。

这些年，大楚百姓的确日渐富庶，就连因群山与外隔绝的蜀地，在修建驰道后，与周边通商来往也愈发密切。

只不过阿陶从有记忆起，就很少看到母后，父皇和照料他饮食起居的小太监都说，他母后很忙。

阿陶早慧，已经开蒙读书，知道他母后和历代皇后都不一样。他母后不仅手握和他父皇一样大的权力，还总是为天下百姓奔波在大楚各处，因此阿陶对母后的大多印象，都是从那一封封从大楚各地寄来的书信里得来的。

阿陶敬仰他父皇，但也怕他父皇，虽然父皇从没凶过他，但只要父皇一蹙眉，他心里就莫名忐忑。

但在阿陶看来，还是母后更博学多识一些。

他从史书和宫人们的口中了解到，以前那些皇帝，宫里还会有很多妃子的，不过他父皇只有他母后一个。

他母后也和那些在宫廷里困了一辈子的妃子们不一样，他母后时常不在宫中，反而是父皇常被大臣们和奏章困在这九重宫阙。

阿陶曾问教他读书的岑相：“孤的母后，是不是比父皇更厉害？”

岑相似乎颇为意外，问：“太子殿下何出此言？”

阿陶扳着指头开始细数：“母后可以随时离宫，父皇却不能；母后可以凶父皇，父皇却不敢凶母后；母后还可以轰父皇出寝殿……”

岑道溪似乎憋笑憋得辛苦，忍着嘴角的抽搐道：“这些话，殿下切莫再同旁人说起。”

阿陶不解：“为何？”

岑道溪说：“陛下和娘娘都是大楚的天，在朝臣和黎民百姓眼中，没有高低之分。”

顿了顿，他又说：“不过单从夫妻层面来讲，娘娘是可以比陛下厉害的，殿下心里明白了，也莫要同旁人道。”

阿陶似懂非懂地点了头。

不消片刻，城门外的官道上就出现了一队车马，阿陶绷着小脸，心中颇有些紧张。

走在最前边的那辆马车在城门口处停下，车帘撩起，阿陶第一眼不是惊艳，而是被那人周身的气度折服。

她平和而从容，像是汪洋大海，能包容世间一切。

楚承稷带着阿陶步下皇辇去接秦筝，阿陶听见他对母后说：“回来了？”

他母后则是同样平静地“嗯”了一声。

明明是许久未见，但二人却像是从未分开过一般，鲜少互诉相思和离肠。

阿陶想起来父皇交代自己见了母后要说的话，偷偷地瞅了楚承稷两眼。

秦筝也注意到了被楚承稷牵着的阿陶，笑着蹲下身：“阿陶又长高了，让母后抱抱？”

阿陶从未见过那般好看的笑容，又想起母后和林昭姑姑都是大楚被载入正史编写了传记的女子，心底又忽生出一股孺慕之情，张开肉乎乎的双臂要秦筝抱。

秦筝抱起他时，阿陶的眼眶突然就湿润了，但阿陶记着自己是太子，在外人跟前万不可失礼，小胖手搂紧秦筝脖子时，把眼泪也一并偷偷擦在秦筝的衣襟上。

“外边风雪大，回车上吧。”楚承稷说。

秦筝点了头，抱着阿陶往皇辇那边走去。

楚承稷怕累着她：“你一路舟车劳顿的，把阿陶给我抱着。”

秦筝笑着摇头：“我这两年时常不在京中，鲜少陪阿陶，让我多抱抱他。”

阿陶不动声色地避开父皇，又把搂着母后的胖手收紧了些，母后身上很香，他很喜欢。

上了皇辇，阿陶怕母后放开自己，索性闭着眼装睡，一只手还紧紧地捏着秦筝的衣襟。

秦筝坐下后，发现孩子已经睡着了，半是内疚半是心疼，索性就这么让他靠在自己怀里睡着，同楚承稷道：“风雪这么大，带阿陶过来作甚？”

楚承稷一听呼吸声就知道这臭小子是在装睡，原本还想让阿陶装可怜让秦筝留在宫中，现在虽同一开始说好的有些出入，不过问题也不大。

他道：“阿陶想你。”

一句话，让秦筝心中的愧意更重了些，她抱着阿陶，靠着楚承稷的肩臂浅叹一声：“是我对不住阿陶。”

她有孕那年，刚好规划完驰道和山海堰的工程，这两项工程，都是要以三五年打底的大型工程。

生下阿陶后的两年，两项工程都已开始动工，但因为地质地形复杂，动工后也遇到了各种各样、大大小小的问题。她奔走在最前沿，一面带着工部官员们赶修工程，一面补充编写地质文书和水利建造类书籍，也只有年节，才会赶回京。

楚承稷问：“你对不住的只有阿陶吗？”

阿陶以为父皇是在责怪母后，瞬间紧张了起来，虚着眼想偷看，却瞧见他父皇单手扣着他母后的下巴吻了上去。

颈侧突然一重，阿陶被点中睡穴，沉沉地睡了过去。

阿陶醒来时，已是夜幕时分，东宫早掌起了灯火。

阿陶很不高兴，抱起自己的枕头想去椒房殿找母后睡，到了殿外，连宫门都没进去，就被总管太监拦了下来。

满脸褶子的老太监赔着笑说："殿下，陛下和娘娘已经歇下了，殿下回东宫吧。"

阿陶绷着包子脸抿着唇，只得妥协，睡在了椒房殿的偏殿。

第二日一早，阿陶就去椒房殿给母后请安，这次是被他父皇拦在了寝殿门外。

他父皇拿着衣物，走出殿门才穿上，似怕惊醒他母后，语气虽同平日里没什么不同，但阿陶明显能感觉到他父皇今天的心情颇为不错："别去吵你母后，让她多睡会儿。"

阿陶乖乖点头，看到他父皇略微松散的衣襟下方，裸露出的胸膛上有几道抓痕，担忧地询问："父皇受伤了？"

楚承稷轻咳一声："被蚊子咬了，挠了几下。"

阿陶正疑惑这严冬腊月的哪来的蚊子，就听他父皇说："用了早膳快去尚书房，晚些时候朕亲自考你《大学》。"

阿陶"哦"了一声，小脸不自觉地垮了下来，恋恋不舍地离开了椒房殿。

等阿陶下学归来，秦筝才起，椒房殿内燃着地龙，她只披了一件单衣，正在用羹汤。

阿陶行完礼，眼尖地瞧见他母后的锁骨上也有好几处红痕，坐在小马扎上同母后说今日学了什么时，忍不住问了句："母后，你也被蚊子咬了吗？"

秦筝一开始没听懂他话里的意思："什么？"

阿陶胖乎乎的手指了指她锁骨："那里，红红的。"

秦筝的脸上瞬间浮起一抹薄红，不太自在地说："嗯，被蚊子咬的。"

坐在一旁看奏章的楚承稷挨了一记眼刀。

阿陶很担心父皇母后，回东宫后捧着自己夏日里熏蚊虫的熏香献宝似的去了椒房殿。

这晚他终于如愿以偿躺在父皇母后的中间入睡，睡沉了都还抓着秦筝的衣襟不肯松手。

只不过第二日醒来，他发现只有自己一人睡在床上，而他母后颈侧又多了一抹红痕，外间软榻的绣面还被换了，听说是他父皇喝茶时不小心打翻茶盏，洒了茶水上去。

马上就要到元宵了，秦筝又在和工部的官员们商议开春要去视察的州府工程，阿陶舍不得母后，终于在元宵这晚，毫不害臊地挤出几滴眼泪，可怜兮兮地说不想跟母后分开。

秦筝果然心软了，只是很快便做了另一个决定——她带着阿陶一起离京。

阿陶虽年幼，但他作为大楚太子，从小了解农商水利，体验民生疾苦，也未尝是件坏事。

朝臣们纷纷议论此事时，除了龙椅上的帝王脸色黑沉，大多臣子都表示赞许。

元宵一过，阿陶欢欢喜喜地跟着母后一起坐上了离京的马车，途经青州，遇上春耕，秦筝还带着阿陶去体验了一把何谓耕田。

阿陶累得满头大汗，秦筝问他："知道你父皇为何要推行廉政，严禁铺陈浪费了吗？"

阿陶重重点头。

秦筝说："掌权者，不能只听底下的人说百姓过的是怎样的日子，要亲自去看、亲自去做了，才知道怎么给百姓更好的生活。"

阿陶觉得跟着母后走的这一趟，比他跟着岑相念一年的书学到的都多，他说："阿陶以后要像父皇和母后一样，当个让百姓都过上好日子的皇帝。"

秦筝笑着用拇指拭去他小胖脸上的泥浆："好，母后等着那一天。"

离京不到半月，阿陶刚开始同情他远在京城的父皇，就发现他父皇微服私访杀过来了……

# 番外九 暮雪纷纷

大楚山河无恙，四海歌舞升平。
没有人知道，此刻的她有多欢喜。

暮雪纷纷，爆竹声声。

一片混沌中，沈婵感觉自己在不停下坠。湿沉的冷意似是要将她拽进无边黑暗，可耳边传来的爆竹声又如此清晰，似一只沾满人间烟火气的大手，将她从冰冷的无尽黑暗中托举起来。

这是……过年了吗？

记忆中，只有过年时才会有这般嘈杂的爆竹声。但转念一想，沈婵不禁苦笑，宫里过年时是不会燃放烟花爆竹的。

若真是过年，那倒好了。

那她还能再吃一碗兄长煮的圆子，陪他度过最后一个年关……

朦胧间，沈婵意识昏沉，她本想继续睡去，可耳边却又传来不太真切的说话声："婵儿还是没醒吗？"

这低沉清雅的熟悉声音……

阿兄！是阿兄！

她吃力地想睁开眼，可眼皮似有千斤重，沈婵急得指尖都绷白了，但就是睁不开。

"回世子，小姐一直昏沉着，高热也没退下去。"

回禀的侍女声音，沈婵很是耳熟，但一时间却想不起是谁。而侍女口中发出的"世子"二字，却吸引了她的注意。

阿兄不是早就自封摄政王了吗？为何这侍女却唤他"世子"？

正当沈婵努力捋顺现下状况之时，她忽觉一只温热的大掌贴在她额头上，而那为了逼自己醒来、用力攥紧的手也被人轻轻握住，清雅的嗓音再次响起："魇着了吗？"

沈婵记得，当初弥留之际，她是握着兄长的手走的。如今，当她再次感受到那从指尖传来的温度、听见兄长柔和的话语时，哪怕意识昏沉，她眼角也不禁滑落下大颗大颗的泪珠。

阿兄……

她是梦到阿兄了吗？

思及此，沈婵心口钝痛，泪落如滚珠。

她也舍不得离他而去，阿兄已经没有母亲和阿筝姐姐了，她这一去，世间就只剩阿兄一人了。秦乡关那五万冤魂的孽债，也只有他一人背了……

"婵儿，醒醒，这是梦见什么了？怎哭得这般厉害。"

感受到摇晃她肩头的力道加大，沈婵似觉一道白光掠过，她那重若磐石的眼皮终于掀开，眼前的一切也开始变得清晰起来。

秋香色的帐子，水曲柳拔步床，还有床头金钩上挂着的一只绣了雪白玉兔的半旧香囊……

沈婵一时怔住，那香囊是母亲离世那年绣给她的，她一直挂在床头，后来被荣王夫妇绑上花轿献给李信，才遗在了家中。

眼前的景象，分明也是她从前的闺阁……

惊讶之余，沈婵缓缓转头看向立于床边的二人，只见沈彦之身穿一身雪青色织锦儒袍，端方清雅，望着自己的眉宇间只有担忧，全无记忆中的阴冷沉郁。

这分明是还没经历夺婚之变和秦乡关之乱的阿兄！

而立于阿兄边上，那扎着双髻穿一身湖绿色褙子的婢女，则是自己的丫鬟巧莲。自打她被献给李信后，她便再没见过巧莲了。

渐渐的，一个猜测逐渐在沈婵心中形成，她怔怔地看着眼前的一切，忽而咧嘴笑开，眼泪却流得更凶。

沈彦之见状，皱眉看着她："婵儿，你这是怎么了？为何醒来后又哭又笑的？"

丫鬟巧莲也是一脸忧虑："世子，会不会是小姐被郡主推下湖时磕到了头？要不奴婢再去请个大夫来给小姐看看吧？"

沈婵哭得停不下来，只胡乱用袖子擦眼，哽咽道："不用请大夫，我就是……就是太高兴了。"

她望着站在融融烛火下的兄长，泪流不止。

如今，正是她被荣王继室的爱女在除夕夜推进湖里、太子还未强娶阿筝姐姐的那一年，也是一切都还没发生的时候。

真好……

沈彦之见她哭成这般模样，眼底划过一抹郁色："婵儿莫怕，沈觅胆敢如此欺你，阿兄一定会替你讨回公道的。"

他那个所谓的庶妹已从婵儿这里抢走了郡主的封号，如今还敢公然推她下湖，他必饶不得她！

但沈婵却只一味摇头，她紧紧攥着沈彦之的袖子，泪流满面："阿兄，这些都不重要，你快些把阿筝姐姐娶进门，也别去秦乡关！"

只要阿筝姐姐没被太子抢走，秦乡关五万将士不再因为她和兄长埋骨沙场，那阿兄就不用背负那么多！

沈彦之闻言，眉头皱得更紧了些："你这丫头，醒来后哭成这样，还说一堆胡话，到底是梦见什么了？"

沈婵眼眶涩沉，她攥着沈彦之的袖子，泪珠大颗大颗地往下砸："我梦见……阿筝姐姐被太子娶走了，阿兄在秦乡关打了败仗……"

她止不住地哽咽，但终是没能把罗献小将军的死，和沈彦之背负的秦乡关五万人命说出口。

沈彦之当即沉了脸，却还是摸了摸她的头，温声安慰道：“傻婵儿，只是噩梦罢了。太子贤德，力排众议从民间娶了一位太子妃，二人恩爱有加，怎会娶你阿筝姐姐？秦乡关叛乱也是太子殿下亲自率军平定的，还收编了青州境内祁云寨的山匪，寨内那对兄妹已入朝为将，民间都传为一段佳话。”

沈婵闻言怔住，导致大楚亡国的秦乡关之乱，已经平定了？

恍若真是黄粱梦醒，沈婵一时间竟分不清自己经历的究竟是真发生过的，还是只是一场梦。

沈彦之见胞妹呆住，宠溺地笑了笑：“你再睡会儿吧，明日还得去你阿筝姐姐家拜年。”

秦国公作为三朝元老，沈彦之是后生，又同秦家订了亲，自然得前去拜会的。

沈婵见他要走，攥着他的袖子不肯松手：“阿兄！”

她现在整个人都是恍惚的，生怕自己一合眼，这美好的一切便都不见了。

沈彦之看着沈婵那双哭得红肿的眼，又坐回到床边的圈椅上，温声道：“你睡吧，别怕，阿兄在这里守着你。”

沈婵闻言，靠着婢女塞到身后的软枕躺了下去，但紧攥着沈彦之衣袖的手一直不曾松开，金钩上那已旧得起了毛边的兔子荷包被烛火镀上一层柔和的暖光，她忍着心酸，絮絮叨叨道：“阿兄，我做了一个好长好长的噩梦，还好都是假的……”

沈彦之清雅的面上浮起一抹温和的浅笑：“傻婵儿，梦当然都是假的。”

沈婵忍着泪意，笑着点了点头，又问：“太子妃娘娘是何人？你见过吗？”

沈彦之道：“据说也姓秦，具体名讳不得而知，但是个奇女子。青州水患便是她一纸河道舆图解决的，青州百姓都说她是洛神转世，来渡大楚的，还在元江边上塑了她的巨型石像朝拜。”

太子妃的这些功绩，分明和梦中如出一辙……

沈婵捏着被角的那只手紧了几分，沈彦之见她失神，笑问：“怎么了？”

沈婵摇摇头，只道：“太子妃娘娘心怀天下，要是能亲眼见见她就好了。”

沈彦之笑道：“明日太子殿下便要登基了，元宵佳节时会携太子妃游街，届时我带你去看。”

元宵？

意识中，她方才过了除夕，自己难道能在这个像梦一样的地方待那般久？

沈婵心中苦涩，却还是扬起一抹笑，应了句好。

次日，曦光从雕花门窗的缝隙照射进来，透过床帐洒在沈婵的面颊上，她撑着床榻坐起来，发现她还在这里，丫鬟已经端着铜盆进来唤她洗漱了。

沈婵不禁鼻头一酸，原来这确实不是梦。

丫鬟一转头见她又哭了，吓了一跳：“小姐，您还是不舒服吗？”

沈婵摇头，自己套上鞋子起床，一边哽咽一边笑着道：“我这是高兴。”

因要去秦府拜年，她穿得便也喜庆了些。坐上马车时，看到兄长虽一派沉稳自持，但眉眼间却难掩淡淡的欢喜，似乎只要能见到阿筝姐姐，于他而言便已是一件十分高兴的事。

沈婵见状也跟着笑了，但想到自己梦中的那些场景，又不禁替兄长难过。

沈彦之一抬头，瞧见了沈婵那似哭非哭、似笑非笑的神色，又担忧道：“你这丫头，自昨晚醒来后，怎一直怪怪的？”

沈婵怕自己说多了又忍不住想哭，便掀开马车帘子看窗外的街景，只道：“那噩梦太真切了些，我后怕。”

一到秦府，兄妹二人便被管家笑呵呵地迎了进去。

秦笙从垂花门处蹦出来，亲热地挽住沈婵手臂：“阿婵，你来啦！我又学会做一种新络子，来我教你！”

从前，沈婵便同秦笙更能玩到一处去，黄粱梦醒，再同年少时一样被秦笙拽着往她的院子里去，沈婵既高兴又百感交集。她转头看向兄长，见兄长广袖揽风，衣袂似帆，和秦简一路阔谈着往书房去，当真是“春风年少多意气”。

但想到梦中的兄长后来和秦简大哥哥交恶，沈婵眼底又是一阵酸涩。

秦笙见沈婵出神，轻轻拽了拽她的袖子。被娇养长大的姑娘，眼底除了明媚，不见半点晦暗：“阿婵，你在看什么啊？”

她朝沈婵望向的地方看去，忽地坏笑起来：“你不会喜欢我哥哥吧？”

喜欢？

梦中，她被荣王夫妇绑进花轿献给了李信，连喜欢一个人的权力都没有过。

突然被这般打趣，沈婵心底没有花季少女的懵懂羞涩，只有一股难言的心酸与痛楚，逼得她眼底都见了泪光，她只摇头：“莫要胡说，我配不上秦简大哥哥的。”

秦笙以为好友是被自己逗弄哭了，连忙道歉：“对不起阿婵，我再也不乱说话了。不过你可别觉着我大哥好，他虽年纪轻，但比我爹还古板，也不知哪个倒霉蛋是我未来嫂嫂，嫁给他得多闷啊。我将来选夫婿，就得选像世子哥哥那样温柔又体贴的！”

沈婵被秦笙逗得破涕为笑，但回忆起梦中好友也差点被送去北戎联姻，心底不免又升起几分同病相怜的凄楚。

她回握住秦笙的手，问：“阿筝姐姐呢？”

秦笙笑着冲她眨了眨眼：“在大厨房那边随我母亲学掌家呢，明年这个时候，她就是你嫂嫂啦，母亲在教她怎么安排筵席，要偷偷去看看吗？”

沈婵点了点头，她真的好想她的阿筝姐姐。

二人调转方向，往秦府的大厨房去，路过一个葡萄架长廊时，秦笙却浅浅地“呀”了一声。

沈婵循着她的视线望去，便在木廊处瞧见了一对璧人。男子身如松竹，身上那件雪青色的织锦袍子沈婵认得，正是自家兄长今晨穿的那件。至于被他阿兄身形完全挡住了的女子，虽看不清面容，可身穿那一身梨花白长裙的女子，除了她阿筝姐姐还能有谁？

秦笙躲在假山后，已是羞得满脸通红，见沈婵还盯着那边看，赶紧把人也扯了过来，一只手遮住自己的眼，一只手遮住沈婵的眼，碎碎念道："非礼勿视，非礼勿视！"

去秦家拜年后，沈婵的心似乎彻底安定下来了，不再终日惶惶。

元宵节那天，她和兄长邀秦家三兄妹一道去看灯会。

刚登基的天子要携皇后游街这件事，让不少百姓争相涌上街头观礼。但人一多，少不得拥挤，沈婵在人流中便同兄长和秦家兄妹走散了。

她逆着人流吃力地往回走，想去找兄长她们时，百姓们却忽地高呼起来，呼声震耳欲聋——是帝后的仪仗队途经此处。

沈婵被人群裹挟着、被迫挤到了最前边，她抬眸往那华美的车辇上望去，只见年轻的帝王异常俊美，眉宇间积着四海之威，那双鹰目只有在看向身侧的皇后时，才可窥见些许柔情。

而同帝王并坐的皇后，一身墨底织金绣凤的华美翟服也压不下她身上那股雍容，她似高山，也似流水，似广袤穹宇，亦似脚下厚土。她不需要说一句话，只同帝王并肩坐在那里，便让所有人都深深地觉着，这世间再没有比帝后二人更为相配的眷侣。

沈婵怔怔地看着快从眼前驶过的皇家车辇，而车辇上的皇后似乎也察觉到了她的目光，忽地朝她所在的方向看了过来，随即微微颔首，冲她浅浅笑了笑。

沈婵瞬间愣在当场，身旁的百姓们都在欢呼，只有沈婵看着走远的帝后仪仗，欢喜地大哭出声。

等沈彦之和秦家兄妹再找过来时，见她泣不成声，还以为她是走丢后害怕，好生一番宽慰，但沈婵却还是止不住地流泪。

大楚山河无恙，四海歌舞升平。

没有人知道，此刻的她有多欢喜。

她可以继续做无忧无虑的沈家姑娘，阿笙会等到她从北庭来的清贵公子，兄长也能娶回他心心念念了不知多久的佳人。

真好。

# 番外十——情深难枉

“你是不是也做过一个梦？”

十月份的天气，摩天大楼外下着小雨，秦筝在接待室坐了一下午，头被冷气吹得有些昏沉，她抬起手表看了看时间。

已经是晚上九点半，虽然不太愿意接受现实，但她的确是被“鸽”了。

青岗湾大桥的项目，不是这么好谈的。

这是她援非回国后的第一年，秦筝觉得自从自己在回国的航班上做了一通怪梦后，近几个月就一直挺倒霉的。

原本留在总公司是铁板钉钉的事，奈何遇上空降兵，若是拿不下青岗湾大桥的项目，她十有八九还得被借口外调。

秦筝心里也明白，公司能让她来负责这个项目的竞标，原本也没抱多大希望。

此次一起竞标的，除了几个老对头公司，还有几个转型做公共基础建设的地产龙头企业，显然他们公司就是来陪跑的。

但秦筝一想到几个月的努力就这么白费了，转头还得被外调就咽不下这口气。

她做了一些功课，打听到有个师兄是此次招标的楚氏集团副总身边的助理，好不容易才和对方副总约了时间面谈。

哪想到今日前来赴约，前台却一直以副总在开会没时间见她为由，把她晾在了这里。

出来工作摸爬滚打这么多年了，秦筝的脸皮还是练出来了的，对方这么推托，她就一直在楚氏集团大厅的待客区等着，从下午两点一直坐到了晚上九点半。

大楼里的灯都已陆陆续续熄掉了，只余一楼大厅还是一片通亮，保安在一层楼一层楼地巡视，偶有加班到这时候才离开的，路过大厅时，好奇地瞥秦筝一眼，眼底无一例外地露出了惊艳。

这年头美女随处可见，但有着独特气质的美女却仍旧罕见。

秦筝身上有一股古典美人特有的清冷感，但不会让人觉得她是个花瓶，更何况建筑公司工程部的女人，就没有花瓶一说，能留下来的都是“大魔王”。

前台过来向秦筝道歉时，被她气场压着，都有几分讪讪的：“对不起，秦小姐，我们公司大门要锁了，您改日——”

“你们孙副总还在开会吗？”秦筝打断对方的话问，她语气很平静，丝毫没有责怪的意思，却让前台的小姑娘一时不知如何回话。

秦筝从下午等到现在，心里确实有点火，但也知道前台的小姑娘是看副总办公室那边行事，不想发难，她道：“麻烦再确认一下吧，如果孙副总还在忙，我这一下午都等了，也不差最后这点时间。”

前台讪讪地回工位拨打内线电话时，直达顶楼的私人电梯正缓缓降下。

这个时间点了接待区还有人，楚承稷透过观光玻璃撩眼看去，明晃晃的冷光灯下，一个女人靠着沙发手捧一册关于楚氏集团的宣传册漫不经心地看着，黑直的长发一半被她撩到耳后，正好露出精致冷淡的半张侧脸。

楚承稷盯着那张侧脸看了很久，问:“那是谁？”

他的助理也早注意到了秦筝，但听楚承稷问起，还是颇为意外，答:“青岗湾大桥不正招标嘛，听说是打算走孙副总那边关系的，不过孙副总把人晾着，也不知道是个什么意思，那位女士从下午两点就在大厅等着了。”

电梯是直接去负二楼的停车场的，并不会在一楼大厅停下，那张冷淡精致的侧颜彻底消失在自己视线里时，楚承稷的眼睑往下一耷。

前台打完电话，硬着头皮去请秦筝离开:“不好意思秦小姐，孙副总说现在是他的私人时间，不方便见您……”

秦筝听得眉头蹙起，让她等这么久，再来一句私人时间不方便面谈，看似客气的一句推辞，却全是坑。

她要是就此放弃，这几个月的努力和今天这一下午大概就是白费了。

但她要是坚持见对方，在对方的“私人时间”里，要是发生点什么，理亏的就全是她，毕竟是她要在人家的“私人时间”里面谈的。

秦筝心里憋了一股火，但良好的修养让她勉强维持着礼貌向前台小姐道了谢，拿起手提包正打算离开时，身后突然传来一道男声，叫住了她:“秦小姐请留步。”

秦筝转头就见一西装革履的男子快步从电梯里走出，行至跟前浅笑着同她握了手:“我是楚总的特助，我们楚总想同秦小姐谈谈。”

秦筝的心情经历了一番大起大落，再听到这话，一时间竟有点蒙。

楚总？哪个楚总？楚氏集团掌舵人？

互联网段子上说的浪费他一分钟，就是让楚氏集团少赚几十个亿的那位？

这只是楚氏集团旗下的一个小公司，她竟然走狗屎运碰上人家大老板！

一直到跟着特助走进了停车场，秦筝都还跟做梦似的。

特助打开了车门，微笑着向她做出了“请”的手势。

秦筝自认为入行以来也见过了不少大佬，但从没哪一次，紧张成这样。她没敢直接盯着车里的人看，直到坐进了车内，她才礼貌地向对方伸出手:“楚总好。”

嘴角的笑意却在看清对方的侧脸时微凝住，她在回国的飞机上做了一个很长的梦，梦里她跟一个古代皇帝结婚生子过完了一生。醒来后觉着荒谬的同时，心口又莫名空落落的，但关于整个梦都很模糊，她也看不清梦中那人的脸，秦筝只当自己是做了个乱七八糟的怪梦。

但此刻，看到这张放到普通人身上绝对能原地出道红爆整个娱乐圈的脸，秦筝突然觉得自己的那个梦境似乎也跟着变清晰了。

出现在她梦里的人，似乎就长这样！

对方似察觉她神情有异，只浅浅地虚握了一下她的手："秦小姐。"

秦筝回过神，连忙调整自己的面部表情，什么梦不梦的，先放一边去吧，她摆出职场微笑："是这样的楚总，对于贵公司出资建设的青岗湾大桥——"

"秦小姐吃晚饭了吗？"

她刚起的话头，就这样被打断了，秦筝虽然饿得胃都有些绞痛了，但想到这是来之不易的机会，还是礼貌浅笑着道："吃了的。"

楚承稷抬手松了松领结："我还没吃晚饭。"

在秦筝尴尬得不知如何是好的气氛里，他交叠起腿，平静地吩咐司机："去吴记。"

街上车水马龙，车内却静谧得出奇。

秦筝虽然没吃过什么高级餐厅，但还是知道吴记就是本市有名的一家专做中餐的私人菜馆，正当她琢磨着要不要说点什么缓解尴尬时，楚承稷突然侧过头同她说了句："十五分钟的车程，耽搁不了多久。"

秦筝忙道："不耽搁，不耽搁。"秦筝抿了抿唇，做了一会儿心理建设，还是决定再重新挑起话头，"我对楚氏的企业文化和企业理念都颇有了解，楚氏这么多年一直致力于公益，回馈社会，即将投资建设的青岗湾大桥更是楚氏公益项目的重要组成部分。我们公司也是老牌建筑企业，在桥梁道路方面颇有建树，已经完工的海港大桥、元江大桥都是大型的跨水域大桥，比起其他企业，我想我们在这方面有更丰富的实践经验。"

她说完久久没听到对方回话，心中正忐忑，悄咪咪地侧首去看他表情时，却发现对方正盯着她，眸光晦暗不明。

秦筝礼貌而不失尴尬地笑笑，不自觉正襟危坐了起来，暗骂自己可别再张嘴了。

楚承稷十指交握放于身前，他收回目光道："抱歉，总觉得似乎在哪里见过秦小姐。"

秦筝心说指不定是在梦里，嘴上却仍是客气道："我看着楚总也觉得面善。"

这场客套到此终结，车内又恢复了沉默，好在没过几分钟，就到了目的地。

秦筝心说她该为公司说的好话都说了，要是竞标还是没中，那她也没辙了。

她实在不好意思跟去蹭饭，下车后便道："我家离这儿不远……"

楚承稷又一次打断了她的话："秦小姐赏脸一起吃个便饭？"

商务洽谈吃个饭其实是再正常不过的，但这家私房菜馆贵啊！人均大几千！

虽然人家一亿万身家的总裁大概率不会让自己买单，可有求于人的是自己，抢着买单的样子她还是得做做的，秦筝光是想想那场面都替自己尴尬。

最终她强颜欢笑地点头，跟着走进了这家私房菜馆。

服务生引着他们去了一间雅间，又取来菜单让他们点菜，楚承稷大概是这里的常客，服务生再自然不过地把菜单放到了他的跟前，但他却道："给那位女士。"

在秦筝满是拒绝的目光里，他绅士般地开口：“看看喜欢吃什么。”

秦筝很感谢自己的大脑在此时还没宕机，她看了一眼那动辄三位数起步的菜单，把话推了回去：“我是第一次来这里，还是楚总推荐几个菜吧。”

听她这番说辞，楚承稷总算是没再推托，勾画了七八个菜，让服务生出去了。

雅间有窗，推开后，外边是一片人造荷塘。荷塘墙外，也能看到一部分在远处夜色里闪着霓虹灯的高楼大厦，在这样一个充满古典与诗意的庭院，这场景仿佛是古人在海市蜃楼里看到了今人。

秦筝不知怎么回事，突然又想起了之前做的梦，梦里那个人同自己说：万古江山，他都想和她一起看。

她回头看了坐在原位的楚承稷一眼，梦中那人的身形再次和他重合起来，他眸色微深地望着自己，不知在想些什么。

秦筝很快收敛了情绪，退回桌边说：“这里的景色好看。”

楚承稷似在用手机处理什么文件，淡淡地“嗯”了一声，秦筝识趣地没再出声。

很快菜端了上来，不知是不是秦筝的错觉，她总觉得每道菜她似乎都在梦里吃过。

波澜不惊地吃完一顿饭，秦筝想象中抢着结账的场景并没有出现，楚承稷说去园子里走走，消消食。秦筝还以为这是大佬的生活习惯，本着顺便跟着欣赏美景的心态，从容跟了上去。

等走着走着，发现走出园子了，秦筝才想起还没给饭钱，她转身就要往回走：“楚总等等，我先去结个账。”

“服务员知道记账，这也是我的产业，不用给了。”身后传来楚承稷淡淡的话音。

二人又走了一小段路，楚承稷突然顿住脚步，转身朝秦筝看来时，半张脸都隐匿在路灯背光的阴影里：“你……当真一点都不记得了？”

秦筝心口狂跳：“记得什么？”

他却不再多说：“没什么，走吧。”

他的车就停在前方路口，秦筝没打算再蹭他车，拿出手机打开打车软件：“谢谢楚总请客，我自己叫车回去就行……”

“过来，签合同。”他说。

秦筝一听合同，顿时浑身一激灵，赶紧迈着小碎步跑上了车，难道他吃饭时处理的文件就是青岗湾大桥的合同？

楚承稷在秦筝心里都快成尊活菩萨了，借着车内灯光，看清合同上的几个大字时，秦筝却傻了眼。

婚前协议？这是什么鬼？

楚承稷说：“楚氏现有的股权，我都先划分一半给你，今天很晚了，暂住我那边，明早去民政局领证。”

吃这顿饭前，秦筝还在操心拿不下青岗湾项目得被公司外调，吃完这顿饭她突然就要成为上市名企的总裁夫人了？

秦筝看看手上的协议，又看看一旁的男人，咽了咽口水问：“你是不是也做过一个梦？”

——全文完——